SWB Krimi

Dori Jones

Und geh nicht vom Wege ab …

Kriminalroman

SWB Verlag

Umwelthinweis:
Dieses Buch wurde auf chlor- und
säurefreiem Papier gedruckt

1. Auflage 2012

Lektorat: Maria Konstantinidou, Stuttgart

Umschlaggestaltung: Sig Mayhew
www.mayhew-edition.de

Satz: Jürgen Bauer, Remscheid

Druck und Verarbeitung: E. Kurz + Co., Druck
und Medientechnik GmbH, Stuttgart
www.e-kurz.de
Printed in Germany

ISBN: 978-3-942661-66-9
www.swb-verlag.de

»Den Schatten der Finsternis
kannst du nicht entfliehen,
sie sind direkt hinter dir.«

Eins

Das Blut rann an ihrer Hand herunter. Sie spürte genau, wie die Tropfen langsam an ihrem Arm hinunterliefen. Und sie konnte nichts dagegen tun.
Die Augen fielen ihr andauernd zu, doch sie hielt sich mit ihrer letzten Kraft am Leben. Schmerzen spürte sie schon seit einiger Zeit nicht mehr, obwohl sie wusste, dass sie schwer verletzt war.
Sie wusste auch, dass sie sterben würde.
Vor einigen Stunden hatte sie noch Hoffnung gehabt, aber diese war nun der Gewissheit des Unumstößlichen gewichen.
Oft hatte sie in ihrem Leben darüber nachgesonnen, wie der Tod sich wohl anfühlte, und wie so viele andere Leute, hatte sie darauf vertraut, er würde sie im Schlaf holen. Ganz sanft und still. So wie es sich die Menschen eben erhoffen.
Aber alles war ganz anders gekommen.
Eigentlich waren es nur fünf Sekunden gewesen, die ihr dieses Schicksal beschert hatten. Die fünf Sekunden, in denen sie die Entscheidung gefällt hatte, die ihr den Tod bringen sollte.
Das Atmen fiel ihr schwerer. Es war, als hätte sich ein riesiger Steinklumpen über ihre Lungen gelegt. Sie schmeckte Blut und fühlte, wie es in feinen Rinnsalen über ihr Kinn lief.
Er hatte ihr etwas in den Mund gesteckt, was es ihr kaum möglich machte zu atmen. Mit aller Kraft versuchte sie, noch eine Weile am Leben zu bleiben. Vielleicht konnte sie den Tod noch für einige Minuten überlisten.
Eine stoische Gelassenheit hatte sich nun in ihrem Inneren breitgemacht. Sie versuchte, sich zu erinnern, an ihre Mutter, an ihre Tochter, an ihren Mann. Aber es war ihr so gut wie unmöglich einen Gedanken festzuhalten und weiterzuspinnen.
Jetzt nicht mehr.
Zu dem Zeitpunkt, als die Schmerzen noch da gewesen waren, als sie

das Messer zwischen ihren Beinen gefühlt hatte, und wie es sich in ihren Unterleib bohrte, hatte sie geschrien. Da hatte sie noch schreien können. Da war es noch nicht zu spät gewesen. Sie hatte noch Stärke in sich gefühlt, an ihren Mann gedacht, an die breiten Schultern und an seine Kraft, die sie da rausholen könnte.
Doch niemand hatte ihr Schreien erhört. Es war viel zu still und einsam hier.
Sie spürte nur ihn, spürte seinen Körper auf ihr, seine Finger, die überall an ihr herumfummelten, und sein Messer. Sie hörte sein Stöhnen und seine Schreie, die wie die eines wilden Tieres klangen. Es tat so weh, so entsetzlich weh. Sie hatte das Gefühl, es fänden tausend Explosionen gleichzeitig in ihrem Körper statt.
Anfangs hatte sie noch grenzenlose Wut auf ihn spüren können. Wie gerne hätte sie dieses Monster ebenfalls gequält und brutal niedergeschlagen. Doch er war zu stark, viel zu mächtig für sie.
Sie merkte, wie ihre Augen zufielen und sie am ganzen Körper entsetzlich fror.
Er war immer noch da, das wusste sie instinktiv.
Mit seinen dunklen Augen schaute er sie an. Er wollte sehen, wie sie starb. Verschwommene Umrisse nahm sie vor ihren Augen wahr. Vorsichtig, als wollte er jeden Augenblick ihres Todeskampfes auskosten, setzte er den eisernen Gegenstand unterhalb ihres glänzenden Bauchnabels an. Er drückte die Klinge tief hinein und machte den ersten Schnitt. Blut quoll in einem großen Schwall heraus und ihre Eingeweide drangen an die Oberfläche.
Er war zutiefst angetan von seinem Kunstwerk. Großer Stolz erfüllte seine kranke Seele.
In diesem Moment fühlte sie nur noch eisige Kälte. Alles um sie herum wurde schwarz. Sie glaubte zu fallen, immer tiefer und tiefer. Sterne funkelten ihr von weit her entgegen und Engelsgestalten kamen schwebend auf sie zu, um sie mit ihren weichen Flügeln aufzufangen.
Das leise unregelmäßige Röcheln aus ihrer Kehle erlosch ganz langsam, und ihre Augen blickten mit einem Ruck starr ins Leere.
Er beugte sich ein Stück weit zu ihrem Kopf herunter, bis er fast mit

seiner Nasenspitze die ihre berührte. Ein zufriedenes Lächeln legte sich auf sein Gesicht. Es spiegelte die tiefe Erregung in ihm wider. Ein wohliger Seufzer entfuhr seiner Kehle.

Stille.

Eine Eule schrie aus der Ferne.

Sie war tot.

Sie, mit den wundervollen grünen Augen, dem Haar so schwarz wie Ebenholz, dem Teint so weiß wie Schnee und den Lippen so rot wie Blut.

Er zog die Kapuze seines Gewandes tief in die Stirn und richtete sich in seiner vollen Größe auf. Der Wind war merklich stärker geworden.

Zwei

Paula hielt den Pinsel in der Hand und bestaunte ihr gelungenes Werk. Sie war zufrieden mit sich. Seit vier Tagen strich sie nun an dieser Wand, und endlich war sie fertig geworden. Als Belohnung und Motivation dafür hatte sie sich eine Flasche gut gekühlten Rosé und einen gemütlichen Abend auf dem Sofa versprochen.
Das hatte sie schon seit Ewigkeiten nicht mehr gehabt. Außer den massenhaften Überstunden, die sie zurzeit auf der Polizeidienststelle schieben musste, kam hinzu, dass sie sich dieses alte Haus gekauft hatte, das von Grund auf renovierungsbedürftig war. Aber sie hatte sich in dieses alte Gemäuer einfach verliebt.
Früher musste es ein stattliches Haus gewesen sein. Eine Villa, wie die prachtvollen Gebäude, welche oberhalb der Straße zuhauf standen. Die anderen Häuser des Viertels befanden sich in einem weitaus besseren Zustand als das ihre. Grund war wohl, dass dieser Teil der Straße, in dem sie nun wohnte, an Asylanten vermietet wurde. Einige Besitzer wollten wohl ein bisschen Geld aus ihren halb zerfallenen Häusern herausholen, um sie überhaupt noch unterhalten zu können. Das Sozialamt, froh darüber, Unterkünfte für Ausländer zu bekommen, zahlte nicht schlecht. Das wusste Paula aus früheren Ermittlungen. Also war dies ein hübsches Nebeneinkommen für viele Hausbesitzer.
Der Kaufpreis war für sie erschwinglich gewesen. Nicht viele Leute mochten diese Multigesellschaft in ihrer unmittelbaren Nachbarschaft. Paula hingegen fühlte sich wohl.
Neben ihr, in dem alten Gebäude, an dem wohl auch seit Ewigkeiten niemand mehr Hand angelegt hatte, wohnten Afrikaner. Es mussten mehrere Familien sein. Paula sah so viele verschiedene Leute dort ein und aus gehen, dass sie selbst den Überblick verloren hatte.
Nur ein kleiner Junge war ihr seit einiger Zeit aufgefallen. Er war etwa sieben bis acht Jahre alt, hatte einen lustigen Krauskopf und

einen verschmitzten Blick. Manchmal rief ihn eine weibliche Stimme, mal vorwurfsvoll, mal bebend vor Wut, aber immer eine Spur aufgeregt. Der Junge war anscheinend ein richtiger Lausbub, wie ihre eigene Großmutter es ausgedrückt hätte.

Bei dem Gedanken glitt ein warmer Ausdruck über ihr Gesicht. Sie musste an ihre eigene Kindheit denken und an ihren Bruder, der immer etwas auszufressen vermocht hatte, ganz gleich an welchem Tag oder zu welcher Gelegenheit. Ihre Mutter hatte damals mit ihnen alle Hände voll zu tun gehabt. Aber so richtig hatte sich Friedrich, von allen nur Fritzi genannt, im Laufe der Jahre nicht verändert. Heute war er groß, breitschultrig und, wie Paula fand, auch ganz gut aussehend. Aber vieles gelang ihm einfach nicht in solchem Maße, wie er sich das wünschte. Erstens war er zu gutmütig, zweitens zu tollpatschig und drittens zu lebenslustig. Das hatten sie auf jeden Fall gemeinsam: die Freude am Dasein.

Ihr eigener Lebensmut war vor einigen Monaten auf eine harte Probe gestellt worden, als die Beziehung mit ihrem langjährigen Freund völlig unerwartet in die Brüche gegangen war. Natürlich hatte sie in dieser Sache immer den vollen Beistand ihrer Mutter und ihres Bruders gehabt. Paula liebte die beiden sehr. Auch Fritzis Frau mochte sie sehr gern. Sie war Marokkanerin, manchmal etwas eigenartig, aber ihr Wesen war herzlich und offen.

Letzten Monat erst hatten die beiden im benachbarten Saarland geheiratet. Es war ein wundervolles Fest gewesen, an dem Lasiras gesamte Familie aus Marokko nach Deutschland gekommen war. Alle hatten tüchtig bis in die Morgenstunden gefeiert.

Paula erinnerte sich noch sehr gut an ihren Brummschädel am nächsten Tag, und dass ihr die Zigaretten erst drei Tage danach wieder geschmeckt hatten.

Draußen bellte der Schäferhund der Nachbarn, dessen Zwinger sich an der Grenze zu ihrem Grundstück befand. Langsam wurde es dunkel. Zufrieden legte sie ihren Pinsel in den Eimer mit dem Wasser, um sich auf den Weg ins Badezimmer zu machen. Sie musste sich samt der Farbe, die an ihr hing, zuerst einmal in der Badewanne einweichen. Nur durch eine Dusche würden sich die hartnäckigen

Farbflecke auf ihrer Haut wohl nicht entfernen lassen. Sie drehte den quietschenden Wasserhahn in der alten Badewanne mit silbernen Füßen auf, goss sich ein wenig von dem herrlich duftenden Rosenschaumbad hinein, das ihre engste Freundin Roberta ihr dieses Jahr zum Geburtstag geschenkt hatte, und schüttelte ihre langen blonden Haare.

In der Wanne streckte sie genüsslich ihre müden Beine aus und steckte sich eine Zigarette an. Sie nahm sich wieder einmal vor in absehbarer Zeit etwas mehr für die Figur zu tun, wenigstens präventiv, denn zurzeit hatte sie noch wenig Probleme damit. Vielleicht würde sie wieder mit dem Laufen oder Mountainbiken anfangen, wie sie es früher mit Michael getan hatte.

Michael. Noch immer überzog ein kleiner Schauer ihren Körper, wenn sie an ihn dachte. Sie schüttelte den Gedanken ab. Viel zu viel hatte sie in den letzten Monaten über ihre damalige Beziehung sinniert. Am liebsten mochte sie nicht mehr daran erinnert werden. Im Moment jedenfalls nicht. Erst allmählich verheilten die aufgerissenen Wunden. Der Gedanke, dass er sich so schnell wieder in eine neue Beziehung gestürzt hatte, war auch nicht gerade sehr erhebend für die eigene Persönlichkeit. Die kleine Brünette aus dem Skiklub hatte halt eben gewonnen. Basta.

Es war ganz still im Haus. Die alte Wanduhr im Wohnzimmer gab ein leises, rhythmisches Ticken von sich, das eine beruhigende Wirkung auf sie ausübte. Paula genoss den Frieden, der nur ab und zu von dem gleichmäßigen Tropfen aus dem Wasserhahn unterbrochen wurde. Die Stimmung war fast schon ein wenig unheimlich, dachte sie mit geschlossenen Augen.

Auf dem Revier ging es hingegen immer hektisch und laut zu. Ferner trug die Arbeit an ihrem Haus auch nicht gerade zur Entspannung bei.

Eine Stunde lag sie in der Wanne und machte es sich dann auf dem Sofa mit einer Flasche Wein bequem. Genau so, wie sie es sich vorgenommen hatte.

Diese Woche hatte sie sich das neue Buch ihres Lieblingsschriftstellers Henning Mankell gekauft und konnte es gar nicht mehr erwar-

ten, endlich mit dem Lesen anzufangen. Die gesamten Bände von ihm standen fein säuberlich, in gebundener Ausgabe, in ihrem neu erworbenen bordeauxfarbenen Regal.
Jedes Mal, wenn ein neues Buch von ihm erschien, war sie eine der Ersten, die sich ein Exemplar ergatterte. Koste es, was es wolle. Oft genug konnte sie kaum aufhören zu lesen, wobei die Arbeit um sie herum dann einfach liegen blieb.
Ein gutes Buch war wie eine Sucht. Leider wimmelte es in den meisten Buchhandlungen nur so von schlechten Büchern. Es erforderte eine gute Recherche, um ein Buch zu bekommen, das einem wirklich gefiel.
0.30 zeigte der Zeiger der Uhr, als Paula durch das Läuten des Telefons aufschrak. Sie hatte die Zeit völlig vergessen.
Wer rief jetzt noch bei ihr an? Von Beruf her misstrauisch, hob sie zögernd den Hörer ab.
»Eschmann«, meldete sie sich.
»Na, na, na, wer haucht denn da so erotisch in die Sprechmuschel, meine Liebe?«, meldete sich eine vertraute Stimme. Roberta.
Sie hätte es sich denken können, schoss es Paula durch den Kopf. Nur Roberta rief zu einer solch unchristlichen Zeit an.
»Du hast mir vielleicht einen Schreck eingejagt! Ich habe vor Aufregung schon Herzklopfen bekommen!«, sagte Paula zu ihrer besten Freundin, die leider nur allzu oft jegliche Hemmschwellen, die andere Menschen zwangsläufig in sich trugen, übertrat.
»Was ist los mit dir, Paulchen? Du bist doch sonst nicht so nervös! Aber ich musste dich einfach unbedingt noch erreichen! Es ist etwas Wunderbares passiert!« Robertas Stimme bekam einen gefährlichen Unterton, der Paula nur allzu bekannt war.
»Lass mich raten ...«, sagte sie. »Du bist verliebt!?«
»Wie kannst du das wissen?«, fragte Roberta verwundert und gleichzeitig ein wenig enttäuscht. »Aber ja, du hast recht. Ich habe mich verliebt, weißt du in wen?« Sie legte eine spannungsgeladene Pause ein. »In den besten, liebsten und schönsten Mann hier auf Erden. Du wirst nie erraten, wen ich meine!«
Paula schüttelte den Kopf und war froh, dass ihre Freundin jetzt

nicht sehen konnte, wie sie ihre Augen verrollte und einen leicht genervten Blick aufsetzte.

»Roberta, ich glaube in diesem Fall kann ich hellsehen, denn ich vermute, es handelt sich bei deinem Adonis um keinen anderen als Eric Anderson!«

Einen Moment herrschte vollkommene Stille, bevor ihre Freundin enttäuscht weitersprach. »Kannst du wirklich hellsehen?! Das gibt es doch nicht! Du hast den Typ doch nur einmal gesehen!« Robertas Stimme klang jetzt fast schon ein wenig beleidigt.

»Weil du mich vor drei Tagen beim Italiener darüber informiert hast, dass du mit deinem Anwalt ausgehen wirst, und ich dir gesagt habe, du sollst dich nicht ständig mit wildfremden Männern einlassen. Sei etwas vorsichtiger und lass dir mehr Zeit mit deinen Bekanntschaften!«, mahnte Paula.

»Jawohl, Frau Hauptkommissarin! Ich gelobe Besserung!« Roberta wusste, dass sich ihre Freundin oft viel vorsichtiger verhielt als sie selbst, und sie längst nicht so vorschnell mit ihren Männerbekanntschaften war. Dafür war Paula nicht der Typ. Roberta lachte. »Ich möchte dich aber trotzdem morgen Mittag zu einer Tasse Kaffee einladen. Treffen wir uns gegen vier im *Treibhaus*?!«

Paula war einverstanden, und sie verabschiedeten sich herzlich. Zwar hätte sie morgen die ganzen Farben wegräumen wollen, die sich mittlerweile in fast allen Räumlichkeiten befanden, aber es wäre sowieso sinnlos gewesen Roberta zu widersprechen, wenn sie etwas auf dem Herzen hatte. Also war am nächsten Tag eben Kaffee trinken und Liebesgesülze angesagt. Seufzend rauchte sie nach dem Telefonat noch eine Zigarette und ging ins Bett.

Drei

Am nächsten Morgen fühlte sie sich, als hätte sie die ganze Nacht durchgemacht. Um halb sieben stand sie auf, trank Kaffee, rauchte eine Zigarette und rollte die Mülltonne im Schlafanzug an den Straßenrand. Langsam hielt der Herbst seinen Einzug ins Land. Die Blätter wirbelten in einem sanften Luftzug auf das noch satte Grün der Wiesen. Natürlich musste gerade zur gleichen Zeit wie sie ihr Nachbar gegenüber seine Mülltonne ebenfalls zur Straße bringen. Mit einem einzigen Unterschied: Er war angezogen und sah wirklich nicht schlecht aus, der Herr Lehrer, das stand fest.
Seine Frau war vor einigen Tagen bei ihr vorbeigekommen und hatte ihr einen Korb mit frischem Obst gebracht. Paula war richtiggehend gerührt gewesen angesichts dieser netten Geste. So hatten sie noch ein kleines formales Schwätzchen gehalten. Die Frau hatte jedoch einen schwächlichen, unterwürfigen Eindruck bei ihr hinterlassen, überaus zart und sensibel. Er war das genaue Gegenteil: groß, stark und dominant. Beim Joggen sah sie ihn des Öfteren, oder wenn er sich morgens auf den Weg zur Arbeit machte. Doch im Gegensatz zu seiner Frau brachte Paula ihm nicht ganz so viel Sympathie entgegen. Sie hatte keine Ahnung, wie sie ihn genau einzuordnen hatte.
In Sekunden wurde sie sich ihrer Strubbelfrisur und ihres abgewetzten Lieblingsschlafanzugs bewusst, schnell nuschelte sie einen Gruß zu ihm herüber und sah zu, dass sie eilig um die Hausecke verschwand.

Pünktlich um 7.30 Uhr betrat sie die dritte Etage des Polizeireviers in Idar-Oberstein. Das alte Gebäude war über zweihundertfünfzig Jahre alt und erinnerte durch die geschwungenen Reliefs und die vielen Giebel auf dem Dach an längst vergangene Zeiten. Eine stark belebte Straße führte daran vorbei, von der aus man direkt zu dem Schmuckstein geprägten Stadtteil Idar kam.
Auf ihrem Schreibtisch hatte sich seit letzter Woche einiges an Pa-

pierkram angesammelt. Sie hatte sich fest vorgenommen diesen Berg heute zu bearbeiten. Das war der Nachteil ihrer Arbeit. Der leidliche Schriftkram. Mit einem tiefen Seufzer ließ sie sich auf den bequemen Drehstuhl fallen, während sie den Computer anschaltete. Dank ihrer Stellung als Hauptkommissarin hatte sie es zu einem eigenen kleinen Büro gebracht, in dem sie tun und lassen konnte, was sie wollte. Ihre Mutter hatte ihr einige leicht zu pflegende Pflanzen besorgt, die sich nun in alle Richtungen des Raumes ausbreiteten, sehr zu Paulas Freude. An der Wand gegenüber ihres Schreibtisches hing ein Gemälde von einer hiesigen Malerin. Natascha Kaster hieß die äußerst talentierte Künstlerin. Ihre filigrane Art mit Pastellstiften zu zeichnen gefiel Paula überaus gut. Sie hatte ein Faible für originale Gemälde, vorausgesetzt, sie waren kreativ gezeichnet. Aus diesem Grund mochte sie keine Landschaftsbilder oder Szenen, in denen Gebäude dargestellt wurden. Dieses Bild in ihrem Büro zeigte ein graziöses weibliches Wesen, das Gesicht leicht nach vorne gereckt, als atmete es tief ein. Riesige Flügel auf dem Rücken, in zarten Tönen gehalten, ergänzten das wunderbare Schauspiel.

»Die Schmetterlingsfrau«, so hatte Paula das Bild getauft, als sie es vor einem Jahr bei einer Vernissage erstanden hatte.

Ihre Bürotür stand wie fast immer offen. Ohnehin waren sie im Moment nur zu viert, verstanden sich aber ausgezeichnet.

So steckte sie sich genüsslich eine Zigarette an und legte los.

Sie war erst eine Dreiviertelstunde mit ihrer Arbeit beschäftigt, als ihr jemand freundschaftlich den Arm um die Schultern legte und der gute Duft von frischem Kaffee plötzlich den Raum erfüllte. Mit einem Ruck sah sie auf und blickte direkt in das Gesicht ihres Kollegen Jonny. Lächelnd nahm sie ihm den Becher duftenden Kaffees aus der Hand. »Danke!«

»Na, meine kleine Eule, schönes Wochenende gehabt?«, fragte er überaus charmant und setzte sich, ohne zu fragen, auf Paulas Schreibtisch.

»In Anbetracht der Tatsache, dass ich am Wochenende ausschließlich mit Malerarbeiten beschäftigt war, würde ich eher sagen: Nein! Wie war dein Wochenende? Wolltest du nicht mit deinem Bruder eine kleine Bootstour unternehmen?«

»Leider ist nichts daraus geworden. Susi rief am Freitag an und bat mich auf Mariechen aufzupassen. Also hab ich das Wochenende mit Windeln wechseln und langen Spaziergängen verbracht. Das Gute daran ist, ich bin so ausgeschlafen wie noch nie. Immer musste ich mit ihr zusammen ins Bett gehen. Mein kleines Töchterchen wollte nämlich keine fünf Sekunden alleine liegen bleiben!« Jonny seufzte. »Aber das habe ich mir selbst zuzuschreiben, ich hab sie schließlich so verwöhnt. Bei Susi würde sie das nie tun!«

Er lachte und strich sich mit einer Hand durch das volle schwarze Haar, das langsam graue Strähnen bekam. Aber Jonny sah nach wie vor einfach unverschämt gut aus. Zuvor war er zwei Jahre mit der blonden Schönheit Susi verheiratet gewesen. Ohne Vorwarnung wurde sie schwanger. Zu diesem Zeitpunkt lief es in der Beziehung der beiden überhaupt nicht mehr gut, und alle vermuteten, Susi wollte Jonny unter diesen Umständen nur an sich binden. Jonny war auch bereit dazu gewesen. Er war ein viel zu feiner Mensch, als dass er sich aus dem Staub gemacht hätte. Trotzdem funktionierte es nach einiger Zeit einfach nicht mehr. Er zog aus, und sie blieb mit dem Kind im gemeinsamen Haus wohnen.

Seine Pflichten als Vater nahm er sehr ernst. Jede freie Minute verbrachte er mit seiner Tochter Marie, was seine Noch-Ehefrau Susi dazu veranlasste, ihn gnadenlos herumzukommandieren. Aber darüber konnte man nicht sachlich mit ihm reden. Paula hatte es ein paar Mal versucht. Sie kannten sich schon einige Jahre und standen sich freundschaftlich sehr nahe. Gegenüber seiner Tochter plagte ihn ein permanent schlechtes Gewissen, weil er in seinen Augen als Vater versagt hatte. Daher tat er alles Erdenkliche für sie. Eben das, was in seiner Macht stand. Auch an diesem Wochenende hatte er den Kopf hinhalten müssen, während sich Susi mit Sicherheit auf irgendeiner Party vergnügt hatte. Jonny beaufsichtigte Marie in seiner gesamten Freizeit. Nur wenn er arbeiten musste, blieb sie bei ihrer Mutter. Jetzt wollte er nach fast anderthalb Jahren mal eine kleine Bootstour machen, und selbst das gönnte sie ihm nicht.

Paula sah ihn mit hochgezogenen Brauen an. Jonny wusste, was sie dachte. Sie brauchte es nicht auszusprechen. Für einen Augenblick

betrachtete sie seine ebenmäßigen Gesichtszüge, die durch seine natürliche Bräune nur noch mehr unterstrichen wurden.
»Wenn du Lust hast, kannst du nächstes Wochenende mit Mariechen vorbeischauen. Wir könnten mal wieder was zusammen unternehmen. Die Gegend, in der ich wohne, kenne ich immer noch nicht richtig. Es wäre langsam angebracht, mir mal ein Bild davon zu machen.«
Sie lachte, als er resigniert in seinen leeren Kaffeebecher blickte.
»Aber nur, wenn du Kaffee und eine selbst gebackene Torte für uns machst!«
Er zwinkerte ihr zu, und sie versprach hoch und heilig am Wochenende zu backen. Beide hatten eine Schwäche für Torten.
Paula musste an die Anfangszeit denken, als Jonny ihr Partner wurde. Oft hatte sie ihn verstohlen aus den Augenwinkeln betrachtet und war jedes Mal zusammengezuckt, wenn er mit ihr sprach. Aber das hatte sich schnell gelegt. Innerhalb kürzester Zeit waren sie sehr gute Freunde und Partner geworden. Paula konnte sich keinen besseren Kollegen an ihrer Seite vorstellen. Mit ihm hatte sie schon so einige schwierige Fälle erfolgreich aufgeklärt. Gute Teamarbeit war eben in ihrem Job unglaublich wichtig.
Jonny hieß eigentlich Jonathan, aber er wurde von allen nur Jonny genannt, und nicht selten bekam er etliche Jonny-Songs von seinen Kollegen um die Ohren geworfen. Er nahm es mit Humor.
Seit sie sich von Michael getrennt hatte, merkte sie, wie empfänglich sie für seine offene Art war, und das bereitete ihr hin und wieder Sorgen. Trotzdem wollte sie dadurch nicht ihre Freundschaft gefährden. Jedoch war es manchmal schwierig für sie, diesen herzlichen Umgang immer nur rein kameradschaftlich zu betrachten. Doch sie wollte auch auf gar keinen Fall ein Verhältnis mit einem Kollegen anfangen. Nicht noch einmal. Das mit Michael war auch in die Hose gegangen, und sie gab unter anderem den unregelmäßigen Arbeitszeiten die Schuld, die es ihnen unmöglich gemacht hatten, ein Wochenende gemeinsam zu verbringen, geschweige denn einen ganzen Urlaub.

Paula wollte die Mittagspause durcharbeiten und lehnte sogar die Einladung ihrer Kollegin Irene zum Essen ab, um endlich den lästigen Papierkram vom Tisch zu kriegen. Sie wusste, dass einmal liegen gebliebene Akten einem richtige Bauchschmerzen bereiten konnten. Sie verfolgten einen sogar an den freien Tagen.
Stöhnend biss Paula in ihren Apfel und öffnete den letzten Ordner in einem Vermisstenfall, der schon einige Tage zurücklag. Ihr Chef wurde langsam ungeduldig. Doch sie hatten bislang noch nichts über den Verbleib der verschwundenen Person herausfinden können. Eine gewisse Julia Ingbert war am 22. Oktober von ihrem Ehemann Dr. Peter Ingbert als vermisst gemeldet worden. Die junge Mutter einer knapp dreijährigen Tochter war Lehrerin an der Grundschule in Kirn. Nach Schulschluss hatte sie sich, wie immer, auf den Heimweg gemacht, zunächst bis zum nahe gelegenen Bahnhof und von dort aus mit dem Zug nach Idar-Oberstein.
Als der Kindergarten bei ihrem Mann in der Arztpraxis angerufen hatte, weil die kleine Leonore noch nicht abgeholt worden war, hatte Dr. Peter Ingbert angefangen, sich Sorgen zu machen. Er hatte sich jedoch damit getröstet, dass seiner Frau etwas dazwischen gekommen sein musste, obwohl, wie er später eingeräumt hatte, so etwas noch niemals vorgekommen war. Gegen 18 Uhr hatte die Angst um seine Gattin gesiegt, und er hatte sie als vermisst gemeldet.
Die aufnehmenden Polizeibeamten waren die Sache erst einmal locker angegangen, da achtzig Prozent aller vermisst gemeldeten Personen in den nächsten vierundzwanzig Stunden wieder auftauchen. Am nächsten Tag jedoch, als die ermittelnden Beamten Freunde, Verwandte und Kollegen befragt hatten, waren ein Verbrechen oder ein Unfall nicht mehr auszuschließen.
Es waren drei Leute für den Fall Ingbert abgestellt worden, darunter auch Paula als leitende Ermittlerin. Im Zug hatte sich an diesem Tag niemand an die dunkelhaarige, große Frau erinnern können. Eine Hundestaffel war eingesetzt worden, ebenso Hubschrauber, welche die ganze Gegend im Umkreis von zwanzig Kilometern mittels Infrarot-Scheinwerfern abgesucht hatten. Doch ohne Erfolg. Die Spur von Julia Ingbert hatte sich zweifellos am Bahnhof in Kirn verloren. Die

ausgebildeten Hunde, die stolze Arbeit geleistet hatten, waren genau an der Stelle stehen geblieben, von der aus Julia Ingbert vermutlich in den Zug eingestiegen war. Daraufhin hatte sich die zuständige Bundespolizei automatisch eingeschaltet, da die Zugverbindungen ins benachbarte Saarland führten, von wo aus auch Frankreich auf direktem Weg zu erreichen war. Bestand die Möglichkeit eines Verbrechens, in dem eventuell ein anderes europäisches Land involviert war, musste die Bundespolizei handeln. Zurzeit belief es sich jedoch lediglich um Schriftverkehr zwischen den Behörden.
Paula verfasste einen kurzen Bericht über den letzten Stand der Dinge, um ihn sobald wie möglich ihrem Chef vorzulegen, der ihn wiederum umgehend an das BKA weiterleiten musste. Anschließend traf sie sich für eine halbe Stunde mit Jonny und Irene im Konferenzraum, um die weiteren Schritte im Fall Ingbert abzustimmen.
»Ich werde nochmals in die Schule fahren«, sagte Paula zweifelnd. »Ich werde das Gefühl nicht los, dass ich irgendein Detail übersehen habe. Danach werde ich die verdammte Strecke von der Schule zum Bahnhof zum hundertdreizehnten Mal abgehen. Vielleicht treffe ich heute jemanden, der Julia Ingbert im Zug gesehen hat.«
Paula griff nach ihrer Kaffeetasse und steckte sich eine West Light an.
Jonny griff nach ihrer brennenden Zigarette und steckte sie zwischen seine Lippen, sodass Paula sich eine neue anzünden musste. Sie sah ihn tadelnd an, lächelte jedoch dabei.
»Was haltet ihr davon, wenn ich heute Nachmittag noch mal mit Herrn Ingbert spreche? Vielleicht kann ich ihn überreden, doch noch einige Handzettel mit dem Bild seiner Frau zu veröffentlichen. Man darf Hinweise aus der Bevölkerung nicht unterschätzen. Ich verstehe überhaupt nicht, warum er sich so vehement gegen eine Veröffentlichung wehrt. Es wäre nicht schlecht, wenn wir auch einen Suchhinweis übers Radio durchgeben würden.«
»Ob das jetzt noch viel bringt, wage ich zu bezweifeln«, warf Irene ein. »Ich werde mich zunächst einmal intensiv in ihrem Bekanntenkreis umhören. Wir können immer noch handeln, wenn die Presse ein Bild von der Ingbert veröffentlicht hat. Danach kann der Herr

Doktor sich nicht mehr gegen die offiziellen Verfahrensweisen wehren. So könnten wir die Sache schnellstmöglich an die Radiosender weitergeben.«
Sie nahm ihren Block und den Bleistift und machte Anstalten sich zu erheben. Durch das kurze rotblonde Haar sah sie jünger aus, als sie eigentlich war. Ihre zierliche Figur unterstrich die Jugendlichkeit noch. Irene arbeitete schon seit vielen Jahren bei der Kripo Idar-Oberstein. Sie war schon vor Paula und Köhler hier gewesen, da sie eine der ersten Frauen in Rheinland-Pfalz war, welche die Polizeiausbildung mit Bravour bestanden hatte.
»War's das oder braucht ihr mich noch?«, wandte sie sich an Paula. »Ich hab meiner Nichte versprochen, mit ihr ins Schwimmbad zu gehen. Bin froh, wenn ich es hinter mir habe. Ihr wisst ja, wie zwiespältig ich dem Element Wasser gegenüberstehe!« Irene zog eine Grimasse.
Paula erhob sich ebenfalls. »Tja, ich denke wir können Schluss machen, ich habe auch noch einen Termin. Wir sehen uns spätestens morgen.«
Sie verabschiedeten sich, und Paula zog ihren Mantel an, um noch kurz in der Apotheke vorbeizuschauen. Sie lebte zwar nicht besonders gesund, trotzdem nahm sie jeden Tag eine Vitamintablette, speziell für Raucher. Das erleichterte wenigstens ein bisschen ihr schlechtes Gewissen gegenüber ihrem Körper.
Draußen war es kalt geworden. Ein böiger Wind war von Westen aufgezogen, der die letzten Sonnenstrahlen mit dicken Wolken verdeckte. Manchmal wünschte sich Paula, sie wäre in den Süden Deutschlands gezogen, denn das Klima hier war hart und rau. Man musste sich erst daran gewöhnen.

Punkt 16 Uhr betrat sie das *Treibhaus*, eine kleine Kneipe in Birkenfeld, die zwar nicht besonders schön, aber die akzeptabelste im Ort war.
Hier traf sich fast jedermann, ein ganz gemischtes Publikum ging ein und aus. Sie erspähte Roberta sofort. Ihre Freundin saß an einem Tisch direkt am Fenster, in das ein sanftes Licht von außen hereinfiel,

welches ihr dunkelbraunes volles Haar in einem sanften Rot schimmern ließ. Wenn Paula eine Frau kannte, die eine perfekte Ausstrahlung besaß, dann war es Roberta. Sie nippte genüsslich an ihrem Kaffee. Typisch Roberta, dachte Paula. Diese Frau genoss jeden Tag ihres Lebens und machte sich nur so viel Sorgen wie unbedingt nötig. Gerade diese Eigenschaft mochte Paula besonders an ihr.

Außerdem war sie stets am Lachen und gut gelaunt. Selbst in kummervollen Stunden, und die gab es auf jeden Fall auch bei ihr – da sie schwierige Männer magisch anzog wie keine andere –, schien sie ihr Dasein in vollen Zügen zu genießen. Vielleicht lag es daran, dass sie als Pädagogin immer Kinder um sich herum hatte, die ihr mit viel Liebe und Enthusiasmus begegneten.

»Hallo mein Schatz!«, rief Roberta vergnügt, als sie Paula entdeckte, und drückte ihr einen dicken Kuss auf die Wange.

»Tach meine Liebe!« Paula freute sich aufrichtig und umarmte die Freundin ganz fest.

Sie setzte sich, zog ihren Mantel aus und bestellte eine Tasse Café au Lait.

»Du bist ja heute superpünktlich! Nun erzähl schon, was hat es mit deiner neuen Liebe auf sich?«

Roberta seufzte, ihre Blicke sprachen Bände. So konnte nur sie gucken. Paula musste lachen.

»Du wirst es nicht glauben, aber ich habe meinen Traummann gefunden! Er ist einfach umwerfend, zärtlich, geistreich, nett, ein Kavalier, ein Charmeur! Er besitzt alles, was sich eine Frau nur wünschen kann.« Sie seufzte schon wieder und schaute mit verträumten Augen an die Decke.

»Wenn ich mich recht erinnere … war dein Ex-Lover nicht genauso?«, fragte Paula unschuldig, was ihr einen bösen Blick einbrachte.

»Sorry, aber ich habe mich in Thorsten wirklich total geirrt. Das kann jeder Frau mal passieren!« Roberta schaute sie gespielt empört an, und beide prusteten zusammen los. Als sie sich wieder gefangen hatten, sagte sie: »Es ist einfach nur wunderschön mit ihm. Er ist einfach DER MANN für mich. Weißt du, es könnte auch an seinem Alter liegen. Eric ist bald fünfzig und ausgesprochen reif. Das waren

alle anderen nicht. Ich könnte mir vorstellen, dass ein reifer Mann mit mir besser auskommt, mich einfach besser verstehen kann.«
»Es gibt niemanden, der dir mehr wünscht, dass du endlich den Mann deiner Träume gefunden hast. Ich hoffe nur, du vergisst über all dem Glück nicht deine alte Freundin regelmäßig anzurufen und zu besuchen!«, entgegnete Paula.
»Ach du, hör auf damit! Ich hab ja nicht gleich vor bei ihm einzuziehen, obwohl er ein gigantisch schönes Haus hat. Wir wollen unsere Beziehung so locker wie möglich angehen. Jeder behält sein Zuhause, und wir sehen uns vielleicht dreimal die Woche. Das regt eine Partnerschaft erst richtig an. Es ist auch gut für uns, wenn wir uns nicht allzu sehr auf der Pelle liegen. Aber natürlich stehst du auf meiner Liste ganz oben!« Roberta warf ihr einen Handkuss zu.
»Dann bin ich zufrieden!«, meinte Paula lachend.
Der Kaffee wurde von einer jungen Kellnerin gebracht. Sie zündete die Kerze an, die auf dem Tisch stand, und Paula nahm einen vorsichtigen Schluck von dem heißen Getränk. Bei den Herbststürmen und der Kälte, die zurzeit im Land herrschten, tat das richtig gut.
»Was macht deine Arbeit, und vor allem, was macht dein Partner, dieser charmante Schönling?«, fragte Roberta neckisch.
Paula lächelte bei dem Gedanken, dass Roberta Jonny einen Schönling nannte.
Sie erzählte von ihm und davon, wie er sich von Susi ausnutzen ließ. Auch von dem Fall des Edelsteinhändlers in Idar-Oberstein, der eine Woche zuvor von einer ganzen Bande überfallen und gefesselt worden war, berichtete sie kurz. Schwere Verletzungen hatten sie dem Mann zugefügt. Sein Anblick war fürchterlich gewesen. Schwer blutend aus einer Wunde am Kopf und mit etlichen Blessuren am gesamten Körper, hatte er stundenlang auf dem kalten Fliesenboden ausharren müssen, bis die eintreffenden Polizisten ihn endlich von seinen Handschellen, die an einem Heizkörper befestigt waren, befreit hatten.
Er hatte verdammtes Glück gehabt. Seine Nachbarin, eine neugierige, ältere Dame, hatte sich Sorgen um ihn gemacht, als er nicht wie gewöhnlich morgens seine Zeitung aus dem Briefkasten geholt hatte.

Paula erzählte der Freundin den groben Ablauf des Raubüberfalls. Sie wusste, dass sie nicht allzu viel preisgeben durfte. Roberta hakte aus diesem Grunde selten nach, wenn Paula ihr schon mal etwas erzählte.

»Konntet ihr die Typen festnehmen, die das gemacht haben?«, fragte Roberta.

Paula schüttelte ihren Kopf.

»Leider noch nicht. Die Kollegen, die diesen Fall bearbeiten, gehen etlichen Hinweisen nach«, antwortete sie resigniert. »Aber ich habe gerade einen Vermisstenfall auf dem Tisch, der mir ganz schön zu schaffen macht!«

Roberta sah sie erstaunt an.

»Wer wird denn vermisst?«, fragte sie neugierig.

Paula zögerte kurz. Warum sollte sie den Namen der vermissten Frau eigentlich nicht preisgeben? Schließlich würden es bald alle Leute in der Umgebung wissen. Über kurz oder lang waren sie auf Hinweise aus der Bevölkerung angewiesen.

»Eine gewisse Julia Ingbert wird seit dem 22. Oktober dieses Jahres vermisst, sie ist Lehr...« Paula konnte den Satz nicht zu Ende bringen. Aufgeregt packte ihre Freundin sie am Arm.

»Julia Ingbert?«, schrie Roberta hysterisch auf. »Die kenne ich!«

»Die kennst du?«, warf Paula überrascht ein.

»Ja! Sie ist eine ehemalige Studienkollegin von mir. Wir haben zusammen an der Uni verschiedene Kurse besucht und kamen irgendwann ins Gespräch. Danach hatten wir losen Kontakt, bis vor etwa vier Jahren. Ja, warte, lass mich überlegen ... ungefähr vier Jahre ist es her. Da heiratete sie und war plötzlich weg vom Fenster. Ich habe ein paar Mal versucht sie zu treffen, aber es kam ihr immer etwas dazwischen. Ich denke, dass an den gescheiterten Treffen ihr Mann Schuld hatte, denn der Bursche ist sehr eifersüchtig. So hinterließ ich meine Adresse und Telefonnummer und sagte ihr, sie könne jederzeit bei mir anrufen. Danach wurde es still um sie. Eine Ewigkeit hörte ich nichts von ihr. Irgendwann hat mir eine gemeinsame Bekannte erzählt, sie habe eine kleine Tochter bekommen. Ich glaube, ich kann mich sogar noch an ihren Namen erinnern ...!« Roberta überlegte angestrengt.

»Leonore«, sagte Paula.
»Genau!« Roberta fuchtelte aufgeregt mit ihren Händen herum. »Hab ich's doch gewusst! Und du sagst, sie ist verschwunden? Einfach so?«
Paula war sich nicht sicher, wie viel sie ihrer Freundin erzählen sollte und konnte. Sie entschied sich dafür, mit offenen Karten zu spielen. Vielleicht trug ein Hinweis von Roberta zur Aufklärung des Falles bei. Schließlich waren alle Informationen, auch wenn sie auf den ersten Blick belanglos erschienen, wichtig.
»Sie wurde am 22. Oktober dieses Monats von ihrem Ehemann als vermisst gemeldet. Von ihrer Arbeitsstelle, der Grundschule in Kirn, ist sie nicht wie üblich zurückgekehrt, um ihre kleine Tochter im Kindergarten abzuholen. Das allein sagt schon aus, dass wir es hier sehr wahrscheinlich mit einem Verbrechen zu tun haben. Das passt nicht zu dem Bild, das wir von ihr gewonnen haben. Sie soll eine sehr fürsorgliche junge Mutter sein, die mit abgöttischer Liebe an ihrem Kind hängt. Alle ihre näheren Bekannten haben uns dies versichert. Außerdem ist sie stets pünktlich und zuverlässig gewesen. Wenn sie sich einmal verspätete, dann rief sie immer gleich an und gab Bescheid.«
Paula steckte sich eine Zigarette an und nahm einen tiefen Zug.
»Ich kann nur bestätigen, was ihre Angehörigen und Freunde über sie sagen. In der Zeit, in der ich sie kannte, war sie absolut zuverlässig. Sie war sogar so pünktlich, dass ich manchmal meine Witzchen darüber machte. Du weißt, ich nehme es normalerweise nicht auf die Minute genau!« Sie lächelte schelmisch zu Paula hinüber, die sich an die vielen Treffen mit ihrer Freundin erinnerte, bei denen sie oft genug schon die komplette Tageszeitung durchgelesen hatte, bevor Roberta schließlich abgehetzt um die Ecke gebogen war.
Nachdem sie einen kleinen Salat gegessen hatten, plauderten die beiden Frauen noch eine Weile über belanglose Themen; dann verabschiedeten sie sich.

Vier

Sie wollte dem Direktor der Grundschule in Kirn, der in Idar-Oberstein wohnte, noch einen Besuch abstatten, bevor sie nochmals zum Bahnhof fahren würde.
Eigentlich war sie sich nie so recht im Klaren darüber, ob sie diese Stadt mochte oder nicht. Einerseits fand sie die alten riesigen Häuser mit den verschiedenen Ornamenten wunderschön, auf der anderen Seite konnte man jedoch auch den Verfall dieser Stadt beobachten, deren Ritzen und Fugen immer unansehnlicher wurden. Eines wusste sie sicher, hier scherte sich kaum jemand um eine anständige Stadtsanierung.
Im Großen und Ganzen fand sie die Stimmung in Idar-Oberstein eher trist, dabei war und ist Idar-Oberstein eine bedeutende Edelsteinstadt, die in vielen Teilen der Welt eine wichtige Rolle spielt. Doch Paula glaubte, einen deutlichen Abwärtstrend zu spüren. Hohe Arbeitslosenzahlen, Abwanderung der Geschäfte in der Fußgängerzone, Billigtourismus und grauer Beton, wohin das Auge reichte. Einziger Lichtblick waren die wunderschönen Sehenswürdigkeiten, unter anderem die Felsenkirche.
Vor langer Zeit lebten auf Burg Bosselstein, hoch erhaben über Idar-Oberstein, die beiden Brüder Wyrich und Emich. Es tat sich an, dass der jüngere Bruder Emich sich in das junge Fräulein Berta verliebte, die ganz in der Nähe auf der Burg Lichtenburg wohnte. Heimlich trafen sie sich und mit der Zeit wuchs ihre Liebe. Sie beschlossen, das Bündnis der Ehe einzugehen. Emich wusste, dass auch sein Bruder ein Auge auf das hübsche Fräulein geworfen hatte. Fortan bestand er darauf, ihre Liebe geheim zu halten. Kurze Zeit später feierten die beiden ohne Wyrichs Anwesenheit ein großes und schönes Verlobungsfest.
Als Emich, ganz in seinen glücklichen Träumen vertieft, oben auf der Burg Bosselstein stand und mit verklärten Augen der Zukunft entge-

genblickte, trat wutentbrannt sein Bruder Wyrich zu ihm. Natürlich hatte er von der Verlobung erfahren und war zutiefst enttäuscht und zornig. Er gönnte ihm die Liebe zu Berta nicht, also stellte er seinen Bruder Emich zur Rede und fing an, ihn zu schlagen. Bevor Emich sich zur Wehr setzen konnte, stieß in Wyrich in seiner grenzenlosen Wut den Fels hinunter, wo er auf einem kleinen Felsvorsprung tot aufschlug. Erst danach erkannte Wyrich, was er getan hatte. Er streckte im selben Moment seine Hände gen Himmel und rief: »Herr, hilf mir! Was ich habe ich nur getan?«

Kurz darauf erfuhr Berta von dem Tod ihres geliebten Emich. Vor Trauer zog sie sich zurück und wurde im Laufe der Jahre sehr krank. Wyrich bereute seine Tat, zog in den Krieg, kämpfte an vorderster Front, um den Tod zu finden, jedoch vergebens. Berta war indes an ihrem großen Kummer über den Verlust ihres Geliebten gestorben. Viele Jahre später, als Wyrich am Grab seines Bruders stand, begegnete ihm ein alter weiser Abt. In seiner Not beichtete Wyrich dem Alten, was er getan hatte, und flehte ihn um Hilfe an.

Der alte Abt überlegte eine Weile, bevor er seine Antwort gab. »Verschenke dein Hab und Gut an die Armen und errichte an der Stelle, an der dein Bruder starb, eine Kirche. So wird dir verziehen werden!«

Wyrich tat wie ihm geheißen. Voller Inbrunst verteilte er seinen Besitz unter den Armen der Bevölkerung auf und begann an der Stelle, an der sein Bruder tot aufgeschlagen war, ein großes Loch zu hauen. Viele Jahre zogen ins Land, bis die Kirche endlich fertig war. Wyrich erschuf sie mit seinen eigenen Händen. Er bat den Abt die Kirche einzuweihen. Als dies geschehen war, brach Wyrich auf den Stufen der Kirche tot zusammen. Ihm war vergeben worden. Im Himmel konnte er nun mit seinem Bruder vereint sein.

Paula fuhr in den Stadtteil Göttschied, einem beschaulichen Vorort, wo sich gleich auf der linken Seite ein großes Klinikum befindet, das sich einen Namen durch Knochenmarkstransplantationen gemacht hat.

In fünfzehn Minuten war sie vor dem Haus angekommen. Erst letzten Monat hatte Paula sich einen neuen anthrazitfarbenen BMW 3er

gekauft, mit dem von ihr heiß ersehnten Navigationssystem. So musste sie nicht mehr minutenlang nach dem Weg fragen oder irgendwelche Stadtpläne an Tankstellen besorgen und sich dabei den Hintern abfrieren.
Das Haus war unauffällig und stand inmitten eines Wohngebietes, deren Bauten alle in den siebziger Jahren entstanden waren. Dementsprechend sah auch der Baustil aus. Nicht gerade ein Idyll. Jemand hatte die angrenzende Rabatte lieblos mit unterschiedlichen Bodendeckern bepflanzt, die in eintönigem Grün die Treppe seitlich zu überwuchern drohten.
Paula ging die etlichen Stufen hoch, die zum höher gelegenen Eingang führten, wie das hier in der Gegend oft üblich war.
Herr Wenzel selbst öffnete ihr die Tür und erkannte sie sofort wieder. So verzichtete sie darauf ihren Ausweis zu zeigen, während er sie freundlich hereinbat.
»Herr Wenzel, bitte entschuldigen Sie die erneute Störung, doch ich muss Ihnen noch einige Fragen wegen des Verschwindens von Frau Ingbert stellen«, sagte Paula und nahm in dem überraschend modern gehaltenen Wohnzimmer Platz.
Herr Wenzel setzte sich auf das gegenüberliegende Sofa und schaute sie fragend an.
»Hat sich etwas Neues ergeben?«, fragte er.
»Leider nicht«, antwortete Paula. »Aus diesem Grund bin ich hier. Wir können mit Bestimmtheit sagen, dass Frau Ingbert am Bahnhof von Kirn noch gesehen wurde. Das ist im Moment alles. Danach verliert sich jede Spur von ihr. Niemand hat sie beim Einsteigen gesehen, und niemand ist ihr im Zug begegnet. Besser gesagt, niemand erinnert sich daran. Ob sie wirklich nicht dort war, ist eine andere Sache.«
Er schüttelte betroffen seinen Kopf. Paula fuhr fort.
»Ich wollte fragen, ob Ihnen noch etwas eingefallen ist. Vielleicht etwas, was Sie vorher für belanglos hielten, aber was für uns eventuell von Bedeutung sein könnte?«
Paula und ihre Kollegen hatten die Erfahrung gemacht, dass beim wiederholten Vernehmen von Zeugen immer wieder Kleinigkeiten

ans Tageslicht kamen, die den Befragten vorher nicht bewusst gewesen waren. Herr Wenzels Blick fiel aus dem Fenster, bevor er sich räusperte und wieder zu ihr sah.
»Also, ich kann Ihnen nur sagen, was ich Ihnen und Ihren Kollegen schon erzählt habe. Frau Ingbert, also Julia, kam nach Schulschluss noch in mein Büro und hat mir die Unterlagen für den neuen Lesekurs zurückgegeben, die ich ihr ausgeliehen hatte. Sie verabschiedete sich von mir, indem sie mich noch an die Fahrradprüfung der Viertklässler erinnerte, die am nächsten Tag stattfand. Dann ist sie gegangen. Mehr kann ich nicht dazu sagen. Danach war ich noch mehrere Stunden in meinem Büro, um den Papierkram zu erledigen. Ich machte mich auf dem Heimweg, als die Putzfrauen gerade mit ihrer Arbeit fertig waren. Gegen 16 Uhr haben wir dann zusammen die Schule verlassen und die Türen verschlossen.«
Paula seufzte. Das war fast wortwörtlich, was Wenzel schon vor einigen Tagen ausgesagt hatte. Also nichts Neues.
»Und Frau Ingberts Verhalten war ganz normal?«
»Wie immer, soweit ich das beurteilen kann. Ich war ziemlich in meine Arbeit vertieft.«
Paula seufzte. Sie verspürte plötzlich unbändige Lust auf einen Espresso und eine Zigarette. Wehmütig dachte sie, dass beides im Moment leider nicht zu haben war.
»Hat Frau Ingbert Ihnen irgendwann mal etwas von ihren Zugfahrten erzählt? Wie ich aus den Akten entnehmen kann ...«, Paula blätterte einige Seiten zurück, »... ist sie eigentlich schon immer mit dem Zug zur Arbeit gefahren!«
Herr Wenzel legte die Stirn in Falten. »Mit dem Zug ist sie schon sehr lange Zeit zur Arbeit gekommen, mindestens drei Jahre. Aber ob sie mal davon erzählt hat?«
Angestrengt dachte er nach. Langsam schüttelte er seinen Kopf.
»Nicht dass ich wüsste!« Für einen Augenblick zögerte er jedoch.
Paula sah ihn auffordernd an.
»Nur ein kleines Detail ... es mag in Ihren Augen nichtig sein, aber es könnte uns vielleicht weiterhelfen!« Paula merkte, wie Herr Wenzel an etwas Bestimmtes dachte, sich aber nicht richtig entschließen konnte es auszusprechen.

»Ja ... sie hat mal was erzählt. Es ist aber schon lange her und muss nichts mit ihrem Verschwinden zu tun haben!«
»Erzählen Sie es trotzdem!«, forderte Paula ihn freundlich auf.
»Also ... sie berichtete vor einigen Monaten, so ganz nebenbei, dass sie öfter einem Mann im Rollstuhl beim Aussteigen hilft. Er hat wohl die gleiche Strecke wie sie, zumindest das gleiche Ankunftsziel ...?« Fragend schaute der Direktor sie an.
Paula merkte, wie sich ein Kribbeln in ihrem Bauch breitmachte. Sie war lange genug dabei, als dass sie ein solches Zeichen übergehen konnte. Da war etwas. Eine Spur, die sie vielleicht verfolgen konnten. Instinktiv war sie sich der Wichtigkeit dessen, was Herr Wenzel eben berichtet hatte, bewusst. Für zwei Sekunden hielt sie den Atem an, um die Spannung, die sie ergriffen hatte, erträglicher zu machen.
»Mehr hat sie nicht gesagt?«, fragte sie.
»Nein, sie hat es nur einmal erwähnt, als wir bei einem Ausflug einer Klasse mit behinderten Kindern begegnet sind. Ich habe es in Erinnerung behalten, weil ich Schwierigkeiten hatte, mir vorzustellen, wie eine solch zierliche Frau wie Julia einem Mann im Rollstuhl beim Aussteigen hilft. Aber wie gesagt, vielleicht ist es ja gar nicht so wichtig!«
Paula stand auf, Herr Wenzel ebenfalls, froh darüber diese unliebsame Besucherin endlich loszuwerden.
»Herr Wenzel, falls Ihnen noch etwas dazu einfällt, rufen Sie mich bitte sofort an. Insbesondere was diesen Rollstuhlfahrer anbelangt!«
Er nickte. »Ihre Karte habe ich, und wenn mir noch etwas in den Kopf kommt, melde ich mich.«
Paula verabschiedete sich und eilte hastig zu ihrem Auto. Obwohl sie anschließend noch über eine Stunde die Passanten am Bahnhof in Idar-Oberstein befragte, ergab sich kein einziger Hinweis mehr. Frustriert brach sie ihre Befragung ab und fuhr zur Dienststelle.
Dort traf sie weder Jonny noch Irene an. Mist, dachte sie und wählte Irenes Handynummer. Doch es sprang nur die Mailbox an. Sie hinterließ ihr eine Nachricht mit der Bitte um Rückruf.
Auf dem Heimweg versuchte sie Jonny anzurufen. Normalerweise müsste sie während eines Telefonates anhalten, das war Paula klar,

denn es war verboten ohne Freisprechanlage zu telefonieren, doch es gab Tage, da ignorierte sie gewisse Vorschriften. Und heute war so ein Tag.

Bei ihm ging auch niemand ran. Bestimmt war er bei Susi, um seine Tochter zurückzubringen. Dabei hatte er sein Handy mal wieder im Auto liegen lassen. Sie hätte natürlich die Möglichkeit gehabt, ihre beiden Kollegen auf dem Festnetz anzurufen, aber das war keine Sache, die heute Abend unbedingt noch erledigt werden musste. Sie konnte warten, bis die beiden sich meldeten. Wenn nicht, hatten sie morgen Früh noch Gelegenheit alles Weitere zu besprechen.

Sie fuhr gerade die Einfahrt zu ihrem Haus hoch, als ein riesiges, graues Ungetüm an der Fahrerseite ihres Wagens vorüberschoss.

Vor Schreck zuckte sie zusammen und bremste so stark ab, dass ihre Tasche mit der Akte Ingbert auf den Boden des Beifahrersitzes fiel.

Als sie ausstieg, um zu sehen wer hier auf ihrem Grundstück sein Unwesen trieb und dabei noch die Frechheit besaß ihr direkt vors Auto zu laufen, hatte die Dämmerung längst eingesetzt. Zunächst konnte sie überhaupt nichts erkennen; es dauerte einige Sekunden, bis ihre Augen sich an die Dunkelheit gewöhnt hatten. Aber sosehr sie sich auch anstrengte, sie konnte nichts ausmachen.

Plötzlich kam eine Stimme aus der Hecke direkt neben ihr, die so etwas wie »'Tschuldigung« stammelte.

Paula drehte sich um. Es war der schwarze, kleine Junge aus dem Nachbarhaus, der ein riesiges Wollknäuel zwischen seinen Beinen festhielt, wobei es sich wohl um einen Hund handeln musste, wie sie annahm.

»Was tust du hier? Du bist mir geradewegs vor den Wagen gelaufen, und fast hätte ich dich …« Weiter kam sie nicht, denn er fiel ihr ins Wort.

»Das war ich nicht, ganz ehrlich! Das war Petto!« Er richtete seinen Blick auf den Hund. Mit seinen riesigen dunklen Augen sah er sie schuldbewusst an. Paula musste sich das Lachen verkneifen.

»Ah, Petto war das! Dann musst du ihm klarmachen, dass er nicht vor irgendwelche Autos hüpfen darf, sonst wird er nur ein sehr kurzes Hundeleben haben!«

Der Junge nickte eifrig.
»Was macht ihr überhaupt hier?«
»Also ... äh ... bei dir kann man sooo toll spielen. Wir haben uns hinten eine Urwaldhöhle gebaut. Aber eigentlich sollte das niemand wissen, denn es ist ein Geheimnis!« Seine Augen strahlten voller Stolz, während er mit dem Finger auf eine Trauerweide zeigte, die direkt neben ihrem Gästezimmer lag. Die herunterhängenden Äste des alten Baumes überwucherten unzählige Hecken und Sträucher, die davor standen, sodass man die Höhle, die er sich gebaut hatte, nicht einsehen konnte.
Ein ideales Versteck für einen kleinen Jungen, dachte sie und wurde mit einem Mal wieder an ihre eigene Kindheit erinnert. Auch sie hätte dieser Höhle wahrscheinlich nicht widerstehen können.
»Ach bitte, sag es nicht meiner Mutter, denn dann darf ich nie mehr hierher zu dir!«, bettelte er, während er an ihrer Jacke zupfte.
Sie strich ihm über den Kopf.
»Ehrenwort! Ich erzähl es niemandem, und ich erlaube dir hiermit feierlich, diese Höhle in Besitz zu nehmen!«
Er riss vor Freude seine Augen weit auf. »Cool! Echt danke ... äh ... ich meine, danke, echt cool!«
Er packte sein Bündel Hund und kroch durch das Loch in der Hecke, durch das er auch hergekommen war.
»Heh, wie heißt du eigentlich, damit ich weiß, an wen ich die Höhle abgetreten habe?«
Der Junge lugte mit einem verschmitzten Gesichtsausdruck wieder hervor. Man sah fast nur seine Zähne und das Weiße seiner Augen.
»Wie du heißt, weiß ich!« Er machte eine geheimnisvolle Pause.
»Bischu! Nun musst du meinen Namen herausfinden!« Und mit diesen Worten war er auch schon verschwunden.
Paula lachte. Bischu hatte er sie genannt. Wie er wohl darauf gekommen war?
Sie fuhr den Wagen ein Stück weiter und stieg aus. Mittlerweile war es ziemlich dunkel. Sie musste zugeben, dass ihr das große Haus doch hin und wieder ein wenig unheimlich vorkam. Vor allem, wenn man es in der Nacht betrachtete. Diese unliebsamen Gedanken schüttelte

sie schnell von sich und schloss die Tür auf. Als sie das Licht in den unteren Räumen angeschaltet hatte, sah die Sache schon wieder freundlicher aus.

Bei Weißbrot, Käse und einem Glas Wein ließ sie den Tag noch einmal Revue passieren und überlegte, was sie als Nächstes im Fall Ingbert tun würde. Gerade als sie den Zugfahrplan noch einmal studierte, um die genauen Ankunftszeiten zu eruieren, hörte sie ein Auto in ihrer Einfahrt.

Wer wird das wohl sein?, dachte sie beunruhigt. Es war schon spät, und sie war nur mit einem T-Shirt bekleidet.

In diesem Augenblick läutete auch schon die Türglocke. Obwohl sie dagegen ankämpfte, tat ihr Herz jedes Mal einen Sprung, wenn am späten Abend noch jemand bei ihr klingelte. Sie musste sich ehrlicherweise eingestehen, dass sie wahrlich nicht die Mutigste war und ihrem Sternzeichen Löwe nicht annähernd Ehre machte. Aber sie tröstete sich. Besser vorsichtig und auf der Hut als zu viel Tatendrang.

»Wer ist da?«, rief sie hinter verschlossener Tür.

»Ich!«, antwortete jemand.

Diese Stimme erkannte sie sofort und öffnete.

»Du?«, fragte sie verblüfft.

»Ja, ich. Du hast mich angerufen, und schon bin ich hier!«

Paula lachte. »Wenn das alles immer so schnell gehen würde«, meinte sie, »dann wäre die Aufklärungsquote im Dezernat bestimmt doppelt so hoch!«

Sie ging ihm voran ins Wohnzimmer.

»Richtig gemütlich ist es geworden, seit ich das letzte Mal hier war!«, staunte Jonny, während er sich in dem Raum mit den wunderbaren Stuckornamenten an der Decke umsah. »Du hast ganze Arbeit geleistet!«

Drei Wände des Zimmers hatte sie weiß gestrichen, außer der Wand, an der das schwarze Ledersofa stand. Ein dunkles Rot und einige Gemälde, die sie schon seit Jahren von Künstlern aus der Umgebung sammelte, ließen diese Seite des Zimmers sehr elegant aussehen, wie sie fand.

Im Kamin glühte ein letzter Rest Holz, und Jonny legte ein Scheit nach.

»Alle Männer spielen gerne mit dem Feuer, diese Erfahrung mache ich immer wieder!«, sagte Paula.

Bevor er sich auf das Sofa setzte, griff er sich noch ein Stück Käse von dem Teller, der auf dem Esstisch stand.

»Exzellent, Mademoiselle!«

Sie holte ihm ein Glas aus der Küche und nahm ihm gegenüber in einem Sessel Platz.

»Nur mit der Zentralheizung wäre es hier wahrscheinlich viel zu kalt«, erklärte sie. »Dafür sind die Decken zu hoch. Außerdem würden mich die Nebenkosten auffressen!«

»Gemütlich!«, meinte er kauend. »Einfach nur gemütlich! Da kann ich mit meiner bescheidenen Dreizimmerwohnung leider nicht mithalten!«

Paula dachte an das schöne Haus, das er zusammen mit Susi gebaut hatte und in dem sie nun alleine mit der gemeinsamen Tochter lebte. Ein solches Haus konnte man im Leben nur einmal bauen. Aber das wusste er, das brauchte sie ihm nicht zu sagen.

»Weshalb hast du angerufen?«, fragte er, während sie ihm einen Schluck des 99er Cabernet eingoss.

»Du wirst es nicht glauben, aber ich war heute am späten Nachmittag bei Wenzel. Ihm ist tatsächlich noch etwas eingefallen, was für uns wichtig sein könnte!«

»Was?«, fragte Jonny erstaunt. »Wir haben ihn doch schon unzählige Male verhört. Er hat jedes Mal die gleiche Aussage gemacht!«

»Du weißt doch, wie das ist. Je öfter man mit Zeugen redet, desto höher liegt die Wahrscheinlichkeit irgendwann auf etwas wirklich Interessantes zu stoßen!«, antwortete Paula.

»Und was hat der gute Mann erzählt?« Jonny hielt sein Weinglas hoch. »Santé!«

Sie nippten an ihrem Wein. »Ihm ist eingefallen, dass Frau Ingbert vor ihrem Verschwinden einmal einen behinderten Mann im Rollstuhl erwähnt hat, dem sie öfters beim Aussteigen geholfen hat.«

»Ist das alles?«

»Ja. Aber ich werde das Gefühl nicht los, da könnte etwas dran sein!«
Nachdenklich strich sich Jonny über das Haar.
»Vielleicht hast du recht, obwohl ich nicht weiß, was daran brisant sein soll. Es ist ja nichts dabei, einem Behinderten zu helfen!«
»Natürlich nicht. Aber warum hilft gerade sie ihm und nicht jemand anderes?«
»Wir werden dem nachgehen. Hast du ihre genauen Zugverbindungen parat?«
Paula nickte, nahm sich die Akte zur Hand und fing an darin zu blättern.
»Ihre Arbeitszeiten sind an allen Tagen unterschiedlich, aber hier sind sie einzeln aufgelistet!« Sie reichte ihm die Blätter.
»Toll! Das bedeutet wohl, ich werde in nächster Zeit in allen Bahnhofskneipen Stammgast!«, erwiderte Jonny mit einem ironischen Lächeln auf den Lippen.
Paula lachte. »Kann gut sein!« Schmunzelnd überreichte sie ihm die anderen Papiere, auf dem die Zeiten der Züge mit Ankunft und Abfahrt aufgelistet waren.
Julia Ingberts Mann hatte diese sorgfältig mit dem Computer geschrieben und auf dem Revier abgegeben.
Jonny studierte die Zeiten konzentriert, nur ab und zu trank er ein Schlückchen Wein.
Dabei hatte Paula die Gelegenheit seine feinen Gesichtszüge zu betrachten, die in diesem Moment angespannt und nachdenklich wirkten. Eine Haarsträhne war ihm seitlich in die Stirn gefallen. Zu gerne hätte Paula sie mit ihren Fingern beiseitegeschoben. Stattdessen setzte sie sich neben ihn, um die Fahrpläne zu studieren.
»Ihre Abfahrtszeiten liegen alle um die Mittagszeit herum, außer am Donnerstag, da ist sie erst später nach Hause gefahren, weil die Lehrer an diesem Tag ihre wöchentliche Konferenz hatten«, meinte er.
Paula machte ein nachdenkliches Gesicht. »Am besten wäre es, wenn du mit den gleichen Zügen fährst wie sie.«
»Und du holst mich am Bahnhof ab, und wir spielen ein altes Ehe-

paar, das endlich wieder zusammen ist!« Jonny warf ihr galant eine Kusshand zu.
»Du kannst den nächsten Zug wieder zurück nehmen!«, erwiderte sie frech.
Er lachte und beugte sich etwas näher zu ihr hin.
»Ich würde aber gerne von dir abgeholt werden!«
Sie warf ihm ein Kissen über.
»Vergiss es!«, sagte sie und schüttelte den Kopf.
»Okay, du bist der Boss! Aber dafür bekomme ich noch ein Gläschen Wein!« Er hielt sein leeres Glas in die Höhe.
Sie nahm die Flasche und goss ihm ein. Dabei kam sie ihm so nahe, dass sie sich schlagartig bewusst wurde, wie vertraut sie mittlerweile miteinander umgingen. Es war ein schönes Gefühl, auch wenn sie sich darüber im Klaren sein musste, dass er ein Mann war. Zudem noch ein äußerst attraktiver.
Sie unterhielten sich noch einige Stunden, in denen sie dafür sorgte, dass keine allzu privaten Themen zur Sprache kamen. Die Uhrzeit und ihr Outfit waren absolut unpassend dafür. Sie fühlte sich verletzlich und schwach. Bestimmte Gefühle in ihrem Inneren ließen sie äußerst wachsam sein. Eine lange Zeit der Entbehrung lag hinter ihr, die sie empfänglich werden ließ für kleine Zärtlichkeiten, auch wenn sie, wie in dieser Situation, vielleicht nur rein freundschaftlicher Natur waren. Sie war sich vollkommen bewusst darüber, welch starke Wirkung ihr Partner in all den Jahren schon auf sie ausgeübt hatte.
So diskutierten sie über die Beziehung zwischen Julia Ingbert und ihrem Mann. Paula erzählte ihm, was ihre Freundin Roberta über die Vermisste erzählt hatte. Beide kamen zu dem Schluss, dass Julia Ingbert im Grunde gar nicht der Typ Mensch war, der einem Behinderten spontan beim Aussteigen helfen würde.
Kurz nach Mitternacht brach Jonny auf. Als Paula ihn zur Tür begleitete, merkte sie, wie hundemüde sie eigentlich war.
Beim Hinausgehen zögerte Jonny kurz, tat einen Schritt zurück und sah sie für einen kurzen Moment nachdenklich an, bevor er sie plötzlich in die Arme nahm und an sich drückte. Ein Schauer lief durch ihren Körper.

»Schlaf gut ...«, sagte er leise und verschwand ebenso still in der Dunkelheit. Paula schloss die Tür und atmete tief ein. Es war offensichtlich, dass es mit ihrer Standhaftigkeit vorbei gewesen wäre, wenn er sie jetzt geküsst hätte. Sie musste sich zusammennehmen. Jonny war ihr Partner, und sie durfte in ihm auch nur genau das sehen, was er war. Und nichts anderes!
Einige Minuten später schlüpfte sie in das schwarz metallene Himmelbett, löschte das Licht und war bald darauf eingeschlafen.

Fünf

Als der Wecker sie um kurz vor sieben aus den Träumen riss, glaubte sie, nur Minuten geschlafen zu haben. Genauso fühlte sie sich auch, als sie gegen acht im Besprechungsraum saß, um mit Irene die Neuigkeiten des vorherigen Tages auszutauschen.
Jonny kam einige Minuten später, und für eine Zeit lang schaffte sie es nicht, ihm in die Augen zu sehen. Sie hatte Angst, dass er die Lust darin erkennen würde, der sie gestern Abend fast erlegen war. Durch seine lockere, ungezwungene Art machte er es ihr jedoch leicht in den gewohnten Alltagstrott zurückzukehren.
Verstrubbelt und mit einem Lächeln stellte er ihnen je einen Becher Kaffee vor die Nase.
»Ohne dich würde der Tag nur halb so schön beginnen«, spöttelte Irene und nahm einen Schluck des schwarzen Gebräus.
»Deshalb tue ich, was ich tun kann, meine Damen!« Jonny machte eine weit ausholende Geste und setzte sich ebenfalls dazu, um den Ablauf des vor ihnen liegenden Tages zu besprechen.
»Übrigens konnte ich gestern Herrn Ingbert dazu überreden, Handzettel in der Umgebung zu verteilen. Ich verstehe überhaupt nicht, aus welchem Grund er sich die ganze Zeit dagegen gesträubt hat!«, meinte Irene missmutig. »Zweihundert haben wir schon ausgedruckt. Heute Mittag werden die Kollegen bei der Streife sie verteilen.«
»Bestimmt wollte der gute Mann seinen weißen Kittel aus der Sache raushalten. Wie ich gehört habe, führt er eine sehr gut gehende Praxis!«, warf Jonny ein.
»Das Gleiche ist mir auch in den Sinn gekommen«, sagte Irene. »Das ist einer von der ganz schlauen Sorte. Wenn man mit ihm spricht, hat man das Gefühl winzig klein und dumm zu sein!«
Paula musste grinsen. Ihre Kollegin hatte es auf den Punkt gebracht. Ingbert war nicht gerade ein sympathisch wirkender Mensch. Ihr war es bei dem Gespräch mit ihm ähnlich ergangen wie Irene.

»Also gegen Ingbert können wir jeglichen Verdacht fallen lassen. Obwohl er ein überheblicher und arroganter Schnösel ist, können wir ausschließen, dass er etwas mit dem Verschwinden seiner Frau zu tun hat. Außerdem hat er ein stichfestes Alibi. An dem Tag, an dem sie verschwand, war er bis abends in seiner Praxis. Das können seine Angestellten und seine Patienten bezeugen. Was meint ihr dazu?«, fragte Paula ihre Kollegen und steckte sich eine Zigarette an.

»Ganz deiner Meinung! Alles in allem scheint er in dieser Hinsicht absolut unschuldig zu sein«, stimmte Irene ihr zu.

Jonny warf einen zusammengeknüllten Papierball geschickt in den Abfalleimer, der neben der Tür stand, bevor er sich wieder den beiden Frauen zuwandte.

»Ingbert selbst und auch die Bekannten und Verwandten von Julia Ingbert haben meiner Meinung nach nichts mit ihrem Verschwinden zu tun. Es war niemand dabei, der den kleinsten Verdacht in mir geweckt hätte oder durch Unstimmigkeiten aufgefallen wäre.«

»Das sehe ich genauso!«, sagte Paula. »Sollen wir Plan B durchziehen?«, fragte sie Jonny, der ihr ein bezauberndes Lächeln zuwarf.

»Du weißt doch, wie sehr ich mich darauf freue, wieder mal eine Bahnhofskneipe von innen zu sehen!«

»Häh? Klärt ihr mich mal auf?« Irene schaute fragend in die Runde.

Paula erzählte, was sie vorhatten.

»Prima Idee!«, meinte sie. »Ich werde mich höchstpersönlich zur Verfügung stellen und am Bahnhof auf dich warten!«

»Dann könnt ihr nachher gleich lostigern. Ich muss noch in die Höhle des Löwen, um Bericht zu erstatten!« Paula seufzte und stand auf. »Dann bis zur Besprechung heute Nachmittag!«

Irene stand ebenfalls auf, da ihr Telefon klingelte.

Jonny ging in Richtung Kaffeeautomat, und sie ertappte sich, wie sie ihm eine Sekunde lang hinterherstarrte, bevor sie in ihr Büro ging.

Sie nahm gerade einen Aktenordner aus dem Schrank, als die Tür plötzlich mit einem Ruck aufgerissen wurde.

Irene stand im Türrahmen und schaute sie mit erschrockenem Aus-

druck an. Sofort ahnte Paula, dass etwas Schlimmes passiert sein musste. Für einen Moment setzte ihr Herzschlag aus.
»Wir haben sie! Julia Ingbert! Sie wurde heute Morgen von einem Spaziergänger mit Hund in einem Waldstück nahe der B 269 Ortsgemarkung Leisel gefunden. Sie ist tot. Es sieht aus, als hätte der Mörder ein irres Spielchen mit ihr getrieben!«
»Scheiße!« Das war alles, was Paula in diesem Moment rausbrachte. In Windeseile hetzten sie alle die Treppen hinunter zum Parkplatz, der direkt hinter dem Dienstgebäude der Polizei lag. Köhler war ihnen noch im Flur begegnet, kurz und knapp hatten sie ihm erklärt, was vorgefallen war.
Jonny fuhr, was Paula nur recht war. Absichtlich hatte sie sich nach hinten gesetzt, um während der Fahrt nicht reden zu müssen. Zum anderen plagte sie ein schlechtes Gewissen. Hatte sie zu wenig in dem Fall Ingbert unternommen? War es ihre Schuld, dass sie nicht früher gefunden werden konnte? Vielleicht noch lebend? Sie schloss die Augen und steckte sich eine Zigarette an, obwohl sie normalerweise immer Rücksicht auf andere Fahrzeuginsassen nahm. Doch sie konnte nicht anders. Jonny musterte sie verstohlen durch den Rückspiegel, aber sie wich seinem Blick aus.
Nach zehn Minuten erreichten sie die Stelle, die ihnen von der Polizei beschrieben worden war. Jonny war zweifellos viel zu schnell gefahren, doch mit sicherer Hand, das wusste sie. Sie vertraute ihm.
Eine kleine geteerte Straße führte zwischen dem Örtchen Leisel und der Bundesstraße B 269 hindurch, über die man auch Zufahrt zu einem bekannten Römergrab hatte. Schon mehrmals war Paula hier mit ihrem Bruder und dessen Frau gewesen, um am Fuße des Grabhügels ein Picknick zu machen. Dieses Mal führten sie weniger schöne Gründe hierher.
Jonny hielt bei den Absperrungen an, die quer über die Straße durch den Wald verliefen. Überall wimmelte es von uniformierten Streifenpolizisten. Als sie ausstiegen, hob einer von ihnen freundlich die Hand zum Gruß. Sie erkannte ihn sofort. Es war ein Kollege, mit dem sie im gleichen Jahr die Ausbildung abgeschlossen hatte.
Sie nickte ihm nur kurz zu. Mit der Hand deutete er nach links auf

einen kleinen abgesteckten Trampelpfad, der an einem großen Holzstapel vorbeiführte. Sie folgten ihm schweigend. Nach zwanzig Metern tauchte eine zerfallene Hütte in einem dichten Waldstück auf. Nach der Anzahl der Personen zu urteilen, die dort herumstanden, musste es sich wohl um den Tatort handeln.
Ein Nebelschleier lag über dem Waldstück, dessen Anblick sie an die vielen Legenden und Geschichten über mysteriöse Gestalten erinnerte, die hier in der Gegend oft erzählt wurden.
Ein junger Polizist übergab sich ein Stückchen weiter am Wegrand. Sie registrierten es, und gleichzeitig sagte ihnen ein Gefühl, dass dies kein gutes Zeichen war.
Mechanisch lief Paula weiter, Schritt für Schritt, als ob ein Unbekannter ihr die nötigen Befehle dazu geben würde.
Jonny war der Erste, der es sah. Dann Irene. Dann sie.
Instinktiv wich Paula einen Schritt zurück. Später fehlten ihr genau diese zwei Sekunden der Erinnerung. Obwohl sie äußerlich nicht ins Ungleichgewicht geriet, weil der innere Roboter sie wieder mal steuerte, wusste sie in diesem Moment, dass es das Schrecklichste und Grausamste war, was sie je erblickt hatte.
Julia Ingbert hatte sie nie lebend kennengelernt, doch sie hatte die vielen Fotos von ihr gesehen, aus glücklichen und vielleicht auch weniger glücklichen Zeiten. Sie war eine Frau gewesen, deren Gesicht eine natürliche Schönheit aufwies. Eine von der Sorte, die sich aufgrund ihrer langen dunklen Wimpern, die sich elegant um die Lider schlangen, nie zu schminken brauchte. Ihre Haare waren glänzend schwarz und wunderbar lang, sodass sie ihr weich über die Schultern fielen.
Sie erkannte sie sofort. Aufgebahrt in einer alten Holzkiste, die Ähnlichkeit mit einem Sarg hatte, lag sie da, und ihre blutverschmierten Haare bedeckten den vorderen Rand wie einen Schleier.
Noch makabrer war das Kleid, das sie trug. Augenblicklich wusste Paula, an was sie dieses Schauspiel erinnerte, das hier inszeniert worden war: an Schneewittchen.
Das Kleid aus dunkelblauem Samt war eng um Julia Ingberts Brust gezogen worden. Man konnte erkennen, dass der Rock, den sie trug,

vorher gelb gewesen sein musste. Nun hatte er die rostige Farbe getrockneten Blutes angenommen. Aus dem riesigen Loch, das absichtlich hineingeschnitten worden war, ragten ihre Eingeweide heraus. Sie bedeckten sogar die bleichen Arme, die sorgsam gefaltet auf ihrem Oberbauch lagen. Die geöffneten Augen starrten trüb ins Leere, und ihr schön geschwungener Mund war mit rotem Lippenstift nachgezogen worden. Das ebenmäßige Gesicht, welches jetzt die Farbe des Todes angenommen hatte, wirkte schmerzerfüllt.
Jonny reichte ihr wortlos ein sauber gebügeltes Taschentuch und deutete ihr damit an, es sich unter die Nase zu halten. Sie tat es augenblicklich, und zugleich zwang sie sich einen Schritt näher zu treten. Der Gestank drohte sie fast ohnmächtig werden zu lassen. Er war ihr gewissermaßen vertraut, doch in dieser unglaublichen Intensität hatte sie ihn noch niemals zuvor wahrgenommen. Die Außentemperatur lag bei 12 °C. Das hatte sie vorhin noch schnell an der Anzeige im Wagen abgelesen. Dadurch war die Verwesung nicht allzu schnell vorangetrieben worden. Die Leichenflecke hatten sich mittlerweile schon an den unbedeckten Körperteilen ausgebreitet. Infolgedessen konnte man unter Berücksichtigung der Temperatur schon erste Rückschlüsse auf den Todeszeitpunkt ziehen. Der Gerichtsmediziner war unterwegs. Die Polizisten vor Ort hatten ihn sofort angefordert, als sie die Leiche gefunden hatten.
Am Kopfende von Julia Ingbert blieb Paula stehen und hielt vor Schreck den Atem an. Was sie vorher nicht gesehen hatte, war ein kleines Krönchen auf dem Kopf der Toten. Es war mit einem feinen Gummi unter dem Kinn befestigt. So wie die vielen kleinen Mädchen sie trugen, wenn sie freudestrahlend zur Faschingsfeier gingen. Sie rief Jonny und Irene zu sich, damit sie es sehen konnten.
In diesem Moment packte sie ein unglaublicher Zorn auf denjenigen, der Julia Ingbert das angetan hatte.
Es war eine Sache, jemanden bestialisch zu ermorden. Ob sie wirklich große Schmerzen erlitten hatte, würde sie spätestens morgen Früh wissen. Aber es war etwas anderes, jemanden im Tod so abscheulich und unwürdig erscheinen zu lassen. Das ganze Szenario wirkte auf sie so unglaublich demütigend.

In diesem Moment kam Paula sich vor, als würde der Täter sie verspotten. All ihre schönen Gedanken an die eigene Kindheit wurden mit diesem Akt der unglaublichen Gewalt und Brutalität mit einem Schlag niedergemacht.
Paula wandte sich ab und ging den kleinen Weg zurück, der sie noch vor wenigen Minuten zu dem Ort des Grauens geführt hatte. Sie hatte genug gesehen, sollten jetzt die Techniker, Fotografen und Gerichtsmediziner ihren Dienst tun, der zweifelsohne kein Vergnügen werden würde.
Ihre Augen wanderten suchend umher und entdeckten Irene, die etwas abseits stand. Sie hielt beide Arme um ihren Leib geschlungen, als müsste sie sich gegen die starke Kälte wehren. Vielleicht war es auch so. Manchmal kam die Kälte nicht unbedingt von außen.
Tränen glänzten in ihren Augen. Irene war sehr sensibel. Vielleicht ein Manko von ihr, sich immer sehr stark mit ihren Opfern zu identifizieren.
Dies nicht zu tun, war ein großer Bestandteil ihrer Ausbildung gewesen, doch die Umsetzung fiel den meisten Polizisten sehr schwer. Man war eben nur ein Mensch. Innerlich machte Irene die gleichen Qualen durch wie die Gepeinigten.
Auch Paula merkte, wie sie mit sich kämpfen musste, um den Anblick dieser toten jungen Frau, die gerade erst in der Blüte ihres Lebens gestanden hatte, zu ertragen. Nur hatte sie ihren Roboter, den sie einschalten konnte, um sich selbst zu schützen.
»Ich hab noch nie in meinem Leben so etwas Grausames gesehen«, sagte Irene leise. Ihre Stimme zitterte bei jedem Wort, das sie aussprach.
Paula redete ihr beruhigend zu. »Niemand von uns ist auf so etwas vorbereitet. Diese Gegend ist dermaßen friedlich und ruhig, dass keiner auf den Gedanken kommt, jemand könnte auf solch kaltblütige Weise aus dem Leben gerissen werden!«
Irenes Augen füllten sich abermals mit Tränen. Paula war froh, als sie Dr. Galdoa mit seinem großen schwarzen Koffer in der Hand erblickte, der auf dem kleinen Trampelpfad entlangkam, gefolgt von der Spurensicherungstruppe in ihren sterilen weißen Anzügen.

Sie lief auf ihn zu und begrüßte ihn. Dieses Mal ohne ein Lächeln, welches sie dem sympathischen Mann sonst immer entgegenbrachte.
»Könnten Sie mich kurz informieren, mit was ich es gleich zu tun habe?«, fragte er, indem er sie mit seinem bekannt prüfenden Blick ansah.
Der Gerichtsmediziner war einer der Männer, die für ihre Arbeit lebten. Wenn man ihm dabei zuschaute, wie er Leichen untersuchte, aufschnitt, maß und wog, dann konnte man sich nicht vorstellen, dass dieser kleine Herr mit dem dichten schwarzen Kräuselhaar überhaupt ein Privatleben führte. Sie wusste nur, dass er aus Namibia stammte und in ihrer Heimatregion Saarland an der Homburger Universitätsklinik Medizin studiert hatte. Anscheinend war er alleinstehend, oder seine Familie war noch in Afrika, denn man erreichte ihn zu jeder erdenklichen Zeit in seinem Büro. Der Keller des Kreiskrankenhauses schien sein Zuhause zu sein. Vielleicht war es das wirklich, dachte Paula in diesem Moment. Sie nahm sich vor, ihn bei Gelegenheit einmal zu fragen. Berufsbedingte Neugierde.
»Seit zwei Wochen wurde eine Frau namens Julia Ingbert vermisst. Sie war Grundschullehrerin in Kirn. Zum letzten Mal wurde sie dort am Bahnhof gesehen, von wo aus sie die Heimfahrt antreten wollte. Danach verschwand sie, wie vom Erdboden verschluckt. Ihre kleine Tochter holte sie nicht wie gewöhnlich vom Kindergarten ab, und so erstattete ihr Mann, ein gewisser Dr. Peter Ingbert, noch am selben Abend eine Vermisstenanzeige.«
Dr. Galdoa nickte wissend, als der Name Ingbert fiel. Anscheinend kannte er ihn.
»Wir haben noch keine Anhaltspunkte, wo sie sich bis zu ihrem Tod aufgehalten hat. Heute Morgen fand ein Spaziergänger die Leiche.« Paula deutete mit der Hand hinter den Holzstapel.
»Ich werde mir das Ganze mal ansehen«, sagte er. Er machte sich daran, in die von ihr gezeigte Richtung zu gehen.
»Ähm ...« Paula räusperte sich, und der kleine Mann mit den klugen Augen drehte sich noch einmal um.
»Wir haben es hier mit keinem unserer üblichen Tötungsdelikte zu tun ...«

Paula wusste nicht, wie sie es hätte sonst ausdrücken sollen, aber Dr. Galdoa lächelte sie sarkastisch an und meinte: »Der Tod ist nie normal, vor allem nicht, wenn er durch Gewalteinwirkung zustande gekommen ist, meine Liebe. Ich werde Ihnen spätestens heute Abend mitteilen können, inwieweit etwas normal ist oder auch nicht, sofern wir in dieser verkehrten Welt von dem Begriff *normal* überhaupt noch reden wollen.« Er wandte sich mit resigniertem Gesichtsausdruck zum Gehen.

Paula seufzte. Jedes Mal, wenn sie mit ihm zu tun hatte, glaubte sie, einfach nicht die richtigen Worte zu finden. Wahrscheinlich würde ihr das auch bei Dr. Galdoa in ihrer gesamten Laufbahn niemals gelingen.

Jonny stand bei Irene und malte mit dem rechten Schuh irgendwelche Zeichen in die feuchte Erde. Der ganze Wald erschien Paula in diesem Moment düster und gefährlich. Irgendwie hatte Jonny es fertiggebracht, dass Irene wieder etwas mehr Farbe ins Gesicht bekommen hatte.

»Gibst du mir eine Zigarette?«, fragte Irene, als Paula neben ihr stand.

Die beiden Frauen zündeten sich eine an. Irene rauchte nur, wenn es ihr absolut elend ging. In den ganzen Jahren ihrer Zusammenarbeit hatte sie genau drei Zigaretten geraucht. Ein ermordeter Juwelier, eine Selbstmörderin und jetzt. Jonny fasste sie am Ellenbogen.

»Ich schlage vor, ihr beide fahrt zurück zum Präsidium. Ich bleibe noch eine Weile hier, um nach dem Rechten zu sehen. Auch mit Galdoa wollte ich später noch ein paar Worte wechseln. Vielleicht hat er dann schon erste Anhaltspunkte für uns.«

Paula hatte die gleiche Idee gehabt. Sie musste dringend mit Köhler reden. Bisher war er nur darüber informiert worden, dass Julia Ingbert tot gefunden worden war. Vielleicht wollte er selbst hierherkommen, um sich einen Eindruck zu verschaffen.

So verabschiedeten sich Paula und Irene und gingen zum Wagen. Irgendjemand musste den Ehemann aufsuchen und ihm die unheilvolle Botschaft überbringen, bevor er es durch die Medien oder durch undichte Quellen erfuhr. Hier kannte jeder jeden.

Paula beschloss, bei Dr. Ingbert vorbeizufahren, nachdem sie mit ihrem Chef gesprochen hatte.
Diesmal fuhr sie, denn Irene hatte ihr klargemacht, dass es für sie unmöglich war, in ihrem Zustand einen Wagen zu steuern. Später würden sie noch zu Ingbert fahren, um ihm die Nachricht von dem Tod seiner Frau zu überbringen.
Die Rückfahrt zog sich endlos hin. So war es fast immer, wenn man keine Zeit hatte. Sie hasste die Fahrten durch die kleinen Ortschaften mit den schlecht ausgebauten Straßen. Besonders schlimm war es, wenn man in Eile war. Scharfe Kurven und langsame Traktoren stellten meistens unüberwindbare Hindernisse dar, weil man nie wusste, in welchen Feldweg sie gleich abbiegen würden. Die Gefahr war groß, bei einem Überholmanöver zu kollidieren. Auch wenn sie die Gegend gerade wegen ihres ländlichen Charmes unendlich liebte, so entpuppte sie sich zu anderen Zeiten als ärgerliches Hindernis.

Nach knapp zwanzig Minuten konnte sie den Wagen endlich auf dem Parkplatz der Polizeidienststelle abstellen. Irene war während der Fahrt in großes Schweigen gefallen. Paula war umsichtig genug gewesen, sie in Frieden zu lassen, damit sie das Gesehene ein wenig verarbeiten konnte.
Ihr direkter Weg führte zu Köhlers Büro. Irene wollte zuerst den Anrufbeantworter abhören und dann mit ihr gemeinsam zu Dr. Ingbert fahren. Paula freute sich insgeheim, nicht alleine fahren zu müssen. Aber sie hätte auch nicht unbedingt darauf bestanden, um sie nicht noch mehr aus der Fassung zu bringen. So etwas erforderte viel Kraft und Einfühlungsvermögen.
Bernhard Köhler saß an seinem Schreibtisch, als sie nach dem zweiten Klopfen in sein Büro eintrat.
Ohne sein freundliches Lächeln, mit dem er sie sonst zu begrüßen pflegte, sah er sie sorgenvoll an.
Köhler war ziemlich jung für diesen Posten, gerade mal 43 Jahre alt. Nachdem er seine Stelle vor Jahren hier angetreten hatte, war er mit seiner Frau und seinen beiden Töchtern aus dem angrenzenden Saarland hierhergezogen, genau wie sie. In seinem Herzen war er jedoch

durch und durch Saarländer geblieben, davon hatte sich jeder von ihnen an den zahlreichen Grillabenden mit Schwenker und Lyoner überzeugen können.
Doch heute schien das Gesicht dieses kompetenten und beliebten Mannes finster und ernst.
»Wir kommen gerade vom Tatort ...«, begann sie zu berichten. »Sieht aus, als wäre Julia Ingbert bestialisch ermordet worden. Sie wurde drapiert wie ... ja ... wie Schneewittchen. Genauso hergerichtet wie in den Märchenbüchern!«
Köhler runzelte die Stirn.
»Der Gerichtsmediziner und die Techniker sind noch vor Ort. Es wird wohl noch den ganzen Tag dauern, bis sie ihre Arbeit beenden können.«
»Wir haben es also mit einem Gewaltverbrechen zu tun?«, fragte er.
Paula nickte. »So wie es aussieht, hat sie sich die Gedärme nicht selbst aus der Bauchhöhle herausgezogen. Es war Mord. Und wenn ich anmerken darf, einer der übelsten Sorte. So etwas habe ich zum letzten Mal im Kino gesehen.«
»Dann kommt Trier ins Spiel«, entgegnete er trocken. »Wenn es sich tatsächlich um Mord handelt, werden die uns eine Truppe vor die Nase setzen und die Leitung übernehmen. Du weißt, was das heißt?«
Paula nickte. Sie musste die Leitung dieses Falls an die Kollegen abgeben und nach deren Pfeife tanzen. Sie zog die Schultern hoch.
»Ich kann es nicht ändern«, sagte sie leise, »aber es handelt sich nun mal um einen Mord, und so sehen die Bestimmungen aus.«
»Ich fahre in einigen Minuten selbst zum Tatort raus. Danach werde ich das Präsidium in Trier informieren. Mal sehen, wie wir mit ihnen verbleiben können.« Köhler stand auf und zog seinen Mantel an, der an der Garderobe neben der Tür hing.
»Ist noch jemand von uns da draußen?«, fragte er.
»Jonny ist vor Ort. Er bleibt, bis alle Untersuchungen abgeschlossen sind. Ich fahre jetzt mit Irene zu Herrn Dr. Ingbert, und später rede ich noch persönlich mit dem Spaziergänger, der Julia Ingbert gefunden hat.«

Paula wandte sich ebenfalls zum Gehen.
»Paula!« Köhler fasste sie am Arm. »Ich weiß, dass du eine verdammt gute Kripobeamtin bist. Daher werde ich alles in meiner Macht stehende tun, damit DU diesen Fall zu Ende führen kannst.«
Sie merkte plötzlich, dass sie einen dicken Kloß im Hals hatte, der es ihr unmöglich machte, diesem Mann, dem sie völlig vertraute und der schon so viel für sie getan hatte, eine Antwort zu geben. So atmete sie nur tief ein und ging hastig den Flur entlang, um Irene mitzuteilen, dass sie losfahren konnten.

Als sie die Kreuzung in Idar-Oberstein passierten und nach links abbogen, kamen sie in das Neubaugebiet, in dem die Familie Ingbert ein komfortables Haus besaß.
Irene fasste sich mit einem Ruck an die Stirn. »Ich habe völlig vergessen zu erwähnen, dass ein Bahnangestellter vorhin angerufen hat, um eine Aussage im Fall der vermissten Julia Ingbert zu machen. Auf dem Anrufbeantworter hat er eine kurze Nachricht mit seiner Handynummer hinterlassen und um Rückruf gebeten«, teilte sie ihrer Kollegin mit.
»Lass uns das hier zuerst erledigen, anschließend kümmern wir uns um den Mann«, erwiderte Paula.
Irene rief Jonny an und ließ sich bestätigen, dass der Gerichtsmediziner ebenfalls der Ansicht war, es könnte sich bei der Toten höchst wahrscheinlich um die vermisste Julia Ingbert handeln. Anhand der Zahnabgleiche, die er umgehend angefordert hatte, war er sich schon jetzt relativ sicher. Auf ihre Bitte hin gab Jonny ihr noch die Adresse des Mannes, der die Leiche gefunden hatte.
»Vor Mitternacht kommt heute bestimmt niemand von uns nach Hause«, meinte Irene. »Ich muss unbedingt noch Grete anrufen. Sie wird immer seniler und regt sich fürchterlich auf, wenn ich zum Abendessen nicht nach Hause komme«, sagte Irene mit bleierner Stimme.
Grete war Irenes Mutter, mit der sie unter einem Dach lebte und die ihr oft genug vorschreiben wollte, wie sie ihr Leben zu führen hatte. Irene hatte einen immerwährenden Kampf mit ihr, schaffte es aber

nicht, sich räumlich von ihr zu distanzieren. Paula wusste auch, dass Irene schon seit einiger Zeit ein Verhältnis mit einem Mann hatte, aus dem sie ein kleines Geheimnis machte. Vor einigen Monaten waren sie Irene in der Fußgängerzone in Trier begegnet. Sie hatte ihre Kollegin sofort erkannt. Den Mann an ihrer Seite hingegen nicht, da er mit dem Rücken zu ihnen stand. Das war an dem Tag, als sie mit Lasira und Fritzi einen Stadtbummel unternommen hatte. Paula war jedoch diskret genug, dieses Thema nicht anzuschneiden, um Irene nicht in Verlegenheit zu bringen. Damals waren ihr die Bewegungen dieses Mannes irgendwie bekannt vorgekommen, aber sie war sich auch nicht ganz sicher, ob sie ihn schon einmal gesehen hatte.
Da ihr Leben in den letzten Monaten ziemlich turbulent verlaufen war, hatte sie nie wieder einen Gedanken daran verschwendet. Sie wusste auch nicht, warum ihr das gerade jetzt, in diesem Augenblick, wieder eingefallen war. Vielleicht, weil ihre Psyche sie auf andere Gedanken bringen wollte, damit sie nicht ständig die tote Julia Ingbert alias Schneewittchen vor Augen haben musste.
Vor dem schicken Haus der Ingberts hielt sie an und bemühte sich ruhig zu bleiben. Es war der Schritt, den man tun musste, obwohl man damit andere Menschen in einen Abgrund stürzte. Nicht gerade eine schöne Aufgabe. Gleichzeitig überlegte sie, ob Julia Ingberts Mann seine Gefühle im Moment der Wahrheit vor ihnen offenbaren würde. Sie nahm an, dass er dies nicht tun würde. Vermutlich würde er abwarten, bis sie gegangen waren, sich dann ein Glas sündhaft teuren Whiskey einschenken und langsam damit beginnen das Geschehene zu verstehen. Nachdem sein Verstand und seine Sinne vom Alkohol benebelt sein würden, würde er allen Emotionen freien Lauf lassen können.
Irene drückte auf den Klingelknopf. Sofort war eine sanfte klassische Musik zu hören. Paula mutmaßte, dass sie aus dem Stück *Die kleine Nachtmusik* von Mozart stammte.
Schritte waren zu hören, kurz darauf wurde die Haustür geöffnet. Eine ältere Frau stand vor ihnen und schaute sie hilflos und zugleich ängstlich an, als ahne sie, welche Hiobsbotschaft sie gleich überbringen würden.

Paula zeigte ihren Ausweis. »Wir würden gerne mit Herrn Dr. Ingbert sprechen.«
»Herr Ingbert ist mit seiner Tochter oben.« Sie zögerte einen kleinen Moment. »Ich rufe ihn aber sofort!«
Die Frau war unschlüssig, ob sie die beiden Beamtinnen vor der Tür warten lassen oder hereinbitten sollte. Sie entschied sich für Letzteres, bevor sie hastig die Stufen hinaufeilte.
Der Flur war überaus geschmackvoll eingerichtet. Einige Gemälde von sehr bekannten Künstlern hingen in vergoldeten Rahmen an den Wänden. Sie erkannte einen echten Frank, ein Künstler, der von 1945–1957 im Kreis Birkenfeld gelebt hatte. Das Aquarell zeigte eine Anordnung dramatischer Figuren, die sich in drohender Haltung gegenüberstanden. Wenigstens interpretierte sie es so. Auch ein Ölgemälde des bekannten Malers Philippe Devaud hing dort in überproportionaler Größe. Erst kürzlich hatte sie sich ein Buch über die Künstler im Hunsrück gekauft, bei dem ihr der perfektionistische Malstil von Devaud, ähnlich dem der barocken Künstler, aufgefallen war.
Die Einrichtung bestand aus dunklen antiken Möbeln, die scheinbar sorgsam ausgesucht worden waren. Alles passte perfekt zusammen. Hier hat sich jemand wirklich Mühe gemacht, dachte Paula. Sie überlegte, wie wohl der Rest des Hauses aussehen mochte. Bei den vorausgegangenen Gesprächen mit Ingbert war sie immer in seiner Praxis gewesen, oder er war aufs Revier gekommen. Jonny war der Einzige, der hier im Haus gewesen war. Danach hatte er auch eine Andeutung über die teure und schöne Ausstattung gemacht, daran konnte sie sich noch erinnern.
Peter Ingbert kam langsam die Treppe hinunter. Allein. Seine Tochter hatte er oben gelassen. Anscheinend war die Frau an der Tür Haushälterin und Kindermädchen zugleich.
Ingbert begrüßte sie mit fahlem Gesicht und gab den beiden Frauen höflich, doch distanziert die Hand. Er bat sie in das geräumige Wohnzimmer, das sich auf der rechten Seite des Flures befand.
Paula verschlug es fast den Atem, als sie eintrat. Schwere dunkle Möbel mit modernen kombiniert, die sowohl Eleganz wie auch eine un-

glaubliche Gemütlichkeit ausstrahlten. Mit einer um Sicherheit bemühten Stimme bat er sie Platz zu nehmen.
Paula setzte sich neben Irene auf ein dunkelrotes Kanapee.
»Herr Ingbert, uns führt keine gute Nachricht zu Ihnen …«, begann Paula mit gedämpfter Stimme.
Er wurde noch blasser, als er ohnehin schon war. Angespannt lehnte er sich in dem Sessel zurück.
»Ihre Frau wurde heute Morgen in einem Waldstück gefunden.«
Paula machte eine kleine Pause.
»Sie ist tot. Es tut uns sehr leid.«
Die letzten Worte hatte sie ganz langsam, immer leiser werdend ausgesprochen.
Irene senkte den Blick zu einem unbekannten Ort irgendwo auf dem Boden.
Peter Ingbert schluckte und atmete tief ein. Tränen füllten seine Augen. Der Mann musste schwer um seine Beherrschung ringen.
»Wie ist sie gestorben? War es Selbstmord oder ein Verbrechen?«, fragte er mit gebrochener Stimme.
Irene ergriff diesmal das Wort. »Wir müssen leider davon ausgehen, dass Ihre Frau ermordet wurde.«
Als Irene diese Worte ausgesprochen hatte, schien es, als sei eine große Last von seinen Schultern abgefallen. Paula zwang sich, nicht über diese auffallende Reaktion ihres Gegenübers nachzudenken, sondern es auf später zu verschieben.
»Wie ist sie ermordet worden?« Er hüstelte. »Was hat zu ihrem Tod geführt?« Seine Stimme war nur noch ein Flüstern.
Paula stand auf. »Dazu können wir im Moment noch nichts sagen. Der Gerichtsmediziner wird uns in ein paar Stunden Näheres mitteilen können. Selbstverständlich werden wir Sie dann sofort benachrichtigen.«
Sie hielt kurz inne, bevor sie fortfuhr.
»Ich weiß, dass dieser Augenblick sehr unpassend ist. Vielleicht der unpassendste, den es überhaupt gibt, dennoch muss ich Sie nochmals fragen: Hatte Ihre Frau irgendwelche Feinde? Irgendjemanden, der ihr nach dem Leben trachtete? Oder erwähnte sie jemanden, der ihr Angst machte?«

Er schwieg.

»Herr Ingbert, eines sollten Sie wissen: Falls es sich offiziell bestätigt, dass es sich um Mord handelt, müssen wir die persönlichen Sachen Ihrer Frau aufs Gründlichste untersuchen. Es ist auch in Ihrem Interesse. Wir müssen den finden, der Ihrer Frau das angetan hat.«

»Bitte gehen Sie jetzt!« Seine Stimme hatte einen scharfen Ton angenommen, was Paula sehr gut nachvollziehen konnte. Das war mehr, als ein einzelner Mensch in ein paar Minuten verarbeiten konnte.

Sie gingen hinaus und drückten nochmals ihr Beileid aus, bevor die Tür sich leise und bestimmt hinter ihnen schloss.

Auf der Fahrt zurück zum Präsidium wurde ihnen bewusst, welchen Hunger sie eigentlich hatten. Das Frühstück am Morgen war für beide die letzte Mahlzeit gewesen. So hielten sie kurz vor einem indischen Schnellrestaurant an und genehmigten sich dort eine kleine Pizza und eine Tasse Kaffee.

»Eigentlich schäme ich mich für mein Hungergefühl an einem Tag, der Tod und Verderben gebracht hat«, meinte Paula zu Irene gewandt.

»Mir geht es genauso.« Irene verzog das Gesicht zu einer Grimasse. »Übrigens, hast du bemerkt, wie erleichtert Peter Ingbert war, als er hörte, dass seine Frau sich nicht selbst umgebracht hat?«

Ihr war es also auch aufgefallen.

Paula nickte, während sie ohne großen Appetit ein Stück Pizza in ihren Mund schob.

»Ich denke auch gerade darüber nach, wieso er einen Selbstmord überhaupt in Betracht gezogen hat. Man könnte auf den Gedanken kommen, seine Frau wäre in dieser Ehe nicht sehr glücklich gewesen. Daraus ließe sich folgern, sie könnte sich für einen anderen Mann interessiert haben. Vielleicht hat sie ihren Mörder gekannt und ihm vertraut?«

»Ein kluger Gedanke!«, meinte Irene. »Aber das heißt für uns, wenn wir diese Hypothese in Betracht ziehen, dann müssen wir auf anderer Ebene komplett neu recherchieren!«

Paula nickte. »Dann lass uns das tun. Mein Gefühl sagt mir, wir könnten damit richtig liegen«, antwortete sie.

Sie standen auf und gingen hinaus in den Sonnenschein, der die restlichen Blätter an den Bäumen in wunderbaren Farben leuchten ließ.

Sechs

Den gesamten Nachmittag verbrachten sie damit, Termine mit Freunden und Bekannten der Ermordeten zu vereinbaren. Sie beorderten niemanden von ihnen aufs Revier, sondern wollten sie alle in ihrer eigenen Umgebung treffen, in der sich auch Julia Ingbert bewegt hatte. Vielleicht erfuhren sie auf diesem Weg mehr als in einem nüchternen Büro.

Während Irene weiterhin das Umfeld von Julia Ingbert durchforstete, fuhr Paula zu dem Mann, der ihre Leiche gefunden hatte, ein gewisser Alfred Henschel. Zusammen mit seiner Frau wohnte er in einem unscheinbaren Häuschen in Kirschweiler, zwischen all den vielen Diamant- und Edelsteinschleifereien.

Manchmal konnte Paula kaum glauben, wie viele Menschen auf dieser Welt Unsummen von Geld für Schmuck und Steine ausgaben. Sie selbst hatte diesbezüglich eher einen schlichten Geschmack, der es ihr unmöglich machte, auch nur eine Kette zu tragen. Etliche Male hatte sie wunderschöne Schmuckstücke geschenkt bekommen, um sie dann sofort in einer kleinen verzierten Holztruhe aus dunkel gebeiztem Kiefernholz zu verstauen. Meistens kam niemals wieder etwas davon zum Vorschein. Das Einzige, was sie immer trug, war ihre Armbanduhr. Schlicht und einfach. So wie sie es mochte.

Vielleicht heiratete sie irgendwann einmal. Das war für sie die einzig denkbare Gelegenheit, um eine der teuren Ketten aus Süßwasserperlen anzuziehen, die sie vor vielen Jahren von ihrer Mutter zu Weihnachten bekommen hatte. Allesamt Erbstücke ihrer Großmutter.

Sie schüttelte diese Gedanken ab und betrat den Hof des kleinen Häuschens. Die Henschels mussten große Rosenliebhaber sein, denn es gab in dem kleinen Garten, der sich rings um das Haus befand, Hunderte von Rosenstöcken. Auch sie hatte etwas für diese edlen Blumen übrig. Ihr Großvater hatte sie ein ganzes Leben lang gezüchtet, in allen erdenklichen Farben und Formen. Sie nahm sich vor, im Spätsommer

noch einmal hier vorbeizufahren, um sie in voller Blüte zu sehen. Als sie klingelte, bellte ein Hund. Sie wünschte sich, Jonny wäre jetzt hier bei ihr und sie müsste nicht alleine durch dieses unerfreuliche Gespräch. Aber er hatte wahrscheinlich alle Hände voll zu tun. Erst vor einer knappen halben Stunde, gerade als sie zu den Henschels aufgebrochen war, hatte er sich auf ihrem Handy gemeldet, um ihr mitzuteilen, die Leiche von Julia Ingbert werde soeben abtransportiert. Die Kollegen vor Ort mussten gerade einen großen Teil ihrer Zeit damit zubringen, unerwünschte Besucher vom Tatort fernzuhalten, darunter auch viele Presseleute, die immer wieder neue Wege fanden, an Insiderinformationen heranzukommen. Köhler hatte eine Nachrichtensperre über die Todesursache und die Umstände verhängt, was in diesem Fall überaus sinnvoll war, wie Paula fand. Zumindest, bis sie mit ihren Ermittlungen ein gutes Stück vorangekommen waren.
Ein weißhaariger älterer Mann öffnete ihr die Tür, und zugleich hielt er mit seinem Fuß einen wütenden Schäferhund von ihr fern.
Paula zeigte ihren Ausweis.
»Guten Tag Herr Henschel. Wir hatten vor einer Stunde telefoniert. Meine Name ist Paula Eschmann, ich möchte Ihnen ein paar Fragen zu der toten Frau stellen, die Sie heute Morgen entdeckt haben!«
Der Mann lächelte.
»Kommen Sie doch herein!«, forderte er sie freundlich auf.
Paula beäugte den riesigen Hund, der nicht so nett aussah wie sein Herrchen.
»Keine Angst, Satan tut nichts. Er will sich nur wichtigmachen!«
Aha, Satan! Wenn das kein Omen ist, dachte sie ironisch und ging voraus in die angrenzende Küche. Sofort sprang eine ältere kleine Frau auf, die gerade dabei war einen Teig zu bearbeiten. Sie begrüßte Paula und wischte ihre mehligen Finger an der Schürze ab, bevor sie ihr die Hand reichte.
Ein feiner Duft nach frischem Hefeteig erfüllte den Raum. Paula fühlte sich unwillkürlich in ihre eigene Kindheit zurückversetzt, als sie gerade mit ihrer Oma den achten Zwetschgenkuchen backen durfte. Wenn sie einmal am Backen war, dann für die gesamte Verwandtschaft, erinnerte sich Paula.

Nachdem Paula dankend einen Kaffee erhalten hatte, räusperte sie sich kurz, bevor sie mit dem unerfreulichen Teil des Besuches beginnen musste.
»Herr Henschel, heute Morgen haben Sie in einem Waldstück nahe der B 269 eine tote Frau gefunden. Ich möchte, dass Sie mir noch einmal den Hergang berichten, da dies für unsere laufenden Ermittlungen notwendig ist.«
»Ist sie wirklich ermordet worden?«, fragte er ungläubig.
»Derzeit müssen wir davon ausgehen. Mehr darf ich Ihnen im Augenblick leider nicht sagen«, antwortete Paula.
Herr Henschel und seine Frau nickten verständnisvoll. Der Hund legte sich unter den Tisch und beschnüffelte Paulas Beine.
Herr Henschel erzählte, er habe wie jeden Morgen mit seinem Hund einen Spaziergang unternommen. Da das Wetter gut werden sollte, entschloss er sich eine größere Runde zu gehen. Die führte ihn an einem kleinen Waldstück vorbei. Dort hatte Satan wie verrückt Alarm geschlagen und sich kläffend vor den Leichnam gestellt, der in der Kiste lag.
»Er hörte überhaupt nicht mehr auf zu bellen, sodass ich schließlich nachgesehen habe. Und da lag sie. Ich sah sofort, dass etwas Entsetzliches mit der Frau geschehen sein musste. Dann hab ich den Hund an die Leine genommen, um schnell nach Hause zu laufen und die Polizei zu alarmieren.«
Natürlich, dachte Paula. Ältere Leute besitzen selten ein Handy. Und wer rechnet bei einem harmlosen Spaziergang an einem wunderschönen Herbstmorgen mit so etwas?
»Wie lange haben Sie gebraucht, bis Sie zu Hause waren?«, fragte Paula.
»Etwa zwanzig bis fünfundzwanzig Minuten. Ich bin sehr schnell gelaufen für meine Verhältnisse.«
»Und Ihnen ist nichts Merkwürdiges aufgefallen? Etwas, was Sie vielleicht als Nebensächlichkeit abtun, aber dennoch von Bedeutung sein könnte für unsere Ermittlungen?«, fragte Paula.
Es gibt wohl in jedem Berufsleben irgendwelche Standardsätze. Das war einer von ihnen.

Herr Henschel überlegte kurz, schüttelte dann aber langsam seinen Kopf.
»Mir fällt im Moment nichts ein«, sagte er, immer noch grübelnd.
Sie nahm eine Visitenkarte aus ihrer Jackentasche und schrieb in großen Zahlen ihre Handynummer darauf.
»Rufen Sie mich jederzeit an, wenn Ihnen noch etwas einfällt!«, sagte sie lächelnd.
Paula bedankte sich freundlich und stand auf. Satan und Herr Henschel begleiteten sie noch an die Tür, als seine Frau ihnen plötzlich nachgeeilt kam. Sie trug ein Päckchen in der Hand, und ein geheimnisvolles Lächeln umspielte ihre faltigen Mundwinkel.
»Bitte schön! Ich wollte Ihnen bei diesem unerfreulichen Gespräch nichts zum Essen anbieten, aber Sie können ihn zu Hause genießen. Er ist frisch gebacken!« Sie drückte Paula ein Bündel in die Hand, das sich noch warm anfühlte und einen wunderbaren Duft ausströmte.
Paula strahlte die alte Frau an und fühlte sich ein Jahrzehnt zurückversetzt, als sähe sie ihre Oma vor sich. Mit einem herzlichen Händedruck bedankte sie sich noch einmal, bevor sie zu ihrem Wagen ging. Die zwei alten Leute winkten ihr noch nach, als sie davonfuhr.
Ein warmes Gefühl machte sich tief in ihr breit. Sie war sehr gerührt.

Um drei Minuten nach Mitternacht schloss sie hundemüde ihre Haustür auf. Jeder Schritt, den sie vorwärtsging, kostete sie unendliche Überwindung. Die Besprechung hatte sich viereinhalb Stunden hingezogen. Aus Trier war am Nachmittag ein vierköpfiges Sonderermittlungsteam angereist, welches nun Einzug bei ihnen hielt. Köhler hatte seine Beziehungen spielen lassen, sodass sie in dem Fall weiterhin die Leitung behielt. Sie war sich jedoch nicht sicher, ob sie sich darüber freuen sollte oder nicht.
Auf jeden Fall waren die Büros verteilt und eine riesige Pinnwand mit den bisherigen Indizien aufgehängt worden; dann war es losgegangen: Jedes Blatt, auf das Julia Ingbert jemals einen Fuß gesetzt hatte, war umgedreht worden. Am Ende waren die Aufgaben verteilt worden, die jeder von ihnen in den nächsten Tagen bewerkstelligen musste. Die SOKO ›JI‹ – für ›Julia Ingbert‹ – war geboren.

Inzwischen hatte sich auch Dr. Galdoa gemeldet. Sie hatten mit ihm einen Termin für den nächsten Tag ausgemacht. Die Gerichtsmedizin war nicht gerade ein beliebter Ort. Niemand von ihren Kolleginnen oder Kollegen würde sich darum reißen mit ihr dorthin zu kommen.
Paula drehte den Wasserhahn der Badewanne auf. Kurzzeitig hatte sie überlegt, ob sie direkt ins Bett gehen sollte. Aber dann würde sie Gefahr laufen trotz aller Müdigkeit nicht einschlafen zu können, weil ihr Kopf so vollgepackt war.
In der Küche schenkte sie sich ein Glas Wein ein und nahm es mit in die Wanne. Genussvoll ließ sie ihren Körper in den Schaum gleiten. Jedes noch so leise Geräusch hallte laut von den gefliesten Wänden wider. Sie lauschte dem Knistern des Schaums, während sie ab und zu an ihrem Glas nippte. Langsam fiel die Anspannung des Tages von ihr ab. Ihre Glieder lockerten sich im heißen Wasser, und sie schloss ihre Augen, um den Tag endlich hinter sich zu lassen. Wie lange war es eigentlich her, dass sie das letzte Mal mit einem Mann geschlafen hatte? Lange genug, dachte sie und verspürte plötzlich eine unbändige Lust. Aber da war niemand, den sie hätte anrufen oder unaufgefordert besuchen können. Roberta hatte sicher immer eine Telefonnummer von längst verflossenen Liebhabern parat, die sich bei ihr wahrscheinlich gerne ein Stelldichein gegeben hätten. Roberta ja. Aber nicht sie. Bei dem Gedanken an ihre Freundin musste sie schmunzeln. Wahrscheinlich lag sie gerade eng umschlungen mit ihrem neuen Adonis in einem prunkvollen Bett und träumte den süßen Traum von einem Leben zu zweit oder zu dritt oder zu viert …
Roberta hatte ihr heute eine Nachricht auf die Mailbox gesprochen. Aber sie hatte noch keine Zeit gefunden, um zu antworten. Gleich morgen Früh würde sie ihre Freundin anrufen, nahm sie sich fest vor.
Das Wasser begann schon kalt zu werden, als sie endlich aus der Wanne stieg und sie plötzlich an Jonny denken musste. Im Bett schloss sie für einen kurzen Augenblick die Augen. Wenn sie ehrlich sein sollte, übte er eine gewaltige Anziehungskraft auf sie aus. Sie überlegte, ob das schon immer so gewesen war. Warum fiel er

ihr in letzter Zeit immer ein, wenn sie an einen Mann dachte? Vielleicht kannte sie zu wenig andere Männer. Doch sie wusste, dass dies nicht der einzige Grund war. Jonny war ihr Kollege, und eine Liaison mit ihm würde nur für Unruhe und Chaos sorgen. Außerdem hatte sie für so etwas überhaupt keine Zeit. Sie versuchte, sich auf ihren Schlaf zu konzentrieren. Jonny, hau aus meinen Gedanken ab! Wäre aber schön, wenn du noch mal vorbeikommen würdest, so wie letztens. Quatsch. Dummes Huhn, dreh dich um und fang endlich an Schafe zu zählen. Morgen wird ein harter Tag.

Irgendwann schlief sie endlich ein. Doch mitten in der Nacht wurde sie durch ihr eigenes gequältes Stöhnen geweckt. Ihr Herz klopfte, der Schweiß rann in Strömen über ihren Körper. Draußen, hinter dem langen weißen Voile, gähnte noch tiefe Dunkelheit. Lange konnte sie noch nicht geschlafen haben, dachte sie, während sie sich aufsetzte und einen Schluck Wasser trank. Der Bahnangestellte, von dem Irene berichtet hatte, fiel ihr plötzlich wieder ein.

Natürlich hatten sie vergessen ihn anzurufen, so viel stand fest. Und wenn er etwas Wichtiges zu berichten hätte, was ausschlaggebend für ihre weiteren Ermittlungen wäre? Dann hätte sie dieses Versäumnis zu verantworten, denn es war ihre Schuld. Paula wusste, dass jetzt an Schlaf nicht mehr zu denken war.

Sie nahm den Wecker in die Hand. 4.30 Uhr. Gut zwei Stunden hätte sie noch schlafen können. Mit einem Satz sprang sie aus dem Bett und knipste das Licht an. Im Spiegel betrachtete sie ihre langen hellen Haare, die in alle Richtungen standen. Das passierte ihr eigentlich immer, wenn sie mit nassen Haaren zu Bett ging. Nachdem sie ihre Haare einigermaßen gebändigt hatte, öffnete sie ihren Schrank und entschied sich für einen beigefarbenen engen Wollpullover mit einem tiefen Ausschnitt sowie für eine verwaschene blaue Jeans. Heute war ihr danach. Im Bad steckte sie sich die Haare hoch, sodass ihr die einzelnen Strähnen zart ins Gesicht fielen. Ein dezentes Make-up ergänzte das Outfit, mit dem sie trotz Schlafmangel ganz zufrieden war.

Statt zu frühstücken, rauchte sie eine Zigarette und trank eine Tasse Kaffee. Anschließend bereitete sie sich ein Müsli mit viel frischem

Obst zu, das sie in einer Plastikschüssel in ihre Tasche steckte. Ausnahmsweise dachte sie sogar daran, sich eine große Flasche Wasser mitzunehmen; sie trank viel zu wenig in letzter Zeit. Schnell schrieb sie Roberta noch eine Nachricht, nämlich dass sie viel zu tun hatte und sich in einigen Tagen wieder bei ihr melden würde. Heute musste sie unbedingt noch ihre Mutter anrufen. Die alte Dame machte sich immer Sorgen, wenn sie länger nichts von ihr hörte.

Um 6 Uhr betrat sie das Dienstgebäude und zog sich auf dem Weg zu ihrem Büro einen Caffè Latte – seit Neuestem ihr Lieblingsgetränk – aus dem Automaten. Der Kaffeeautomat, der die Bohnen bei jeder Tasse frisch mahlte, war erst vor wenigen Wochen aufgestellt worden, sehr zur Freude aller Kollegen. Im Besprechungsraum brannte Licht. Dichter Zigarettenqualm erfüllte die Luft. Neugierig spähte sie hinein. Jonny saß mit einer neuen Kollegin namens Isabelle an einem Tisch und trank Kaffee. Es war ungewohnt, ihn mit einem Dreitagebart zu sehen, und doch übte er auch damit eine ungeheure Faszination auf sie aus. Gegenüber an der Wand lehnte Gerd, der ebenfalls zu den Neuen gehörte. Anscheinend waren sie die ganze Nacht über hier geblieben. Sofort wurde sie von einem schlechten Gewissen gepackt.

»Was machst du denn so früh hier?«, fragte Jonny überrascht und stand auf.

»Das Gleiche wollte ich euch auch gerade fragen!«, entgegnete Paula.

»Wir haben uns die Nacht um die Ohren geschlagen und noch mal den gesamten Lebensweg unserer Toten durchgekaut«, antwortete Jonny.

Schon wieder meldete sich das schlechte Gewissen.

»Dabei sind wir auf einige Ungereimtheiten gestoßen, die du dir mal anschauen solltest!« Gerd stand auf und reichte ihr einige lose Blätter.

Paula nickte dankend. Eilig ging sie in ihr Büro, stellte ihre Sachen ab, nahm sich den Terminkalender und ihr Notizbuch und ging in den Besprechungsraum.

Müsli ade, dachte sie. Vielleicht fand sie nachher noch etwas Zeit zum Essen, bevor die allgemeine Hektik wieder losbrach. Um 9 Uhr war eine Pressekonferenz angesetzt, und sie hatte noch nicht einmal mit Köhler gesprochen. Sie mussten sich dringend abstimmen, welche Informationen sie herausgeben und welche sie zurückhalten würden.

Gerd erwies sich als ein ausgeglichener und angenehmer Gesprächspartner. Er strahlte eine Ruhe und Zuversicht aus, die Paula im Moment sehr gelegen kam. Trotz seiner stattlichen Größe und des muskulösen Körperbaus war seine Art, mit anderen umzugehen, überaus sensibel.

Die Informationen, die sie für wichtig hielten, prangten nun auf den dafür vorgesehenen Tafeln. So hatte jeder von ihnen einen Überblick, wie sie mit ihren Ermittlungen vorankamen. Jonny, Gerd und Isabelle warteten, bis sie Platz genommen hatte.

»Julia Ingbert hat ihrer besten Freundin von einem behinderten Mann berichtet. Geheimnisvoll und verschwörerisch soll sie getan haben und das Thema immer nur ganz kurz angerissen haben. Leider ist ihre Freundin, Vera Salomon, überaus taktvoll gewesen und hat ihr deswegen keine weiteren Fragen mehr gestellt«, berichtete Jonny.

Paula sah ihn an. Schon wieder der behinderte Mann.

»Wir sind heute Nacht einstimmig zu dem Schluss gekommen, du könntest recht haben mit deiner Behauptung, dass der behinderte Mann eine zentrale Rolle in unserer weiteren Ermittlungsarbeit einnimmt!« Er trank einen Schluck Wasser und steckte sich eine Zigarette an, bevor er weitersprach.

»Wo JI den Mann getroffen hatte, erwähnte sie gegenüber ihrer Freundin allerdings nicht. Außerdem gab sie zu Protokoll, dass JI regelmäßig Tagebuch geführt hat. Ich fahre später mit Gerd zu Ingbert, wir sehen uns im Arbeitszimmer von ihr mal um, wenn nötig mithilfe eines Durchsuchungsbefehls! Mit dem Staatsanwalt habe ich schon gesprochen. Das Zettelchen kann ich mir sofort bei ihm abholen.«

»Ohne einen Durchsuchungsbefehl lässt der Ingbert uns auch gar nicht rein. Da wette ich drauf!«, sagte Gerd und holte sich eine weitere Tasse Kaffee.

»Woher habt ihr eigentlich plötzlich die Informationen von Julia Ingberts Freundin?«, fragte Paula. »Wenn ich mich recht erinnere, hat sie das bei ihrer Vernehmung überhaupt nicht erwähnt!«
»Du wirst es nicht glauben, aber sie ist gestern Abend unten auf der Wache erschienen, um doch noch einiges loszuwerden, was sie vorher nicht preisgeben wollte. Die Kollegen haben sofort hier oben angerufen. Zufällig waren wir beide noch da.«
Paula ärgerte sich über sich selbst. Hatte sie gestern nicht genug getan? Hätte sie die Nacht hier verbringen sollen, so wie Jonny, Isabelle und Gerd?
Jonny spürte sofort, dass sie sich innerlich Vorwürfe machte.
»Du kannst nicht überall sein, mach dich frei davon. Auch du brauchst mal eine Auszeit. Das ist doch normal. Deshalb arbeiten wir schließlich in einem Team!«
Er schaute sie auffordernd an und legte behutsam den Arm um ihre Schultern.
»Dessen bin ich mir sehr wohl bewusst. Danke!«, entgegnete sie eine Spur zu feindselig und schüttelte seinen Arm ab. Sie wusste, was eine Berührung von ihm in ihr anrichten konnte. Aus diesem Grund war sie darauf bedacht, so schnell wie möglich von hier wegzukommen.
»Ich bin noch bis kurz vor neun im Büro, anschließend auf der Pressekonferenz mit Köhler. Würdet ihr gegen Mittag mit mir in die Gerichtsmedizin fahren? Galdoa erwartet uns dort.«
Beide nickten. »Bis dahin sollten wir wieder von Ingbert zurück sein«, meinte Jonny, »andernfalls erreiche ich dich übers Handy!«

Sie einigten sich darauf, nur das Notwendigste preiszugeben. JI wurde getötet und in einem Waldstück zwischen Gemarkung Leisel und der B 269 gefunden.
Der Gerichtsmediziner sei noch bei der Untersuchung, nähere Hinweise zur Todesursache seien noch unbekannt, was auch im Wesentlichen der Wahrheit entsprach. Natürlich wussten alle, dass die Presse sich mit diesen Informationen nur kurzzeitig zufriedengeben würde. Aber sie wollten Zeit gewinnen, damit sie sich sicher sein konnten, welche Art der Veröffentlichung für den Fall von Nutzen sein konnte.

Paula war froh, als sie und Köhler dem Andrang von Reportern entfliehen konnten und sie wieder in ihrem Büro angekommen war.
Kurz darauf klopfte Irene bei ihr an, um ihr mitzuteilen, dass sie nun zusammen mit Isabelle aufbreche, um die Bekannten und Freunde von JI zu treffen. Irene kannte Isabelle von früher und kam anscheinend sehr gut mit ihr aus. Paula musste sich insgeheim eingestehen, dass sie nicht annähernd so viel Sympathie für Isabelle empfand wie Irene. Warum das so war, wusste sie nicht. Lag es vielleicht daran, dass Isabelle Jonny lange Blicke zuwarf, während sie in ihrem kastanienbraunen Haar herumspielte und ihre Figur durch gewagte Kleidung ins rechte Licht schob? Oder war es, weil sie ihr gegenüber so distanziert wirkte? Paula hoffte inständig, es möge für die Zeit der Ermittlungen keine Probleme zwischen ihnen geben. Das konnte sie nicht gebrauchen, und schon gar nicht, während der Aufklärung eines solch prekären Falles. Doch ihre Intuition sagte ihr etwas anderes.
Bevor sie sich verabschiedeten, teilte sie ihnen noch mit, die Besprechung am Nachmittag würde um 16 Uhr stattfinden.
Sie konnte sich nicht so richtig auf ihren Papierkram konzentrieren. Ständig musste sie daran denken, wie der Mörder sein Opfer hergerichtet hatte. Warum hatte er sich ausgerechnet Schneewittchen ausgesucht? Für sie stand fest, dass er ihnen damit etwas Entscheidendes mitteilen wollte, obwohl die anderen aus dem Team gewisse Zweifel daran hatten. Gerd war der Meinung, es gebe viele Gruppierungen, die nach einem bestimmten Motto lebten. Kelten, Römer, Cowboys. Warum nicht auch nach Märchen?
Aber wenn der Täter Julia Ingbert tatsächlich eigens für diesen Anlass so hergerichtet hatte, dann hatten sie es mit Sicherheit mit einem Wiederholungstäter zu tun, so viel stand fest. Demnach war das hier nur der Anfang eines blutgetränkten Märchens, dachte sie voller düsterer Vorahnungen.

Sieben

Sorgfältig wusch er seine Hände unter dem laufenden Wasserstrahl. Es war wie eine Reinigung, die sein tiefes Inneres ergriff.

Danach zog er sich aus, faltete die Kleidungsstücke penibel zusammen und legte sie fein säuberlich auf die dafür vorgesehene Bank im Badezimmer.

Er bemühte sich, seinen Blick von dem Spiegel abzuwenden, der in der Ecke hing, um nicht seinen durchtrainierten, athletischen Körper darin erblicken zu müssen.

Sie hat es verboten, dachte er immer wieder und atmete tief ein.

»Du musst dich an die Regeln halten«, ahmte er mit einer gebrechlich wirkenden Stimme leise nach. »Dann wird dir nichts passieren!«

Langsam stieg er in die Duschwanne. Bedächtig, als müsse er aufpassen, wohin er seinen Fuß setzte, weil die Gefahr zu groß war, sich zu verletzen.

Das Wasser war eiskalt, genau so, wie er es gewohnt war.

Er musste das aushalten. Deshalb biss er seine Zähne zusammen und wusch sich unter dem kalten Wasser sorgfältig ab. Als seine Hände unten an seinen Genitalien angekommen waren, verlor er auf einen Schlag die lang durchgehaltene Beherrschung und fing vollkommen wild an zu masturbieren. Das kalte Wasser trieb ihn in den Wahnsinn, bauschte seine Sinne auf und ließ ihn an das Wunder denken, das er gestern vollbracht hatte. Es war fantastisch gewesen mit ihr. Sie hatte genau so reagiert, wie er es sich vorher in seinen kühnsten Träumen vorgestellt hatte.

Ein Schrei, wie von einem Tier ausgestoßen, durchbrach die Stille, und das Sperma spritzte in hohem Bogen an die Plexiglaswand der Duschkabine. Er stöhnte und rieb sich mit dem süßen Saft seinen Bauch ein, so wie er es immer tat.

Sein Glied brannte von dem festen Druck seiner starken Hände.

Als er sich wieder einigermaßen im Griff hatte, seifte er sich noch-

mals sorgfältig ein. Vor allem dort unten. So konnte er all seine dreckigen Spuren verwischen, die er hinterlassen hatte.
Niemand würde etwas merken.
SIE würde mit ihm sehr zufrieden sein.
Er blieb nackt. Bestimmt überkam ihn später wieder eine Welle der Sehnsucht, weil er IHR altes Märchenbuch entdeckt hatte. SIE wollte ihm vorlesen. Vielleicht war jetzt »Hänsel und Gretel« dran oder sogar »Marienkind«. Das Märchen liebte er besonders. Ein zärtlicheres, naiveres Geschöpf wie dieses gab es auf der ganzen Welt nicht mehr. Sie war die Blume, aus der alles hervorging, die Leitfigur des menschlichen Daseins, nach der sich jeder Mensch entfalten konnte. Nur die Brüder Grimm und er hatten dies erkannt. Allen anderen wurde diese Erkenntnis vorenthalten, augfrund ihres geringen Einfühlungsvermögens und der nicht vorhandenen Sensibilität. Die Menschen waren so abscheulich dumm. Auch SIE hatte niemals in den Märchen gelebt. SIE hatte sie nur benutzt, um ihn zu kriegen. Aber er hatte das damals noch nicht wissen können. Viel zu naiv war er gewesen, eine Blume, genau wie das kleine Mädchen.
Seit einiger Zeit kapierte er, dass SIE das GUTE verkörperte, und ER das BÖSE. Dieses Wissen half ihm, dagegen anzukämpfen. Eines Tages würde ER den Sieg davontragen.
Wenn er sich all der Guten einverleibt hatte, dann ... erst dann war er stark genug für SIE.
Stufe für Stufe stieg er langsam die steile Treppe hinauf. Der vertraute schale Geruch schlug ihm entgegen, der völlig zwiespältige Gefühle in ihm auslöste. Zuerst schlug er die Richtung seines kleinen Zimmers ein, entschied sich dann aber doch anders. Mit einem verzerrten Lächeln, ähnlich dem eines lauernden Wolfes, schlüpfte er in ihr Schlafgemach und legte sich behutsam in das Bett mit den weichen riesigen Federbetten, die einen spürbar starken Druck auf seinem nackten Körper ausübten. Er kringelte sich in eine Embryonalhaltung und schloss die Augen. Sein Atem ging kurz und heftig.
Binnen Sekunden wurde er wieder zu dem kleinen Jungen mit den dunklen Haaren und den Sommersprossen, der Angst vor dem riesigen Mond am Himmel dort oben hatte, der ihn die ganze Zeit durch

das Fenster ansah, während er unter der Decke Höllenqualen erlitt. Er fing laut an zu wimmern, zu schreien, während SIE von seinen Eingeweiden langsam Besitz ergriff.

Jonny stand in der Eingangshalle und redete mit der Frau an der Information, während Paula und Gerd ein Stück weit davon entfernt standen. Die Augen der Frau am Schalter hatten einen seltsamen Glanz bekommen, seit sie den schwarzhaarigen, gut aussehenden Mann entdeckt hatte, der nach Dr. Galdoa fragte.
Gleich springt sie über den Tresen und küsst ihn, dachte Paula. Jonny hatte eine unglaubliche Wirkung auf Frauen. Alle bekamen sie diesen gewissen Glanz in die Augen, der Paula schon allzu vertraut geworden war in den vielen Jahren, in denen sie mit ihm zusammenarbeitete. Es gab nichts, was ihm eine Frau abschlagen konnte. Diese Eigenschaft brachte bei Ermittlungen oft große Vorteile mit sich.
Auf diesem Weg verschaffte er ihnen Einblicke in Unterlagen, für die sie normalerweise einen Durchsuchungsbefehl der Staatsanwaltschaft gebraucht hätten. Nicht immer bekamen sie diesen kleinen gelben Zettel. Sie mussten dem Staatsanwalt zuerst einmal stichhaltige Beweise für eine Durchsuchung vorlegen, die sie aber paradoxerweise oft erst durch die Sichtung selbst vorlegen konnten.
Die Frau an der Information telefonierte, ohne ihn aus den Augen zu lassen.
Paula seufzte. Gerd schaute sie fragend an. Sie zuckte die Schultern. »Ich hasse es, zu warten.«
Er nickte. »Ich auch. Ist wohl berufsbedingt!«
Endlich war Jonny fertig und kam zu ihnen geschlendert.
»Wir sollen runterkommen! Dr. Jekyll erwartet uns bereits.«
Zusammen fuhren sie mit dem Aufzug nach unten in den Keller.
Warum werden die Leichen eigentlich immer im Keller untergebracht?, fragte sich Paula. Sind sie es nicht mehr wert an der Oberfläche zu sein, oder ist der Keller schon so eine Art Vorstufe zu den Gräbern? Sie wusste es nicht.
Dort unten in den Kellergewölben war es immer düster. Zwar brannten die Deckenlampen, aber sie warfen nur ein schummriges Licht

um sich, passend zu der ewigen Finsternis, welche die Toten umgab.
Dr. Galdoa trafen sie in seinem Büro, wo er gerade dabei war, seine Gummihandschuhe abzustreifen. Neben ihm stand ein junger Mann, den Paula hier noch nie gesehen hatte.
»Ah, da sind Sie ja endlich!«, begrüßte Galdoa sie, als hätte er schon auf ihr Kommen gewartet. Was garantiert nicht der Fall gewesen sein dürfte, da auf Galdoa immer Arbeit wartete.
»Darf ich Ihnen meinen neuen Assistenten vorstellen? Herr Heidmann ist seit drei Monaten hier unten bei uns und unterstützt mich tatkräftig bei der Arbeit. Ich wüsste überhaupt nicht mehr, wie ich ohne ihn zurechtkommen sollte!«
Paula gab den Männern die Hand und zuckte kurz unter Heidmanns kalter Berührung zusammen. Scheinbar hatte er gerade seine Hände mit eiskaltem Wasser gewaschen, dachte sie. Er lächelte freundlich.
»Kaffee oder Tee?« Ohne eine Antwort abzuwarten, rief Galdoa eine seiner Helferinnen herbei. Sie entschieden sich alle für Kaffee. Kurz nachdem sie in dem winzigen Zimmer Platz genommen hatten, kam die Frau mit drei großen Henkelbechern wieder und stellte sie vor ihnen auf den Tisch, der wohl schon seit Jahrzehnten zum Mobiliar gehörte. So sah er jedenfalls aus. Die Helferin schenkte Jonny ein entzücktes Lächeln, wobei sie ihre schiefen Schneidezähne entblößte.
»Zigarette, Frau Kollegin?«, fragte Galdoa zu Paula gewandt, da er wusste, dass sie ebenfalls rauchte. Sie nahm dankend an. Genüsslich und tief zog er an seinem Glimmstängel, bevor er sich zu ihnen setzte.
»Ich glaube zu wissen, dass Sie es hier mit einem sehr schwierigen Fall zu tun haben!« Er seufzte. »Meine schlimmsten Befürchtungen haben sich heute Nacht bewahrheitet!«
Aha, dachte Paula, er arbeitet sogar in der Nacht. Dieser Mann lebte für seine Leichen.
Jonny schob seinen Stuhl ein wenig näher an den Tisch heran, sodass er Galdoa besser im Blick hatte. Paula sah ihn auffordernd an, doch er lächelte nur und schwieg.

Als hätte ihn auf einmal wieder die Gegenwart eingeholt, setzte Galdoa eine ernste Miene auf, bevor er mit seinen Ausführungen über die tote Julia Ingbert begann.

»Sie ist sexuell missbraucht worden, und zwar sehr brutal! Das Schlimme dabei ist ... sie war zu diesem Zeitpunkt noch am Leben ...« Er schwenkte seinen Zeigefinger lehrmeisterhaft vor ihnen her. »... wie ich unschwer durch den Verlauf der Blutungen herausgefunden habe. Der Täter hat sie mit einem scharfkantigen Messer, sehr wahrscheinlich einem großen Schlachtermesser, im Genitalbereich attackiert. Und zwar nicht zu knapp! Wenn sie nicht an dem Bauchschnitt gestorben wäre, der ihr übrigens auch bei vollem Bewusstsein beigebracht worden ist, dann an diesen inneren Verletzungen. Sie hat in der Tat erst nach dem Bauchschnitt das Bewusstsein verloren. Dieser wurde wohl mit einem Skalpell ausgeführt, da der Schnitt sehr sauber und glatt aussieht.«

Gerd atmete tief ein. Ein Blick zu ihm genügte Paula, um zu wissen, wie schlecht er sich gerade fühlte.

Jonny kaute nervös an seiner Oberlippe. Sie selbst pflegte bei solchen Gelegenheiten tief an ihrer Zigarette zu ziehen.

»Ach, was rede ich, es ist besser, wir schauen uns das vor Ort an. Ich muss Ihnen noch einige andere Punkte ausführlich erklären!«

Während sie hinausgingen, meinte Dr. Galdoa: »Ich bin kein Psychologe oder Psychiater, aber ich sage Ihnen eins: Hier haben wir das erste Opfer eines Serienmörders!«

Paula schluckte. Genau dieses Gefühl hatte sie auch gehabt, als sie vor ein paar Stunden in ihrem Büro gesessen hatte. Später musste sie unbedingt näher mit Galdoa erörtern, wieso auch er von einem Serienmörder ausging. Dieser Mann beherrschte sein Fach wie kein anderer. Er war zu gut, als dass man seine Warnungen unbeachtet ließe.

Er führte sie in den Obduktionsraum Nr. 3. Paula registrierte es unbewusst, als sie eintraten. Alle drei bekamen von einer Helferin einen Mundschutz, der zart nach *Kölnisch Wasser* duftete. Er sollte den Leichengeruch erträglicher machen, der sich in jede Ritze zu setzen vermochte.

An einem Tisch, auf dem ein abgedeckter Körper lag, stand Heidmann schon parat. Wie ein Adler fixierte er seinen Chef, der unbeirrt auf ihn zusteuerte.
Mit einem Ruck zog er das weiße Tuch beiseite. Als sie die Leiche sah, riss Paula vor Entsetzten die Augen weit auf. Gerd, der neben ihr stand, griff automatisch nach ihrem Arm und wendete seinen Blick ab. Entschuldigend sah er sie an. Doch sie klopfte ihm nur beruhigend mit einer Hand auf den Rücken.
»Ihr Ehemann war übrigens heute Morgen hier, um sie zu identifizieren. Ist ja selbst Mediziner, der Arme. Wir haben ihm den Anblick ihres Körpers erspart. Er hat auch keine weiteren Fragen mehr gestellt. Danach ist er wortlos gegangen.«
Galdoa zog sich die Gummihandschuhe über, die aussahen, als wären sie schon etliche Male benutzt worden. Jonny und Paula stellten sich direkt neben ihn, während Gerd einen respektvollen Abstand bevorzugte.
»Also, beginnen wir mit den Verletzungen im Genitalbereich. Ich bin der Meinung, diese wurden ihr zuerst zugefügt.«
Heidmann spreizte die Beine der Toten leicht auseinander.
Paula sah nichts als einen großen Klumpen Fleisch, dem sie nicht entnehmen konnte, was eine Frau in der Regel ausmachte.
Galdoa fuhr fort. »Der Täter hat sie mit einem Fleischer- oder Schlachtermesser blindlings attackiert. Er hat einfach wahllos zugestochen. Dabei wurden die äußeren Genitalien sowie die Eierstöcke und die Gebärmutter schwer geschädigt.« Er bewegte einen Fleischfetzen etwas zur Seite, und man konnte unschwer die Überreste einer Schamlippe erkennen.
»Und jetzt halten Sie sich gut fest! Erst danach hat er sich mehrfach an seinem Opfer vergangen, wie die gefundenen Spermaspuren belegen. Diese wurden übrigens zwecks DNA-Untersuchung an das zuständige Labor weitergeleitet!« Galdoa seufzte kurz und zuckte mit den Schultern. »Sie war auf jeden Fall nicht zu beneiden!«
Paula schüttelte den Kopf. Sie fand das etwas zu milde ausgedrückt, angesichts dessen, was die arme Frau hatte erleiden müssen. Aber vielleicht stumpfte man hier unten auch ab, wenn man so viele Jahre nur mit Leichen arbeitete.

»Haben Sie Kampfspuren entdeckt?«, fragte sie.
»So weit sind wir noch nicht, meine Liebe. Alles schön der Reihe nach!« Galdoa beugte sich wieder über die Tote. Der Assistent machte sich am Bauch zu schaffen.
»Es müssten mehrere Stunden vergangen sein, weiß Gott, was er in dieser Zeit mit ihr angestellt hat, bis er …« Er hielt kurz inne. »… bis er ihr mit einem Skalpell die untere Bauchdecke aufgeschnitten hat. Der Schnitt ist für ein Messer einfach zu glatt und sauber.«
»Was passiert, wenn man jemandem bei Bewusstsein den Bauch aufschneidet?«, fragte Jonny. Unbewusst hatte er seine Fäuste geballt. Seine Aggressivität gegen den Täter konnte man als Außenstehender fühlen. Sie machte sich in ihm breit, wie das Blut, das durch seine Adern floss. Paula registrierte Jonnys ohnmächtige Gefühle in diesem Moment. Sie kannte ihn zu gut und wusste, dass er ab diesem Zeitpunkt anfing zu jagen. Gut gegen Böse. So wie die Natur es in den Menschen vor Abertausenden von Jahren eingepflanzt hat.
»Nun«, antwortete der Doktor, »wenn man jemandem die Bauchdecke aufschneidet, ohne ein Narkosemittel einzusetzen, dann quellen sofort die Gedärme aus der Öffnung heraus. Sie müssen sich vorstellen, dass ein lebender Mensch immer in einer sogenannten Pressfunktion ist. Wird bei einer Operation kein Narkosemittel, sprich Relaxmittel gespritzt, das diese Pressfunktion hemmt, dann passiert so etwas!« Er griff in die Bauchöffnung hinein und zog einen Schwulst Gedärme heraus. Wie er die Tote ursprünglich vorgefunden hatte.
»Einige Minuten später muss der Tod eingetreten sein«, fuhr er fort. »Wir können anhand der Blutungen in der Muskulatur, im Fett- und Bindegewebe sowie in der Haut mit Bestimmtheit sagen, dass sie zu diesem Zeitpunkt noch gelebt hat. Ich mutmaße, dass sie zwei, vielleicht auch drei Minuten nach dem Schnitt das Bewusstsein verloren hat, bedingt durch den starken Blutverlust. Der Tod dürfte kurz danach eingetreten sein. Ungefährer Todeszeitpunkt ist zwischen 3 und 4 Uhr morgens, vermute ich mal.«
»Kampfspuren?«, fragte Paula noch einmal.
Galdoa nickte. »Ja, aber nicht sehr viele. Sie hat sich nicht lange ge-

wehrt und auch nicht sehr heftig. An den Armen und Beinen sind mehrere Abschürfungen zu sehen, die natürlich auch von etwas anderem herrühren könnten.« Er zeigte auf die schwarzen und bläulichen Verfärbungen. »Das könnte auf einen Kampf hindeuten, muss es aber nicht. Außerdem hatte der Mörder sein Opfer wohl längere Zeit an dem linken Handgelenk angebunden.« Er hielt Julia Ingberts Arm ein wenig hoch. »An der Hand sind tiefe Verletzungen zu sehen.«

»Wieso nur am linken Handgelenk?«, fragte Gerd, der sich anscheinend gerade erst von seinem ersten Schock erholt hatte, sodass er einen Schritt näher treten konnte.

Galdoa zuckte mit den Schultern. »Vielleicht hat sie keine besonders starke Gegenwehr geleistet. Oder sie ahnte, dass sie keinerlei Chance hatte zu entkommen!«

»Oder der Mörder wollte sie genauso wie im Märchen: unversehrt und rein!«, entgegnete Paula. Heidmann durchlöcherte sie mit seinen leuchtend blauen Augen.

Jetzt war es heraus. Ihre innere Eingebung, die ihr schon die ganze Zeit suggeriert hatte, dass dieser Mord in enger Verbindung mit Märchen stand, meldete sich jetzt zurück. Nervös trat sie von einem Fuß auf den anderen. Sollten die anderen sie jetzt ruhig auslachen oder auch nicht. Ganz fest glaubte sie, den richtigen Riecher in dieser Sache zu haben.

»Das will ich nicht abstreiten«, meinte Galdoa zögernd. »Niemand von uns kann es leugnen. Sie sah genauso aus, wie wir alle uns Schneewittchen wohl immer vorgestellt haben. Genauso, wie es in den Büchern beschrieben wird. Selbstverständlich wäre es kein Fehler, sich mit dieser Sachlage ausgiebiger zu beschäftigen. Das fällt jedoch nicht mehr in mein Ressort.«

Jonny nahm sich den Mundschutz ab und sah Paula an. »Darüber sollten wir schnellstmöglich reden!«, meinte er mit finsterem Blick.

»Ich bin noch nicht ganz fertig«, Galdoa holte tief Luft. »Das Übelste kommt noch!« Er machte eine kurze Pause, welche die Spannung in dem großen Raum fast zum Platzen brachte.

»Der Täter hat, wahrscheinlich nachdem sie tot war, über ihren Körper ejakuliert.«

Jonnys Nasenflügel fingen an zu beben. »Mit was für einem elenden Schwein haben wir es hier eigentlich zu tun?«, schrie er mit wutentbrannter Stimme. »Das ist doch pervers, abgrundtief pervers!«
Paula nickte ihm bestätigend zu, gleichzeitig fasste sie ihm sanft am Arm. Sie hoffte, dass der Arzt jetzt keine weiteren Scheußlichkeiten für sie bereithielt.
»Der Leichenfundort ist mit ziemlicher Sicherheit auch der Tatort. Dort wurden größere Mengen Blut gefunden, und es gibt jede Menge anderer Anzeichen dafür«, merkte Galdoa noch an.
Jonny drückte dem Pathologen seinen heruntergerissenen Mundschutz in die Hand. »Genau das werden wir herausfinden. Wehe dem Schwein, wenn ich ihn als Erster in die Finger bekomme!« Er drehte sich um und ging zur Tür hinaus. Gerd, froh darüber, diese sterilen, mit einer Aura des Todes behafteten Räumlichkeiten verlassen zu dürfen, eilte grußlos hinter ihm her.
»Wann können wir mit dem schriftlichen Bericht rechnen?«, fragte Paula, während sie sich ebenfalls den Mundschutz abnahm.
»Morgen, spätestens übermorgen ...« Galdoa streifte seine Handschuhe ab, während Heidmann behutsam die Leiche zudeckte.
»Wenn Sie noch Fragen haben, rufen Sie jederzeit an«, meinte er freundlich und hielt ihr die Hand hin.
Sie ergriff sie und verabschiedete sich. Schlagartig erinnerte sie sich an die Äußerung des Doktors, man habe es hier wohl mit einem Serientäter zu tun.
»Äh, Dr. Galdoa, was meinten Sie damit, dass es sich eventuell um einen Serienmörder handeln könnte?«, fragte sie, während sie sich dicht zu ihm drehte, damit Heidmann ihre Worte nicht hören konnte.
»Es ist die Art, die der Täter angewandt hat, um zu töten. Sie ist abscheulich, bestialisch, ohne Hemmungen und ohne einen Funken Moral. So etwas bekommt man selten zu Gesicht. Dieser Mord erinnert mich auf keinen Fall an eine Tat im Affekt oder mit einem Beziehungshintergrund. Das war das Werk eines Wahnsinnigen, wenn Sie mich fragen. Das Werk eines Mannes, den es nach irgendetwas dürstet, wenn ich es mal so ausdrücken darf. Seine Beweggründe herauszufinden, das ist allerdings Ihre Angelegenheit!«

Paula schaute hinunter auf den gefliesten Boden und nickte. Nur mit Mühe konnte sie eine aufkeimende Gefühlswallung unterdrücken.
»Ich hoffe, wir finden ihn so schnell wie möglich!«, sagte sie, bevor sie sich endgültig von ihm verabschiedete.
Gerd und Jonny waren nirgends zu sehen. Eilig lief sie zum Wagen. Wie sie vermutet hatte, saßen die beiden Männer schon darin und unterhielten sich aufgeregt. Jonny mit dem Handy in der Hand, Gerd sich fassungslos mit einer Hand an die Stirn fahrend. Der Blick, mit dem er sie durch die Windschutzscheibe ansah, sagte ihr, dass etwas Schreckliches passiert sein musste.

Im Besprechungszimmer roch es nach Kaffee, und ein undurchdringlicher Zigarettenqualm erfüllte die Luft. Es war eigentlich ein Wunder, dass sich hier noch niemand beschwert hatte, da es nach dem neuen Gesetz, das voriges Jahr in Kraft getreten war, nicht mehr gestattet war, in öffentlichen Gebäuden zu rauchen. Doch jeder konzentrierte sich anscheinend nur darauf, was Köhler jetzt von sich gab.
»Wir wissen alle, dass es im Moment nur darauf ankommt, möglichst schnell zu handeln und gute Arbeit zu leisten, damit wir weitere Morde verhindern können. Niemand gibt irgendwelche Informationen heraus, die nicht vorher mit mir abgesprochen wurden. Ab sofort arbeiten wir rund um die Uhr. Paula wird nachher mit mir gemeinsam die Dienstpläne erarbeiten. Zusätzlich fordern wir noch Verstärkung an. Alle Informationen werden hier in diesem Raum gesammelt, markiert und geordnet. Jonny, die Verantwortung hierfür übernimmst du. Außerdem will ich täglich zwei Besprechungen ansetzen. Eine morgens, bevor die Nachtschicht nach Hause geht und die Frühschicht anfängt, und eine nachmittags um vier!«
Er sah ernst in die Runde. Innerhalb weniger Stunden hatte er Sorgenfalten bekommen, die nun seinen Gesichtsausdruck prägten. Daran war der Polizeichef des Inneren gewiss nicht ganz unschuldig gewesen.
Er seufzte. »Leute, das hier ist blanker Wahnsinn! Ich hätte es nie für möglich gehalten, dass ein solcher Fall meine Wege kreuzt. Wir können nur hoffen, schnell und unverzüglich auf eine richtige Spur

zu stoßen. Irene, hast du die Vorgehensweise des Mörders in unsere Datenbank eingegeben?«

Irene nickte. »Ist aber noch nichts dabei rausgekommen. Ich probiere es gleich noch einmal.«

Köhler packte seine Papiere zusammen. »Paula, wir sehen uns später!«

Als er gegangen war, zogen alle an ihre Schreibtische ab. Jeder wusste, was er zu tun hatte. Paula musste den Bericht über den Stand der Ermittlungen noch fertig schreiben, bevor sie mit Jonny und Gerd zu dem Bahnangestellten fahren würde. Sie hatte mit ihm telefoniert, nachdem sie auf dem Revier angekommen waren. Zum Glück hatte er nachher Zeit. Die Sache eilte, wie Köhler gesagt hatte. Sie mussten jetzt schnell auf eine Spur stoßen, um endlich handeln zu können, da vor einigen Stunden eine Vermisstenanzeige bei ihnen eingegangen war.

Wieder handelte es sich um eine Frau. Diesmal war sie blond und ungefähr im gleichen Alter wie Julia Ingbert, 35. Fast genauso alt wie Julia Ingbert, schoss es Paula durch den Kopf. Was wäre, wenn sie selbst zum falschen Zeitpunkt am falschen Ort gewesen wäre? Hätte ihr Aussehen dem Täter vielleicht auch zugesagt? Angewidert versuchte sie, den Gedanken abzuschütteln. Noch konnten sie nicht sicher sein, ob dieser Vermisstenfall etwas mit dem Fall Ingbert zu tun hatte. Trotzdem sagte ihr eine innere Stimme, dass es so war. Doch bis jetzt handelte es sich nur um ein Gefühl. Unbewusst hörte sie auf zu schreiben. Stattdessen öffnete sie an ihrem Computer die Datei von Julia Ingbert. Am 2. November wurde sie als vermisst gemeldet. Genau vier Tage später hatte ein Spaziergänger sie tot aufgefunden. Gequält und bestialisch ermordet. Der Täter hatte sich anscheinend Zeit gelassen.

Acht

Die Datenbank der Polizei, in der jeder Fall peinlichst genau aufgeführt wurde, hatte nichts ergeben. Er wurde keine Ähnlichkeit mit einem anderen Delikt gefunden. So blieb ihnen nichts anderes übrig, als die DNA-Ergebnisse abzuwarten, die noch einige Tage dauern konnten. Paula reichte die Tasse heißen Kaffee, die sie in den Händen hielt, an ihre Kollegin Irene weiter. »Wir können im Moment nicht viel tun. Vielleicht ergeben sich durch die Eingabe der DNA weitere Spuren, die wir verfolgen können.«

»Daran glaube ich nicht«, meinte Irene und nippte an ihrer Tasse.

»Wenn ich ehrlich bin ... ich eigentlich auch nicht!«, sagte Paula resigniert.

Gerade eben erst war sie aus Köhlers Büro gekommen, wo sie zusammen die Dienstpläne erarbeitete hatten, als Irene ihr den Stand der ersten Datenergebnisse überbrachte. Nichts.

Nebeneinander gingen sie ins Besprechungszimmer. Paula hängte die Dienstpläne an die dafür vorgesehene Pinnwand, während Irene nur einen kurzen Blick darauf warf.

»Oh Mann! Das wird hart für uns alle!«

Hilflos zuckte Paula mit den Schultern. »Wir haben versucht die Dienstzeiten gerecht aufzuteilen, aber auf uns alle wartet ein riesiger Pack Arbeit. Leider!«

»Wenn wir diesen Fall irgendwann abschließen, dann buche ich Urlaub für unbestimmte Zeit. Mit den Überstunden kann ich einen ganzen Winter im Süden verbringen!«, meinte Irene sarkastisch.

Lächelnd griff Paula nach ihrer Kaffeetasse, als im selben Moment die Tür aufgestoßen wurde und Isabelle hereinkam. Sie hatte eine knallenge Jeans an, die an den Rändern mit Strasssteinen bestickt war. Ihr Oberteil, eine hellblaue Bluse, ließ ihren Busen voll zur Geltung kommen. Das war vielleicht ein Outfit für die Disco, aber bestimmt keins, um irgendwelche Leute zu verhören, dachte Paula bei sich. Isabelle hatte ebenfalls eine Tasse Kaffee in der Hand und mus-

terte die beiden mit einem arroganten Blick, bevor sie sich wortlos hinsetzte und ihre Unterlagen durchging.
Paula und Irene schauten sich stillschweigend an und verließen gleichzeitig den Raum.
»Sie ist nicht so eingebildet, wie sie tut!«, raunte Irene Paula besänftigend auf dem Flur zu.
»Mir ist sie nicht sonderlich sympathisch«, entgegnete Paula trocken, drehte sich um und machte sich auf den Weg zu Jonny, damit sie losfahren konnten.
Doch er und Gerd kamen ihr schon auf dem Flur entgegen.
»Ich hole nur noch meine Jacke!«, rief sie ihnen zu. Sie eilte an den Männern vorbei in ihr Büro, riss die Jacke vom Haken, und zusammen begaben sie sich zum Parkplatz.
Zehn Minuten später hielten sie direkt vor dem Bahnhof. Der Bahnangestellte, der die Aussage machen wollte, erwartete sie schon in seinem kleinen Büro hinter der Information, an der sie nach ihm gefragt hatten.
Nervös musterte er die drei, bevor er ihnen endlich anbot auf den abgesessenen Polsterstühlen Platz zu nehmen.
»Herr ... ähm ...«, begann Jonny und warf einen Blick in sein Notizbuch, in dem es von dahingeschmierten Kritzeleien nur so wimmelte.
»Skaldowski«, fiel er Jonny ins Wort.
»Gut, Herr Skaldowski! Sie hatten uns angerufen, weil Sie uns zu dem Verschwinden von Frau Ingbert einige Hinweise geben wollten.« Jonny sah ihn fragend an.
Der kleine stämmige Mann rutschte unruhig auf seinem Platz hin und her.
»Also, ich weiß nicht recht, ob meine Beobachtungen wirklich von Bedeutung für Sie sind. Aber ich dachte mir, komm Anton, sag besser der Kripo Bescheid, nicht dass es vielleicht doch wichtig ist ...« Abrupt brach er ab und sah die Kripobeamten hilflos an.
Paula bemühte sich ein Seufzen zu unterdrücken. Heute war nicht unbedingt ein Tag, an dem sie viel Geduld aufbringen konnte.
»Herr Skaldowski, sagen Sie uns doch bitte einfach, was Sie für wichtig halten. Wir werden sehen, inwieweit es für uns von Belang

ist. Oft sind es gerade diese unscheinbaren Dinge, die uns weiterhelfen können.« Freundlich versuchte sie dem Mann Mut zu machen, damit er ihnen auch wirklich alles erzählte.
Sie sah ihn lächelnd an, im Gegensatz zu Gerd und Jonny. Es war ihnen unschwer anzusehen, dass sie am liebsten aufgestanden und gegangen wären. Schließlich hatten sie alle einschlägige Erfahrungen mit Wichtigtuern, die ständig herumdrucksten, bevor sie die schwachsinnigsten und hirnlosesten Dinge zum Besten gaben. Aber was dieser unscheinbare ältere Mann ihnen kurz darauf mitteilte, sorgte bei ihnen für offene Münder und aufgerissene Augen.
»Der Kerl saß im Rollstuhl und ich hab mir gedacht, Mann Anton, jetzt schau dir die Frau an! So eine kleine und zierliche Person hilft dem großen kräftigen Kerl beim Aussteigen. Vielleicht ist doch noch was zu retten in dieser Welt. So dachte ich bei mir …« Skaldowski schüttelte den Kopf. »Und dann ging ich mit meiner Brotdose unterm Arm in Richtung Ausgang, weil wir dort unseren Pausenraum haben, gleich neben dem Automaten. Als ich dort angekommen bin, da is' mir eingefallen, dass ich meine Thermoskanne vergessen hab. Wenn ich die nicht leer mit nach Hause bringe, dann macht sich meine Lena wirklich Gedanken um mich. Ich trink doch nu' schon über 22 Jahr' meine Thermoskanne leer. Also geh ich zurück, um das Ding zu holen. Und ich sag's Ihnen, das is' wirklich die Wahrheit! Als ich wieder aus der Tür rauskomme, da seh ich durch die Fensterscheibe den gottverdammten Mann wieder, der in einer Ecke des Parkplatzes steht und seelenruhig aus seinem Rollstuhl steigt und davonspaziert! So eine Gemeinheit, denke ich bei mir, da hat der doch diese Frau nur ausgenutzt!« Skaldowski wollte weiterreden, aber Paula unterbrach ihn.
»Sind Sie sicher, dass es sich bei der Frau um Julia Ingbert handelte?«
»Natürlich!«, erwiderte der kleine Mann, der jetzt etwas ruhiger auf seinem Hintern saß. »Ich kenn doch das Gesicht aus der Zeitung. Das war genau dieselbe Frau!«
»Können Sie den Mann beschreiben?«, fragte Jonny.
»Na, also, der hatte schwarze Haare und war groß. Ich würde sagen, sogar kräftig. Oder sagen wir lieber: Er war breitschultrig!«

Jonny blinzelte Gerd zu und verrollte die Augen.
»Herr Skaldowski, wir würden Sie gerne aufs Revier mitnehmen. Dort haben wir einen Polizeizeichner sitzen, mit dem Sie sich unterhalten sollten. Auf Ihre Beschreibung hin wird er ein Phantombild erstellen.«
»Nee, nee, ich muss doch hier bei meiner Arbeit bleiben, und die Lena, meine Frau, die kriegt einen Schreck, wenn die hört, dass ich auf der Polizei war!«, widersprach er entrüstet.
Paula hatte das Gefühl, die beiden Männer würden bei Skaldowski keinen Schritt mehr weiterkommen. Beruhigend sprach sie auf den Mann ein. Sie erklärte ihm, dass sie ihn später sofort wieder zurück zum Bahnhof bringen würden. Das Ganze sollte auch nicht lange dauern. Schließlich willigte er notgedrungen ein, und sie konnten fahren.
Die Beobachtung des Mannes war sensationell. Kaum einer von ihnen konnte die Besprechung heute Mittag abwarten, um zusammen mit den anderen Kollegen Plan B zu entwerfen. Sie mussten ihre Ermittlungen auf einen Rollstuhlfahrer konzentrieren. Jetzt hatten sie endlich etwas in der Hand.
Während Skaldowski mit Ferdinand, dem Polizeizeichner, zusammensaß, machten sich Jonny und Gerd auf den Weg zu Ingbert, um sich dort in den Räumlichkeiten umzuschauen und die Tagebücher mitzunehmen.
Paula wollte den Bahnhofsangestellten wieder zurückfahren, um dann noch dem Mann der vermissten Mathilde Holland in Niederbrombach einen Besuch abzustatten.

Um kurz nach drei war sie endlich in dem Örtchen Niederbrombach angekommen, das direkt an der B41 lag. Sie bog an dem kleinen Geschäft nach rechts ab. Das Navigationssystem lotste sie sofort wieder nach rechts, und schließlich stand sie mit ihrem Wagen vor einem liebevoll renovierten Fachwerkhaus, welche in dieser Gegend häufig zu finden waren. Jemand hatte sich viel Mühe gegeben, den Vorgarten zu gestalten. Er erinnerte Paula an einen alten Bauerngarten. Jede Menge Blumen blühten sogar noch um diese Jahreszeit darin.

Im Auto sitzend kramte sie schnell ihre Notizbücher zusammen, die sie immer wieder an den unmöglichsten Stellen verstaute. Kopfschüttelnd musste sie an den nervösen älteren Mann denken, der noch vor einigen Minuten hier gesessen hatte. An Skaldowski war sogar Ferdinand beinahe verzweifelt. Anscheinend hatte er keine präzisen Angaben über den Mann machen können, die jedoch unbedingt notwendig waren, um ein brauchbares Phantombild zu erstellen. Heute Nachmittag würden sie mehr erfahren. Bevor sie ausstieg, warf sie einen kurzen Blick auf die Uhr, sehr lange konnte sie sich nicht aufhalten. Sie musste sich beeilen, um rechtzeitig zu der Besprechung zurück zu sein.

Statt einer Klingel befand sich an der alten, handgeschnitzten Haustür nur eine Glocke mit einem geflochtenen Sisalstrick daran. Das laute Geräusch ließ sie zusammenzucken.

Fünf Sekunden später wurde die Haustür von einem Mann geöffnet, der sich anscheinend schon mehrere Tage nicht mehr rasiert oder gewaschen hatte. Seine Augen schauten sie müde und resigniert an.

»Herr Holland?«, fragte sie vorsichtig.

Der Mann nickte.

Paula zeigte ihm ihren Ausweis. »Könnte ich wohl kurz mit Ihnen reden?«

Statt zu antworten, hielt er die Tür ein Stück weit auf, was sie als Aufforderung zum Eintreten verstand. Die Decken waren, wie in alten Häusern üblich, sehr niedrig. An den Wänden war das komplette Fachwerk freigelegt und liebevoll restauriert worden. Überall standen bäuerliche Möbel aus der Jahrhundertwende herum, die für eine gemütliche und warme Atmosphäre sorgten. Ganz anders als im Hause Ingbert.

Er ging vor ihr her in die Küche. In dem Spülbecken türmte sich ein Berg mit schmutzigem Geschirr, und an den Wänden hingen Dutzende Fotografien von unterschiedlichen Kindern. Aus der Ermittlungsakte wusste Paula, dass die Hollands keine eigenen Kinder hatten. Vielleicht waren es Patenkinder, dachte sie, während sie sich auf einen hohen Kiefernstuhl setzte.

»Herr Holland, berichten Sie mir bitte noch einmal, wann Sie Ihre

Frau zum letzten Mal gesehen haben?«, fragte sie, bemüht um einen freundlichen und ruhigen Tonfall.

»Das habe ich doch schon alles erzählt …«, erwiderte der Mann wehmütig. Seine dunkle und sehr tiefe Stimme schien gar nicht zu seinem Äußeren zu passen.

»Ich weiß. Trotzdem möchte ich mich noch einmal kurz mit Ihnen darüber unterhalten.« Paula sah ihn ernst an.

»Vorgestern am Morgen habe ich Mathilde zuletzt gesehen, kurz nachdem sie aufgestanden war. Ich kam gerade von der Nachtschicht nach Hause, und sie war unterwegs zur Arbeit. Wir haben zusammen eine Tasse Kaffee getrunken. Dann ist sie los.«

»Wie kam Ihre Frau immer zur Arbeit?«, fragte Paula, obwohl sie auch diese Antwort schon kannte.

»Sie ist mit dem Fahrrad zum Bahnhof nach Reichenbach gefahren. Von dort aus fuhr sie immer mit dem Zug nach Idar-Oberstein.

»Warum hat sie diesen beschwerlichen Weg auf sich genommen und ist nicht mit dem Auto gefahren?«

»Wir haben keins. Beide vertreten wir die Ansicht, es ist unnötig, die Umwelt mit Schadstoffen zu belasten, wenn man das genauso gut verhindern kann.«

Paula nickte. »Und wie kommen Sie zu Ihrer Arbeit?«

Ausdruckslos blickte er eine Weile die Decke an, bevor er endlich antwortete. »Auch mit dem Zug. Nur in die umgekehrte Richtung.«

Paula wusste, dass er in einer Fabrik arbeitete, die bei Neubrücke lag. Die Firma hieß *Fissler* und stellte Pfannen und Töpfe her.

»Ihre Frau arbeitet im Krankenhaus in Idar-Oberstein. Wie ist sie vom Bahnhof aus in die Klinik gekommen?«, fragte sie.

»Mit dem Bus.«

Sie wünschte sich plötzlich sehnlichst, sie hätte Gerd mitgenommen. Seine ruhige und ausgeglichene Art hätte ihrem Gegenüber jetzt bestimmt gutgetan.

Als merkte er, was sie dachte, sagte er: »An diesem Morgen habe ich mich dann gleich zum Schlafen hingelegt. Nachmittags, als ich aufgestanden bin, habe ich mich gleich fertig gemacht, um wieder zur Arbeit zu fahren. Ich habe die Nachtschicht eines Kollegen übernommen, um einige Überstunden anzusammeln, weil wir im Sommer eine längere Rucksacktour machen wollen. Ich habe mich nicht weiter gewundert, als Mathilde noch nicht da war. Manchmal geht sie noch einkaufen oder trifft sich mit jemandem.«

»Sie haben also erst gestern nach der Nachtschicht gemerkt, dass Ihre Frau in der Zwischenzeit überhaupt nicht zu Hause gewesen war?«

Er nickte. »Da fing ich an, mir Sorgen zu machen. Ihr Bett war unbenutzt, und eine Nachricht hat sie mir auch nicht hinterlassen, wie sie es sonst immer tut.«

»Herr Holland, verhielt sich Ihre Frau in letzter Zeit anders als gewohnt, oder hatten Sie den Eindruck, irgendetwas könnte sie belasten?«

Nachdenklich schüttelte er den Kopf.

»Hat sie Ihnen gegenüber einmal von einem Rollstuhlfahrer oder einem Behinderten gesprochen, der ihr am Bahnhof oder im Zug begegnet ist?«

»Nein, so etwas hat sie nie erwähnt.« Seine Antwort kam schnell. Vielleicht eine Spur zu schnell, dachte Paula.

»War sie an diesem Tag noch bei der Arbeit?«

Wieder nickte er.

»Sie wurde, wie Sie bestimmt wissen, am Bahnhof in Idar-Oberstein noch von mehreren Passanten gesehen. Danach verliert sich ihre Spur.«

Er blickte ins Nichts.

Paula packte ihre Notizbücher zusammen.

»Wenn Ihnen noch irgendetwas einfällt, dann rufen Sie mich an, Herr Holland! Wir werden wirklich alles tun, was in unserer Macht steht, um ihre Frau zu finden«. Sie reichte ihm ihre Visitenkarte und stand auf.

Er ging hinter ihr her zur Tür. Gerade als sie sich verabschieden wollte, sagte er etwas, was ihr eine Gänsehaut bescherte.

»Frau Eschmann, ich weiß, dass meine Frau tot ist. Sie wäre nie freiwillig von mir weggeblieben. Wir lieben uns.«

Paula sah ihn an. Darauf konnte und wollte sie nichts erwidern. Ihr

fehlten die richtigen Worte. Eigentlich fehlten sie immer in solchen Augenblicken. Vielleicht glaubte sie auch selbst an das, was Herr Holland gerade gesagt hatte.
So ging sie nur stumm aus der Tür hinaus zu ihrem Auto, ohne sich noch ein einziges Mal umzudrehen.

Skaldowski hatte ihnen nicht sonderlich weiterhelfen können. Leider hatte er den Mann nur von hinten gesehen und dementsprechend vage Beschreibungen machen können.
An der riesigen Pinnwand hatte Jonny nun auch ein Passfoto und die Daten von Mathilde Holland dazugehängt. Die ganze Zeit über musste Paula unwillkürlich an das Bild der toten Julia Ingbert denken, die als Schneewittchen in einer Holzkiste im Wald gelegen hatte.
»Mit welcher Bestie haben wir es hier eigentlich zu tun?«, fragte sie plötzlich laut in das Stimmengewirr ihrer Kollegen hinein.
Alle verstummten augenblicklich und sahen sie an.
Unbeirrt fuhr Paula fort. »Wenn Galdoa wirklich recht hat, wovon ich ausgehe, dann haben wir es hier mit einem Wiederholungstäter zu tun. Vielleicht sogar mit einem Serienmörder. Ich gehe wohl recht in der Annahme, dass keiner von uns jemals in der Praxis mit Serienmördern zu tun gehabt hat. Deshalb schlage ich vor, wir holen uns professionelle Hilfe von außerhalb! Und zwar jetzt!«
Alle fingen an durcheinanderzureden, doch Köhler unterbrach sie. »An wen denkst du? An einen Polizeipsychologen? Dann muss ich euch gleich sagen, es gibt zu wenige, und es dauert eine Weile, bis sich einer von ihnen bei uns einfinden könnte!«
»Wie wäre es, wenn wir in der forensischen Psychiatrie jemanden um Hilfe bitten? Die haben doch täglich mit solchen Leuten zu tun und kennen sich aus!«, merkte Jonny an.
Gerd nickte. »Ich hab mal einen kennengelernt, der hatte echt Ahnung!«
Seufzend fuhr sich Köhler durch seine Haare, die mit den Jahren doch lichter geworden waren. »Ich werde mich darum kümmern. Ab morgen wird auch noch ein weiterer Kollege aus Mainz mit uns zusammenarbeiten. Er wird in der Frühe hier eintreffen. Bitte

sorgt dafür, dass er sich irgendwo in einem Büro einquartieren kann.«

Dann berichtete jeder von den Ergebnissen des Tages. Isabelle und Irene waren den ganzen Tag damit beschäftigt gewesen, die Bahnhöfe in der Umgebung abzuklappern. Niemand konnte sich an Julia Ingbert oder Mathilde Holland erinnern, und kein Mensch hatte einen Rollstuhlfahrer gesehen.

Jonny und Paula gaben die Version des Bahnangestellten zum Besten, der sich absolut sicher gewesen war, Julia Ingbert in Begleitung eines Rollstuhlfahrers gesehen zu haben. Jonny nahm seine Kritzeleien aus der Hosentasche und wiederholte wörtlich, was Skaldowski ausgesagt hatte.

»Leider hat er den Mann nur sehr kurz von vorne sehen können. Dementsprechend ungenau ist seine Beschreibung, weshalb Ferdinand nur ein recht vages Phantombild erstellen konnte. Aber wir haben noch einige andere Anhaltspunkte: 1,85 – 1,90 m groß, 30–35 Jahre alt, schwarze Haare, gut gebaut. Skaldowski meinte sogar, er habe regelrecht muskulös gewirkt.«

Sie schrieben alle Informationen auf Zettel und hefteten sie an die Pinnwand zu dem Täterprofil. Langsam, aber sicher nahm es Züge an.

Am Nachmittag hatten sich Jonny und Gerd im Arbeitszimmer von Julia Ingbert umgesehen, ihre persönlichen Sachen inspiziert und sogar den Computer durchforstet, aber nichts Brisantes finden können. Die Tagebücher hatten sie alle mitgebracht. So schnell wie möglich sollten diese nun durchgesichtet werden.

Paula steckte sich eine Zigarette an, woraufhin Isabelle ihr einen finsteren Blick zuwarf. Paula musste das spontane Bedürfnis unterdrücken, ihr einfach die Zunge herauszustrecken.

»Wer von euch kennt sich eigentlich mit Märchen aus?«, fragte sie plötzlich.

Gerd antwortete als Erster. »Ich weiß nur, dass meine Mutter sie mir vor vierzig Jahren vorgelesen hat.«

Die anderen schmunzelten und nickten bestätigend. So ging es ihnen allen.

»Ich werde das Gefühl nicht los, dass es die Märchen sind, die für unseren Täter eine wichtige, wenn nicht sogar zentrale Rolle spielen«, fing Paula an laut zu denken. »Wir wissen, er täuscht eventuell einen behinderten Menschen vor, vorausgesetzt, das ist wirklich unser Mann. Die Spuren im Wald haben nicht viel ergeben. Fasern und Rückstände werden zurzeit noch untersucht, genauso wie das Sperma, das er hinterlassen hat. Uns ist augenblicklich nur seine Blutgruppe bekannt, nämlich 0, wie Millionen andere Menschen auch. Die Datenbank hat nichts ausgespuckt, was Hinweise auf einen möglichen zurückliegenden Fall geben könnte, also tappen wir nach wie vor noch völlig im Dunkeln!«

»Und wenn wir es wirklich mit einem Wiederholungstäter zu tun haben, dann werden uns bald die Presse sowie die gesamte Bevölkerung aufs Dach steigen!«, ergänzte Jonny.

Bestätigend nickte Paula ihm zu. »Das heißt wiederum, wir müssen uns an jeden Strohhalm klammern, den wir kriegen können.« Entschlossen packte sie ihre Sachen zusammen. »Deshalb werde ich jetzt jemanden auftreiben, der sich mit Märchen auskennt!«

Wieder ein Punkt auf der Liste, der neu hinzukam. Um alles abzuarbeiten, würden sie wahrscheinlich Monate brauchen.

Das Telefon läutete in ihrem Büro, als sie in den Flur hinaustrat.

Sie beeilte sich, um den Anruf noch entgegennehmen zu können. Als sie den Hörer abnahm, war die schnorrende Stimme von Dr. Galdoa zu hören, der ohne Umschweife sofort zur Sache kam.

»Ich wollte Ihnen nur vorab mitteilen, dass der Obduktionsbericht morgen Früh auf Ihrem Schreibtisch liegen wird!«

Er machte eine Pause, und Paula nutzte die Zeit, um einen Schluck Wasser aus der Flache zu trinken, die vor ihr auf dem Schreibtisch stand. An diesem Tag hatte sie wieder einmal zu wenig getrunken.

»Allerdings haben wir noch etwas herausgefunden, was Ihre Theorie des Märchenmörders sicherlich bestärken wird. Dafür mussten wir die komplette Speiseröhre auseinandernehmen.«

Paula hörte einen leicht vorwurfsvollen Ton heraus, der sofort ihr schlechtes Gewissen hervorrief. Eigentlich wollte sie sich gar nicht vorstellen, wie dies vonstattengegangen war.

»Und genau dort, im hintersten Winkel des Ösophagus, fanden wir ein Apfelstückchen. Sorte: Granny Smith. Diese wunderbar frischen Grünen, Sie wissen sicher, welche ich meine!«
Natürlich kannte Paula diese Sorte, obwohl sie nicht die von ihr bevorzugte war. Aber Galdoa hatte recht, diese Apfelsorte war wirklich sehr erfrischend grün.
»Wie kam das Stück Apfel in ihren Hals?«
»Ich dachte mir, dass Sie das fragen würden«, antwortete der Arzt, und für einen Augenblick genoss dieser geschickte und fähige Mediziner die von ihm erzeugte Spannung. »Es wurde ihr erst nach Eintritt des Todes hineingesteckt. So viel dazu. Der Täter legt wohl Wert auf Details, womit Ihre Hypothese des Märchenmörders bestätigt ist«, meinte er.
»Nach dieser Hiobsbotschaft bestehen wohl bei niemandem mehr irgendwelche Zweifel«, murmelte sie hastig. Kurz angebunden verabschiedete sie sich und legte auf.
Ein Grund mehr sich nach einem Experten für Märchen umzusehen. Sofort rief sie Jonny in seinem Büro an, aber er meldete sich nicht. Auch im Besprechungsraum fand sie nur Gerd vor, dem sie schnell die Neuigkeit erzählte.
Gerade war er dabei gewesen neue Anhaltspunkte zusammenzutragen sowie alle Ergebnisse der Vernehmungen stichpunktartig festzuhalten. Sämtliche Fakten sollten für alle übersichtlich an der großen Wand hängen. Außerdem verglich er seit geraumer Zeit die beiden Lebensläufe der Frauen miteinander, damit mögliche Gemeinsamkeiten schneller entdeckt werden könnten.
Fassungslos schüttelte er seinen Kopf. »Der Kerl scheint wirklich irre zu sein!«
Paula beobachtete immer häufiger, wie tief erschüttert Gerd von diesen schrecklichen Geschehnissen war, mehr, als er nach außen hin zugeben konnte. Als sie sich einen Kaffee holte, brachte sie ihm einen mit. Er bedankte sich und zeigte wie gewohnt sein breites warmherziges Lächeln.
Bevor sie nach Hause gehen konnte, musste Paula noch einige Telefonate erledigen und ihren Bericht fertig schreiben. Sie musste

heute unbedingt ein wenig schlafen, da sie mit dem Nachtdienst an der Reihe war. Außerdem plagte sie ein unbändiger Hunger. Es war schon eine Weile her, seit sie das letzte Mal etwas gegessen hatte.

Nach unzähligen Anrufen mit verschiedenen Universitäten hatte sie endlich Erfolg. In Trier gab es eine Religionswissenschaftlerin, die sich auf die Interpretation von Märchen spezialisiert hatte. Mit dieser Expertin, einer gewissen Dr. Sybille Braun, vereinbarte sie für den nächsten Tag einen Termin in deren Büro an der Trierer Universität. Frau Dr. Braun war sehr entgegenkommend gewesen, als sie gehört hatte, um was es ging. Sofort hatte Paula Sympathie für diese Frau empfunden, da ihre Stimme am Telefon intelligent und freundlich geklungen hatte.

Als Paula in Köhlers Büro ging, um die fehlenden Berichte abzugeben, telefonierte er gerade. Obwohl er ihr andeutete, sich zu setzen, legte sie die Papiere nur auf seinen Schreibtisch und verschwand wieder. Wahrscheinlich sprach er gerade mit jemandem aus dem Innenministerium und musste sich irgendwelche Frechheiten bezüglich der Ermittlungen anhören. Darauf hatte sie jetzt am wenigsten Lust.

Alle wollten sie nur eins: eine möglichst schnelle Aufklärung mit wenig Aufwand. Die unheilvolle Aufgabe, ständig vermitteln zu müssen und für gutes Wetter zu sorgen, hatte allerdings Köhler inne. Tauschen wollte sie nicht mit ihm. Nicht jetzt und zu keiner anderen Zeit.

Hastig verließ sie das Polizeigebäude und ging zu ihrem Auto. Richtig kalt war es draußen geworden. Ein eisiger Wind blies in ihr Gesicht, sodass sie die Kapuze hochziehen musste.

Fünfzehn Minuten später bog sie in ihre Einfahrt ein. Die großen Bäume rings um das Haus hatten all ihr Laub abgeworfen, das jetzt braun und schmierig auf dem Boden herumlag. Eigentlich müsste sie sich dringend einmal der Gartenarbeit widmen, aber im Moment war daran nicht zu denken. Obgleich es noch nicht sehr spät war, war es schon dunkel. Am Ende der Einfahrt stellte sie ihren Wagen ab und schloss die Haustür auf. Auf dem Fußboden dahinter türmte sich die Post. Außer einem Brief von ihrer Mutter war alles nur

Werbung, die sie sofort in den dafür vorgesehenen Altpapierbehälter in der Küche warf. Den Brief wollte sie später lesen. Just als sie ihn auf die Küchenzeile legte, fiel ihr Blick aus dem Fenster, und sie sah, wie ihr Nachbar gegenüber in rasantem Tempo aus seiner Ausfahrt preschte.

Der hat wirklich was an der Scheibe, dachte sie und grübelte, weshalb er das wohl gerade getan hatte. Vielleicht war ein Streit mit seiner Frau entbrannt oder er steckte in beruflichen Schwierigkeiten.

Erschöpft ging sie nach oben ins Badezimmer. Dort war es wenigstens gemütlich und warm.

Sie überlegte gerade, ob sie noch ein heißes Bad nehmen sollte, vor dem Zubettgehen, da klingelte es an ihrer Tür.

Schon als sie die Stufen hinunterging, wusste sie, wer es war. Ein angenehmes, wohliges Zittern durchzog ihren Körper.

Verschmitzt lächelte er sie an, als sie ihm mit ausholender Geste die Haustür aufhielt. Ein kalter Luftzug kam mit ihm ins Haus, doch sie merkte ihn kaum, zu aufgeregt war sie.

»Ich hatte solche unbändige Lust auf einen Kaffee und da ich sowieso in der Gegend war ...!« Sanft schloss er die Tür und sah sie mit unschuldigen Augen an.

»Wir haben auch Kaffee auf dem Revier ...«, hielt sie dagegen, während sie ihm in die Küche vorausging.

»Aber nicht so einen, wie du ihn kochst.« Mit einem Satz war er bei ihr und schlang die Arme von hinten um sie. Er drehte sie herum und im selben Moment spürte sie auch schon seinen kalten weichen Mund auf ihren Lippen. Ihr Versuch, sich zu wehren, war schwach und kurz. Sie nahm sein Gesicht in ihre Hände und erwiderte seinen heftigen Kuss.

Die Gefühle, die sich während der letzten Wochen und Tage angestaut hatten, explodierten in ihnen wie ein Vulkan. Sie fuhr ihm durch die dichten schwarzen Haare, während er seine kühle Hand unter ihren Pullover schob.

Schnell streifte sich Jonny die dunkle Lederjacke ab und presste Paula an sich, sodass sie in einen Strom undurchdringlicher Gefühle fiel, in den sie sich bereitwillig hineingleiten ließ. Seine Hände waren überall auf ihrem Körper, und ein wollüstiges Stöhnen entfuhr ihrer Kehle. Sanft stieß sie ihn von sich, um ihn an der Hand zu nehmen und ins Schlafzimmer zu führen.

Sie zogen sich gegenseitig aus. Paula glaubte, nicht mehr Herr ihrer Sinne zu sein, als er sie auf das große Bett legte und wenig später zärtlich in sie eindrang. Sein Körper war wunderbar, sie konnte überhaupt nicht aufhören ihn anzusehen. Durchtrainiert und muskulös. Sie blickten sich tief in die Augen, als er den Akt unterbrach, um danach küssend an ihrem Körper herunterzuwandern, wo seine weichen Lippen ihr solche Gefühle bescherten, wie sie sie noch nie zuvor empfunden hatte. Leise schrie sie auf, und ihre Hand zog ihn hoch über sich. Mit dem Mund liebkoste sie ihn, voller Leidenschaft bäumte er sich auf. Sie setzte sich auf ihn, bewegte sich in kreisendem Rhythmus, während er ihre hart gewordenen Brustwarzen mit seiner Zunge streichelte. Jede Sekunde, jede Minute kosteten sie aus, bis sie den Höhepunkt ihrer unbändigen Lust erreicht hatten.

Später nahm er sie vorsichtig in seine starken Arme und hielt sie eng umschlungen fest. Zärtlich und behutsam fuhr sie mit den Fingerspitzen über seinen Rücken. Lange Zeit lagen sie einfach nur da und sahen sich an. Jedes Wort wäre überflüssig gewesen. Gekonnt verdrängte Paula alle Mahnungen ihres Gewissens, die sie davor gewarnt hatten mit einem Kollegen ein Verhältnis anzufangen. In diesem Moment wünschte sie sich nur, es gäbe keinen Märchenmörder und keine Uhrzeit, die sie zwangen, bald wieder ihren Dienst anzutreten. Seufzend versank Paula in seinen ernst dreinblickenden wunderschönen Augen. In ihnen lag ein Glanz, den sie noch nie zuvor wahrgenommen hatte. Oder sie hatte sich nie getraut ihn zu sehen.

Sacht küsste er sie auf den Bauch, was ihr einen weiteren Schauer bescherte. Sie merkte, wie sich die Feuchtigkeit des Spermas zwischen ihren Beinen ausbreitete, als er sein hartes Glied an ihre Oberschenkel presste. Ganz behutsam legte er sich auf sie und drang wieder in sie ein. Diesmal konnte sie sich nicht mehr zurückhalten. Sie schrie laut auf. Sein Mund fuhr an ihrem Hals entlang, liebkoste ihre Brüste und ließ sie ihren Orgasmus in seiner vollen Wirkung spüren, bevor seine Bewegungen schneller wurden und er sich in ihr verlor.

Schwer atmend und verschwitzt lagen sie müde nebeneinander. Kurz darauf machte sich die Erschöpfung der letzten Tage bemerkbar, und sie schliefen in der wunderbaren Erkenntnis den anderen bei sich zu haben nebeneinander ein.

Neun

Durch ein stürmisches Klingeln an der Haustür wurde Paula aus dem Schlaf gerissen. Sie brauchte einige Sekunden, bis ihr klar war, dass sie das, was gestern passiert war, nicht geträumt hatte. Jonny schlief seelenruhig weiter, während die Türglocke keine Ruhe gab. Unverzüglich sprang Paula aus dem Bett, schlüpfte in den gestreiften Morgenmantel, der über dem hohen Lehnstuhl hing, und rannte die Treppen hinunter. Sie wusste noch nicht einmal, wie spät es eigentlich war.

Mist, dachte sie, während sie die Tür öffnete, dass ihr das gerade jetzt passieren musste. Draußen stand Irene. Es regnete in Strömen, und ihr Mantel sowie ihre Haare trieften. Ohne zu grüßen, kam sie gleich zur Sache.

»Mensch Paula, ich hab dich nicht erreichen können, auch nicht übers Handy! Es ist etwas Schlimmes passiert!«

Ihr Handy steckte in der Jacke, die wiederum auf der Küchentheke lag, fiel ihr siedend heiß ein. Dort hatte sie diese mit dem Brief zusammen abgelegt, als sie nach Hause gekommen war.

»Es ist wirklich dringend. Wir haben Mathilde Holland gefunden. Tot. Und alles ist ähnlich wie bei Julia Ingbert.«

»Wo?«, fragte Paula fassungslos.

»In einem Waldstück, in der Nähe einer Hütte bei Rötsweiler. Es ist wirklich entsetzlich, du musst dir das sofort ansehen!« Unruhig trippelte Irene von einem Bein auf das andere. Mit dem Finger zeigte sie auf Jonnys Auto, dann fiel ihr Blick auf Paula. »Jonny … ihn konnte ich auch nicht erreichen. Alle anderen sind schon dort!«

Hatte sich Paula verhört oder wirklich einen vorwurfsvollen Tonfall in Irenes Stimme vernommen?

»In zehn Minuten bin ich dort. Sag einem Streifenwagen Bescheid, er soll in der Ortsmitte von Rötsweiler auf mich warten.«

Irene wandte sich zum Gehen, und Paula warf die Haustür hinter ihr

zu. Zwei Stufen auf einmal nehmend hechtete sie die Treppen hoch. Jonny stand schon in der Tür. Nackt. Fast wäre sie gegen ihn gestoßen.
»Ich habe gehört, was passiert ist. Wir sollten uns beeilen!«
Während sie ihre Kleider zusammensuchten, kamen sie nicht mehr dazu, das, was zwischen ihnen vorgefallenen war, zu thematisieren. Drei Minuten später waren sie fertig angezogen und sprangen in Jonnys Auto. Es wäre reine Zeitverschwendung gewesen, mit beiden Wagen zu fahren.
Obwohl das Adrenalin in Paulas Venen tobte, nahm sie mit Erleichterung zur Kenntnis, dass bis zu ihrer Nachtschicht noch Zeit gewesen wäre. Die Uhr zeigte 21.30, als sie im Auto saßen und Jonny nervös durch die regennasse Dunkelheit fuhr.

Es blieb ihm nichts anderes übrig, als sie zu knebeln und zu fesseln. Diese kleine dreckige Hure war äußerst stark, ihre Gegenwehr war während seiner ganzen Spielereien sehr groß gewesen. Er musste vorsichtig sein, durfte ihr keine Möglichkeit geben, sich zu befreien.
Sogar beschimpft hatte ihn dieses Miststück. Das hatte Schneewittchen nicht getan. Sie hatte sich wie eine wahrhaftige Prinzessin verhalten. Still, wenig Widerstand leistend, weil sie schlau genug gewesen war, zu wissen, wer der Herr war.
Schneewittchen hatte schnell eingesehen, dass sie keine Chance hatte. Aber die hier war anders.
Mit festen Griffen fesselte er sie an den Handgelenken und Füßen. So fest, dass man sehen konnte, wie das Blut sich oberhalb des Seils in ihren Armen staute. Eigentlich wollte er das nicht tun. Allerhöchstens hätte er einen Arm gefesselt, aber sie wollte es so.
Trotz des Knebels, den sie im Mund hatte, versuchte sie mit aller Kraft zu schreien. Sie hörte einfach nicht auf, sich aufzubäumen.
Dir werd ich zeigen, wem du unterstehst, dachte er. Er mochte es nicht, wenn sie sich zu sehr wehrten. Das zügelte ungeheuer seinen Spaß an der Sache. Vorhin hatte er noch nicht mal einen hochbekommen, und langsam wurde er richtiggehend wütend auf dieses Stück Scheiße, das sich immer noch hin und her wandte.

Ihr Körper zeigte schon erste Alterungszeichen. Das sah er an der schlaffen Haut, die sich bereits an verschiedenen Stellen zeigte. Das nächste Mal musste er sie sorgsamer aussuchen. Sich mehr Zeit lassen, wie er es eigentlich vorgehabt hatte. Aber es war unerwartet mit ihm durchgegangen, und nun blieb ihm nichts anderes übrig, als das zu Ende zu bringen, was er angefangen hatte.
Als er das große Messer in die Hand nahm, lächelte er. Zärtlich strich er mit seinen Fingern über die scharfe Klinge, in der sich die Welt spiegelte. Unten regte sich etwas. Er saugte die modrige Luft ein und fuhr sich mit dem Messer langsam an die Wölbung, die sich nun unter seiner Hose abzeichnete. Mit vor Schreck aufgerissenen Augen sah Gretel ihn an. Sie bewegte sich nicht mehr. Sein Gewand lag bereit. Das Märchen konnte beginnen.

Sie lag auf der Erde. Die Gedärme quollen aus ihr heraus. Die Handgelenke waren schwarz verfärbt und aufgedunsen. Ihr Gesicht wies überall Kratzspuren auf. Aber das Grausamste war, dass sie völlig menschenunwürdig, mit weit gespreizten Beinen, hier im Dreck lag. Paula sowie ihre Kolleginnen und Kollegen sahen mit einem Blick, dass der Täter ähnlich vorgegangen war, wie beim letzten Mal. Neben der Leiche lagen Dutzende von Goldtalern, wie man sie an Weihnachten in den Geschäften kaufen kann. Die langen blonden Haare von Mathilde Holland waren wie ein Fächer über ihrem Kopf drapiert. In der linken Hand hielt sie einen großen Lebkuchen, der ebenfalls blutverschmiert war, aber auf dem man noch die Zuckerschrift lesen konnte.
FÜR DICH, stand darauf.
Hänsel und Gretel, dachte Paula voller Abscheu. Nur Hänsel fehlt.
Irene verlangte sofort wieder eine Zigarette.
»Ich hoffe, wir finden den Kerl bald, sonst werde ich noch zum Raucher«, meinte sie ernsthaft, während sie einen tiefen Zug nahm.
Galdoa war auch gerade erst eingetroffen. Außerhalb der Fundstelle stand Jonny neben Isabelle und unterhielt sich mit ihm. Die Techniker streiften ihre langen weißen Overalls über und warteten auf das Okay des Doktors.

Zusammen mit Gerd und Irene machte sich Paula auf den Weg zum Wagen, wo Köhler sie schon aufgeregt in Empfang nahm. Es schien, als wäre er seit gestern um Jahre gealtert. Schon immer konnte man bei ihm jeglichen Stress oder andere starke Emotionen sofort in den Gesichtszügen ablesen. Mit einem undurchdringlichen Blick musterte er sie.

»Wenn wir jetzt wieder keinen einzigen Anhaltspunkt finden, der auf einen bestimmten Täter schließen lässt, können wir alle einpacken ...!« Sie wussten, was gemeint war. Auf Köhler lastete ein unglaublicher Druck, denn alle wollten nur eins: den Täter schnellstmöglich finden und dingfest machen, bevor die Bevölkerung wegen eines Serienmörders in Panik geriet. Spontan bot Gerd sich an, vor Ort zu bleiben, falls die Techniker oder Gerichtsmediziner auf eine interessante Spur stoßen sollten. Außerdem musste einer von ihnen anwesend sein, bis alle Polizisten, Techniker und Mediziner wieder abgezogen waren.

Irene wartete auf Isabelle. Sie waren zusammen gekommen. Paula hingegen setzte sich in Jonnys neuen A3 und versuchte krampfhaft darüber nachzudenken, was der Täter mit seinem Werk überhaupt ausdrücken wollte. Der Regen hatte sich mittlerweile fast gelegt und war in ein leichtes Nieseln übergegangen.

Die Gefühle überschlugen sich in ihr. Hatte der Täter Mathilde Holland gequält und umgebracht, während sie mit Jonny geschlafen hatte? Sie atmete tief ein und versuchte, sich von diesen Vorstellungen zu befreien. Das war eine Sache, die sie auf der Polizeischule gelernt hatte. Man konnte nicht aufhören sein eigenes Leben zu leben, nur weil das Böse da draußen in der Welt herumtobte. Doch in diesem Augenblick war es schwer für sie, dieses routinierte Denken umzusetzen.

Erst nach einer halben Stunde kam Jonny endlich zu ihr. In der Zwischenzeit hatte sie zwei Zigaretten geraucht und unzählige Streifenpolizisten gegrüßt, die sich immer noch an der großräumigen Absperrung des Tatortes zu schaffen machten. Der Leichenwagen fuhr vor, als Jonny den Wagen startete.

Während der Autofahrt sprachen sie kaum miteinander. Zu aufgewühlt waren sie noch von dem grauenhaften Ereignis, aber auch von dem, was zwischen ihnen geschehen war. Als sie auf dem Parkplatz vor dem Revier anhielten und im Begriff waren die Türen zu öffnen, fasste Jonny sie plötzlich an der Hand.

»Ich möchte dir unbedingt sagen, dass ich diese Nacht mit dir wunderschön fand und ich nichts davon bereue. Ich ...« Er hielt verlegen inne. »... Ich fühle viel für dich. Das sollst du wissen.«

Abrupt drehte er sich um und stieg aus. Paula war zu durcheinander, um etwas sagen zu können, doch sie drückte kurz Jonnys Hand, als sie schweigend nebeneinander die Treppen hochgingen. Isabelle stand schon am Kaffeeautomaten und blickte lächelnd zu Jonny auf, Paula beachtete sie hingegen nicht.

Gerade als sie sich an ihren Schreibtisch setzen wollte, kam Irene hereingeplatzt. Sofort hatte sie das Bedürfnis, sich zu entschuldigen, weil sie als leitende Ermittlerin nicht erreichbar gewesen war.

»Irene, ziehe bitte keine falschen Schlüsse wegen heute Abend. Ich ...« Weiter kam sie nicht, denn ihre Kollegin lächelte sie freundlich an und schloss augenblicklich die Tür hinter sich.

»Paula ... ich ziehe überhaupt keine Schlüsse. Jeder von uns hat ein Privatleben. Du hattest heute Abend einige Stunden frei. Jonny hatte frei. Was ihr in eurer Freizeit anstellt, geht niemanden etwas an. Und ich bin doch nicht blind. Jeder weiß, dass Jonny auf dich steht. Vergiss einfach das nächste Mal nicht dein Handy mitzunehmen, wenn du ins Schlafzimmer gehst!«

Sie ging auf Paula zu, nahm sie in die Arme und drückte sie fest. Voller Zuneigung erwiderte Paula die Umarmung. Zu gerne hätte sie noch klargestellt, dass sie nicht vorhatte ein Verhältnis mit ihrem Kollegen anzufangen, doch sie ließ es lieber dabei bewenden.

Das Telefon klingelte, als Irene sie losließ.

»Eschmann!«, meldete Paula sich.

Es war Gerd.

»Wir haben eine dunkle Faser an ihren Händen gefunden. Ist schon unterwegs ins Labor. Und jetzt halt dich fest! Galdoa hat ein Haar in ihrem Mund gefunden, als er den Knebel entfernte!«

Pünktlich zur Sonderbesprechung waren alle wieder da. Sogar der neue Kollege aus Mainz, der nun zu ihrem Team gehörte, war früher als geplant eingetroffen. Alle waren erleichtert über diese Verstärkung.
Es war ein Mann Ende vierzig, der schon einschlägige Kenntnisse über Serienmördern hatte. Phillip Trateaux war jahrelang in Brüssel und in osteuropäischen Ländern für das deutsche Innenministerium tätig gewesen, dabei hatte er vielfältige Erfahrungen sammeln können. Trateaux war groß, fast dürr und trug eine Nickelbrille im Gesicht, durch die er mehr einem Buchhalter ähnelte als einem Kriminalpolizisten. Seine Worte wählte er sparsam und mit Bedacht, aber das, was er sagte, hatte Hand und Fuß. Nachdem er allen Kollegen vorgestellt wurde und mit allen Details des Falls vertraut war, meinte er, es sei dringend erforderlich, sich mit einem Experten für Märchen auseinanderzusetzen. Paula jubelte innerlich. Ihr Gefühl hatte sie nicht getäuscht. Niemand hier hatte mehr den geringsten Zweifel daran, dass es sich tatsächlich um einen in Anlehnung an Märchen mordenden Täter handelte. Jonny und Gerd boten sich freiwillig an, zu dem Ehemann der Ermordeten zu fahren, um die traurige Nachricht zu überbringen. Die anderen begannen damit, Gemeinsamkeiten der beiden toten Frauen sowie der Taten zusammenzutragen.

Es war bereits halb zwei nachts, als die beiden endlich zurück waren und Paula ihnen die Listen zeigen konnte, die sie in der Zwischenzeit angefertigt hatten. Auffällig war, dass beide Frauen einen Bezug zum Krankenhaus Idar-Oberstein hatten. Mathilde Holland hatte dort gearbeitet, und Julia Ingbert war wegen eines angeborenen Herzfehlers ihrer Tochter regelmäßig dort gewesen. Ansonsten blieben noch die Zugfahrten und die gleiche Hausärztin, mit der sie allerdings schon gesprochen hatten. Beide Frauen waren nur wegen unbedeutender Krankheiten wie Erkältungen, Angina und dergleichen bei ihr gewesen. Keine von ihnen hatte eine ernsthafte Erkrankung gehabt.
Sie drehten und wendeten die Fakten hin und her, vor und zurück. Zuletzt blieben nur zwei Möglichkeiten. Das Krankenhaus oder der Bahnhof, wobei alle auf Letzteren tippten. Auch Phillip.

Isabelle und Irene verabschiedeten sich gegen halb vier. Die beiden hatten schließlich den ganzen Tag, den Abend und die halbe Nacht gearbeitet. Sie mussten dringend ein paar Stunden schlafen. Auch Gerd verabschiedete sich kurz darauf. Er wollte am frühen Morgen, etwa gegen acht, wieder da sein. So blieben nur noch Phillip, Paula und Jonny übrig. Da Jonny sein Büro schon mit Gerd teilte und Irene mit Isabelle, bot Paula Phillip an, die andere Hälfte ihres Schreibtisches zu benutzen, was er verlegen annahm. Schon bald machte er sich daran, seine Sachen einzuräumen, sodass Paula mit Jonny einen Augenblick alleine war.

»Du hattest also recht. Wir haben es tatsächlich mit einem Märchenmörder zu tun. Deine Intuition ist absolut richtig gewesen!«, meinte er anerkennend.

Paula nickte, ganz in Gedanken vertieft. »Hoffentlich hat er diesmal einen klitzekleinen Fehler gemacht, damit wir ihm endlich auf die Spur kommen können!«, sagte sie, immer noch nachdenklich. »Ich bin völlig davon überzeugt, dass wir unseren Täter in der unmittelbaren Umgebung finden werden!«

»Das würde wohl dem üblichen Profil entsprechen. Hoffentlich verhält es sich so, sonst verlaufen unsere Ermittlungen nämlich in einer verdammten Sackgasse! Übrigens habe ich gestern im Krankenhaus nachgefragt, wer in letzter Zeit einen Rollstuhl ausgeliehen hat. Ich dachte mir, vielleicht existiert eine Liste oder ein Vermerk darüber. Aber es ist für jedermann ein leichtes Unterfangen an einen Rollstuhl zu gelangen. Genau genommen erhält jeder, der einen Riss im kleinen Zeh hat, einen Rollstuhl. Es ist unmöglich, solche Spuren zu verfolgen. Jede Menge alter Leute haben sogar Rollstühle zu Hause. Die tauchen in keinen Büchern mehr auf, weil es sich um alte Modelle handelt!«

Mit einem Satz sprang Paula auf. »Genau das ist es!«, sagte sie laut und packte ihn an seinen Schultern. »Was ist, wenn wir es hier mit einem Täter zu tun haben, der mit seiner alten Mutter zusammenwohnt?«

Jonny runzelte die Stirn. »Kein schlechter Gedanke, aber wie willst du herausfinden, wer mit seiner Mutter zusammenwohnt? Und wenn es funktioniert, wer soll die abklappern? Dafür bräuchten wir Jahre!«

Aber Paula ließ sich davon nicht abschrecken. »Es wäre auf jeden Fall eine Möglichkeit, den Personenkreis näher einzugrenzen. Heute Mittag will der leitende Psychiater der Forensischen Abteilung in Merzig zu uns kommen. Warten wir ab, von welchem Täterprofil er ausgeht. Auch Phillip wird uns einiges zu Serienmördern mitzuteilen haben. Ich werde ihm von meiner Idee erzählen!«

Eilig schnappte sie sich die leeren Tassen und ging zum Automaten, um Nachschub zu holen. Die Müdigkeit setzte ihr gerade stark zu. Sie fühlte sich schwindelig und angespannt.

Die restliche Nacht verbrachten sie mit verschiedenen Tätigkeiten. Paula durchforstete das Internet nach unterschiedlichen Interpretationen von Märchen. Phillip wollte sich ins Melderegister einloggen. Dazu hatte er sich eine Genehmigung bei Gericht besorgt, was nicht so einfach gewesen war. Der diensthabende Richter hatte ihm das notwendige Papier völlig schlaftrunken ausgestellt. Gleichzeitig hatte er sich aber nicht bemüht, seinen Ärger über die nächtliche Ruhestörung zu verbergen. Nun loggte Trateaux sich erhabenen Hauptes im Melderegister ein, um herauszufinden, welcher Mann im Kreis Birkenfeld mit einer alten Frau beziehungsweise mit seiner Mutter zusammenlebte. Ein mühseliges Unterfangen. Jonny saß mit hochgezogenen Beinen in der einzigen gemütlichen Sitzgelegenheit des gesamten Reviers und wälzte die Tagebücher von Julia Ingbert. Es war ein Korbstuhl, den irgendjemand einmal vor langer Zeit hier abgestellt hatte, weil er woanders nicht mehr gebraucht wurde. Die Sitzfläche sowie das Rückenteil waren mit dicken Kissen ausgepolstert, die Irenes Mutter vor Jahren eigens dafür genäht hatte. Einige Stunden herrschte in der allgemeinen Betriebsamkeit eine wunderbare Stille, in der jeder seinen Aufgaben nachging.

Der Morgen fing schon leicht an zu dämmern, da johlte Jonny auf einmal laut auf.

Fragend sahen sich Paula und Trateaux über ihre Schreibtische hinweg an und eilten dann hastig zu ihm herüber. Doch er kam ihnen schon wild gestikulierend entgegen.

»Ich hab was gefunden!«, rief er aufgeregt. »Bisher waren diese Tagebucheinträge todlangweilig. Es ist kaum etwas vorgefallen, was ihre Gefühle aufgewirbelt hat. Und jetzt das hier!« Er zeigte mit dem Finger auf die beschriebenen Seiten.
»Ich zitiere einen Tagebucheintrag vom 18. 10. 06, also vier Tage vor ihrem Verschwinden. Es ist mit Bleistift ganz zart an den Rand gekritzelt worden: Er gibt mir das Gefühl zu leben, so wie ich es bisher nur bei Leonore gespürt habe. Hoffentlich begegne ich ihm wieder!«
Jonny sah die beiden mit aufgeregtem Blick an, während Paula für einen Moment der Atem stockte.
»Das ist er!«, wisperte sie. »Das ist unser Mann!«

Zehn

Irene stand im Flur und zog gerade ihren cremefarbenen Trenchcoat-Mantel an, als von oben eine herrische Stimme ihren Namen rief. Einen Seufzer ausstoßend streifte sie ihre Schuhe wieder ab. Den Mantel behielt sie an. Welche Ansprüche würde ihre Mutter nun schon wieder stellen? Das Frühstück hatte sie ihr ans Bett gebracht, sie gewaschen und umgezogen. Heute ging es ihr nicht besonders gut, bedingt durch das feuchte und nasse Wetter. An solchen Tagen machte ihr Kreislauf oft schlapp. Doch Irene wurde manchmal das Gefühl nicht los, die alte Dame nutze das Wetter dazu, sich ihrer gefügig zu machen, weil sie ihre ungeteilte Aufmerksamkeit wollte.
Schleppend ging sie in Strümpfen die kalte Treppe hoch.
»Irene!«, rief die Stimme unbarmherzig.
»Ich bin schon da, Mutter!« Sie blieb in der Tür stehen. Ihre Mutter hatte sich im Bett aufrecht hingesetzt und sah sie mehr als vorwurfsvoll an. Die dünnen weißen Haare fielen ihr vor Aufregung ins Gesicht.
Sie sieht ein wenig aus wie eine alte Hexe, dachte Irene und schalt sich innerlich ob dieses Gedankens.
»Du triffst dich doch nicht mit einem Mann?«, fragte sie zischend.
Irene atmete tief ein. »Wie oft soll ich dir noch sagen, dass ich zur Arbeit muss? Wir haben zurzeit zwei Morde auf dem Tisch liegen und sind total unterbesetzt!«
»Niemand muss so viel arbeiten wie du!«, herrschte die alte Frau sie an.
Irene ging ums Bett herum und deckte sie behutsam zu.
»Es ist auch nur für eine Weile, bis wir den Täter gefunden haben. Dann beginnt hoffentlich wieder der normale Tagdienst!«
»Du weißt, ich kann Lügen nicht ausstehen!«
»Ich lüge nicht, Mama. Ich sage dir immer die Wahrheit!«

»Und du triffst dich nicht heimlich mit einem Mann?« Ihre Stimme wurde weinerlich, wie die eines kleinen Kindes.
»Nein! Und jetzt ruh dich aus! Frau Bertram wird gegen Mittag nach dir sehen und dir dein Essen bringen!«
Sie hauchte ihrer Mutter einen Kuss auf die Wange, schob den alten Rollstuhl zur Seite und ging wieder nach unten, um ihre Stiefel anzuziehen.
Als sie in der Garage in ihren kleinen Opel Corsa stieg, vibrierte ihr Handy. Wenn sie zu Hause war, stellte sie den Ton immer ab, damit ihre Mutter sich nicht durch das Klingeln gestört fühlte.
An der Nummer konnte sie erkennen, wer es war.
Sie ging ran. »Hallo!«, sagte sie erwartungsvoll.
»Hallo«, antwortete die Stimme tonlos. »Können wir uns heute Abend sehen?«
Kurz überdachte Irene ihren heutigen Zeitplan. »Im Moment geht es am Abend leider nicht, wir müssen Überstunden machen, wegen der Fälle, von denen ich dir erzählt habe. Wir sind maßlos unterbesetzt!«
Sie erzählte ihm dasselbe wie ihrer Mutter. Immer hatte sie das Gefühl, sich rechtfertigen zu müssen.
Ein tiefes Atmen war zu hören. Dann Stille.
»Aber ich brauche dich. Dringend!«, sagte die Stimme eine Spur aufgeregter.
»Also gut. Ich habe noch eine knappe Stunde Zeit, bevor ich zur Arbeit muss. Eigentlich wollte ich einkaufen gehen, aber das kann ich genauso gut später noch erledigen.«
»Ich warte auf dich.«
Damit war das Telefonat beendet. Und schon wieder hatte sie klein beigegeben.
Schnell verstaute sie ihr Handy in ihrer Handtasche und fuhr los. Bis zu seinem Haus war es nicht sehr weit. Es lag etwas abseits eines nahe gelegenen Örtchens, malerisch und einsam. Sie parkte ihren Wagen dahinter, unter einer Überdachung, die an einem alten Schuppen angebaut war, so wie sie es immer tat.
Bevor sie den runden abgegriffenen Klingelknopf berühren konnte, öffnete er ihr die Tür, so wie er es immer tat. Er schaute sie mit sei-

nen großen Augen erwartungsvoll an, wie jemand, der vor Sehnsucht völlig vergangen war. Sie liebte diesen Blick, deshalb ließ sie sich von ihm bereitwillig nach oben tragen, in das Zimmer mit den riesigen Daunendecken. Unterwegs warf sie ihren Mantel über das schwere hölzerne Treppengeländer. Sie wusste genau, was er jetzt von ihr wollte und brauchte, auch wenn es ihr am Anfang fremd gewesen war. Damals hatte sie redlich Mühe gehabt, seine Neigungen und Leidenschaften zu akzeptieren. Doch mit der Zeit hatte sie verstanden, dass sie ihn verlieren würde, wenn sie ihnen nicht nachgab.

Als sie mit dem alten Nachthemd, unter dem sie nichts trug, in dem riesigen Bett lag, spürte sie den bekannten Gegenstand, den er jetzt in sie einführte und dabei wild masturbierte.

Mit aller Kraft versuchte sie wieder und wieder Wohlgefallen daran zu finden, aber heute wollte es ihr einfach nicht gelingen. Sie freute sich einzig und allein darauf, dass er nachher in ihren Armen liegen und sie liebevoll festhalten würde. Wie er es immer tat. Danach.

Die sonst so pünktliche Irene kam vierzig Minuten zu spät. Sie setzte sich zwischen Jonny und Köhler, dem einzigen freien Platz in der kleinen Runde. Die Auswertungen der Faser hatten ergeben, dass es sich um schwarzes Leinen handelte, genau wie die Faser im Fall Ingbert. Die Techniker waren nun dabei herauszufinden, an welchen Kleidungsstücken genau dieselbe Faserqualität verwendet wurde. Leider erwies sich das Haar als von Mathilde Holland stammend. Nachdem es keine weiteren Neuigkeiten gab, forderte Köhler Trateaux auf, über seine Kenntnisse mit Serienmördern zu berichten.

Die Ausführungen, die Trateaux zum Besten gab, bestärkten Paula darin, mit ihrer Idee des alleinstehenden Mannes, der bei seiner Mutter wohnt, richtig zu liegen.

Isabelle saß neben ihr, würdigte sie keines Blickes und lauschte ebenso aufmerksam der angenehmen Stimme von Trateaux wie alle anderen.

»Ich möchte Ihnen einen Auszug aus dem Buch von Stephan Harbort vorstellen, ein Kriminalist und Autor, der sich ganz den Erkenntnissen über und der Forschung von Serienmördern widmet. Ich glaube, das Buch gibt alles wieder, was im Moment für uns wichtig ist.«

Den Blick auf die Unterlagen geheftet, nahm Trateaux einen Schluck Wasser, holte tief Luft und begann aus seinen Unterlagen vorzulesen. Er hatte eine wunderbare leicht schnorrende Stimme, die jedermann in einen seltsamen Bann zog, sodass es ganz still im Raum wurde.

»Aus: *Serienmörder: Mensch und ›Monster‹* von Stephan Harbort*: Serienmörder. Ihre Opfer sind vogelfrei. Die Täter leben jenseits der sozialen Ordnung, aber mitten unter uns. Die gewaltsame Unterjochung des Opfers, seine Vernichtung, wird als triumphaler Befreiungsakt gefeiert. Das Lebensmotto der Serienmörder schockiert: Ich morde, also bin ich.

Serienmörder sind einerseits primitive ›Sexmonster‹, die Kinder, Jugendliche und Frauen wahllos attackieren, massakrieren, ihre Gräueltaten ritualisieren. Und die Polizei kriegt sie andererseits nicht zu fassen, weil es kühl kalkulierende und agierende Intelligenzbestien sind. Dieses Zerrbild wurde generiert und wird unterhalten von Urängsten und Unkenntnis. Sie sind polizeibekannte Kriminelle, vielfach aber auch unbescholtene Bürger: Klempner, Maurer, Schlosser, Hausfrauen, Taxifahrer, Polizeibeamte, Soldaten, Ärzte – Serienmörder wie du und ich. Jedermänner. Durchschnittstypen.

Die Psychopathie ist gerade bei diesem Tätertyp ein überaus vielschichtiges und vielgesichtiges Krankheitsbild. Sie wird in all ihren Erscheinungsformen vornehmlich geprägt von Erbanlangen, der frühkindlichen Entwicklung, der Erziehung, aber ebenso durch die Wechselwirkung von ungewöhnlichem Charakter und der Reaktion seiner Umgebung. Bei eigenen Untersuchungen an 52 Tätern kam heraus, dass das Charakterprofil der Täter bunt gemischt ist und keine generalisierende Aussage zulässt. Die hervor-

* Diese Ausführungen über Serienmörder stammen aus: *Serienmörder: Mensch und »Monster«*. Mit freundlicher Genehmigung des Autors Stephan Harbort. Vielen herzlichen Dank!

stechendsten und häufigsten Charakterzüge sind emotionale Labilität, Gemütsarmut, egoistisch-egozentrische Grundhaltungen, geringe Frustrationstoleranz, eingeschränkte Impulskontrolle und Minderwertigkeitsgefühle. Allerdings lässt sich auch hier kein idealtypisches Charakterbild herausfiltern. Deshalb wäre es vermessen, bestimmten Persönlichkeitsmerkmalen eine verbrechensrelevante Kausalität zuschreiben zu wollen. In vielen Fällen wird die abnorme Entwicklung der Persönlichkeit durch erzieherisches Fehlverhalten begünstigt. Überwiegend ist das Verhältnis zu beiden Erziehungsberechtigten erheblich belastet, ein breit gefächertes Konfliktfeld tut sich auf. Emotionale Zurückweisung durch Mutter und/oder Vater, allgemeine Vernachlässigung des Kindes und Prügelpädagogik sind die häufigsten Fehlerziehungsformen. Die späteren Täter werden so schon früh in eine Außenseiterposition gedrängt, ihre Existenz wird geprägt von Misstrauen und Misserfolgen, das Vertrauen in Menschen und Beziehungen geht weitestgehend verloren. Dafür jedoch müssen sie hautnah erfahren, dass sich ein Mittel besonders eignet, um Probleme zu lösen und sich durchzusetzen: Gewalt.

Die mitunter verschrobenen Vorstellungen und handfesten Erfahrungen der eigenen Unzulänglichkeit bedingen häufig ein sozial abweichendes Verhalten. Wer sich als anders oder gar abartig empfindet, scheut die Gemeinschaft. Denn dort drohen (vermeintliche) Entlarvung, Entmachtung, Enttäuschung und Erniedrigung – eine von vielen Tätern gemachte leidvolle Lebenserfahrung. Nicht wenige Vielfach-Mörder sind ausgesprochene Einzelgänger. Ihr Sozialverhalten wird dominiert von Orientierungslosigkeit, Bindungsschwäche, geringem Durchsetzungsvermögen, fehlender Konfliktbereitschaft und einer passiven, manchmal auch feindlichen Grundeinstellung. Heimisch werden sie nur dort, wo sie sich nicht erklären müssen. Die sozialen Kontakte sind oberflächlich, blass, stumpf, manchmal gar nicht existent. Obwohl sich der überwiegende Teil der Täter nach Geborgenheit und Zuwendung innerhalb einer sozialen Gruppe sehnt, bleibt es dennoch in den meisten Fällen lediglich bei zaghaften Annäherungsversuchen.

Ausschlaggebend für diese Vereinsamung sind in erster Linie vorherige Kränkungen, Misserfolge oder Versagenserlebnisse: in der Familie, in der Schule oder im Berufsleben. Oftmals kommt alles zusammen. Die späteren Täter hadern ständig mit ihrem Schicksal, fühlen sich zurückgesetzt, manövrieren sich in eine emotionale Sackgasse. Nur gelegentlich werden sie tatsächlich ausgegrenzt. Subjektive Außenseiterpositionen sind wesentlich häufiger zu beobachten. Sie empfinden sich als andersartig, minderwertig, nicht dazugehörig.

Der Selbstzweifel blüht, das Selbstwertgefühl verkümmert. Die soziale Interaktion ist übertrieben ängstlich, die durchaus vorhandene soziale Potenz kann nur unzureichend umgesetzt werden. Es fehlt an entsprechender Kompetenz und Durchsetzungsfähigkeit. Obwohl im Regelfall durchschnittlich, manchmal sogar hochintelligent, findet man unter Serienmördern vielfach Schul- und Berufsversager. Misserfolg wird zum ständigen Wegbegleiter, verstärkt das Gefühl der eigenen Unfähigkeit und Schwäche. Neben Rückzug und Überangepasstheit ist mit etwa gleicher Häufigkeit bei den späteren Mehrfachmördern auch antisoziales Verhalten zu beobachten. Diese Menschen können sich mit bestehenden Konventionen nicht abfinden, begehren auf, provozieren, lassen nur eigene Regeln gelten. Es fehlt das soziale Verständnis und Bewusstsein. Überwiegend wird aus einer Einzelgängerposition heraus so agiert, manchmal spielen jedoch auch gruppendynamische Prozesse eine Rolle. Meistens gibt es gleich mehrere Anlässe, vorder- und hintergründige, um die Verübung eines Verbrechens ernsthaft in Erwägung zu ziehen. Die bei Serienmördern zu beobachtenden Motive haben in acht von zehn Fällen sexuelle Bezüge oder sind finanzieller Natur. Der Begriff ›sexuell‹ ist allerdings in einer Vielzahl von Fällen unzutreffend, da die meisten Täter nicht nach Sexualität im engeren Sinne verlangen, sondern sexualisierte Gewalt ausüben wollen. Den Tätern geht es also nicht darum, Geschlechtsverkehr mit einem Mädchen, einem Jungen oder einer Frau zu haben oder sie auf andere Weise zu missbrauchen. Sie treibt in erster Linie das Bedürfnis, einen Menschen zu be-

herrschen, zu kontrollieren, über ihn schrankenlos zu verfügen. Sexuelle Handlungen werden dabei lediglich instrumentalisiert, um dem Opfer die eigene Übermacht zu demonstrieren. Die Intimsphäre wird bewusst durchbrochen und schließlich vollständig aufgehoben. Das Opfer soll erkennen, empfinden und erdulden, gerade ihm vollkommen ausgeliefert zu sein – auf Gedeih und Verderb.
Der Täter ist mit einer höheren Wahrscheinlichkeit im regionalen Bereich des Kontaktortes zu finden, denn im Bereich des Leichenfundortes. Allgemein dürfen Serien-Sexualmörder überwiegend als regional agierende Täter mit hoher Perseveranz gelten, die von ihrem Ankerpunkt aus keine größeren Entfernungen zurücklegen, um eine Tat zu begehen. Der Kontaktort befindet sich häufig in der Stadt/Gemeinde, in der auch der Ankerpunkt des Täters liegt. Nur in seltenen Fällen vollzieht sich das Tatgeschehen über Landesgrenzen hinweg.«

Jeder hatte Trateaux mit voller Konzentration gelauscht. Paula war die Erste, die aufstand.
»Dann können wir also jetzt mit Sicherheit davon ausgehen, dass wir unseren Mann in der unmittelbaren Umgebung suchen müssen. Eigentlich sind unsere Vermutungen damit weitgehend bestätigt worden«, sagte sie, während sie ihren Stift auf dem Tisch hin und her rollte.
Gerd nickte. »Dann lasst uns weitermachen, damit wir dieses verdammte Arschloch bald hinter Schloss und Riegel bringen können!«

Als anderthalb Stunden später der Leiter der Forensischen Abteilung der Psychiatrie in Merzig, Dr. Tobias Talmann, zu ihnen stieß, hatten sie schon ein gewisses Bild ihres Täters, welches der attraktive, große, leicht ergraute Mann, der Paula öfter ansah als alle anderen, noch verfeinern konnte. Bereits vor dem Treffen hatte Köhler ihn mit den Details vertraut gemacht. Er nahm förmlich am Tischende Platz und sortierte seine Bücher und Unterlagen, die er mitgebracht hatte. Dann begann er mit seinen Darlegungen.

Der Psychiater hielt es für sehr wahrscheinlich, dass der Täter ein psychotischer Mann war, der entweder mit seiner Mutter oder, wenn diese schon tot war, jetzt alleine in ihrem Haus lebte. Außerdem schätzte er ihn zwischen fünfunddreißig und vierzig Jahren, nach außen ziemlich unauffällig, introvertiert, aber dennoch mit unglaublich starken Zwängen behaftet. Zweifellos hielt auch er es für sehr wahrscheinlich, dass der Mörder sich über gewisse Märchen identifizierte, und kam zu der Hypothese, er habe spürbare Geborgenheit von einer weiblichen Verwandten oder einer anderen nahestehenden Person erfahren, während sie ihm Märchen vorlas. Dennoch folgerte Talmann, sah es sogar als erwiesen an, der Täter sei von seiner Mutter oder Stiefmutter als Kind schwer misshandelt und sexuell missbraucht worden.

»Nur so lassen sich die starken Verletzungen der Frauen im Genitalbereich erklären ...«, fuhr er fort. »Es ist die unglaubliche Wut, die sich während seiner Kindheit aufgebaut hat. Gegen die Person, die ihn misshandelte und sehr wahrscheinlich auch sexuell missbrauchte. Sie müssen sich vorstellen, so ein Kind ist dem Ganzen hilflos ausgeliefert. Hinzu kommt der unbewusste Hass, den er auf das gesamte weibliche Geschlecht generalisiert hat, was ihn äußerst gefährlich werden lässt. Unser Mann hat in jungen Jahren sicher schon öfter Tiere gequält oder getötet. Man kann sagen, dass jeder Mörder, bevor er einen Mord an einem Menschen verübt, vorher schon einmal Tiere getötet hat. Wobei man hier nicht von dem Umkehrschluss ausgehen darf. Nicht jeder, der Tiere tötet oder quält, ist oder wird ein Mörder!«

»Aber warum hat er den beiden Frauen zusätzlich noch den Bauch aufgeschnitten?«, warf Jonny seine Frage dazwischen. »Es fällt mir schwer, dieses Vorgehen nachzuvollziehen!«

Dr. Talmann nickte. »Genau darüber habe ich mir die meisten Gedanken gemacht. Leider wissen wir nicht, was sich in seiner Kindheit genau abgespielt hat, oder welche Kenntnisse er in seinem Umfeld erworben hat. Wenn der Mann Arzt wäre und praktisch eine ›Operation‹ an der Weiblichkeit, sprich am Unterleib, verpfuscht, wäre das eine Erklärung dafür. Oder die Mutter, Stiefmutter oder Ähnliches hat ihn gezwungen, sie zu befriedigen ... Ich möchte damit sagen, wie stellt man sich das weibliche Geschlecht von innen vor? Warm und weich wahrscheinlich. Entschuldigen Sie meine Damen, ich möchte hier niemandem zu nahe treten ... Aber im Vergleich dazu, wie fühlen sich Gedärme an? Warm, weich! Natürlich könnte man das als etwas zu weit hergeholt betrachten, aber wir müssen alles bedenken und verschiedene Theorien aufstellen, damit wir unser Täterprofil konkretisieren können. Dazu gehören natürlich auch die unangenehmen Dinge! Ein Serienmörder hält sich oft auch für einen Künstler, der ein Werk erschafft, das er beginnt und dann auch vollenden will.«

Alle schauten ihn betroffen an. Sie brauchten eine Weile, um das eben Gehörte zu verarbeiten.

Plötzlich schob Paula ihren Stuhl mit einem Ruck nach hinten und schlug mit der flachen Hand auf den Tisch. »Mir ist gerade etwas eingefallen!«, sagte sie laut. Sie konnte vor Nervosität kaum noch ihre Hände im Zaum halten. Deshalb fuhr sie aufgeregt gestikulierend fort: »Alle kennen mittlerweile diese beiden Märchen, und welche Gemeinsamkeit haben sie? Die Stiefmutter! In beiden Märchen kommen Stiefmütter vor, die abgrundtief schlecht sind! Was ist, wenn unser Mann gar nicht mit seiner Mutter unter einem Dach lebte, sondern mit seiner Stiefmutter?«

»Ein kluger Gedanke!«, meinte Jonny und sah sie an.

»Dieser Meinung schließe ich mich an«, meinte Dr. Talmann. »Ein guter Gedanke. Leider konnte ich mich mit den Märchen noch nicht detailliert auseinandersetzten und habe ihnen eigentlich eine sekundäre Rolle zugewiesen. Das würde sich nach Ihrer Hypothese natürlich ändern.« Stirnrunzelnd überlegte er kurz. »Nehmen wir einmal an, dass es die Märchen selbst sind, die ihn treiben. Natürlich kann man nach wie vor davon ausgehen, dass der Täter sie als etwas Gutes sieht, was sie ja im Grunde genommen auch sind. Im Märchen siegt immer das Gute gegen das Böse. Eine Ausnahme gibt es nicht.«

»Dann macht er sicher weiter, denn es gibt meines Wissens noch einige andere, in denen böse Stiefmütter vorkommen!«, warf Irene ein.

Paula stimmte ihr zu. »Er wird auf jeden Fall weitermachen, das weiß ich. Sein Werk ist noch lange nicht beendet!«

Sie vereinbarten mit Dr. Talmann in Kontakt zu bleiben. Als er sich verabschiedete, drückte er Paulas Hand eine Sekunde länger, als nötig gewesen wäre. Oder hatte sie sich das nur eingebildet?, fragte sie sich, als er gegangen war. Auf jeden Fall sah er nicht schlecht aus. Ihre Freundin Roberta hätte bestimmt den Versuch gestartet, ihm eine Verabredung zum Essen zu entlocken, was ihr sicher auch gelungen wäre. Apropos Roberta. Sie sollte ihr unbedingt eine Nachricht schreiben. Sie machte sich bestimmt schon Sorgen.
Nachher, dachte Paula. Gleich nachdem ich alles erledigt habe.
Als Erstes verschob sie den Termin mit der Märchenexpertin auf den frühen Abend, zu dem Phillip sie begleiten sollte. Dann vereinbarte sie mit Gerd, dass er die Arbeit von Phillip übernehmen würde, nämlich das Melderegister des Kreises Birkenfeld, zu dem Raum auch Idar-Oberstein gehörte, zu durchforsten. Er sollte nach alleinstehenden Männern suchen, die mit Mutter oder Stiefmutter, vor allem mit einer älteren weiblichen Person, zusammenlebten oder zusammengelebt hatten. Ein mühsames Unterfangen, was aber einen Versuch wert war.
An diesem Tag war es an Isabelle, die Zugstrecke zwischen Kirn und Türkismühle auf der Suche nach einem Mann im Rollstuhl abzufahren. Irene war längst unterwegs, da sie noch mit einigen Freunden und Angehörigen von Mathilde Holland sprechen wollte. Jonny fuhr mit Paula ins Klinikum zu Dr. Galdoa. Bei einer Obduktion mussten laut Gesetz mindestens zwei Beamte zugegen sein, doch an diese Vorschrift hielt sich kaum jemand. Meistens kamen die Kollegen nur kurz hinzu, wenn überhaupt. Üblicherweise hatte man vollstes Vertrauen in die Gerichtsmediziner, schon bedingt durch den damit verbundenen Zeitaufwand, den kaum ein Kriminalbeamter aufbringen konnte. Außerdem dauerten die Obduktionen meistens viele Stunden, manchmal sogar mehrere Tage, je nachdem, was für Untersuchungen durchgeführt werden mussten. Es war nur eine Sache, die auf Papier bestätigt werden musste. Dennoch wollten sie sich wenigstens kurz über den aktuellen Stand informieren.
In einem Fall, den Paula vor einigen Jahren bearbeitet hatte, war nur ein Skelett gefunden worden. Ein Jogger hatte es abseits eines viel

frequentierten Waldweges gefunden, weil sein Hund angeschlagen hatte. Das Geschlecht und die Herkunft konnten schnell durch einen Anthropologen geklärt werden, doch über die Person selbst tappten sie anfangs völlig im Dunkeln. Erst eine sehr aufwendige Knochenuntersuchung brachte Licht in den Fall. An den Schichten des Knochenaufbaus war zu erkennen, dass die Person mit hundertprozentiger Sicherheit längere Zeit in Norddeutschland gelebt haben musste. Daraufhin konnten sie ihre Suche auf dieses Gebiet ausdehnen und einige Wochen später hatte der Tote einen Namen. Hubert Solineus. Ein Mann, der aus einer Anstalt für psychisch Kranke abgehauen war. Paula erinnerte sich noch gut an diesen Fall.

Dieses Mal meldeten sie sich nicht an der Information an, sondern liefen einfach daran vorbei, hinunter zu den Räumlichkeiten, in denen Dr. Galdoa und sein Team zu Hause waren. Eine ältere, grauhaarige Dame mit Goldbrille starrte ihnen zwar ein wenig mürrisch hinterher, ließ sie aber gewähren. Was sollten sie dort unten schon anstellen können, dachte sie wohl bei sich.

Gleich nachdem Jonny an die Tür zu den Obduktionsräumen geklopft hatte, forderte Galdoa sie auf einzutreten. Auf der metallenen Bahre lag die splitternackte Mathilde Holland. Ihr Körper war übersät mit Wunden, die Galdoa und seine Helfer vermutlich schon um einiges erträglicher hergerichtet hatten.

»Anders als unser erstes Opfer hat sie starke Abschürfungen an Armen und Beinen. Zudem etliche Blutergüsse, die auf einen langwierigen Kampf hindeuten! Außerdem hat er sie gefesselt. An Hand- und Fußgelenken reichen die Verletzungen zum Teil bis auf die Knochen. Sie muss schon jegliches Gefühl in ihren Gliedmaßen verloren haben, als sie noch am Leben war«, meinte der Pathologe und zeigte mit den behandschuhten Fingern auf die vielfachen Verfärbungen am Körper.

Die Begrüßung hatte er sich aufgespart, um sie gleich mit den Fakten zu konfrontieren, dachte Jonny, der verwundert die Augenbrauen hob und sich neben Paula vor den Obduktionstisch gesellte. Nicht gerade ein erhebender Anblick. Am liebsten wäre er nach draußen gegangen, um eine Zigarette zu rauchen. Doch er wusste, dass es

Paula gegenüber sehr unhöflich gewesen wäre, da die Besuche im Obduktionsraum auch nicht zu ihren Lieblingsbeschäftigungen gehörten. Er nahm sich vor, das nächste Mal Gerd diesen Pflichtbesuch zu überlassen.

Mathilde Holland schien starke Gegenwehr geleistet zu haben. Vor ihrem geistigen Auge sah Paula, wie sie verzweifelt um ihr Überleben gekämpft haben musste. Sie atmete tief ein.

»Die Verletzungen im Genitalbereich sind wie beim ersten Opfer. Ich würde fast sagen: noch eine Spur schlimmer. Unser Täter hat mit einem scharfkantigen Messer dreizehnmal zugestochen. Vergewaltigt wurde sie mehrfach bei Bewusstsein, aber auch post mortem, was die Spermaspuren belegen, die wir in ausreichendem Maße gefunden haben.«

Jonnys Nasenflügel bebten, und sein Brustkorb hob und senkte sich schwer bei jedem Atemzug, wie Paula sofort bemerkte. Ihn kostete es doppelt so viel Kraft diese Erläuterungen anzuhören.

»Hat die DNA-Analyse bei dem ersten Opfer einen möglichen Kandidaten ausgespuckt?«, fragte Galdoa.

Resigniert schüttelte Paula den Kopf.

»Wir haben die Spermien ins Labor gegeben. Ich nehme an, dass es sich um die gleiche DNA handelt wie bei unserer ersten Toten«, meinte Galdoa.

»Davon gehen wir auch aus«, antwortete Jonny. »Was ist die eigentliche Todesursache bei Mathilde Holland?«

Galdoa zeigte auf den Bauch der Toten. »Wieder der Bauchschnitt, an dem sie praktisch verblutet ist!«

Als sie nach einer Stunde endlich den Obduktionsraum verlassen konnten, atmeten Paula und Jonny auf. Heidmann hatte ihnen einen merkwürdigen Blick zugeworfen, als sie zur Tür hinausgegangen waren. Auf Paula wirkte er wie der Helfer Frankensteins persönlich.

»Ist dir der Typ aufgefallen, der Galdoa seit Neuestem zur Hand geht?«, fragte sie, als sie auf dem Weg zum Auto waren.

»Ja, schon beim letzten Mal. Unheimlicher Bursche, passt genau in dieses Ambiente«, meinte Jonny trocken.

Zu gerne hätte Paula etwas im Polizeiregister herumgestöbert, um

den unheimlichen Heidmann auf den Zahn zu fühlen. Vielleicht sollte sie sich wirklich ein paar Fakten über ihn einholen. Sie nahm sich vor, dies bei Gelegenheit auch zu tun. Anschließend fuhr Jonny sie nach Hause, da sie ihren Wagen nicht mitgenommen hatte.
»Hast du die Laborergebnisse gesehen?«, fragte er, als sie gerade in den A3 einstiegen.
»Welche? Die von den Kostümen?«, fragte sie zurück. Jonny nickte.
»Die habe ich gesehen. Welch ein Wahnsinn! Die Kleider stammen aus den fünfziger Jahren! Irgendjemand hatte sie fein säuberlich auf dem Dachboden liegen lassen, all die Jahre, und dann bricht etwas in diesem Irren aus und treibt ihn dazu, zwei Frauen bestialisch umzubringen und sie ihnen überzustülpen!« Paula tippte sich an die Stirn.
»Bis *jetzt* zwei Tote!«, mahnte Jonny.
Sie sahen sich an.
»Genau davor habe ich Angst!«
Als sie an Paulas Haus angekommen waren, murmelte sie ein »Dankeschön«, drehte sich um und wollte aussteigen. Doch Jonny hinderte sie daran, indem er ihren Arm festhielt.
»Willst du so gehen?«, fragte er und sah sie mit einem liebevollen Blick an, während sein Kopf ihrem bedrohlich nahe kam.
Sie versuchte, sich aus seiner Umarmung zu lösen.
»Jonny, wir sind nicht verheiratet. Also hör auf mit dem Quatsch! Soll ich dir jetzt jedes Mal einen Kuss zur Begrüßung geben und auch einen zum Abschied?«
Er nickte.
»Du machst dich lächerlich!«, sagte sie und stieg aus.
Lächelnd sah er sie an und zeigte mit dem Finger auf seine geschürzten Lippen. »Einen! Ehrenwort. Erst dann gebe ich Ruhe. Für heute werde ich mich damit zufriedengeben!«
Noch nie hatte sie ihm widerstehen können, also beugte sich seufzend wieder in den A3 hinein, um ihm das zu geben, was er wollte. Doch kaum waren ihre Lippen auf seinen, zog er sie fest an sich und küsste sie leidenschaftlich. Sie merkte, wie schwach sie in seinen Armen wurde, wie gut der Kuss ihr eigentlich tat. Hatte sie es sich nicht heimlich gewünscht?, dachte sie, während seine Lippen heftiger und

fordernder wurden. Bestimmt wäre sie ein klein wenig enttäuscht gewesen, wenn er sie ohne einen Kuss oder eine Umarmung vor ihrem Haus abgesetzt hätte. Innerlich frohlockte sie. Endlich konnte sie sich nach einer Weile von ihm lösen, sodass sie ihm direkt in die Augen sehen konnte. Sie gab ihm einen sanften Kuss auf seine Nasenspitze und stellte wieder einmal fest, dass er angesichts seiner verstrubbelten Haare und dem dunklen Bartansatz, der sich mittlerweile in seinem Gesicht breitmachte, zu den attraktivsten Männern des Universums gehörte.

»Wir müssen beide schlafen … deshalb gehe ich jetzt … und … Jonny, was ich noch sagen wollte … es war sehr schön gestern Abend!« Jetzt war es heraus. Genau das hatte sie ihm mitteilen wollen, den ganzen Tag über, wann immer sich ihre verstohlenen Blicke getroffen hatten.

Langsam löste sie sich aus seiner Umklammerung und stieg aus.

»Ich bin glücklich …«, sagte er leise, bevor er seinen Wagen startete. Mit Absicht schaute sie nicht mehr zurück, obwohl sie wusste, dass er ihr hinterherschaute. Ein Gesicht in der Hecke, für andere unsichtbar, sah dem Geschehen zu. Ein gehässiges Lächeln flog darüber, bevor es im Nichts der angehenden Dunkelheit verschwand.

Ohne sich großartig um irgendetwas in ihrem Haushalt gekümmert zu haben, schlief sie auf dem Sofa ein.

Sie wollte nicht ins Bett, denn dann hätte sie seinen unverschämt wunderbaren Duft wahrgenommen. Sich nach ihm gesehnt. So viel stand fest. Und sicher wäre sie sich in dem riesigen Bett verloren und klein vorgekommen.

Noch immer quälte sie ein schlechtes Gewissen. Machte eine anständige Frau so etwas? Mit ihrem Kollegen ins Bett gehen, während solch brutale Morde geschahen, die im Moment unaufgeklärt auf dem Tisch lagen? Hinzu kam, dass sie die Ermittlungen leitete. Eine ungeheure Verantwortung lastete auf ihren Schultern. Blieb da überhaupt noch Zeit für ihr Privatleben? Hatte sie wirklich ein Recht darauf, während der Mörder vielleicht gerade in dem Augenblick, als sie mit Jonny im Bett war, sein nächstes Opfer aussuchte?

Unruhig fiel sie in einen leichten Schlaf inmitten der bunten Sofakissen und wurde irgendwann durch das Läuten des Telefons geweckt. Draußen war es stockdunkel.

Es dauerte einige Sekunden, bis sie endlich zum Hörer griff.

»Eschmann.« Ihre Stimme klang schlaftrunken. Rau und leise.

»Hallo Frau Eschmann, hier Dr. Talmann, Sie erinnern sich an unser Treffen heute Mittag?«

Paula war mit einem Satz hellwach. Verdammt, dachte sie, irgendetwas hatten sie übersehen, und Talmann war dabei, alles auf den springenden Punkt zu bringen! Hastig schwang sie die Beine vom Sofa. Ihre Hände fingen an zu zittern.

»Ja, also, ich ...«, fuhr Talmann fort. »Ich wollte Sie fragen, ob Sie Lust hätten mit mir auszugehen, natürlich könnten wir bei dieser Gelegenheit auch die Sache mit den Serienmördern vertiefen. Ich ...«

Weiter kam er nicht mehr, denn Paula fiel ihm barsch ins Wort. Sie hatte tief einatmen müssen, um nicht den Hörer quer durch den Raum zu werfen. Was fiel dem Kerl überhaupt ein? Knapp drei Stunden nach dem Vortrag rief er hier an, um sie zum Essen einzuladen, während sie sich den Arsch aufrissen, um weitere Morde zu verhindern.

»Dr. Talmann! Ihre Einladung in Ehren, aber wir haben im Moment so viel zu tun, dass wir noch nicht einmal dazu kommen fünf Stunden am Stück zu schlafen, was ich übrigens gerade versucht habe!«

Am anderen Ende der Leitung war ein verlegenes Brummeln zu hören.

»Es tut mir leid, wenn ich Sie geweckt habe. Es stand bestimmt nicht in meiner Absicht ... Entschuldigen Sie nochmals die Störung!«

Es wurde aufgelegt.

Paula warf den Telefonhörer weit von sich und rieb sich die Augen. 18.15 zeigte die Uhr an. Jetzt brauchte sie sich nicht mehr hinzulegen. In anderthalb Stunden wollten sie in Trier sein. Also streckte sie ihre schmerzenden Gliedmaßen aus, sprang mit einem Satz von der Couch und kochte sich in der Küche einen Tee, der Harmonie und Gelassenheit versprach. Anschließend rief sie ihre Mutter an, die sich vor Sorge um sie schon an die Polizei wenden wollte.

Elf

Auf dem Revier traf sie sich mit Trateaux, da sie zusammen zur Märchenexpertin fahren wollten. Nachdem sie ihre Sachen mit den nötigen Unterlagen gepackt hatten, machten sie sich zusammen auf den Weg zum Parkplatz. Paula marschierte wie selbstverständlich auf ihren BMW zu. Es dauerte eine Weile, bis sie merkte, dass Trateaux nicht mehr da war. Suchend blickte sie um sich und entdeckte ihn schließlich, wie er einladend vor einem roten Porsche stand und ihr mit einer Geste andeutete sie möge bitte einsteigen. Sie legte ihren Kopf schief und lachte. Nichts lieber als das, dachte sie. Wenn sie eines hasste, dann waren es Fahrten innerhalb einer Stadt. Solch ein schnittiges Auto hätte sie Trateaux gar nicht zugetraut!
Die Fahrt entpuppte sich als ein wahrer Genuss. Trateaux fuhr sicher, wenn auch für Paulas Geschmack etwas zu schnell. Bei 150 km/h konnte sie noch entspannen, aber bei 210 wurde ihr zunehmend schlecht. Ihr Bruder behauptete immer, sie fühle sich als Beifahrerin unwohl, da sie nicht mehr selbst die Kontrolle über das Fahrzeug habe. Aber das stimmte nicht. Sie wusste, dass sie als Beifahrerin sogar lesen oder schlafen konnte, vorausgesetzt sie konnte dem Fahrer vollkommen vertrauen. Sicheres, adäquates Fahren war die Voraussetzung.
Trotzdem war sie froh, als sie endlich an der Uni angekommen waren. Wie es ihr Dr. Braun erklärt hatte, stellten sie den Wagen in der nahe gelegenen Tiefgarage ab. Anschließend fuhren sie mit dem Fahrstuhl nach oben. Von dort aus gingen sie einen kleinen Weg nach links, bevor sie an ein großes Backsteingebäude kamen. Nur in vereinzelten Räumen brannte noch Licht. Sonst herrschten schon überall Stille und Dunkelheit.
In dem hinteren Teil des Flures, der rechts neben der Eingangstür lag, klopften sie an eine Tür, auf der in gut lesbarer Schrift stand:
PROF. DR. SYBILLE BRAUN, FACHBEREICH THEOLOGIE.

Sofort ertönte eine Stimme, die sie forsch hereinbat.
Dr. Sybille Braun war eine Frau Mitte fünfzig, die ein ungeheures Selbstbewusstsein ausstrahlte, sodass man schon im ersten Augenblick, ob man wollte oder nicht, in eine Art seltsamen Bann gezogen wurde.
Höflich und mit einer Spur Extravaganz stellte sie sich vor.
Sogar Trateaux starrte sie unentwegt an, während er ihr in der nachfolgenden Zeit angestrengt zuhörte. Als Erstes erzählten sie ihr von den Morden, ihrem Bemühen um ein Täterprofil und wie sie zu der Annahme gelangt waren, die Märchen könnten einen zentralen Stellenwert in den verübten Morden darstellen.
Sybille Braun hörte mit geschürzten Lippen geduldig zu, dann lehnte sie sich in ihrem teuren Ledersessel zurück, nahm ihre knallrote Lesebrille von der Nase und holte tief Luft.
»Vorab gebe ich ihnen eine kleine Einführung in das Thema Märchen. Das Wort selbst stammt aus dem althochdeutschen Wort ›maren‹ und bedeutet verkünden. Märchen wurden früher meist mündlich überliefert und beinhalten durchaus fantastische, sagenhafte Gestalten, welchen jedoch eine große Bedeutung zukommt. Denn sie waren nicht nur dazu da, um Leute – selbstverständlich auch die Kinder – zu unterhalten, sondern man wollte eine Botschaft durchsickern lassen. Sie hatten also einen wichtigen Sinn. Rotkäppchen zum Beispiel, dieses Märchen vermittelt Kindern, dass sie nicht mit Fremden mitgehen sollen, sich nicht einlassen sollen auf die Irreführung durch andere, die es schlecht mit einem meinen könnten. Man wollte sie schützen vor Gefahren. Die Personifizierung von tierischen Figuren lässt auf die Eindimensionalität schließen; das Märchen ist einfach und in knappen Worten gehalten, für jedermann also gut zu verstehen. Die heutige Pädagogik vertritt unterschiedliche Meinungen darüber, ob diese für Kinder geeignet sind oder nicht. Manche Experten sind vehemente Verfechter von Märchen, weisen eindringlich darauf hin, dass Märchen sogar für eine gesunde Entwicklung notwendig sind. Andere hingegen bestreiten die Sinnhaftigkeit von Grunde auf und bezichtigen sie mitunter sogar als Gräuel. In Deutschland wurden die Märchen wesentlich von den Gebrüdern

Grimm geprägt, die, wie Sie ja bestimmt wissen, die Märchen gesammelt und aufgeschrieben haben.«

Sie hielt inne.

»Entschuldigen Sie bitte, ich habe Ihnen noch nichts zu trinken angeboten. Möchten Sie etwas Kaltes oder lieber einen Kaffee oder Tee?«

Beide entschieden sich für Tee. Während Sybille Braun aufstand, um ihnen die gewünschten Getränke zu holen, ging Paula vor die Eingangstür und rauchte eine Zigarette. Als sie zurückkam, waren die beiden bereits wieder ins Gespräch vertieft.

»... vielleicht setzt sich der Mörder gleich mit den Gebrüdern Grimm, oder er identifiziert sich über das Böse, das in diesem Fall die Stiefmutter verkörpert. Was ich persönlich aber nicht glaube.«

Mit hochgezogenen Augenbrauen sah sie Paula kurz an.

»Viel eher halte ich die Möglichkeit für gegeben, dass er sich mit den beiden Literaturwissenschaftlern gleichsetzt!«

Sie stand kurz auf und zog eine Packung filterlose Zigaretten aus ihrer Tasche.

»Stört es Sie, wenn ich rauche?«, fragte sie.

Beide schüttelten den Kopf. Komisch, dachte Paula erstaunt. Ich hätte schwören können, diese Frau wäre Nichtraucherin. Mit einem freundlichen Lächeln, das eine Art von Zusammengehörigkeit demonstrierte, zündete sie sich auch eine an. Aus einer Schreibtischschublade zauberte Dr. Braun einen Aschenbecher heraus und schob ihn Paula zu. Danach klemmte sie die filterlose Zigarette zwischen ihre wohlgeformten Lippen und griff nach einem der dicken Wälzer, die auf ihrem Schreibtisch lagen. Suchend blätterte sie darin herum, während der Zigarettenqualm an ihr vorbeizog.

»Was haben die beiden Märchen – ›Schneewittchen‹, ›Hänsel und Gretel‹ – eigentlich noch gemeinsam außer die Stiefmutter?«, fragte Paula interessiert, während sie ihren Blick kaum von der Kette lösen konnte, die Sybille Braun um den Hals trug. Es war ein in Silber eingefasster Edelstein, der trotz des festen Materials unheimlich weich wirkte. Etwas Geheimnisvolles und zugleich Mystisches ging von dem Anhänger aus, fand Paula.

»Ich bin gerade dabei die verschiedenen Interpretationen nachzu-

schlagen«, merkte die Professorin an. »Es gibt viele bekannte und kluge Leute, welche die Märchen verschiedenartig interpretiert haben. Aber auch unter diesen sind nur wenige, die sich mit ihren Ansichten durchgesetzt haben. Sie müssen verstehen, dass nicht nur Theologen sich mit der Märchenkunde beschäftigen, sondern auch Linguisten, Pädagogen, Germanisten und viele mehr. Deshalb ist es recht schwierig, gut recherchiertes, fundiertes Material zu finden. Aber lassen Sie mir fünf Minuten Zeit, dann habe ich das Passende gefunden!«
Trateaux kaute an seiner Unterlippe. Paula musterte ihn verstohlen von der Seite und fragte sich, was für ein Mensch er überhaupt war. Obwohl sie versuchte den Gedanken fortzuscheuchen, stellte sie sich immer wieder vor, wie sich Trateaux beim Sex mit einer anderen Frau verhielt. Es wollte ihr einfach nicht gelingen. Stand er überhaupt auf Frauen?
Dr. Braun riss sie aus ihren abstrusen Hirngespinsten.
»Wenn Sie mich fragen, brauchen wir in diesem Fall die Interpretation der einzelnen Märchen überhaupt nicht. Es ist nur so ein Gedanke, aber ich glaube ihr Märchenmörder hat sein Gewicht auf die Gebrüder Grimm gelegt und darauf, wie sich die Person der Mutter oder Stiefmutter in deren Märchen verhält. Ihre Annahme, er selbst könnte so aufgewachsen sein, halte ich für partout richtig!«
In diesem Moment klingelte Paulas Handy. Entschuldigend nahm sie die Telefonnummer in Augenschein und drückte eine Taste.
»Ich bin's, Gerd ...«, meldete sich die Stimme aus der Leitung. »Entschuldige, falls ich störe. Aber weshalb ich anrufe: Bingo!« Er atmete tief ein. »Ich hab hier im Melderegister einige Typen gefunden, die haargenau auf unser Täterprofil passen. Diese habe ich wiederum selektiert, indem ich nach weiteren Details gesucht habe. Übrig geblieben sind vier. Die solltest du dir mal ansehen!«
Paula verfluchte es, nicht an zwei Orten gleichzeitig sein zu können.
»Wir sind in spätestens zwei Stunden zurück. Warte auf uns!«, sagte sie, bevor sie das Telefonat beendete.
»Sieht so aus, als sei Gerd auf ein paar Personen gestoßen, die genau in unser Profil passen!«, meinte sie zu Trateaux gewandt.

»Entschuldigen Sie die Unterbrechung!«
Sybille Braun fuhr stirnrunzelnd fort. »Wie ich schon sagte, versteifen Sie sich nicht auf die Interpretationen der Märchen, die ich natürlich gerne für Sie heraussuchen werde. Konzentrieren Sie sich lieber darauf, in welchen Märchen die bösen mütterlichen Gestalten zu finden sind, die in ihrer Mutterrolle kläglich versagt haben!«
»Und welche sind das?«, fragte Trateaux, indem er sich etwas näher zu Sybille Brauns Schreibtisch beugte.
»In den gebräuchlichsten Sammlungen sind das ›Schneewittchen‹, ›Hänsel und Gretel‹ …«
»Genau die hat er schon von seiner Liste gestrichen!«, unterbrach Phillip sie deprimiert.
»… ›Brüderchen und Schwesterchen‹, ›Aschenputtel‹ und ›Frau Holle‹.«
Paula seufzte. »Wenn Sie richtig liegen, dann hat unser Täter aber noch alle Hände voll zu tun!«
Die Professorin sah sie nachdenklich an. »Das war leider noch nicht alles. Es gibt ein Märchen, das man in diesem Fall eigentlich als das brisanteste von allen bezeichnen könnte. Es würde mich sehr wundern, wenn Ihr Täter an diesem Märchen vorüberziehen könnte!«
Beide Beamten schauten fragend auf die interessante Frau, die hinter dem Schreibtisch saß und sie mit geheimnisvollen Augen ansah, während sie geistesabwesend und mit gespitztem Mund ihren Anhänger mit den Fingerspitzen rieb.

Alle drei saßen zusammen im Besprechungszimmer, jeder mit einer Tasse Kaffee in der Hand. Trateaux hatte den dicken Märchenschinken, den ihnen Dr. Braun mitgegeben hatte, auf seinem Schoß und blätterte interessiert darin herum.
»Und sie denkt, das Märchen vom Marienkind würde wirklich das absolute Highlight für unseren Täter darstellen?«, fragte Gerd zum zweiten Mal ungläubig.
Paula nickte wieder.
»Sie ist der Überzeugung, dieses Märchen habe für ihn eine besondere Bedeutung, weil die Mutter, die als Kind von ihrem Vater in die

Obhut der Jungfrau Maria gegeben wird, die verbotene dreizehnte Tür im Himmelreich aufschließt und durch Lügen ihre nachfolgenden Kinder von ebendieser Jungfrau Maria abgenommen bekommt. Erst als sie die Wahrheit sagt, nämlich, dass sie diese Tür geöffnet hat, als sie ein Kind war, bekommt sie ihre leiblichen Kinder wieder zurück. Aber lies doch selbst!« Paula deutete mit einem Blick auf den dicken Wälzer, in dem Trateaux immer noch stöberte.

Gerd zuckte mit den Schultern. »Geht diese Märchentante davon aus, unser Mörder sei der Ansicht, dass seine Mutter ihn durch Lügen in Gefahr gebracht habe?«

Trateaux warf ihm einen Blick zu, der kälter war als Eis. Verwundert stellte Paula eine feine Röte fest, die das Gesicht von Trateaux überzog, als er merkte, wie sie ihn ansah.

»Wir wissen nicht, wie sein Schicksal aussah, aber das könnte helfen, seine verrückte Psyche zu verstehen. Wenn wir dieses Märchen ein wenig näher betrachten, geht es im Grunde genommen darum, ausgeliefert zu sein und den moralischen Forderungen nicht Stand halten zu können. Übrigens steht die dreizehnte Tür als Symbol sexueller Wünsche, was genau zu dem Widerspruch von Reinheit und Unschuld der Engel steht, die auch darin vorkommen. Das könnte ein möglicher Schlussfaktor sein«, merkte Paula an, während sie darüber nachdachte, ob Trateaux sich eventuell in die Professorin verguckt hatte. Alles sprach dafür.

Gerd stand auf, um sich noch einen Kaffee zu holen. »Wir werden wohl alle Märchen haarklein durchlesen müssen, bevor wir den Auserwählten aus dem Melderegister einen Besuch abstatten werden!«

Trateaux schaute auf. »Gute Idee, dann werde ich mal den Kopierer anschmeißen!«

Paula hatte lange an ihrem Schreibtisch gesessen und Märchen gelesen, bis sie irgendwann in der Nacht, begleitet vom monotonen Geräusch des Kopierers, eingeschlafen war.

Gerd weckte sie gegen Morgen, kurz bevor die anderen kamen. Er sah ebenfalls sehr müde aus. Sein Dreitagebart unterstützte diese Erscheinung natürlich noch. Auch Paula fühlte sich elend, als sie vor dem Spiegel im Waschraum des Reviers stand und ihre fahle Haut durch Creme und etwas Make-up aufzupeppen versuchte. Der Spiegel würde ihr heute auf die Frage »Spieglein, Spieglein an der Wand, wer ist die Schönste im ganzen Land?« garantiert keine positive Antwort geben können.

Die Berichte von Dr. Galdoa lagen auf ihrem Schreibtisch. Irgendjemand hatte sie gestern Abend dort hingelegt. Und sie wusste, in wenigen Minuten würden sie diese im Team zusammen durchgehen müssen. Nicht gerade ein guter Start in diesen verregneten Morgen. Draußen prasselten die Regentropfen unaufhörlich gegen das große Fenster.

Wenn man bei diesem Wetter mit einem guten Buch auf dem Sofa lümmeln könnte, wäre es sogar richtig gemütlich, dachte sie.

Langsam kämmte Paula ihre langen blonden Haare. Sie dachte dabei an den zurückliegenden Sommer, an Wasser, an Gartenarbeit und an Feste im Grünen, bei denen ausgelassen gefeiert wurde. Sie mochte den Sommer. Der Frühling war erträglich und hoffnungsvoll. Aber der Herbst? Das war eine Jahreszeit, mit der sie nicht viel anfangen konnte. Mal war es kalt, mal nass, aber immer trist und viel zu früh dunkel. Sie stellte sich vor, was wohl wäre, wenn sie mit Jonny zusammenleben würde. Ruckartig schüttelte sie ihre Haare, die ihr in weichen Wellen auf die Schultern fielen, und versuchte diesen Gedanken aus ihrem Kopf zu verscheuchen. An Aufgaben mangelte es ihr wirklich nicht. Ihr Haus musste renoviert werden. Da gab es noch jede Menge zu tun. Wenn dieser Fall abgeschlossen sein würde, dann wäre zuerst ein Urlaub in der Sonne fällig. Das Renovieren konnte ruhig noch eine Weile warten.

Die Idee, zusammen mit Roberta vierzehn Tage bei zwanzig Grad plus zu verbringen, stimmte sie auf einmal fröhlich. Ihre Freundin würde bestimmt mitfliegen, vorausgesetzt sie wäre bis dorthin über ihren Adonis hinweg. Doch Paula wusste, dies war nur eine Frage der Zeit. Kein Mann hatte es bisher geschafft, Roberta länger als drei Monate an sich zu binden. Sie hörte das Klappern von Türen und Gelächter im Flur. Schnell zog sie den hellbraunen Lippenstift nach und ging mit den Berichten unter dem Arm ins Besprechungszimmer.

Das Erste, was sie gemeinsam taten, war die SOKO umzubenennen. Statt JI hieß sie nun SOKO GG, für Gebrüder Grimm. Der Pressetermin stand bevor, an dem ihnen nichts weiter übrig blieb, als einige weitere Details zu nennen, um die Aufklärung der Morde voranzutreiben. Es musste sehr gut abgewogen werden, wie viel sie preisgeben wollten, um in der Bevölkerung keine Panik aufkommen zu lassen. Gleichermaßen durfte der Mörder nicht wissen, auf welchem Stand sich die Ermittlungen befanden. Im Anschluss an die Besprechung wollte Köhler gemeinsam mit Paula eine Pressemitteilung verfassen.

Gerd gab seine Recherchen vom Vorabend bekannt. Die Namen und Adressen derjenigen, die seiner Meinung nach als mögliche Tatverdächtige infrage kamen, las er laut vor.

»Warum habt ihr euch eigentlich mit der Suche nach alleinstehenden Kerlen mit Müttern nur auf diese Gegend beschränkt?«, fragte Jonny. »Vielleicht kommt der Typ gar nicht von hier!«

Heute Morgen sah Jonny einfach unverschämt gut aus. Zwar hatte er mittlerweile, wie sie alle, stark verquollene Augen, jedoch wirkte er frisch und roch unglaublich gut, fand Paula. Sie bemühte sich, ihn nicht allzu lange anzusehen.

»Weil wir davon ausgehen, dass er hier aus der Gegend stammt. Er hat einfach gute Ortskenntnisse. Erinnere dich mal an den Ankerpunkt. Ländliche Serienmörder töten in einem ungefähren Umkreis von 20 Kilometern«, merkte Gerd an. »Es ist nahezu unmöglich, das ganze Land zu durchkämmen. Wir fangen einfach klein an!«

»Das haben wir doch alles schon besprochen, als Talmann bei uns war!«, sagte Paula in leicht gereiztem Tonfall.

Köhler nickte. Jonny zuckte mit den Achseln.

Isabelle räusperte sich. »Ich bin gestern die Strecke Kirn-Türkismühle viermal abgefahren, habe jeden Bahnreisenden, jeden Pendler, einfach jeden, der mir im Zug begegnet ist, nach einem Rollstuhlfahrer gefragt. Nicht eine einzige Person konnte sich an einen solchen Mann erinnern!«

»Wir wissen aber mit Sicherheit von dem Bahnangestellten, dass einer existiert!«, sagte Irene. »Er muss irgendwann aufgetaucht sein,

und irgendjemand muss ihn wahrgenommen haben, so wie es JI getan hat! Er kann doch nicht wie vom Erdboden verschluckt sein!«
»Es wäre gut, wenn du die Fahrstrecke ausdehnen würdest. Sagen wir, von Bad Kreuznach aus bis nach Saarbrücken«, meinte Köhler zu Isabelle. »Vielleicht haben wir mit dieser Route mehr Glück!«
Isabelle nickte. »Noch nie in meinem Leben bin ich so viel mit dem Zug gefahren wie in den letzten Tagen!«
»Wir sind jetzt in einer Phase der Ermittlungen angelangt, in der ich nur jedem wieder einmal nahelegen kann, sich seine Pistole umzuschnallen. Seid auf der Hut! Wir wissen nicht, wie gefährlich unser Mann in einer Konfliktsituation sein kann.« Ernst sah er jeden von ihnen an, doch die meisten senkten ihre Blicke. Über dieses Thema sprachen sie nicht gern. Keiner von ihnen. Vor allem nicht seit letztem Jahr, als ein Kollege im Alter von nur 32 Jahren von einem Juwelierräuber erschossen worden war.
Irene und Jonny wurden zusammen eingeteilt. Gerd drückte ihnen die Adressen der möglichen Verdächtigen in die Hand, die er fein säuberlich nach Ortschaften sortiert hatte.
»Was sollen wir den Muttersöhnchen überhaupt sagen, wenn wir vor ihnen stehen?«, fragte Irene.
»Lasst eure Fantasie spielen und erfindet einen plausiblen Grund. Denkt daran, die Staatsanwaltschaft macht uns Feuer unter dem Hintern, wenn ihr Mist baut!«, antwortete Köhler.
Irene seufzte.
Trateaux und Gerd hatten Dienstschluss und würden erst heute Abend wieder anfangen.
Gerade als Paula hinter Köhler in Richtung seines Büros herging, läutete das Telefon in ihrem Zimmer. Jonny war gerade dabei, sein Holster um den Oberkörper zu schnallen. Er signalisierte ihr, er würde drangehen. Sie nickte ihm dankbar zu.
Köhler hatte kaum die Tür geschlossen, da kam Jonny ohne anzuklopfen hereingestürmt.
»Dieser Mann aus Kirschweiler, der Julia Ingbert tot aufgefunden hat … Er hat heute Morgen einen Rollstuhl im Wald gesehen, in der Nähe des Fundortes! Sonst hat er niemanden entdeckt, obwohl er

zwanzig Minuten später wieder den gleichen Weg gegangen ist. Da war der Rollstuhl bereits verschwunden!«
»Scheiße!«, rutschte es Köhler raus.
»Genau das!«, meinte Paula. »Ich fahr gleich hin. Sag ihm, ich bin in einer Stunde bei ihm!«

Schnell stellten sie eine akzeptable Pressemitteilung für den folgenden Morgen zusammen, und nachdem Paula sich etwas zu essen in der nahe gelegenen Bäckerei gekauft hatte, machte sie sich auf den Weg zu Herrn Henschel und seiner Frau nach Kirschweiler.
In dem kleinen Ort schien wirklich die Zeit stehen geblieben zu sein. Alles war wie beim letzten Mal. Herr Henschel öffnete ihr freundlich die Tür und bat sie herein. Sie folgte ihm in die saubere kleine Küche, wo seine Frau gerade Kartoffeln schälte. Auch sie begrüßte Paula herzlich, als gehöre sie schon irgendwie dazu. Wieder durchströmte sie ein warmes Gefühl. Am liebsten hätte sie die Frau einfach in den Arm genommen. Doch leider lenkten Konventionen die Menschheit. So unterdrückte sie diesen Impuls, nahm sich aber vor, irgendwann einmal so mutig zu sein, diese Konventionen zu übergehen und einfach das zu machen, was sie für richtig empfand.
»Ich hab heute Morgen einen Rollstuhl im Wald gesehen. Sie haben mir doch gesagt, dass ich Ihnen mitteilen soll, wenn mir etwas Ungewöhnliches auffällt. Da hab ich zu meiner Frau gesagt: Komm, ich rufe diese nette junge Dame mal an, vielleicht interessiert es sie. Der Rollstuhl stand doch so nah an der Stelle, wo Satan und ich die tote Frau gefunden haben!«
»Sie haben absolut richtig gehandelt, Herr Henschel!«, bestätigte Paula ihn. »Wir gehen jedem Hinweis nach, auch wenn er noch so nichtig erscheint! Wo genau haben Sie den Rollstuhl gesehen? Ist Ihnen sonst noch etwas aufgefallen? Ein Mann oder sonstige Personen, vielleicht ein Auto oder etwas anderes?«
Herr Henschel überlegte kurz, schüttelte dann seinen Kopf.
»Nein, etwas anderes habe ich nicht sehen können, obwohl wir auf dem Rückweg noch mal die gleiche Runde gegangen sind, Satan und ich. Doch als wir wieder daran vorbeigelaufen sind, war der Rollstuhl schon weg. Wie vom Erdboden verschluckt!«

»Könnten Sie den Rollstuhl beschreiben und mir anschließend vielleicht die Stelle zeigen, an der Sie ihn gesehen haben?«

Herr Henschel nickte eifrig.

»Der war ganz silberfarben, nur der Sitz und die Rückenlehne waren grau. Einfach einer von denen, wie man sie in den Krankenhäusern öfter sieht.«

Paula machte sich Notizen. Anschließend fuhren sie zusammen mit ihrem Auto in den Wald, und Herr Henschel zeigte ihr genau die Stelle, wo er den Rollstuhl gesehen hatte.

Sie lag etwa einhundert Meter vom Leichenfundort entfernt. Es handelte sich um eine kleine Lichtung, umgeben von großen Tannen, deren Baumwipfel sich im stärker werdenden Wind wiegten und ein merkwürdiges, unheimliches Geräusch von sich gaben. Paula war froh jetzt nicht alleine zu sein. Sie gingen über die Wiese und suchten im Wald ringsherum nach möglichen Spuren. Sie konnten nichts entdecken, außer einem grünen Drehverschluss einer Flasche, der aussah, als habe er schon längere Zeit an dieser Stelle gelegen. Gerade als sie gehen wollten, sahen sie an einem höher gelegenen Ast einen Fetzen Stoff hängen.

Paula konnte es nicht fassen. Dort befand sich unzweifelhaft ein silberfarbenes Stück Stoff. Hastig holte sie aus dem Wagen eine Plastiktüte, in der sie das Fundstück vorsichtig mithilfe zweier abgebrochener Äste hineinmanövrierte. Sobald sie wieder auf dem Revier sein würde, würde sie es gleich ins Labor schicken. Vielleicht gehörte es zu einem der Kleider, welche die Opfer getragen hatten.

Als sie wieder vor dem kleinen Häuschen angelangt waren, stieg Herr Henschel aus. Sie bedankte sich ganz herzlich bei ihm und forderte ihn auf, weiterhin die Augen aufzuhalten. Dann fuhr sie los, denn sie hatte noch eine Menge Arbeit zu erledigen.

Gerade als sie auf der verlassenen Landstraße nach rechts in Richtung Idar-Oberstein abbiegen wollte, läutete ihr Handy. Mit einem Handgriff schaltete sie die Freisprechanlage an. In diesem Augenblick hörte sie auch schon die Stimme ihrer Mutter, die ihr jenen Satz ins Ohr schrie, den sie nie wieder in ihrem Leben vergessen sollte.

»Friedrich ist tot!«

Es dauerte eine gewisse Zeit, bis sie schlussfolgern konnte, was eigentlich passiert war. Sie versuchte krampfhaft, ihre Gedanken zu sortieren, doch die schmerzverzerrte Stimme ihrer Mutter und der fortwährende Satz »Friedrich ist tot!« ließen sie zitternd das Handy wegwerfen. Sie würgte den Motor ab. Tränen schossen ihr in die Augen, gleichzeitig sackte sie völlig verzweifelt auf dem Lenkrad zusammen.
Später konnte sie sich nur noch daran erinnern, dass Jonny sie aus dem Auto herausgezogen hatte, und an das mitfühlende Gesicht von Irene, die sie streichelnd im Arm gehalten hatte, als sie davonfuhren. Danach war ihre Erinnerung für ein paar Stunden erloschen. Vielleicht half der Körper sich selbst, indem er dadurch große psychische Schmerzen erträglicher machte. Paula wurde einige Stunden später in Jonnys Bett wach. Wieder dauerte es eine ganze Weile, bis sie überhaupt begriff, wo sie war. Er saß neben ihr und redete ihr beruhigend zu. Sie weinte und vergrub ihr Gesicht in seinem Kopfkissen.
»Was ist meinem Bruder passiert?«, fragte sie leise.
Jonny schürzte gedankenvoll seine Lippen, bevor er antwortete. »Er hatte einen Autounfall. Aus noch unbekanntem Grund ist er von der Fahrbahn abgekommen und hat sich mehrfach überschlagen.«
Sie griff nach seiner Hand. »War er ... ich meine ... war er sofort tot?«
Er sah sie an und nickte.
»Als der Rettungswagen eintraf, war er schon tot.«
Später fuhr Jonny sie zu ihrer Mutter nach Homburg. Er bestand darauf sie zu fahren. Das Angebot nahm sie ohne Gegenwehr an. Den Anruf bei Köhler konnte sie sich sparen, denn alle wussten schon Bescheid. Jonny versprach ihr sie wieder abzuholen, wann immer sie es wollte. Kaum hatte ihre Mutter die Tür geöffnet, brach sie auch schon in Paulas Armen zusammen. Ihre Schwägerin stand mit Tränen im Gesicht in dem dunklen Flur, und gemeinsam stützten die beiden Frauen die Mutter, die das Schlimmste durchmachte, was man sich nur vorstellen kann.
Das eigene Kind zu verlieren.

Jonny hatte sich dezent im Hintergrund gehalten. Nun fuhr er die achtzig Kilometer zurück auf das Polizeirevier in Idar-Oberstein. Dort angekommen schauten ihn die anderen Kollegen betroffen an.
»Können wir etwas für sie tun?«, fragte Irene. Sie stand in der Tür zu seinem Büro und hielt ihm eine Tasse Kaffee entgegen.
Langsam schüttelte er den Kopf.
»Ich glaube, das muss sie alleine mit ihrer Familie ausmachen. Wenn die Beerdigung vorbei ist, können wir ihr alle den nötigen Rückhalt geben, den sie dann braucht. Bis dahin …« Er zuckte mit den Schultern.
Gerd kam hinzu, auch er war sehr mitgenommen. »Mein Gott! Er war gerade erst in der Blüte seines Lebens, und Paula hatte eine enge Beziehung zu ihm, wie mir erzählt wurde!«
Irene nickte. »Eine schlimme Sache! Wie gut, dass einer der Kollegen von der Streife gleich bei Jonny angerufen hat, nachdem der Anruf ihrer Mutter im Revier eingegangen ist. Das ist unendlich klug gewesen. Stell dir nur mal vor, was sie gemacht hätte! Alleine auf der Landstraße, in diesem Zustand!«
»Ich habe mich auch schon gebührend bei ihm bedankt!«, meinte Jonny.
»Solche Menschen müsste man küssen!« Sie wandte sich zum Gehen. »Ob sie wohl stark genug ist, um am Fall dranzubleiben?«, fragte Irene nachdenklich.
Jonny nickte. »Ich bin mir ganz sicher!«

Er und Irene machten sich eine knappe Stunde später auf den Weg.
Adresse Nummer eins war Fehlalarm gewesen. Der Besitzer hatte das Haus seiner Mutter vor Kurzem verkauft und war zu seiner Freundin gezogen, weil die beiden heiraten wollten. Das hatten sie von einem gesprächigen älteren Nachbarn erfahren, der sofort aus der Haustür gestürmt war, als sie vorgefahren waren.
Die zweite Adresse hatte sich als ein heruntergekommenes Häuschen erwiesen, in dem kein Mensch mehr leben konnte. Irenes Nachforschungen in der Nachbarschaft hatten ergeben, dass der Sohn als Lehrer arbeitete und schon vor langer Zeit ausgewandert war. In

Bolivien, genauer genommen in La Paz, hatte er eine Stelle an einer deutschen Schule angenommen.
»Können sich die Leute nicht ordnungsgemäß abmelden, wenn sie umziehen?«, fragte Irene wütend und strich auch diese Adresse auf ihrer Liste durch.
Jonny lächelte. »Würdest du dich sofort beim Einwohnermeldeamt abmelden, wenn du erst kurze Zeit eine Beziehung hättest und noch gar nicht wüsstest, ob es überhaupt gut geht?«, fragte er.
Obwohl sie versuchte, sich zusammenzunehmen, wurde Irene dunkelrot im Gesicht. Indem sie in ihrer Handtasche herumkramte, versuchte sie, es vor Jonny zu verbergen.
»Nein«, nuschelte sie.
Jonny war sensibel genug, nicht weiter auf das Thema einzugehen. Er kannte Irene schon viele Jahre, aber selten hatte er so eng mit ihr zu tun gehabt, als dass ihm hätte auffallen können, wie sehr sie darum bemüht war, ihr kleines Geheimnis zu hüten.
»Wo liegt das nächste Haus?«, fragte er in ungezwungenem Tonfall.
Eifrig schaute sie auf der Liste nach. »Nicht weit von hier, in Frauenberg«, antwortete sie. Gleichzeitig steuerte er den Wagen nach links, damit sie auf die B41 abbiegen konnten, die in Richtung Birkenfeld führte.
In Oberbrombach bogen sie wiederum ab, fuhren durch Sonnenberg und durchquerten von dort aus einen Tunnel, über den, in schwindelerregender Höhe, die breit ausgebaute Straße nach Baumholder führte, wo die US-amerikanischen Streitkräfte stationiert waren.
Frauenberg war ein kleines, lang gezogenes Dörfchen, das mitten in den bestehenden Felsen eingebettet lag. Die üppigen Vorgärten und großzügigen Hinterhöfe, die in dieser Gegend so typisch waren, fehlten hier gänzlich. Auf der anderen Seite des Ortes mussten sie wieder ein Stück hinausfahren, um dann einen großen Schlenker nach rechts zu machen, wo sich auf einer Anhöhe ein heruntergekommenes Haus befand, das von einem kunstvoll zusammengeflickten Zaun umgeben war. Jonny hielt einige Meter entfernt davon an und parkte den Wagen hinter dichtem Gestrüpp, sodass man ihn nicht gleich vom Haus aus sehen konnte.

»Sieht unbewohnt aus!«, meinte Irene stirnrunzelnd.
»Vielleicht ist das hier auch wieder Fehlanzeige, aber schauen wir uns doch mal kurz um!«, meinte Jonny.
Sie stiegen aus. Eine seltsame Stille umfing sie, als sie gemäßigten Schrittes auf das Haus zusteuerten. Es sah vollkommen verlassen aus.
»Wir hätten zuerst bei den Nachbarn fragen können, ob hier tatsächlich noch jemand wohnt«, sagte Irene.
»Das werden wir gleich feststellen …«, meinte Jonny. Langsam öffnete er das Gartentor, das aussah, als würde es gleich zerfallen. Quietschend hoben sich die Angeln. Ein großer zottiger Hund kam zähnefletschend um die Ecke geschossen. Nichts Gutes ahnend fasste Jonny Irene am Arm und zog sie in einen Schuppen, der in der Nähe der Einfahrt stand, um dort Schutz zu suchen. Mit einem Satz sprangen sie beide auf einen Holzstapel. Der Köter sprang am Holz hoch und kläffte wütend.
»Das hab ich mir schon immer mal gewünscht, mit dir auf einem wackeligen Holzstapel zu stehen, der garantiert gleich umkippen wird!«, bemerkte Irene sarkastisch.
Jonny beugte sich vorsichtig hinunter und redete dem Hund gut zu. Interessiert spitzte dieser die Ohren, knurrte sie aber weiterhin heftig an.
Sie waren dermaßen mit dem Hund beschäftigt, dass sie nicht bemerkten, wie sich ein Mann näherte. Erst als dieser den Hund zornig zu sich rief, wurden sie auf ihn aufmerksam.
»Was machen Sie auf meinem Grundstück?«, giftete er sie an, während er den Köter am Halsband festhielt. Der scheinbare Besitzer sah mindestens genauso ungepflegt aus wie sein Hund.
Vorsichtig kletterten sie von dem Holzstoß herunter. Jonny hob beschwichtigend seine Hände hoch.
»Meine Kollegin und ich sind von der Polizei. Wir gehen einem anonymen Hinweis nach. Hier in der Gegend soll sich jemand aufhalten, den wir suchen!«
Der Mann hatte alle Mühe, den knurrenden Hund festzuhalten.
»Hier ist niemand. Also verschwinden Sie wieder! Außerdem haben

Sie kein Recht unerlaubt mein Grundstück zu betreten!« Eine zunehmende Aggressivität war ihm anzumerken.
»Wenn wir eine Klingel an Ihrem Tor gefunden hätten, wären wir nicht unerlaubt auf Ihr Grundstück gekommen. Aber so hatten wir keine Wahl!«, gab Jonny zurück.
»Gut. Nun haben Sie mich getroffen und können wieder gehen!«, sagte der Mann.
»Können wir uns kurz hier umsehen?«, fragte Irene ihn. »Auf diese Art und Weise ersparen Sie sich einen Durchsuchungsbefehl Ihres Anwesens, und wenn sich wirklich niemand hier aufhält, sind wir auch gleich wieder weg!«
Erst zögerte er kurz, sodass Irene schon dachte, er würde einwilligen, doch dann schrie er sie plötzlich an.
»Nein! Ich lasse hier niemanden rumschnüffeln. Und jetzt ziehen Sie Leine, sonst lasse ich meinen Hund frei!«
»Okay, okay, wir sind schon weg!«, sagte Jonny ruhig. Sie gingen zum Tor und schlossen es wieder hinter sich. »Sie wollen es nicht anders, wir werden aber garantiert wiederkommen!«
Sobald sie draußen waren, ließ der Mann den Hund frei. Mit einem heftigen Stoß prallte dieser kläffend gegen das Hoftor. Sie liefen eilig bis zu ihrem Auto und stiegen ein.
Jonny drehte den Wagen in die Richtung, aus der sie gekommen waren, und fuhr mit quietschenden Reifen los.
Im Rückspiegel konnte er erkennen, wie der Mann sie regungslos beobachtete.

Er wusste, dass die Polizei eine erste Spur verfolgte und was er jetzt zu tun hatte.
Pedantisch räumte er alles in die Kiste ein, die er einst von seinem Großvater bekommen hatte. Sie war aus Stahl und dementsprechend schwer. Es tat ihm unendlich leid, diese wundervollen Dinge in eine dunkle kalte Kiste zu tun, aber die Umstände verlangten es. Er musste sie nun umständlich aus den Tiefen des alten Kellergewölbes hervorholen, wann immer er die Lust verspürte sie zu sehen und zu fühlen.

Zart ließ er die Haarsträhnen durch seine Finger gleiten, bevor er sie wieder in die dafür vorgesehenen Tücher packte. Als er den blutgetränkten Stofffetzen in den Händen hielt, spürte er eine Erektion. Splitternackt zog er sich aus, drückte den roten Stoff eng an seinen Bauch, bevor er anfing, seinen Schwanz zu bestrafen. Peinlich achtete er darauf, dass sein Sperma nicht die Kiste verdreckte, als es in hohem Bogen durch den Raum flog.

Später saß er bibbernd und heulend in der Ecke des Zimmers. Es dauerte lange, bis er seine Gefühle wieder im Griff hatte. Wäre sie da gewesen, hätte er sich schneller unter Kontrolle gehabt. Er wusste, sie wurde unentbehrlich für ihn. Das passte ihm nicht.

Das Ding zwischen seinen Beinen tat weh. Jeder Schritt ließ ihn das Feuer der Hölle spüren. Trotzdem packte er weiter sorgsam die Sachen in die Kiste, bevor er sich wieder anzog.

Erst gegen Abend war er in der Lage etwas zu essen. Es war fast unerträglich für ihn, dass er die Glücksbringer nicht bei sich haben durfte. Sogar den Rollstuhl hatte er zusammengeklappt und in dem Versteck versenken müssen. Jetzt fühlte er nur noch gähnende Leere.

Nach dem Abendessen gönnte er sich einen Film. Dafür setzte er sich in ihren alten Ohrensessel mit dem Spitzendeckchen am Kopf, welches er nie mit seinen klebrigen und schmutzigen Fingern berühren durfte. Sie hatte es strengstens verboten. Daran musste er sich halten.

Nachdem er den Fernseher ausgeschaltet hatte, lauschte er noch einige Zeit dem lauten Ticken der alten Standuhr, so wie er es früher immer getan hatte.

Als sie zehn schlug, erschrak er für einen kurzen Moment.

Es war Zeit ins Bett zu gehen. Morgen musste er wieder pünktlich und ausgeruht zur Arbeit erscheinen. Etwas anderes würde SIE nie dulden.

Zwölf

Zu der Beerdigung von Paulas Bruder waren Hunderte von Trauernden erschienen. Immer wenn ein junger Mensch starb, das wusste Paula aus Erfahrung, kamen mehr Leute als gewöhnlich. Sie war noch einen Tag länger hier geblieben, als sie vorgehabt hatte, damit sie zusammen mit ihrer Schwägerin die Beerdigung vorbereiten konnte. Lasira stand an der Seite ihrer Mutter, und die beiden hielten sich aneinander fest. Trotzdem empfand sie keinerlei Eifersucht gegenüber ihrer Schwägerin, denn sie brauchten sich jetzt mehr denn je. Es sah fast so aus, als könnte die eine nicht ohne die Stütze der anderen aufrecht stehen. Roberta hatte den Arm um Paulas Taille geschlungen, und die Wärme und Nähe ihrer Freundin taten ihr gut. Roberta war am Morgen mit ihr in der Stadt gewesen, um ein geeignetes Kleid samt Mantel zu kaufen. Auf einen solchen Anlass war sie garderobenmäßig nicht vorbereitet. Ihre Haare hatte sie streng nach hinten gekämmt und zu einem Knoten verschlungen. Auf Make-up hatte sie verzichtet, denn Tränen waren an solch einem Tag unvermeidbar.

Sofort füllten ihre Augen sich wieder damit, als sie die Arbeitskollegen von Friedrich sah, wie sie geschlossen trauernd um das Grab herum standen. Sogar die ehemaligen Feuerwehrkameraden waren eigens angereist. Als Jugendlicher war ihr Bruder einige Jahre bei der freiwilligen Feuerwehr ihres Heimatortes aktiv gewesen. Irgendwann hatte er dazu keine Lust und keine Zeit mehr übrig gehabt, auch aus beruflichen Gründen.

Der Pfarrer redete und redete. Was für ein guter Mensch Fritzi doch gewesen sei, und wie viel er in seinem kurzen, doch erfüllten Leben für andere getan hatte. Paula hätte ihm am liebsten den Mund zugehalten und weggeschickt. Er hatte Fritzi als Mensch nie kennengelernt, außer als Konfirmand, wo er nichts anderes zu tun gehabt hatte, als ihn bei jeder Gelegenheit zur Schnecke zu machen. Ihre Mutter, die neben ihr stand, ergriff Paulas Hand und schluchzte auf.

Das Grab lag eigentlich wunderschön, dachte Paula. Die Äste einer imposanten Trauerweide hingen tief bis zu den Gräbern herunter, sodass dieser Platz einen mystischen und zugleich romantischen Charakter innehatte. Als ihr Blick auf den alten Baum fiel, entdeckte sie ihre Kollegen mitsamt Köhler. Sie waren ebenfalls geschlossen gekommen, um ihr an diesem schweren Tag beizustehen.
Noch immer rannen die Tränen an ihren Wangen hinab, als Jonny sie ansah. Am liebsten wäre sie zu ihm gerannt und hätte sich von ihm in den Arm nehmen lassen.
Irgendwo hatte sie auch Michael wahrgenommen, der sich dezent hinter den Freunden von Fritzi aufgestellt hatte. Hoffentlich hatte er seine brünette Freundin nicht mitgebracht, dachte sie. Mühsam versuchte sie die Fassung zu wahren. Überall neben dem gähnenden Loch des Grabes lagen Kränze mit den letzten Widmungen an ihren Bruder. Paula dachte an sein Gesicht mit den schelmischen blauen Augen, welche die Welt so sehr geliebt hatten. Ein Energiebündel war er gewesen. Einer, der immer nur positiv gedacht hatte. Sie hätte ihm noch so viel zu sagen gehabt, und sie hätten bestimmt noch viele wundervolle Dinge zusammen erleben können. Unbewusst ballte sie ihre rechte Faust, bis die Knöchel sich weiß färbten.
Der Pfarrer trat beiseite. Die Sargträger, allesamt Kameraden ihres Bruders, ließen mit feuchten Augen den blumengeschmückten Sarg in die Tiefe gleiten.
In diesem Moment brach ihre Mutter ein zweites Mal neben ihr zusammen.

Im Anschluss an die Beerdigungsfeier, an der ihre Mutter nicht teilgenommen hatte, fuhr sie mit Jonny zurück. Die Kraft, die sie in den letzten Stunden hatte aufbringen müssen, war verbraucht. Sie flüchtete an den Ort, an dem sie ihrer Trauer freien Lauf lassen konnte, dort, wo sie sich den Qualen um den Verlust ihres Kindes hemmungslos hingeben konnte: nach Hause.
Für Paula war ihre Mutter in den letzten Tagen ein Mensch geworden, der innerlich aufgegeben hatte. Sie beneidete Lasira nicht. Diese hatte die Mutter nach der Beisetzung fest in den Arm genommen und

war mit ihr die breiten Stufen zum Haus hinaufgegangen. Ganz kurz hatte sie sich noch zu Paula umgedreht und ihr unter einem Schleier der Tränen zugenickt, bevor sie die Tür hinter sich zugezogen hatte. Es war, als hätte ihr jemand einen Dolch ins Herz gestoßen. Instinktiv fühlte sie den bitteren Vorwurf, den Lasira ihr damit entgegengebracht hatte.

Roberta war mit Eric gekommen. Ihre Freundin hatte sie lange und innig an sich gedrückt, bevor sie wieder losgefahren war. Ohne Worte. Sie kannten sich schon viel zu lange, als dass Worte nötig gewesen wären, um das auszudrücken, was jede von ihnen empfand. Robertas Freund Eric war auch sehr darum bemüht gewesen, ihr sein tief empfundenes Beileid auszudrücken. Diese Kleinigkeiten waren es letztendlich, welche sie zutiefst berührten und ihr den Halt gaben, den sie jetzt so dringend gebrauchen konnte. Sie musste ihrer Freundin versprechen, sich bald wieder bei ihr zu melden.

Noch einen Tag länger hätte sie es ohnehin nicht hier bei Lasira und ihrer Mutter ausgehalten. Ihre eigene Trauer konnte sie an diesem Ort nicht ausleben, dafür war die der anderen zu groß und übermächtig.

Die ersten vierzig Kilometer wechselten Jonny und sie kein Wort miteinander. Erst als sie sich halbwegs sicher war, ihre Emotionen unter Kontrolle zu haben, fragte sie ihn, was es Neues im Fall GG gab.

Jonny berichtete ihr von den Besuchen bei den alleinstehenden Männern, die mit ihren Müttern zusammenwohnten, die bisher nichts ergeben hatten, und davon, wie Isabelle es geschafft hatte, eine Freundin von Julia Ingbert ausfindig zu machen, welche wohl ihre einzige enge Vertraute gewesen war. Ihr hatte Julia Ingbert noch vor einigen Wochen angedeutet, ein kleines Geheimnis zu hüten.

»Wie heißt die Frau gleich noch mal … äh … ah ja, genau, eine gewisse Vera Salomon«, meinte Jonny gedankenverloren.

»Der Name sagt mir nichts«, sagte Paula.

Jonny tippelte nervös mit seinen Fingern am Lenkrad.

»Sie ist Krankenschwester im Klinikum Göttschied.«

»Vielleicht ist sie dem Täter schon einmal begegnet?«, mutmaßte Paula.

Jonny schüttelte seinen Kopf. »Nicht dass ich wüsste. Aber auszuschließen ist es natürlich nicht. Übrigens, der Stofffetzen, den ich in einer Plastiktüte in deinem Wagen gefunden habe, ist mittlerweile bei der Spurensicherung. Ich habe angenommen, dass er für diesen Weg bestimmt war. Schon gestern haben sie angerufen und Bescheid gegeben, er stamme vermutlich von Julia Ingberts Bluse. Trotzdem keine Spur von den anderen Kleidungsstücken, ihrer Handtasche oder ihrem Handy.«

Paula nickte. Langsam wurden die Erinnerungen daran, wie sie den Stoff zusammen mit Herrn Henschel an dem Ast gefunden hatte, wieder wach.

Den Rest der Fahrt verbrachten sie wieder schweigend. Die Musik von Eric Clapton erfüllte den Wagen. Es war dunkel geworden, und der Himmel wurde in ein düsteres Licht getaucht. Heute hatte es Gott sei Dank nicht geregnet, obwohl das zu ihrer Stimmung gepasst hätte.

»Du willst sicher alleine sein?«, fragte Jonny, als er in ihrer Hofeinfahrt anhielt.

Sie nickte. »Danke für alles …«, sagte sie leise und küsste ihn auf die Wange.

Er wartete, bis sie die Haustür aufgeschlossen hatte. Irgendwie wollte der Schlüssel nicht so recht in das Schloss passen. Es dauerte eine ganze Weile, bis sie die Tür endlich aufbekam. Mit besorgtem Blick sah Jonny ihr hinterher.

Dunkelheit und Stille umgaben sie hier. Erschöpft zog sie ihren schwarzen Mantel aus, hängte ihn an die Garderobe und ging, ohne Licht anzumachen, ins Wohnzimmer. Der trübe Schein der Straßenlaternen fiel durch das große Fenster. Sie wollte kein Licht, keine Kerzen, nichts. Nur im Kamin zündete sie einige Holzscheite an. Es war kühl hier drin. Wenn sie ein paar Tage nicht da gewesen war, um zu heizen, wurden die Räumlichkeiten sofort kalt und feucht. Eine angebrochene Flasche Wein stand noch auf dem Tisch. Sie goss sich einen Schluck in das Glas ein, das daneben stand.

Unwillkürlich musste sie daran denken, dass Fritzi noch am Leben gewesen war, als sie diese Flasche geöffnet hatte. Wieder kamen die

Tränen. Sie fühlte sich mit einem Mal völlig allein und verlassen in dieser Welt. Mit ihrem Bruder war auch ein Stück in ihr gestorben, etwas, was ihr Halt und Sicherheit gegeben hatte. Das wurde ihr jetzt erst richtiggehend bewusst.

Warum war er bloß von der Fahrbahn abgekommen, gerade an dieser abschüssigen Stelle? War seine Zeit hier auf Erden abgelaufen, oder war es nur das Schicksal, das brutal zugeschlagen hatte?

Unvermittelt tauchte sein Gesicht wieder vor ihr auf. Sie griff nach ihrem Päckchen Zigaretten und zündete sich eine an. Er hatte es nicht gemocht, wenn sie rauchte. Zu Weihnachten hatte er ihr ein Buch geschenkt mit dem Titel: *In vierzig Tagen Nichtraucher*. Sie hatte spöttisch gelacht, als sie das Geschenk ausgepackt hatte.

»Du wirst noch an deinen Zigaretten zugrunde gehen!«, hatte er ihr prophezeit. Und was war passiert? Er war zugrunde gegangen. Aus reiner Unachtsamkeit oder sonst was.

Über zwei Stunden lag sie einfach nur auf dem Sofa und hing ihren Gedanken nach. Manchmal weinte sie und ließ den aufkeimenden Tränen freien Lauf. Es war niemand da, vor dem sie ihre Gefühle in Zaum halten musste. Vielleicht war es ihre Art, den Tod eines geliebten Menschen zu verarbeiten.

Um Viertel nach elf hatte sie keine Zigaretten mehr. Einige Hundert Meter von ihrem Haus entfernt stand ein Automat. Sie sah nach, ob sie noch Kleingeld hatte, und zog ihren Mantel über, bevor sie die Haustür hinter sich schloss.

Der Wein zeigte seine Wirkung, denn ihr war leicht schummrig zumute, als sie sich auf den Weg machte. Ihr Gemütszustand tat sein Übriges dazu. Um diese Zeit war niemand mehr in ihrer Straße unterwegs. In manchen Häusern brannte jedoch noch Licht, das Flackern der Fernseher war auch hier und da zu erkennen.

Nachdem sie das Geld eingeworfen hatte, zog sie ihre Zigarettenmarke aus dem Automaten und wollte wieder zurückgehen, als sie plötzlich einen Schatten hinter sich wahrnahm.

Erschrocken drehte sie sich herum. Ihr Nachbar, der Lehrer, stand dicht hinter ihr und schaute ihr von oben herab ins Gesicht.

»Hallo …«, sagte er mit seiner dunklen Bassstimme.

Bildete sie sich das nur ein oder erkannte sie wirklich eine gewisse Schadenfreude in seinem Gesichtsausdruck? Sie hatte sein Kommen nicht gehört. Hastig nuschelte sie ein Wort des Grußes, während sie umgehend die Flucht ergriff. Nach einigen Metern drehte sie sich wieder um. Im gleichen Moment warf auch er einen Blick über seine Schulter. Dieser Mann hatte etwas Unheimliches, fand sie. Oder sah sie Gespenster, weil sie beruflich jeden Tag mit dem Bösen im Menschen konfrontiert wurde?

»Ich werde langsam paranoid …«, redete sie leise vor sich hin, als sie wieder zu Hause war und einen Schluck von der dunkelroten Flüssigkeit nahm, deren Wärme sich sofort wohlig in ihr ausbreitete und ihre Sinne angenehm benebelte. Das Telefon fing an zu läuten, doch sie ging nicht ran. Als der Anrufbeantworter sich einschaltete, hörte sie Robertas Stimme. Sie solle sich doch bitte umgehend bei ihr melden, da sie sich Sorgen mache. Morgen, dachte Paula. Gleich morgen rufe ich dich an.

Schleppend ging sie die Stufen nach oben, verrichtete ihre Prozedur im Bad und legte sich ins Bett. Der Duft von Jonny haftete überall an ihrem Kissen. Während sie an ihn dachte, um Fritzi für einige Minuten aus ihrem Gedächtnis zu verbannen, schlief sie ein.

Am nächsten Tag fiel ihr erst einmal auf, dass im Schlafzimmer die Gardinen zugezogen waren, obwohl sie das so gut wie nie tat. Sie konnte sich überhaupt nicht daran erinnern, sie zugezogen zu haben. Der Wecker zeigte kurz vor sieben an. Samstag.

Ihr Schlaf war nicht gerade erholsam gewesen. Merkwürdige Träume hatten sie heimgesucht, in denen immerzu ihr Bruder vorgekommen war.

Als Erstes rief sie ihre Mutter an. Lasira ging an den Apparat und teilte ihr mit, sie schlafe noch immer, da sie unter starken Beruhigungsmitteln stehe. Mit einem Schlag wurde ihr wieder bewusst, dass die Welt sich verändert hatte. Ohne Fritzi würde sie nie wieder dieselbe sein. Tiefe Traurigkeit machte sich in ihr breit. Lasira versprach sie, sich täglich zu melden und am Wochenende auf jeden Fall vorbeizukommen.

Roberta erreichte sie nicht, so hinterließ sie nur eine kurze Nachricht. Im Kühlschrank fand sie lediglich eine angebrochene Packung Milch und zwei Tomaten, die sich langsam braun färbten. Ein Grund bald einkaufen zu gehen, vielleicht sogar noch heute Abend, dachte sie. So trank sie nur eine Tasse Kaffee und rauchte eine Zigarette, bevor sie sich anzog und zur Dienststelle aufbrach.

Dreizehn

Köhler war umsichtig genug, sie nicht auf den Tod ihres Bruders anzusprechen, doch all die mitleidigen Blicke, die ihr von den anderen Kollegen entgegenschlugen, machten ihr schwer zu schaffen. Irgendwann konnte sie die Tränen nicht mehr zurückhalten, sodass sie in ihr Büro ging und die Tür hinter sich zuzog. Verzweifelt versuchte sie, sich auf den Schriftkram zu konzentrieren, was ihr nicht recht gelingen wollte. Jede Zeile musste sie mindestens zweimal lesen. Um 13 Uhr war eine Besprechung anberaumt, bis dahin musste sie sich wieder einigermaßen im Griff haben. Doch bis es so weit war, tat sie nichts, außer aus dem Fenster zu starren und ihre Gedanken in alle Richtungen schweifen zu lassen. Vielleicht war es das, was sie gerade brauchte. Nichtstun. Nachdenken. Über Gott und die Welt. Über Fritzi und sich selbst.

Die Auswertung des Stofffetzens hatte ergeben, dass er tatsächlich von Julia Ingberts Bluse stammte. Ein Team der Spurensicherung wollte sich nochmals auf den Weg machen, um die weiter entfernte Umgebung der beiden Tatorte zu durchkämmen. Zwei Streifenpolizisten in Zivil sollten rund um die Uhr das Waldstück am Tatort1 bewachen, falls der Täter dahin zurückkehren sollte, so wie er das schon einmal getan hatte. Doch große Hoffnungen hegte niemand. Dennoch wollten sie nichts unversucht lassen.

Gerade als Paula in den Konferenzraum aufbrechen wollte, klingelte das Telefon. Zögernd stand sie auf der Schwelle und entschloss sich, doch noch den Hörer abzunehmen.

Es war Roberta.

»Ist es in Ordnung für dich, wenn ich heute Abend kurz bei dir vorbeikomme?« Die Stimme ihrer Freundin hörte sich sorgenvoll an.

»Ich weiß nicht, wie lange ich arbeiten muss«, meinte Paula. »Aber ich rufe dich sofort an, wenn ich zu Hause bin!«, versprach sie.

»Geht es einigermaßen?«, fragte die Freundin.

Wieder spürte Paula diesen dicken Kloß im Hals. Es fiel ihr schwer, zu antworten.

»Ja«, sagte sie leise. »Es geht.«

Als sie aufgelegt hatte, fühlte sie sich hundeelend. Am liebsten wäre sie jetzt weinend zurück in ihr Bett gekrochen und hätte den Kopf für den Rest des Tages in ihr Kissen gedrückt. Ein paar Mal atmete sie tief ein, bis sie sich wieder gefasst hatte. Dann ging sie nach draußen.

Im Flur traf sie auf Köhler. Er bat sie, kurz mit in sein Büro zu kommen.

Mit einer freundlichen Geste deutete er ihr an, Platz zu nehmen.

»Paula ... ich weiß, welch großer Schock der Tod deines Bruders für dich darstellt«, begann er. »Es tut mir unendlich leid für dich. Ihr hattet ein intensives Verhältnis, deshalb ist es umso schwieriger für dich. Bist du sicher, dass du die Kraft aufbringst, weiter an dem Fall dranzubleiben, oder möchtest du eine Auszeit?«

Sie schüttelte heftig den Kopf.

»Jeder von uns würde das verstehen, und keiner zweifelt an deiner enormen Fähigkeit als Ermittlerin.«

Sie stand auf. Das, was sie nun sagte, kostete sie ungeheure Kraft.

»Ich fühle mich absolut in der Lage weiterzuarbeiten. Du hast recht, der Verlust meines Bruders sitzt tief. Es wird lange Zeit dauern, bis ich einigermaßen darüber hinweg bin, aber im Moment ist es das Beste für mich, wenn ich arbeiten kann.«

Köhler betrachtete sie mit hochgezogenen Brauen.

»Falls es dir zu viel wird, sprich mit mir. Ich bin jederzeit für dich da!«

Den letzten Satz verstand sie nicht mehr richtig, da sie schon zur Tür hinausgeeilt war. Es war, als schnüre sich ihr Hals zu. Tränen schossen ihr in die Augen und ein stark beklemmendes Gefühl breitete sich in ihrer Brust aus. Schnell rannte sie in ihr Büro. Doch Jonny stand ihr unvermutet im Weg, und sie lief ihm direkt in die Arme. Das Weinen konnte sie in diesem Moment nicht mehr unterdrücken. Behutsam nahm er sie in seine Arme, führte sie in ihr Büro und schloss sanft die Tür hinter ihnen zu.

Wie ein kleines Kind weinte sie sich an seiner Schulter aus, ließ einfach alles raus, was sich in den letzten Tagen in ihr angestaut hatte. Er streichelte ihre langen blonden Haare, wobei er ihr beruhigend zusprach.

Nach einiger Zeit, die ihr wie eine Ewigkeit vorkam, fühlte sie sich ausgelaugt, aber wesentlich besser.

Langsam befreite sie sich aus seiner Umarmung, vermied jedoch ihn direkt anzusehen. Sie war beschämt, weil sie vollkommen die Beherrschung verloren hatte. Das passierte ihr höchst selten.

Sanft hob er ihr Kinn hoch, um ihr einen Kuss auf die Nasenspitze zu geben.

»Es würde jedem von uns so gehen. Du musst dich nicht für deine Tränen und deine Trauer schämen. Vor niemanden hier. Vor allem nicht vor mir!«

Leise verließ er ihr Büro, sodass sie sich sammeln und wieder einigermaßen herrichten konnte.

Als sie in den Konferenzraum kam, waren die anderen schon da. Alle bemühten sich gewissenhaft, ihr stark verquollenes Gesicht zu ignorieren und wie gewohnt weiterzumachen. Paula war ihnen dankbar dafür.

Bisher konnten sie zwei gemeinsame Verbindungen der Opfer festhalten. Die Zugfahrten und das Krankenhaus in Göttschied, wo beide aus unterschiedlichen Gründen zu tun hatten.

Die eine, weil sie dort gearbeitet hatte. Die andere, weil ihre Tochter wegen eines angeborenen Herzfehlers regelmäßig dort untersucht wurde. Außerdem war da noch die Krankenschwester Vera Salomon, Julia Ingberts beste Freundin. Der Laborbericht über die DNA, die beim zweiten Opfer gefunden wurde, lag vor. Es handelte sich um die gleiche wie beim ersten Opfer. Nun wussten sie mit Sicherheit, dass sie es in beiden Mordfällen mit ein und demselben Täter zu tun hatten. Doch davon war jeder von ihnen ohnehin schon ausgegangen. Die Vorgehensweise war fast identisch gewesen.

Zwei Adressen von alleinstehenden Männern, die mit ihren Müttern zusammenwohnten, waren Fehlalarm gewesen. Bei einer weiteren hatten sie niemanden angetroffen. Die Nachbarn konnten nur

berichten, dass es sich um einen stillen Mann handelte, der einer Arbeit nachging. Und da war noch der wutentbrannte Mann, der Jonny und Irene von seinem Grundstück gejagt hatte. Nachforschungen hatten ergeben, dass dieser keiner geregelten Arbeit nachging und auf Kosten seiner Mutter lebte. Er hatte aber weder Vorstrafen noch war er je durch sonstiges Fehlverhalten aufgefallen.
Der leitende Staatsanwalt wollte keinen Durchsuchungsbefehl ausstellen, da sie nichts gegen den Mann in der Hand hatten. Sie mussten sich wohl oder übel etwas anderes einfallen lassen.
»Ich schlage vor, dass wir Adresse drei und vier nochmals abklappern. Zwei Streifenpolizisten sind rund um die Uhr an beiden Tatorten positioniert. Es wäre von Vorteil, wenn wir auch zwei Leute rund um die Uhr an den Bahnhöfen in Idar-Oberstein und Neubrücke hätten«, bemerkte Paula.
Die anderen nickten.
»Auf jeden Fall sinnvoll!«, pflichtete Irene ihr bei.
»Wie wäre es, wenn ich mal den Computer nach alten Fällen von Kindesmisshandlung durchforste? So dreißig bis vierzig Jahre her …? Wenn Talmann richtig liegt, muss unserem Mann so etwas widerfahren sein. Vielleicht taucht irgendetwas in den alten Akten auf!«, warf Gerd ein.
»Prima Idee!«, gab Jonny zu. »Das BKA hat zwar schon einiges durch den PC laufen lassen, aber wer weiß nach was die genau gesucht haben!«
Gerd nickte. »Ich versuche es mal!«
»Die Presse reagiert zunehmend blutdürstig«, sagte Isabelle. »Gestern standen die Telefone hier nicht mehr still. Auch Frauen, die regelmäßig Zug fahren, rufen immer häufiger an.«
Paula zuckte mit den Schultern. »Darauf müssen wir uns einstellen, solange wir noch im Dunkeln tappen. Ich vermute, es wird noch schlimmer.«
»Ich verstehe nicht, dass die Befragten an den Bahnhöfen und in den Zügen nichts von unserem Rollstuhlfahrer bemerkt haben wollen. Manchmal frage ich mich, ob die alle blind und taub sind!«, schnaubte Irene wütend.

»Das ist nun mal die Zeit, in der wir leben. Schnelllebig und zielgerichtet!«, entgegnete Trateaux.

»Trotzdem, ist es nicht äußerst merkwürdig? Wir finden niemanden, der einen Mann im Rollstuhl gesehen hat, obwohl wir mit Sicherheit behaupten können, dass es ihn tatsächlich gibt?«

Paula seufzte. »Vielleicht fährt er wirklich nur sehr selten mit dem Zug oder nur an bestimmten Tagen, an denen wenig los ist ...«

»Jedenfalls ist es schlussendlich an der Zeit, eine Spur zu finden«, meinte Isabelle mit direktem Blick auf Paula. »Ich überlege die ganze Zeit, ob wir uns vielleicht in einer Sackgasse befinden und uns vielmehr auf den Bekanntenkreis der Opfer konzentrieren müssten!«

Bei diesen Worten durchzuckte Paula ein Stich. Es war ein Angriff auf sie sowie auf ihre Ermittlungsmethoden. Sie bemühte sich gelassen und ruhig zu bleiben, bevor sie antwortete.

»Jeder Einzelne von uns hat Personen aus dem engen Umkreis der Opfer befragt und verhört. Nach unser aller Meinung ist es nahezu auszuschließen, dass der Täter darin zu finden sein wird. Wenn wir keine heiße Spur haben, dann müssen wir eben nach dem bewährten Ausschlussverfahren vorgehen, auch wenn das eine beschwerliche Angelegenheit ist. Wenn du allerdings nicht der gleichen Ansicht bist, kannst du gerne an anderer Stelle weiter ermitteln, sobald du deine dir zugeteilte Aufgabe erledigt hast!«

Isabelle kniff die Lippen zu einem dünnen Faden zusammen. Ihre Blicke sprachen Bände.

Paulas Aussage war klar und deutlich gewesen. Doch nun hatte das ganze Team mitbekommen, wie wenig die beiden Frauen sich verstanden. Das war nicht unbedingt Paulas Absicht gewesen. Nichtsdestoweniger fühlte sie, wie die Spannung in dem kleinen Raum unerträglich wurde.

Irene startete einen Versuch, die Stimmung etwas zu heben. »Also ich würde mich anbieten an den Bahnhöfen zu bleiben. Ich werde in gewissen Abständen von Bad Kreuznach über Idar-Oberstein nach Neubrücke, dann nach Saarbrücken fahren. Wer löst mich nach sechs Stunden ab?«, fragte sie in die kleine Runde.

Gerd hob die Hand. »Bis dahin habe ich alles in den Computer ein-

gegeben«, bemerkte er. »Treffen wir uns am Bahnhof in Idar-Oberstein?«
Irene nickte und stand auf.
»Wer übernimmt die Bahnhofsschicht morgen Früh?«, fragte Gerd.
Da sich auf Anhieb niemand anbot, hob Paula die Hand.
»Ich übernehme am Mittag«, warf Isabelle ein.
»Ich fahre nachher mit dir raus, zu Adresse drei und vier!«, sagte Jonny zu Paula und klopfte ihr zart auf den Rücken. Sie nickte ihm lächelnd zu, was ihr wiederum einen bösen Blick von Isabelle bescherte.
Trateaux und Isabelle gingen nach Hause. Sie hatten sich die ganze Nacht um die Auswertungen der Gerichtsmedizin und des Labors gekümmert. Fein säuberlich waren die Ergebnisse an der dafür zuständigen Pinnwand aufgelistet. So war auf den ersten Blick zu erkennen, wonach man noch zu suchen oder recherchieren hatte, angefangen mit der verschwundenen Handtasche, dem Handy und dem silberfarbenen Stofffetzen von Julia Ingberts Bluse.
Nachdem sich jeder in die Liste der einzelnen Zuständigkeiten eingetragen hatte, verließen Jonny, Irene und Paula das Büro, um nach Frauenberg zu fahren. Sie wollten mit dieser Adresse beginnen, da sie Irene noch am Bahnhof absetzen mussten.
Gerade als Irene sich vor der Eingangshalle des Bahnhofsgebäudes verabschiedete und ausstieg, läutete ihr Handy. Wie Paula unschwer an ihrem Tonfall erkennen konnte, handelte es sich am anderen Ende der Leitung um Irenes Mutter. Sie winkte den beiden kurz zum Abschied zu und versuchte gleichzeitig die aufgebrachte Anruferin zu beruhigen.
»Irene hat mit ihrer Mutter wirklich eine große Last zu tragen. Ständig fühlt sie sich in ihrer Schuld«, sagte Paula zu Jonny gewandt, als dieser anfuhr, um auf dem Parkplatz zu wenden.
»Zudem verhält sie sich recht merkwürdig, wenn man auf dieses Thema zu sprechen kommt!«, merkte er an.
»Möglicherweise hängt das auch mit ihrer Schwester zusammen. Vor ein paar Jahren ist diese auf die schiefe Bahn geraten und besucht eine Therapie nach der anderen, ohne auch nur eine davon zu

Ende zu bringen. Irene kümmert sich die meiste Zeit auch noch um die kleine Tochter von Miriam!«

Jonny hob die Augenbrauen. »Davon wusste ich nichts ...!«, sagte er bekümmert.

Paula gab einen tiefen Seufzer von sich. »Ich weiß es von einer Freundin, die Irenes Schwester Miriam kennt. Irene spricht nicht gerne darüber.«

»Was macht sie, wenn sie fast rund um die Uhr im Dienst ist, so wie jetzt?«, fragte Jonny.

Paula zuckte mit den Schultern. »Soweit ich weiß, hat sie eine hilfsbereite Nachbarin. Die ist alleinstehend und freut sich, wenn sie gebraucht wird.«

Sie fuhren auf die gut ausgebaute Bundesstraße, und Jonny setzte zum Überholmanöver an, da vor ihnen ein alter Lastwagen mit 40 km/h die steile Straße entlangkroch.

Nach zehn Minuten waren sie in Frauenberg angekommen.

»Ich schlage vor, wir parken den Wagen etwas abseits, damit dieser Verrückte ihn nicht sehen kann. Lass dir was Gutes einfallen! Wenn der Typ mich erkennt, rastet er komplett aus!«

Paula musste grinsen. »Geht es nicht allen Leuten so, mit denen du öfter zu tun hast?«, fragte sie sarkastisch, was ihr einen Puff von Jonnys Ellenbogen in die Seite einbrachte.

»Du fängst an frech zu werden!«, entgegnete er und zog sie sanft an ihren zusammengebundenen Haaren.

»Du wirst gleich sehen, wie dieser wilde Kerl meinem Charme erliegt!«, gab sie zurück.

»Da bin ich wirklich gespannt. Wie wäre es mit einer kleinen Wette? Sagen wir, um eine Liebesnacht mit allem Drum und Dran?« Der Blick, mit dem Jonny sie ansah, bescherte ihr eine Gänsehaut. Wortlos stieg sie aus und lief die Straße in Richtung des Grundstücks hinunter.

Jonny hatte den Wagen hinter dem großen Busch geparkt, sodass er vom Haus aus nicht gesehen werden konnte. Er selbst stieg aus, blieb aber in sicherer Entfernung stehen. Nach einigen Metern hatte Paula das Gartentor erreicht. Irenes und Jonnys Beschreibungen zufol-

ge erwartete sie einen wütend bellenden Hund, aber alles blieb still. An dem Tor befand sich keine Klingel und auch sonst nichts, mit dem sie sich hätte bemerkbar machen können.
»Halloooo?! Halloooo?!«, rief sie stattdessen, so laut sie konnte. Das Bellen eines Hundes war nun doch zu hören. Paula mutmaßte, es kam vom Haus.
»Hallooooo!«, rief sie noch einmal.
Deutlich konnte sie hören, wie im Haus eine Tür geöffnet wurde. Eine Minute später sah sie einen Mann auf sich zukommen. Je näher er kam, desto mehr nahm sie sein ungepflegtes Erscheinen wahr. Er hatte ein schmutziges Baumwollunterhemd an. Die dunklen Haare waren ungekämmt und fettig. Auch eine Rasur hätte nichts geschadet, konstatierte Paula. Schnell setzte sie ein liebenswürdiges Lächeln sowie ihren freundlichsten Blick auf.
Der Mann blieb am Tor stehen. »Was wollen Sie?«, fragte er nervös.
»Guten Tag, äh, Herr ... äh, Brandstätter. Mein Name ist Magdalena Klein. Ich komme vom Pflegedienst. Wie ich aus meinen Unterlagen entnehmen kann, pflegen Sie Ihre arme kranke Mutter. Wir sind der Meinung, ihre Pflegestufe sollte erhöht werden. Doch um beurteilen zu können, ob die Leistungen aufgestockt werden können, muss ich Ihnen und Ihrer Mutter ein paar Fragen stellen.«
Misstrauisch kniff der Mann die Augen zusammen.
»Wieso kommen Sie freiwillig hierher? Normalerweise muss man immer einen Schurken von einem Rechtsanwalt an der Seite haben, wenn man Geld will!«
»Nicht so bei uns! Wir kommen in regelmäßigen Abständen vorbei. Unsere Patienten liegen uns eben am Herzen!«
»Dann geben Sie mir das Geld halt!«, sagte er.
»Ja, das würde ich gerne, aber ich sagte ja schon, dazu müsste ich erst kurz Ihre Mutter sehen. Nur ganz kurz, damit ich mir von ihrem derzeitigen Gesundheitszustand und Pflegeaufwand ein Bild machen kann.« Sie lächelte ihn bezaubernd an.
Sein Blick war immer noch unsicher. »Na gut, wenn es ein muss. Dann kommen Sie halt rein!« Er öffnete das notdürftig geflickte Gartentor und ließ sie herein.

Jonny stand hinter einem Busch und beobachtete das Geschehen. Sie hat es tatsächlich geschafft, dachte er bewundernd.
Obwohl er kein Wort verstehen konnte, sah er, wie sie vor dem Alten die Stufen zu dem verfallenen Haus hochging. Was hat sie vor?, fragte er sich. Es gefiel ihm ganz und gar nicht, als er sie nicht mehr sehen konnte.
Vorsichtig verließ Jonny sein Versteck und versuchte, sich im Schutz der Bäume und Büsche ein bisschen näher heranzupirschen.
Das Haus sah innen genauso zerfallen aus wie von außen, schoss es Paula durch den Kopf. Nachdem Brandstätter sie zur Tür hereingelassen hatte, stand sie in einem kleinen dunklen Flur. Sie musste wegen des schalen, abgestandenen Geruchs für einen Augenblick die Luft anhalten. Vor langer Zeit hatten sich an den Wänden wohl schon die Tapeten gelöst, an deren Stelle sich jetzt unschöne gelblich braune Flecken gebildet hatten. Die Garderobe war zum Teil auseinandergefallen. Niemand hatte sich die Mühe gemacht, sie wieder einigermaßen herzurichten. Bedrohlich schief klafften die Schrauben aus den Wänden. Wahrscheinlich würde sie zusammenkrachen, wenn jemand es wagen würde, eine Jacke an einen der Haken zu hängen. Der Mann drängelte an ihr vorbei. Ein wenig zu nahe, wie sie fand. Paula nahm seinen ungewaschenen Geruch naserümpfend zur Kenntnis.
»Meiner Mutter geht es zurzeit nicht so gut. Sie kann nicht mehr aufstehen und nimmt nur noch wenig Essbares zu sich«, sagte er und öffnete eine der schmutzigen Holztüren, die sich in dem dunklen Flur befanden.
Wenn Paula vorher der Meinung gewesen war, dass es in dem Haus übel roch, dann wurde sie jetzt eines Besseren belehrt. Sie hatte das Gefühl, jemand würde ihr mit einem Vorschlaghammer ins Gesicht schlagen. Mühsam unterdrückte sie den aufkommenden Würgereiz. Es stank bestialisch nach Kot und Urin. Bisher hatte sie solch einen Geruch nur aus den Beschreibungen in Büchern gekannt. In dem alten Bett aus dunklem Holz lag unter riesigen schmutzigen Federbetten eine winzige abgemagerte Person, deren Gesicht eingefallen und von bedenklich gelber Farbe überzogen war. Genau genommen sah

sie aus, als stelle der Tod eine wirkliche Erlösung für die alte Frau dar.
Mit aller Kraft nahm Paula sich zusammen und trat ein Stückchen näher an das Bett heran. Die alte Frau hatte die Augen geschlossen, und ein feiner Rinnsal Speichel lief aus ihrem schiefen Mund heraus. Die verbliebenen dünnen Haare schimmerten gelb statt weiß. Auch sie waren wohl lange Zeit nicht mehr gewaschen worden.
»Wie oft baden Sie Ihre Mutter?«, fragte Paula den ungehobelten Mann, der noch immer im Türrahmen stand.
»Jeden Tag, meistens gegen Abend«, antwortete er.
Paula konnte unschwer ahnen, dass er log.
»Was geben Sie ihr zu essen?«
Er zögerte kurz.
»Ich koche jeden Mittag und püriere ihr dann das Essen. Aber wie gesagt, sie isst nicht mehr gut. Das Schlucken bereitet ihr Schwierigkeiten.«
Paula nickte und griff nach den ausgedorrten Fingern der alten Frau. Diese zuckte kurz mit den Lidern, bevor sie angestrengt versuchte, ihre Augen zu öffnen.
»Ferdinand ...«, nuschelte sie fast unhörbar.
»Ich bin Magdalena Klein«, sprach Paula ihr zu. »Ich wollte sehen, wie es Ihnen geht.«
»Ferdinand ...«, wiederholte sie leise.
Der Mann trat näher und strich seiner Mutter von der anderen Seite des Bettes über die Haare. »Ich bin da, Mutter. Alles ist gut.«
Mit so einer überaus liebevollen Geste dieses rüpelhaften Mannes hatte Paula nicht gerechnet.
Sofort drehte die alte Frau ihr Gesicht in seine Richtung und leckte sich über die aufgesprungenen Lippen, was er als Zeichen des Durstes deutete. Mit zitternden Händen griff er zum Nachttisch, um einen kleinen Plastikbecher zu holen. Behutsam nahm er ihre schlaffen Schultern hoch und flößte ihr langsam ein paar Tropfen Flüssigkeit ein, wobei sie fast vollständig wieder an den Mundwinkeln herunterlief.
Sobald er sie wieder eingebettet hatte, machte Paula eine Geste in

Richtung der Tür. Sie hatte genug gesehen. Ihrer Ansicht nach war der Mann zwar vollkommen verwahrlost, genau wie alles andere, das sich sonst noch in dem Haus befand, aber es war eher unwahrscheinlich, dass er in ihr Täterprofil passte.
Leise schloss er die Tür des Schlafzimmers hinter ihnen.
»Herr Brandstätter, ich sende Ihnen die erforderlichen Unterlagen zur Aufstockung des Pflegegeldes zu. Es kann sein, dass einer meiner Kollegen in Kürze nochmals vorbeischauen wird.« Sie schenkte ihm wieder ein freundliches Lächeln. Jetzt nichts wie raus, dachte sie, denn er war gerade im Begriff, ihr ein wenig zu nahe zu kommen.
Der Mann entblößte seine schiefen verfärbten Zähne.
»Von welcher Krankenkasse kommen Sie eigentlich?«, fragte er und trat noch einige Zentimeter näher an sie heran.
Das Winseln des Hundes war zu hören, welches wohl aus einem der angrenzenden Zimmer kam.
Blitzartig überschlugen sich ihre Gedanken. Natürlich! Der zuständige Pflegedienst war immer an die eigene Krankenkasse gekoppelt, fiel ihr ein. Und sie wusste beim besten Willen nicht, bei welcher Kasse dieser Mann und seine Mutter versichert waren. Sollte sie hoch pokern und irgendeinen Namen nennen?
Sie entschloss sich zu einer anderen Strategie.
»Der Pflegedienst wurde seit September dieses Jahres von den zuständigen Krankenkassen abgekoppelt. Wir sind nun eine unabhängige Organisation. Ihre Krankenkasse ist mir aus diesem Grund momentan nicht bekannt!«
Misstrauisch beäugte er sie. Im selben Moment schoss seine Hand hoch und umklammerte ihren Busen.
»Dein Weg war nicht umsonst, du kleine Schnüfflerin!« Sein schlechter Atem, vermischt mit schalem Alkoholgeruch, schlug ihr entgegen.
Instinktiv schlug sie mit ihrer Hand seinen Arm nach unten. Mit großer Wucht stieß Paula ihn von sich. Vor Schreck keuchte sie laut und versuchte, sich in Gedanken einen möglichen Fluchtweg zurechtzulegen. Die Haustür war gut zwei Meter entfernt, mit einem Satz eigent-

lich erreichbar. Doch, als hätte Brandstätter in diesem Moment ihre Gedanken gelesen, machte er einen Schritt in diese Richtung.
Drohend kam er auf sie zu. Ehe sie sich versah, riss er an ihrem Pullover, und sie fühlte, wie die Naht auf einer Seite zerriss.
Instinktiv verschränkte sie beide Arme um die Brust.
»Mein Gott, sind Sie verrückt geworden? Hören Sie auf! Lassen Sie mich sofort gehen!«, herrschte sie ihn an, bemüht um einen selbstbewussten Tonfall.
»Ich bin heute aber noch nicht auf meine Kosten gekommen. Und genau das werde ich jetzt nachholen!« Er warf sie mit seinem gesamten Gewicht zu Boden.
Ihre Hände umfassten seinen Kopf und versuchten, ihn auf Distanz zu halten. Doch er lachte nur höhnisch auf und fummelte zwischen ihren Beinen herum. Paula wehrte sich so gut sie konnte. Mit dem rechten Knie gelang es ihr, ihm einen Tritt in seine Eingeweide zu verpassen. Er jaulte kurz auf, bevor er ihre Hände zu fassen bekam und sie über ihrem Kopf zusammenhielt.
»So, du Miststück, jetzt zeig mal, was du draufhast!«
Er fing an, sich rhythmisch auf ihr zu bewegen. Sie schrie vor Scham und Wut laut auf. Es gelang ihr, ihren Kopf ein Stück weit nach oben zu heben und mit aller Kraft in seinen Unterarm zu beißen.
Er brüllte auf vor Schmerz. Bluttropfen liefen an seinem Arm herunter.
Der Hund heulte auf.
Paula nutzte diese Schrecksekunde, um ihre Hände zu befreien.
Fieberhaft versuchte sie, ihre Pistole auf ihrer rechten Seite zu erreichen. Doch in diesem Augenblick schlug seine Faust krachend in ihr Gesicht. Sie fühlte, wie ihre Lippen aufplatzen, schmeckte das Blut, war zugleich darum bemüht, nicht das Bewusstsein zu verlieren.
Er zog ihre Jeans bis zu den Oberschenkeln herunter. Seine Umklammerung drohte sie zu ersticken. Mühsam tasteten ihre Finger sich an den metallenen Griff ihrer Pistole. Ein Stöhnen entfuhr seiner Kehle, als er anfing, sich hastig auf ihr zu bewegen. Sie hatte nun den Druckknopf des Holsters aufbekommen, und mit einem Ruck riss sie

die SIG SAUER heraus. Der Knauf war genau auf seine linke Schläfe gerichtet. Erstarrt hielt er in seinen Bewegungen inne.

In diesem Moment flog mit einem lauten Knall die Tür auf und Jonny sprang mit erhobener Waffe auf sie zu.

»Ihr verdammten Dreckärsche! Ihr seid von der Polizei!«, sagte Brandstätter zischend, und sein Körper wurde starr.

»Los, runter du Schwein! Und zwar ein bisschen plötzlich!«, befahl ihm Jonny.

Mühsam rappelte er sich auf. Paula kam auf die Beine und zog ihre Hose wieder hoch. Der Pullover war hinüber, es blieb ihr nichts anderes übrig, als ihre Jacke fest zu verschließen, damit man ihren BH nicht sehen konnte.

Jonny stieß den Kerl mit voller Wucht an die Wand und tastete ihn ab. Er hatte keine Waffen bei sich.

»Ich zeig euch an, ihr Drecksäcke! Das lass ich mir nicht bieten, dass man mir als unbescholtenen Bürger eine Pistole vor die Nase hält! Ihr werdet schon sehen, was ich mit euch mache! Ihr hattet die längste Zeit einen Jo…«

Weiter kam er nicht, denn Jonny fasste in seine Haare und stieß sein Gesicht mit einem festen Schlag gegen die Wand.

Brandstätter stöhnte laut auf.

»Das Einzige, was du jetzt machen wirst, ist uns dein Häuschen mal näher zu zeigen. Freiwillig versteht sich, denn wir würden niemanden ohne Durchsuchungsbefehl dazu zwingen. Vorschrift ist Vorschrift. Und daran halten wir uns auch!«

»Falls das dumme Schwein natürlich eine Anzeige wegen versuchter Vergewaltigung riskieren will, dann soll er es ruhig sagen!«, raunte Paula ihm von der Seite zu. Sie wischte sich mit dem Ärmel ihrer Jacke das Blut vom Gesicht.

Jonny sah sie besorgt an, doch sie nickte ihm zu.

Brandstätter ging voraus. Hinter ihm Jonny, der ihm die Pistole an den Rücken presste.

»Das Zimmer, wo der Hund drin ist, kannst du dir sparen«, sagte Paula und zog ihn zur Seite, denn seine Hand wollte gerade den Türgriff herunterdrücken. Sie schubste ihn zu der Tür gegenüber des

Schlafzimmers, in dem seine alte Mutter lag. Er öffnete sie nur zögernd.
»Das ist mein Zimmer. Das geht euch einen feuchten Dreck an!«
Jonny schob ihn unsanft hinein.
In dem Zimmer war es stockdunkel. Es dauerte einige Sekunden, bis ihre Augen sich an die Dunkelheit gewöhnt hatten. Dann sah Paula ein kleines Fenster, an dem der Rollladen heruntergelassen war. Sie zog an der Schnur, um ihn hochfahren zu lassen. Er gab ein krächzendes Geräusch von sich.
»Lasst die Hände bloß von meinen Sachen!«, blaffte er sie an.
Paula drehte sich um. Fachmännisch ließ sie ihren Blick umherschweifen. Es musste wohl eine Ewigkeit her sein, dass zum letzten Mal aufgeräumt worden war. Bestimmt hatte niemand hier Hand angelegt, seit seine Mutter zum Nichtstun verurteilt war.
Überall standen leere Flaschen Alkoholika herum. Die meisten mit den Etiketts billigen Rums oder Wodkas. Ein uralter Fernsehapparat stand in einer Ecke, massenweise Pornozeitschriften lagen darauf. Eine davon war aufgeschlagen. Das Bild zeigte eine nackte junge Frau, die rittlings, verkehrt herum auf einem Mann mit erigiertem Glied saß und dabei urinierte. Ein anderer Mann stand neben ihr und hielt ihren Kopf fest, mit ihrer Zunge leckte sie seine Genitalien.
»Ekelhaft!«, entfuhr es Paula. »Das ist wirklich ein widerliches Zeug, das du da liest!« Sie sah in seine vor Wut funkelnden Augen.
»Das geht dich nichts an, du Schlampe! Oder bist du neidisch, weil du nicht so gut ficken kannst?«, provozierte er sie.
Sie lächelte ihm boshaft zu, verkniff sich jedoch eine weitere Bemerkung.
Jonny sah sie mit hochgezogenen Brauen und einem provokanten Grinsen an. Ihre Blicke trafen sich für einen Augenblick.
Neben dem Bett lagen haufenweise verblichene und verdreckte Handtücher, auf Bergen von ungewaschenen Kleidern. Der Gestank war auch hier drin bestialisch.
Jonny schob ihn vor sich her zum Kleiderschrank und wies ihn an, die Tür zu öffnen. Außer Kleidern, die teilweise ordentlich auf Bügeln hingen, wurde nichts darin aufbewahrt.

Sie verließen das Zimmer wieder, um sich der letzten Tür in dem kleinen Flur zu widmen. Der Kerl öffnete sie. Paula hielt sich die Hand vor den Mund, als sie dort hineinsah. Jonny schluckte schwer beim Anblick dieses Saustalls, denn anders konnte man es wirklich nicht nennen.

Wo früher wohl die Küche gewesen war, türmten sich jetzt überall riesige Mengen schmutzigen Geschirrs. Auf dem Fußboden, auf dem Tisch. Auch die zwei vorhandenen Fenster waren komplett zugestellt. Der einzige freie Platz darin war ein alter Emaillespülstein, der über und über mit vertrocknetem Blut besudelt war. Darauf lag ein langes Messer mit einer breiten, scharfen Klinge. Paula trat vorsichtig näher. Einige Fleischfetzen waren noch an der Klinge zu sehen. Ein widerwärtiger Gestank ging davon aus.

»Menschenblut?«, fragte Jonny sie.

Sie hob die Schultern. »Schwer zu sagen!«

Brandstätter fing an hohl zu lachen. »Klar, hier kille ich sämtliche Damen aus der Nachbarschaft!« Er tippte sich mit dem Finger an die Schläfe, was Jonny sofort dazu veranlasste ihm seinen Arm auf dem Rücken umzudrehen. Vor Schmerz brüllte er. Man konnte ihm ansehen, wie wütend es ihn machte, ausgeliefert zu sein und wie gerne er in diesem Augenblick zugeschlagen hätte.

»Ihr seid wirklich der letzte Dreck! Könnt noch nicht mal Tierblut von Menschenblut unterscheiden!«

»Halt's Maul, du elendes Schwein! Es hat dich niemand nach deiner beschissenen Meinung gefragt!«, zischte Jonny und drehte den Arm in eine bedenkliche Position, die Brandstätters Gesicht rot anlaufen ließ.

Danach blieb nur noch der Keller übrig. Langsam gingen sie hintereinander die alten steilen Holztreppen hinunter. Als sie in dem niedrigen Keller standen, unternahm Brandstätter einen kleinen Fluchtversuch, indem er probierte sich mit einem gezielten Ruck aus der Umklammerung zu lösen. Doch er hatte die Rechnung ohne Jonny gemacht, der in solchen Fällen ständig auf der Hut war. Er stürzte sich auf Brandstätter und nahm seinen Kopf unmittelbar in den Schwitzkasten. Ächzend vor Anstrengung gab er schließlich auf. Jon-

ny atmete schwer. Die ungezügelte Wut stand auch ihm ins Gesicht geschrieben.
Der Keller war ein einziger großer Raum, der durch Holzwände in mehrere Nischen unterteilt war. Paula spähte vorsichtig in eine hinein. Ein Kohlenberg befand sich dort und eine alte Kartoffelkiste, die jedoch vollkommen leer war. An der gegenüberliegenden Wand huschte ein kleiner Schatten vorbei.
Wahrscheinlich eine Maus oder eine Ratte, dachte sie, und ging ein Stück weiter. Hinter der zweiten Wand befanden sich Unmengen von Gerümpel sowie ein poröser Schrank, der schon fast ganz von Holzwürmern zerfressen war. Sie öffnete ihn. Die Tür gab ein lautes Knarren von sich. Dutzende von Einmachgläsern standen dort, in denen sich Kirschen, Mirabellen und sonstiges Obst befanden.
Auch Paulas Oma hatte für die Wintermonate die Ernte des Sommers eingekocht und im Keller aufbewahrt. Sie dachte daran, wie gerne sie und Fritzi immer die köstlichen süßen Früchte gegessen hatten. Besonders die Birnen.
Hier hatte anscheinend jahrelang niemand mehr ein Glas angerührt. Sie schloss den Schrank wieder, sah sich stattdessen bei dem Gerümpel um. Ein Kinderwagen von anno dazumal, eine verrostete Schreibmaschine, vermoderte Decken und Kissen. Sonst konnte sie nichts Aufsehenerregendes entdecken.
Jonny stand mit Brandstätter noch immer in der Nähe der Treppe. Durch ein kleines milchiges Fenster fiel trübes Licht in eine der vorderen Nischen. Neugierig ging sie darauf zu. Als sie um die Holzwand gebogen war, erstarrte sie vor Schreck. Im ersten Augenblick konnte sie ihren Augen nicht trauen. Ein Rollstuhl stand dort. Grauer Bezug, silberne Lehnen. Sie betrachtete ihn genauer, konnte aber keine Spinnweben entdecken, die bezeugen würden, dass er schon lange nicht mehr angerührt worden war. Im Gegenteil, er war fast staubfrei. Als wäre er erst vor kurzer Zeit in Gebrauch gewesen. Zögernd ging sie einen Schritt weiter. Fast wäre sie über einen braunen Jutesack gestolpert, der daneben auf dem Boden lag. Er war oben mit einer Schnur zusammengebunden, die sie sofort geschickt öffnete.
Bündelweise Kleider steckten darin. Frauenkleider. Und alle aus den

vergangenen dreißig bis vierzig Jahren, schätzte sie. Die meisten davon waren Kostüme, die wahrscheinlich noch von seiner Mutter stammten. Weiter hinten konnte sie noch mehrere aufgetürmte Säcke entdecken. Waren dort vielleicht die Kostüme der ehemaligen Faschingsfeten drin? Eventuell auch welche, die mit Märchen zu tun hatten?, fragte sie sich, während sie zu den beiden Männern zurückging.

»Was haben Sie am 2. November dieses Jahres gemacht?«, wollte sie von Brandstätter wissen.

Er und Jonny schauten sie stirnrunzelnd an.

»Das geht Sie einen feuchten Dreck an! Außerdem, woher soll ich das jetzt noch wissen? Wahrscheinlich war ich zu Hause, wie fast immer!«

»Herr Brandstätter, Sie sind hiermit wegen dringenden Tatverdachts in zwei Mordfällen festgenommen und haben das Recht zu …«

»Du verdammte Fotze, du widerliches Miststück! Du hast dich an mich rangemacht, um mich einzubunkern! Bist wohl so scharf auf mich! Willst mich gleich ganz mitnehmen! Hah! … Ich besorg es dir, wenn du willst …« Mit einem Schlag verebbten seine Worte, da Jonny ihm von hinten zwischen die Beine trat.

Er krümmte sich vor Schmerzen, während sie mit ihm nach oben gingen. Paula kramte ihr Handy hervor, wählte die Nummer der Einsatzzentrale und forderte Verstärkung an.

Vierzehn

Vera Salomon saß in ihrem gemütlichen kleinen Sofa und erzählte Jonny zum wiederholten Male, mit welchen Worten ihre Freundin Julia Ingbert den behinderten Mann geschildert hatte.

»Sie fand ihn auf jeden Fall attraktiv!«, behauptete sie.

»Hat sie das gesagt?«, fragte Jonny zurück.

Vera Salomon seufzte und schüttelte ärgerlich den Kopf.

»Nein. Wie oft soll ich das denn noch sagen? Sie hat es nicht wortwörtlich gesagt, aber ich habe es an ihren Augen gesehen!«

»Stand sie auf gepflegte Männer?«, fragte er, während er sich Notizen machte.

»Was wollen Sie damit andeuten? Auf jeden Fall hätte sie nie Gefallen an einem ungepflegten Mann gefunden. Und ihr Mann ist ja wohl, auch nach Ihrer Meinung, von einer sehr gepflegten Erscheinung!«

Sie wurde langsam nervös. Was wollte der Typ eigentlich von ihr? Wenn er sie zu einem gemeinsamen Kaffee eingeladen hätte, okay. Weil er verdammt gut aussah, hätte sie bestimmt eingewilligt. Aber nun saß er seit über einer halben Stunde da und befragte sie über gepflegte und ungepflegte Typen, die eventuell Julias Geschmack getroffen hätten.

»Hören Sie, ich sage Ihnen zum letzten Mal ... Der Typ muss gut ausgesehen haben. Julia hätte sich niemals mit einem ungepflegten Mann abgegeben, der zudem noch schiefe gelbe Zähne und einen Bierbauch hat. Niemals. Dafür lege ich meine Hand ins Feuer.«

Jonny stand auf. »Hoffentlich bleibt Ihr zartes, anmutiges Händchen wohlbehalten!«, entgegnete er lächelnd. Freundlich bedankte er sich.

Vera Salomon stand ebenfalls auf, um ihm die Hand zu reichen. Ohne dass er es merkte, schob sie das kleine Adressbuch unter das Sofa, das diesem attraktiven Mann eben aus seinem Notizbuch gefallen war.

»Sie trinken nicht manchmal gerne einen Kaffee?«, fragte sie verführerisch und lehnte sich über das Geländer im Flur, als er Anstalten machte die Stufen hinunterzugehen.
Er schenkte ihr einen charmanten Blick.
»Wenn *sie* nicht wäre ...« Er legte die Hand auf sein Herz. »... dann wären *Sie* die Erste, die ich zu einem Kaffee einladen würde!«, antwortete er und lachte.
Sie verzog das Gesicht zu einer Grimasse.
»Lassen Sie es mich wissen, wenn *sie* nicht mehr aktuell ist!«
Pfeifend ging er zu seinem Wagen.

Sie sah ihr zerschundenes Gesicht im Spiegel an und stellte fest, dass ihre Nase wahrscheinlich gebrochen war. Die Schleimhäute waren bedenklich angeschwollen, sodass es ihr schwerfiel, durch die Nase zu atmen. Am oberen Lid hatte sie eine leichte Abschürfung, die Lippe war aufgeplatzt. Vorsichtig strich sie etwas Heilsalbe darauf, bevor sie sich ein frisches T-Shirt anzog. Mehr als eine halbe Stunde hatte sie unter der Dusche gestanden und versucht sowohl den Dreck als auch die Erinnerung an das übel riechende Haus wegzuspülen. Brandstätter war nach dieser Aktion festgenommen worden. Seine unschönen Schimpfsalven hatten sie so lange begleitet, bis er in Handschellen mit dem grün-weißen Streifenwagen davongefahren war.
Komischerweise hatte sie keine Befriedigung durch diese Festnahme empfinden können. Irgendetwas ließ sie daran zweifeln, dass er wirklich der Mann war, nachdem sie suchten, obwohl die derzeitige Beweislage erdrückend war: der Rollstuhl, die alten Kleider in den Säcken und die vermutlich perversen sexuellen Gelüste, von denen sie sich anhand der Pornozeitschriften selbst ein Bild hatten machen können.
Die Leute von der Sozialstation, die wegen seiner Mutter gerufen worden waren, hatten die alte Frau sofort in ein Pflegeheim transportiert. Nach deren Ansicht befand sie sich in einem verheerenden Zustand, aber davon hatten Jonny und sie sich einige Stunden zuvor selbst überzeugen können. Wahrscheinlich war es für die alte Frau eine Erlösung gewesen, endlich aus diesem stickigen alten Haus zu

kommen. In einem Pflegeheim würde sie auf jeden Fall besser versorgt werden können.
Paula kämmte ihre nassen langen Haare, verzichtete aufs Föhnen und rief stattdessen ihre Mutter an. Sie ging sofort an den Apparat. Ihre Stimme wirkte lethargisch. Man konnte unschwer hören, welche Mühe es ihr bereitete, sich auf das Gespräch zu konzentrieren.
»Ist Lasira noch bei dir?«, fragte Paula.
»Ja, sie ist da und kümmert sich um mich.« Sie hielt kurz inne. »Du wohnst zu weit weg. Wann kommst du?«
Paula zögerte einen kleinen Moment. Sie wollte keine Versprechungen machen, die sie nicht einhalten konnte.
»Vielleicht schaffe ich es, am Wochenende zu kommen.«
»Wie lange bleibst du?«, fragte ihre Mutter.
»Eine Nacht, wenn es überhaupt irgendwie zu machen ist ... Wir haben im Moment viel zu tun. Ich weiß nicht, wie lange ich mir freinehmen kann«, antwortete sie schlechten Gewissens.
Ein kurzes Rascheln war zu vernehmen, dann die Stimme von Lasira, die ihr bestätigte, sie bleibe bis auf Weiteres bei Mutter. Es sei noch zu früh, sie könne noch nicht in die gemeinsame Wohnung zurück. Die Wunde war noch zu frisch. Paula konnte sie verstehen. Sie versprach fest, am Wochenende kommen zu wollen.
Mit einem Seufzer legte sie auf. Für ihre eigene Trauer hatte sie keine Zeit gehabt. Dafür hatte sie selbst gesorgt. Gleichzeitig hatte sie Angst, die Trauer würde sie irgendwann unkontrolliert überrollen.
Sie schrieb Roberta eine SMS, dass sie heute Abend daheim sein würde, und schaute kurz auf die Uhr. 19.15. Wenn sie sich beeilte, konnte sie ein paar Dinge einkaufen. Nachdem sie ihre Jeans übergezogen hatte, schnappte sie sich Mantel und Handtasche und stieg in ihren Wagen.
Im Supermarkt kaufte sie nur die dringend benötigten Sachen ein. Wenn man keinen Hunger und kein Verlangen nach etwas Essbarem hatte, dann fiel das Einkaufen umso schwerer. Auf dem Rückweg machte sie einen kleinen Umweg, um noch kurz bei Jonny vorbeizuschauen. Sie wollte wissen, wie es ihm ging. Heute Mittag hatte er ziemlich mitgenommen ausgesehen.

Er wohnte nur drei Kilometer von ihr entfernt. Auf dem Parkplatz des frisch gestrichenen, adretten Reihenhauses mit den unzähligen Balkons hielt sie an. Gerade als sie dabei war auszusteigen, sah sie Jonny zur Tür herauskommen. Paula wollte seinen Namen rufen, doch da war eine Frau neben ihm, ungefähr in ihrem Alter, mit welligem braunrotem Haar, die schwungvoll den Arm um seine Taille legte und ihn zu sich zog. Er umarmte sie und erwiderte ihren Kuss, bevor sie sich mit wiegenden Hüften in Richtung Parkplatz bewegte. Lächelnd drehte die Rothaarige sich um und winkte ihm zu.
Paula duckte sich, so gut es ging.
So lief der Hase also, dachte sie. Für sie hatte es aufrichtig geklungen, als er davon gesprochen hatte, wie viel sie ihm bedeutete. Sie hatte ihm geglaubt. Mehr noch, sie war fast bereit gewesen, eine ernste Beziehung mit ihm einzugehen. Und jetzt, drei Stunden nachdem sie zusammen einen potenziellen zweifachen Mörder hinter Schloss und Riegel gebracht hatten, sah sie ihn mit einer anderen Frau. Wut stieg in ihr hoch. Wut auf sich selbst und über ihre Leichtgläubigkeit. Jeder wusste doch, dass Jonny ein Mann war, der auf Frauen unglaublich erotisch wirkte. Und sie hatte sich tatsächlich eingebildet, er hätte es auf sie abgesehen. Blöde Kuh, schimpfte sie sich.
Ein paar Meter neben ihr wurde ein Motor angelassen, und ein Wagen fuhr davon. Erleichtert hob sie den Kopf. Von Jonny war weit und breit nichts mehr zu sehen. Anscheinend war er zurück ins Haus gegangen.
Mit quietschenden Reifen bretterte sie davon. Unterwegs war sie froh, dass der Heimweg größtenteils aus einer unbewohnten Landstraße bestand, denn ihr lautes zorniges Schreien hätte vermutlich eine Benachrichtigung des Notarztes herbeigeführt. Doch irgendwo musste sie Dampf ablassen. Vielleicht war es eine Mischung aus Zorn, Trauer und Enttäuschung. Als sie nach Hause kam, war sie auf jeden Fall schon ein klein wenig ruhiger.
Roberta wartete schon in der Einfahrt. Gerade jetzt kam ihr die Freundin sehr gelegen. Nach einer herzhaften Umarmung gingen sie gemeinsam ins Wohnzimmer. Paula deutete ihr an, es sich gemütlich zu machen, nachdem Roberta mit zwei Gläsern Martini und Eis-

würfeln aus der Küche kam. Dies war ihr gemeinsames Lieblingsgetränk.

Die hohen Stöckelschuhe abstreifend, nahm sie neben Paula Platz, während diese sich eine Zigarette anzündete. Dann sprudelten die Worte nur so aus ihr heraus. Paula erzählte von der Festnahme am Mittag, von den Fundstücken und der alten bettlägerigen Frau. Am Schluss berichtete sie leise, was ihr schlimmstes Erlebnis heute gewesen war, nämlich dass Jonny sie von hinten bis vorne belogen hatte.

Fünfzehn

Splitternackt stand Irene in dem kleinen Raum mit dem riesigen Spiegel an der Wand. Sie bemühte sich, nicht ständig hineinzusehen.
Er stand hinter ihr und umfasste ihre großen Brüste, die ohne ihren BH fast bis zum Bauchnabel reichten. Mit festem Druck knetete er sie, während sie sein erigiertes Glied zwischen ihren Beinen spürte. Ein kurzes Stöhnen entfuhr seinem Mund, als sie zwischen ihren Beinen seinen Schwanz ergriff und langsam in sich einführte. Sie mochte seine starken Arme, wie er sie jetzt in der Taille umgriff und in rhythmischen Abständen fest in sie eindrang. Sie atmete schwer, spreizte die Beine und stützte sich an der Wand ab. Er keuchte immer schneller, gleichzeitig wurden seine Bewegungen stürmischer. Irene presste ihre Beine zusammen, um es ganz eng zu machen für ihn. Sie wusste, wie sehr er dies mochte, sich dann fast nicht mehr beherrschen konnte. Weit. Eng. Weit. Eng. Er griff so intensiv um ihre Brüste und ihre Taille, dass es schon wehtat. Wimmernd nahm er ihre Brustwarzen zwischen seine Finger und knetete sie. In diesem Moment kam er in ihr, begleitet von einem kurzen Schrei.
Sie hatte sich ganz auf ihn konzentriert. Wie so oft hatte sie keinen Orgasmus gehabt. Aber das machte ihr nichts aus. Im Gegenteil. In vollen Zügen genoss sie die intensive Zuwendung, die sie über viele Jahre entbehrt hatte. Wichtig war nur, dass er glücklich war. Dennoch prangten seitdem an ihrem Körper zahlreiche Blutergüsse, die stumme Zeugen seiner unbeherrschten Emotionen waren. Auf sein Geheiß hin ging sie nackt in das nahe gelegene Badezimmer und stellte sich unter die Dusche, so wie er es vorgegeben hatte. Nach dem Geschlechtsakt wusch er sie immer regelmäßig. Von oben bis unten seifte er sie mit seinen geschickten feingliedrigen Händen ein, als habe sie sich zuvor in einer Schlammpfütze gewälzt. Danach trocknete er sie mit einem flauschigen Handtuch ab, woraufhin sie in der Küche zusammen Tee tranken, den er selbst aus wohlschmeckenden

Kräutern zubereitete, die er im Garten mit aller Sorgfalt hegte. Die Kücheneinrichtung seines kleinen Häuschens war altmodisch, doch sauber und gepflegt.

Auf einem der Stühle, die mit blauem Kunststoff aus den sechziger Jahren überzogen waren, saß sie ihm an dem kleinen Tisch gegenüber.

Ein liebevolles Lächeln umspielte ihre Lippen, während sie schüchtern nach seiner Hand ergriff.

Er sah richtig gut aus, mit den nassen zurückgekämmten Haaren.

Seine Nase war zu groß geraten, seine Wangenknochen etwas zu hoch und markant, dafür hatte er die schönsten Augen der Welt, fand sie. Auch sein Körper konnte sich durchaus sehen lassen.

»Kommst du am Freitag wieder?«, fragte er und streichelte mit seinem Daumen über ihre Finger. Seine Hände waren zart und feingliedrig, völlig ohne Schwielen und Kratzer, wie sie für Männer oft üblich sind.

Sie nickte. »Ich denke, ich kann es einrichten. Obwohl bei uns zurzeit alles auf Hochtouren läuft. Hoffentlich haben wir den richtigen Typ endlich gefasst, der uns diese zahlreiche Überstunden beschert hat!«

Er horchte auf. »Ihr habt jemanden festgenommen?«, fragte er überrascht.

»Ja. Gestern haben Paula und Jonny einen Mann verhaftet, der in dringendem Tatverdacht steht, die bestialischen Morde an den beiden Frauen verübt zu haben. Ich hoffe nur, wir haben genug belastende Beweise.«

Er hob die Augenbrauen. »Davon hast du mir überhaupt nichts erzählt!«, sagte er in vorwurfsvollem Ton.

Sie zuckte mit den Schultern. »Ich hab's einfach vergessen.«

Andächtig rührte er in seiner Teetasse. Es entging ihr, dass seine Hand leicht zu zittern begonnen hatte.

Als sie einen Schluck trank, fiel ihr Blick auf die weiß lackierte Schiebetür, die sich neben der Spüle befand. Noch niemals war sie in dem Raum gewesen, der sich dahinter verbarg. Auf ihre Frage vor einigen Wochen, welches Zimmer sich dort befände, hatte er sehr ausweichend reagiert. Fast schon ärgerlich, wie sie bedauernd feststellen musste. Sie nahm sich vor, bei Gelegenheit doch einmal einen Blick hineinzuwerfen. Vielleicht, wenn er kurz oben war und er sie hier unten sich selbst überließ.

»Du musst jetzt gehen!«, sagte er mit Blick auf die Küchenuhr. »Deine Mutter macht sich sonst Sorgen!«

Sie seufzte und stand auf. Er hatte recht, wobei seine übertriebene Sorge um das Wohlergehen ihrer Mutter ihr manchmal recht merkwürdig erschien.

Höflich half er ihr in den Mantel und öffnete ihr die schwere Holztür.

»Bis Freitag. Und bitte sei pünktlich!« Mit diesen Worten schloss er hinter ihr ab und ließ sie einfach stehen.

Es hatte einige Zeit gedauert, bis sie sich an seine distanzierte Art gewöhnt hatte. Es kam ihr vor, als schäme er sich für die Gefühle, die er ihr entgegenbrachte.

Seufzend ging sie hinter das Haus, in den Schuppen, wo ihr Wagen stand. Man konnte im Leben nicht alles haben, dachte sie wehmütig, als sie einstieg und den Rückwärtsgang einlegte.

Gerade als sie herausfahren wollte, fiel ihr im Rückspiegel ein glitzernder Gegenstand auf. Bisher war ihr so etwas noch nie aufgefallen. Neugierig trat sie auf die Bremse, ließ das Fenster herunter und streckte ihren Kopf hinaus, um besser sehen zu können. Im ersten Moment traute sie ihren Augen nicht. Hinter einem der Querbalken hingen acht blank polierte Messer in unterschiedlichen Größen, darunter auch ein größeres Schlachtermesser, dessen blitzende Klinge sich in den Sonnenstrahlen spiegelte und tanzende Fünkchen in den Fahrzeugraum warf.

Brandstätter war etliche Male verhört worden, auch von Bernhard Köhler persönlich. Er hatte zwar kein stichhaltiges Alibi, doch alles andere sprach dafür, dass er nicht der Mörder war, nach dem sie suchten. Ihnen blieb noch die Ergebnisse der DNA-Analyse abzuwarten, doch große Hoffnungen auf ein positives Resultat machten sie sich nicht.

Paula saß in ihrem Büro und hatte eben die Tür geschlossen, als Irene zaghaft anklopfte.
»Soll ich dich zum Bahnhof mitnehmen oder fährst du mit deinem Wagen?«, fragte sie. Gleichzeitig zog sie ihren Mantel über und kramte in ihrer Tasche, die sie um die Schultern geschlungen hatte, nach dem Schlüssel. »Ich muss nämlich noch bei Herrn Holland vorbei, um einige Informationen über die Verwandten seiner Frau einzuholen. Da ist ein Typ darunter, der schon einiges auf dem Kerbholz hat. Ich glaube, ein Cousin ersten Grades. Dem wollen wir mal etwas genauer auf die Finger schauen!«
Paula seufzte. Sie hatte total vergessen, dass sie heute zum Bahnhofsdienst eingeteilt war. Wie sie sich jetzt erinnern konnte, hatte sie sich höchstpersönlich freiwillig gemeldet.
»Ja, ich hab's in den Unterlagen gelesen. Er soll eine Reihe Einbrüche verübt haben. Außerdem liegen noch zwei unbearbeitete Anzeigen wegen Körperverletzung gegen ihn vor. Schadet nichts, wenn wir den mal im Auge behalten!«
Irene stimmte ihr nickend zu.
Paula drehte mit Schwung ihren Stuhl herum und sprang auf.
»Ich fahre mit dir, muss nur noch schnell die beiden Kuverts auf der Wache abgeben«, antwortete sie, während sie nach einem Stapel Akten griff und sie in einem der Wandschränke verstaute. Eigentlich hätte sie noch genug zu tun gehabt. Zwei Berichte standen noch aus. Zudem noch die Stellungnahme zu der Obduktion von Mathilde Holland. Sie schnappte sich ihre Handtasche und ihre Jacke vom Haken. Unten auf dem Revier drückte sie einem Kollegen die Kuverts in die Hand und bat ihn, sie an das Sekretariat weiterzuleiten. Dann stieg sie in Irenes kleinen Wagen ein.
Während sie fuhren, stellte Paula fest, wie mitgenommen ihre Kollegin aussah. Dicke Ringe zeichneten sich seit Neuestem unter ihren Augen ab, und ihre Gesichtsfarbe war alles andere als rosig.
»Geht es dir gut?«, fragte Paula. Abrupt drehte sich Irene zu ihr um und legte im selben Moment einen falschen Gang ein. Das Auto ruckelte und holperte, bevor es schließlich mitten auf der Kreuzung zum Stehen kam.

»Scheiße!«, murmelte sie. Verlegen startete Irene den Motor neu. Nach drei Versuchen surrte er wieder gleichmäßig. Sie fuhr weiter.
»Klar geht es mir gut«, sagte sie unter einem zwanghaften Lächeln. »Meine Mutter ist nur zurzeit etwas wehleidig. Ich bekomme einfach nicht genügend Schlaf. Aber das wird schon wieder!« Ungeschickt manövrierte sie den Wagen in die Haltebucht der Bushaltestelle vor dem Bahnhof. Paula bedankte sich, stieg aus und machte sich auf den Weg zu dem Zugfahrplan in der Eingangshalle, um herauszufinden, wohin und wann sie den nächsten Zug erwischen konnte. Natürlich glaubte sie Irene kein Wort. Dafür war sie zu nervös gewesen. Bestimmt hatte sie wieder Probleme mit ihrer Schwester, musste auf die Mutter und die Nichte gleichzeitig aufpassen und wusste nicht, wie sie alles unter einen Hut bringen sollte. Auf ihren Schultern lastete einfach zu viel Verantwortung. Dazu kamen die vielen Überstunden, die sie alle derzeit leisten mussten, auch nicht sehr gelegen, dachte Paula.
Vor dem vergilbten Fahrplan, der hinter dem Glas prangte, blieb sie stehen. Um 9.38 Uhr konnte sie den Zug nach Kirn nehmen. Bis dahin hatte sie noch knapp eine halbe Stunde Zeit. Zuerst bummelte sie durch das Bahnhofsgebäude, um die wenigen Menschen zu betrachten, die zu dieser Zeit unterwegs waren. Was mochten sie vorhaben, zu wem gehörten sie?, fragte sie sich. Zu den Stoßzeiten waren es sicherlich einige Hundert mehr. Ein paar Jugendliche lümmelten auf einer Bank herum und lachten vergnügt. Fritzi hatte auch immer auf der Bank in der Bahnhofshalle von Homburg gesessen, wo er mit seinen Freunden irgendwelche Fußballkarten getauscht und auf den nächsten Zug gewartet hatte. Sie sah ihn vor sich, mit seinen widerspenstigen kurzen Haaren, die er nur mit Mühe und viel Gel hatte bändigen können.
Sie war so in Gedanken vertieft, dass sie gar nicht merkte, wie sie plötzlich eine junge ausländische Frau anrempelte, die ein kleines Kind auf dem Arm trug und zudem noch zwei Einkaufstüten in der anderen Hand hielt. Für einen Augenblick verlor die Frau das Gleichgewicht und ließ die Taschen fallen. Zahlreiche Lebensmittel kullerten über den Bahnhofsboden.

»Oh! Bitte entschuldigen Sie vielmals!«, sagte Paula erschrocken. Sofort bückte sie sich und begann die Einkäufe aufzusammeln. Auch die fremde Frau ging in die Knie, um die Sachen aufzuklauben. Zu zweit hatten sie alles wieder schnell in den Einkaufstüten verstaut.

»Ich war leider so in meinen Gedanken versunken, dass ich Sie überhaupt nicht gesehen habe! Ich bitte Sie nochmals um Verzeihung!«, sagte Paula voller Mitgefühl. Das Kind, ein kleines Mädchen mit dunkler Hautfarbe, wie die seiner Mutter, versteckte seinen Kopf in der Halsbeuge der Frau. Nur seine ernsten, großen Augen lugten heraus, die Paula zaghaft beobachteten. Eine Spur Neugierde war in ihnen zu erkennen.

»Ist kein Problem!«, sagte die Frau freundlich lächelnd. »Geht schon wieder!«

Behände nahm sie die Einkaufstaschen, die Paula in der Hand gehalten hatte, und machte mit dem Kind kehrt in Richtung der Gleise. Das Kind drehte seinen Kopf so, dass es Paula weiterhin im Blick behielt. Einer spontanen Eingebung folgend, lief sie den beiden jedoch hinterher.

»Mit welchem Zug fahren Sie?«, fragte Paula die Frau, als sie diese wieder eingeholt hatte.

»Ich fahren nach Kirn. Wir dort wohnen. Nicht weit von Bahnhof!«, antwortete sie. Dabei entblößte sie eine Reihe wunderschöner weißer Zähne.

»Das trifft sich gut!«, sagte Paula. »Ich fahre in die gleiche Richtung, dann kann ich Ihnen beim Tragen helfen!« Auffordernd griff Paula nach den Taschen, doch die Frau zögerte, wenn auch mit einem Lächeln auf den Lippen.

»Aber sind so schwer für dich!«

Paula nahm sie kopfschüttelnd an sich. Die Frau und das Kind waren indischer Abstammung, nahm sie an. Beide waren klein und sehr zartgliedrig.

Das bunte Tuch, das sie um ihren Körper geschlungen hatte, ließ ihre Hautfarbe wie Schokolade aussehen, fand Paula. Zusammen warteten sie am Bahnsteig auf den Zug. Das kleine Mädchen musterte sie weiterhin verstohlen und ließ sie keine Sekunde aus den Augen, während Paula mit der Frau sprach. Sie stellte sich als Masha vor. Sie stammte aus Südindien. Ihr Deutsch war sehr gebrochen, jedoch sprach sie ein gepflegtes Englisch. Deshalb beschränkten sie ihre Unterhaltung auf diese Sprache.

»Ich komme aus Madras, auch Chennai genannt. Es liegt an der Ostküste Indiens und ist eine bedeutende Hafenstadt«, erzählte sie. »Meine Mutter hatte dort eine Schule für Tanz und Musik, aber dann ist sie gestorben. Nach der Geburt meines zweiten Kindes sind wir nach Deutschland gezogen, weil mein Mann bei einer großen Firma als Dolmetscher arbeitet. Aber wir bleiben nicht mehr lange. Ich habe großes Heimweh nach meinen Geschwistern und nach meinem Vater, der schon sehr alt ist.«

Paula nickte verständnisvoll. »Wie lange sind Sie schon hier?«, fragte sie.

»Drei Jahre, im Dezember. Es war sehr kalt, als wir damals ankamen.« Masha verzog das Gesicht, woran man unschwer erkennen konnte, dass ihr die Winterzeit nicht sonderlich behagte.

Paula lachte herzhaft bei der Vorstellung, dass jemand zum ersten Mal in ein Land kam, in dem Schnee lag. Bestimmt hatte kaum ein Bewohner Ostindiens, das am Golf von Bengalen liegt, jemals von diesem kalten weißen Element gehört, und wenn, konnte sich wahrscheinlich niemand so richtig vorstellen, wie es sich überhaupt anfühlte. Der Zug lief langsam in den Bahnhof ein, und zusammen betraten sie ihn. Gleich im zweiten Abteil fanden sie eine leere Vierergruppe, wo sie sich niederließen. Das Mädchen hatte anscheinend Durst, denn Masha drehte mit ihren flinken Händen so geschickt ihren Umhang über das Kind, dass sie die Kleine stillen konnte, ohne dass jemand davon etwas davon mitbekam.

»Fahren Sie öfter mit dem Zug?« Paula stellte die Einkaufstüten zwischen ihre Beine, damit sie nicht umfallen konnten.

Masha nickte. »Mein Mann hat das Auto, um zur Arbeit zu kommen. Deshalb nehme ich den Zug zum Einkaufen. Mindestens dreimal die Woche!«

Für einen Augenblick sah Paula Masha erstaunt an, woraufhin sie in ihre Handtasche fasste, um darin etwas zu suchen. Endlich hatte sie es gefunden. Sorgsam faltete sie das Blatt mit der Beschreibung, die nach den Beobachtungen des Bahnhofsangestellten angefertigt worden war, auseinander. Bevor sie sie Masha vorlas, strich sie das Blatt glatt, da es in den Tiefen ihrer Handtasche völlig zerknittert worden war.

»Kennen Sie einen Mann, der im Rollstuhl sitzt und öfter mit dem Zug unterwegs ist? Er hat dunkles Haar, einen gut gebauten Körper und ist etwa 1,85 m groß.« Allzu große Hoffnungen hegte sie nicht. Sie spürte, wie ihr Herz klopfte und die Handflächen feucht wurden, als sie Mashas Gesichtsausdruck wahrnahm.

»Natürlich! Das ist Peter. Wir helfen ihm oft beim Aussteigen, weil er keine Beine hat, die ihn tragen können!«

Auf dem Bahnsteig in Kirn wartete Paula auf den nächsten Zug. Noch immer hatte sie das Stück Papier mit den Beschreibungen zwischen ihren Händen und konnte nicht fassen, was sie vor gut einer Stunde aus dem Mund dieser zarten Person gehört hatte. Um vielleicht noch Details von ihrer Begegnung mit Peter zu erfahren, hatte sie Masha und ihre Tochter noch bis zu ihrem Haus begleitet. Dankend hatte sie die gastfreundliche Einladung zum Tee ausgeschlagen, da sie einfach zu aufgeregt war. Jetzt musste sie warten, bis der nächste Zug kam, der sie wieder zurück nach Idar-Oberstein bringen würde. Zuerst wollte sie im Revier anrufen, doch sie entschloss sich zu warten. Vielleicht fand sie noch mehr heraus. Einigen Passanten hatte sie ebenfalls befragt, aber alle verneinten, einen solchen Mann im Rollstuhl schon einmal gesehen zu haben.

Vielleicht sollte sie nicht nach Idar-Oberstein fahren, sondern nach Neubrücke, um dann den nächsten Zug wieder zurück nach Idar-Oberstein zu nehmen, dachte sie, als sie plötzlich eine ältere Frau bemerkte, die mit dem Rücken zu ihr stand und einen Rollstuhl vor sich herschob. Anscheinend waren die beiden erst jetzt aus der Unterführung gekommen. Auf die Entfernung war es jedoch unmöglich zu erkennen, wer in dem Rollstuhl saß. Das Adrenalin begann in ihren Adern zu toben, ebenso machte sich ein flaues Gefühl in ihrem Magen breit. Abrupt sprang sie auf und lief in Richtung dieser Frau,

die gerade im Begriff war den Rollstuhl unter einen der Dachüberstände zu schieben. Es hatte angefangen zu regnen. Dunkle Wolken waren zwischenzeitlich aufgezogen, welche die letzten Sonnenstrahlen vollkommen verdeckten.
Paula presste ihre Tasche an sich und lief an der Frau und dem Rollstuhl vorbei, um sich ebenfalls in einer Ecke des Überstandes unterzustellen. Ihr Blick fiel auf einen jungen Mann, dessen Arme sich in alle Himmelsrichtungen zu bewegen schienen. Er grinste breit. Weiße Spucke lief aus seinem Mund, an seiner Jacke herunter und wurde schließlich von einem Lätzchen aufgefangen. Er gab merkwürdige Grunzgeräusche von sich. Dieser Mensch litt wirklich an einer Behinderung, wie Paula unschwer erkennen konnte. Zudem war er viel zu jung und vermutlich auch geistig behindert. Seufzend zog sie ihren Mantel enger um sich, da mit dem Regen auch ein heftiger Wind aufgekommen war. Die Mutter des behinderten Jungen warf ihr einen freundlichen Blick zu. Paula nickte lächelnd zurück, bevor sie langsam über den Bahnsteig schlenderte.
Um 13.10 Uhr kam sie in Idar-Oberstein an. Sofort entdeckte sie Isabelle. Sie war gerade dabei einen der Dienstwagen einzuparken.
»Hallo«, begrüßte Paula ihre Kollegin, die sich sichtlich, doch vergebens abmühte einen Gruß zu formulieren.
»Was Neues?«, fragte Isabelle betont desinteressiert, ohne auch nur einen Blick auf Paula zu werfen. Währenddessen mühte sie sich mit den Schlaufen ihrer Handtasche ab.
Paula kochte vor Wut. Am liebsten hätte sie sich umgedreht und sie einfach stehen lassen. Doch sie riss sich zusammen.
»Ja, jede Menge, aber darüber berichte ich heute Mittag in unserer Besprechung.«
Isabelle sah sie verdutzt an.
»Ich hoffe für dich, dass diese Informationen nicht wichtig für meine Arbeit hier draußen sind!«, zischte sie drohend. Gleichzeitig warf sie ihr den Autoschlüssel zu. Paula beachtete sie nicht weiter, fing den Schlüssel und stieg in den Wagen ein. Ihre Kollegin machte sich wütenden Schrittes davon.

Pünktlich um 16 Uhr fanden sich alle im Besprechungszimmer ein. Jonny war schon seit gut einer Stunde hier. Er hatte in ihrer Tür gestanden und sie begrüßen wollen, doch sie hatte ihm mit kühler und distanzierter Art unmissverständlich klar gemacht, nicht an einem privaten Gespräch interessiert zu sein. Mit gerunzelten Brauen und einem fragenden Blick hatte er ihr Büro verlassen. Isabelle war bald darauf eingetroffen. Irene hatte sie abgeholt.

Als Köhler Platz genommen hatte, ergriff Paula das Wort.

»Heute haben wir einige Fakten zusammentragen können, die wahrscheinlich große Bedeutung für unsere weiteren Ermittlungen haben werden!«

Mit einem schwarzen Edding beschrieb sie eine der Tafeln, die im Besprechungszimmer standen. »Zum einen habe ich heute eine ausländische Frau mit ihrem Kind im Bahnhof getroffen, die anhand der Beschreibungen diesen Mann zweifelsfrei als einen häufigen Zugreisenden identifiziert hat. Sie hat angegeben, ihn schon öfter getroffen zu haben, beim Zusteigen und auch beim Aussteigen. Der Name, mit dem er sich bei ihr vorgestellt hat, ist Peter. Sie beschreibt ihn als höflich und nett.«

Paula machte eine kleine Pause, in der Gerd ihr eine frisch aufgefüllte Tasse Kaffee zuschob. Alle schauten sie interessiert an. Sie trank einen kleinen Schluck, und gerade als sie weiterreden wollte, fiel ihr Isabelle ins Wort.

»Wieso hast du mir das nicht gesagt, als ich dich abgelöst habe?«, fragte sie zornig. »Diese Information wäre wichtig gewesen für mich!« Sie hatte sich provozierend nach vorne gebeugt.

Paula atmete tief ein, während Köhler sie von der Seite betrachtete. Heute Mittag noch hatte sie sich fest vorgenommen, nicht die Beherrschung gegenüber ihrer Kollegin zu verlieren, denn das wollte Isabelle auf jeden Fall erreichen.

»Erstens finde ich die Art, wie du mir bei der Ablösung gegenübergetreten bist, nicht gerade sehr kollegial. Zweitens hatte ich es eilig. Nach sorgfältiger Abwägung fand ich diese Information nicht dringend erforderlich für deine weitere Ermittlungsarbeit am Bahnhof!«

Isabelles Augen hatten sich zu engen Schlitzen geformt, und es war

für jedermann ersichtlich, dass sich hier ein Streit anbahnte. Gerade als Isabelle etwas entgegnen wollte, unterbrach Jonny sie.
»Isabelle … Wenn du etwas persönlich gegen Paula hast, solltest du dir in Ruhe überlegen, wie du es ihr sagen möchtest und dies dann mit ihr unter vier Augen klären. Es ist nicht nur mir aufgefallen, dass du dich hier nicht besonders wohlfühlst. Aber … wir sind nun mal ein Team, das die schwierige Aufgabe hat einem zweifachen Mörder das Handwerk zu legen. Dabei können wir Zwistigkeiten nicht gebrauchen.« Seine Stimme klang ruhig, dennoch ernst und sachlich. Man konnte deutlich erkennen, wie Isabelle mit ihrer Fassung rang. Unerwartet stieß sie ihren Stuhl zurück. Tränen flossen über ihre Wangen, hastig verließ sie den Raum. Die anderen Kollegen machten betroffene Gesichter, stimmten Jonny aber raunend zu. Scheinbar hatten alle bemerkt, wie feindselig Isabelle sich ihr gegenüber oftmals verhielt, stellte Paula erleichtert fest.
Köhler stand auf. »Wir sollten weitermachen und diese Sache nachher klären. Isabelle kann sich später auf den aktuellen Stand bringen!«
Er stellte sich vor die Tafel, wortlos reichte Paula ihm den Stift.
»Irene hat heute mit einem entfernten Verwandten von Mathilde Holland gesprochen, der in letzter Zeit mehrmals wegen Körperverletzung aufgefallen ist. Er ist jedoch als möglicher Tatverdächtiger auszuschließen, da er in der Zeit, als der erste Mord verübt wurde, in Untersuchungshaft saß.« Mit zielsicheren Bewegungen strich er den Namen »Thomas Maldener« durch.
»Zum anderen ist vor einigen Stunden das Ergebnis der DNA-Analyse hereingekommen. Brandstätter ist definitiv nicht unser Mann. Die DNA-Werte stimmen nicht mit seinen überein.«
Jetzt hatte sich das bewahrheitet, was jeder von ihnen schon geahnt hatte. Angestrengt fuhr sich Paula mit den Händen durch das Gesicht und betrachtete Irene, die unruhig auf ihrem Stuhl herumrutschte. Sie war blass geworden. Gerd schien es bemerkt zu haben und fragte, ob sie einen Kaffee wollte, doch sie schüttelte nur den Kopf.
»Dank Paulas Recherche haben wir aber einen neuen Anhaltspunkt. Manchmal trifft man die richtigen Leute am richtigen Ort!« Köhler

drehte sich um und kniff die Lippen zusammen. »Wir müssen diesen Kerl finden, der sich als Peter ausgibt und sich ausschließlich von Frauen helfen lässt! Schon seit einigen Tagen denke ich darüber nach einen Lockvogel einzusetzen!«

Betroffen starrten ihn alle für einen Moment an, denn jeder von ihnen wusste, welch gefährliches Spiel es darstellte, mit einem Lockvogel zu arbeiten. Niemals konnte man eine ernste Gefahr für die- oder denjenigen ausschließen. Aus diesem Grund war bei einem solchen Unterfangen eine absolut lückendichte Planung unabdingbare Voraussetzung. Dennoch konnte alles blitzartig schief gehen, da der Täter nun einmal nicht eindeutig berechenbar war. Ein Pokerspiel eben. Man musste instinktiv wissen, wann und wie man bluffen musste, doch der Einsatz war enorm hoch. Entweder alles oder nichts. Als Paula aufstand, um ihre Zigaretten aus der Handtasche zu holen, wäre sie im Türrahmen fast mit einem Kollegen von der Streife zusammengestoßen. Es war Dieter, ein Riese von einem Mann, der gerade anklopfen wollte. Sein Gesichtsausdruck kündigte Unheilvolles an, als er mit einem Fuß in den Raum hineintrat.

»Unten wartet eine Mutter, die ihre 23-jährige Tochter als vermisst melden möchte. Sie ist seit gestern Abend verschwunden.« Er machte eine bedeutungsvolle Pause und atmete tief ein. »Sie wollte mit dem Zug von Mainz nach Idar Oberstein fahren!«

Mit dem Telefonhörer am Ohr, eingeklemmt zwischen Kinn und Schultern, steckte sie sich eine Zigarette an. Lasiras Stimme klang zweifelsohne enttäuscht. Auch Paula verabscheute sich selbst, als sie ihren angekündigten Besuch absagen musste. Vielleicht, dachte sie, will ich zurzeit überhaupt nicht dorthin, wo Fritzi einmal zu Hause war. Sie brauchte einen gewissen Abstand, da war sie sich ganz sicher. Trotzdem wäre sie es ihrer Mutter schuldig gewesen und natürlich auch ihrer Schwägerin. Statt neue Versprechungen zu machen, sagte sie einfach nur, sie würde sich so bald wie möglich wieder melden.

Ihren lauwarmen Kaffee ließ sie stehen, nahm ihre Handtasche von der Stuhllehne und verstaute einige Äpfel darin. Wer wusste schon, wann sie das nächste Mal nach Hause kommen würde. Die Suche nach Anna Grothe war vor einigen Stunden eingeleitet worden. Dutzende Polizisten verfolgten ihre Spur. Definitiv war sie um 18.32 Uhr in den Zug eingestiegen. Mehrere Passanten konnten sich an die blonde junge Frau erinnern. Doch im Zug verlor sich ihre Spur. In Idar-Oberstein war sie niemals angekommen.

Wenn es sich um ihren Täter handelte, dann hatte er seinen Handlungsspielraum mächtig ausgedehnt, dachte Paula. Jeder einzelne Bahnhof von Mainz bis Saarbrücken wurde von nun an Tag und Nacht von Polizisten in Zivil überwacht. Diese Aktion würde wahrscheinlich nicht sehr lange andauern, da sie zu teuer und zeitaufwendig war. Trotzdem effektiv, wie Paula fand.

Im Haus war es kalt und richtiggehend ungemütlich. In den letzten Wochen hatte sie sich zu selten darin aufgehalten, stellte sie fest. Um es noch wohnlicher zu machen, brauchte sie Zeit. Langsam zog sie die Haustür zu und schloss ab, bevor sie in ihren Wagen stieg. Draußen war es schon dunkel. Die Bäume warfen im Licht der Straßenlaternen unheimliche Schatten. Irgendwo bellte ein Hund, ansonsten war alles still. Kaum jemand verirrte sich in diese Straße, höchstens mal Besucher oder die Anlieger. Im Haus des Lehrers und seiner Frau sah man durch ein Fenster das Flimmern des Fernsehers. Bestimmt sahen sie sich zusammen einen Liebesfilm an, jeder auf einer Seite des Sofas. Dieser Gedanken lockte ihr ein Lächeln hervor. Die beiden wirkten nicht besonders verliebt.

Auf dem Weg zur Arbeit erklangen die Töne von Cliff Richards' gefühlvoller Ballade »The only way out is the only way in …«. Paula summte leise mit. Als sie den BMW auf dem Parkplatz abstellte, sah sie direkt gegenüber Jonnys A3 stehen. Er war also auch noch da, dachte sie. Derzeit gestaltete es sich äußerst schwierig, ihm aus dem Weg zu gehen. Außerdem hatten sie einen gemeinsamen Auftrag, dessen Erfüllung oberste Priorität darstellte. Dazu gehörten auch die gemeinsamen Gespräche. Sie ärgerte sich über sich selbst. Warum hatte sie sich überhaupt darauf eingelassen? Wenn sie von Anfang an mehr auf ihre innere Stimme gehört hätte, würde sie sich jetzt nicht in dieser unangenehmen Situation befinden. Die Tränen, die sie an

dem Abend, als Roberta da gewesen war, geweint hatte, wären nicht geflossen. Sie atmete tief ein und betrat den Flur zu ihrem Büro.
»Paula? Bist du es?«, hörte sie die Stimme von Köhler, die aus dem Besprechungsraum kam.
Ohne vorher eine Antwort zu geben, trat sie ein. Jonny, Gerd und Köhler saßen um den Tisch herum, auf dem sich etliche Berge von Akten und Papieren türmten. Alle drei sahen aus, als hätten sie schon stundenlange Arbeit hinter sich.
»Und?«, fragte Paula in der Hoffnung auf eine positive Nachricht.
Jonny schüttelte den Kopf. »Noch nichts Neues!«
»Aber im Fall Brandstätter hat sich etwas ergeben …« Köhler kratzte sich am Bart. »Seine Fingerabdrücke sind identisch mit denen, die man bei dem Überfall auf einen Juwelier im Februar gefunden hat.«
Paula erinnerte sich an dieses Verbrechen, das noch gar nicht so lange zurücklag. Der Juwelier aus Idar war brutal niedergeschlagen worden, die Beute sehr hoch gewesen. Schmuckstücke im Wert von mehreren Hunderttausend Euro waren geraubt worden.
»Haben die Kollegen bei ihm zu Hause etwas von dem Diebesgut finden können?«, fragte Paula, die noch immer mit ihrem Mantel und der Handtasche im Türrahmen stand.
»Nein, die Beute ist noch immer verschwunden. Doch Brandstätter verstrickt sich zunehmend in Widersprüche. Der Haftbefehl wegen Mordes wurde aufgehoben, ein neuer wegen Raub mit schwerer Körperverletzung erlassen. Auf jeden Fall wird er für längere Zeit weg vom Fenster sein, wenn sich bewahrheiten sollte, dass er tatsächlich an dem Überfall beteiligt war.«
Gerd nippte an seinem Kaffee. Jonny fischte sich eine verknitterte Zigarette aus seinem Päckchen Pall Mall und steckte sie an. Er nahm einen tiefen Zug, während er Paula mit zweideutigem Blick ansah. Schnell sah sie weg.
»Was ist mit Anna Grothe?«
Alle drei schüttelten ihre Köpfe.
»Noch keine heiße Spur. Alles wie gehabt. Sie ist in den Zug eingestiegen, aber danach gibt es keine Zeugen mehr. Auch keinerlei andere Anhaltspunkte. Trateaux ist mit Isabelle vor Ort, und Irene ist

nach Hause gefahren, weil ihre Mutter schon wieder angerufen hat.«
Paula nickte und ging ins Büro, um endlich ihren Mantel und ihre Tasche loszuwerden. Das Neonlicht an der Decke sprang an, welches ihr sofort gleißend in die Augen stach. Ihre Haare waren wieder viel zu lang geworden, bemerkte sie, als sie den schwarzen seidenen Schal auszog, dessen Knoten sich in einer Strähne verfangen hatte.
Kaum hatte sie die Lampe auf ihrem Schreibtisch eingeschaltet, hörte sie auch schon Schritte näher kommen. Sie sah auf. Jonny stand in der Tür, eine Hand in der Hosentasche, die andere an der Zigarette. Er hatte eine Baseballkappe an, die ihn zusammen mit seinem unrasierten Aussehen sehr attraktiv und erotisch erscheinen ließ. Verdammt, dachte sie, nicht jetzt.
»Warum gehst du mir aus dem Weg?«, fragte er, ohne einzutreten.
Mit zusammengekniffenen Lippen stand sie auf und nahm eine der Akten aus dem Schrank. Schützend hielt sie diese an sich gepresst.
»Bin ich verpflichtet, es nicht zu tun?«, fragte sie mit leicht gereizter Stimme. Klein und schwach kam sie sich plötzlich neben ihm vor.
»Nein.« Er schüttelte seinen Kopf. »Aber warum behandelst du mich, als wäre ich Luft?«
Sie atmete tief ein. Am liebsten hätte sie ihm die Wahrheit ins Gesicht geschleudert, doch die Blöße der Eifersucht wollte sie sich nicht geben.
Langsam kam er näher, bis er fast vor ihr stand. Die Gefühle in ihr überschlugen sich. Wenn er sie jetzt berührte, würde ihr Widerstand dahinschmelzen. Das wollte und konnte sie nicht zulassen.
»Ich habe nachgedacht und bin zu dem Schluss gekommen, keine ernste Beziehung mit einem Kollegen eingehen zu wollen. Das ist alles«, sagte sie.
Für einen Augenblick war sie der Meinung, er würde die Fassung verlieren, doch er hatte sich schnell wieder unter Kontrolle.
»Deine Überlegungen dazu kommen reichlich spät, findest du nicht?«, antwortete er. Seine Nasenflügel bebten.
»Vielleicht ...«, murmelte sie achselzuckend, während sie versuchte seinen guten Duft zu ignorieren.
Kurzzeitig öffnete er die Lippen, um noch etwas zu sagen, entschied

sich dann aber anders. Ruckartig drehte er sich um und ging wütend hinaus.
Hastig schloss sie die Tür hinter ihm und lehnte sich mit dem Rücken dagegen. Es gab Momente, da wünschte sie sich einen hohen Zaun um ihr Haus zu ziehen und genug auf dem Konto zu haben, damit sie mit niemandem mehr ein Wort wechseln müsste, wenn sie es nicht wollte. Dies hier war so einer.
Mit ihrem inneren Roboter, den sie eingeschaltet hatte, überstand sie die nächsten Stunden einigermaßen. Zwar rauchte sie eine Zigarette nach der anderen, aber sie schaffte es, ihre aufgewühlten Gefühle im Zaum zu halten und sich ausschließlich auf den Fall zu konzentrieren. Das SOKO-Team GG stellte über mehrere Stunden alles bisher Zusammengetragene auf den Kopf. Am Ende hatte Paula sieben Becher Kaffee getrunken, eine Packung Zigaretten gequalmt sowie einen Apfel verspeist. Jonny und sie hatten kaum ein Wort gewechselt. Jegliche Kommunikation lief bewusst über Dritte ab. Isabelle und Trateaux waren auch noch dazu gestoßen, Irene war jedoch nicht mehr aufgetaucht. Auch nach etlichen Stunden konnte Anna Grothe nicht gefunden werden, obwohl sich Polizeimannschaften, Hundestaffeln und Hubschrauber an der Suchaktion beteiligt hatten. Ihre Spur verlor sich zweifelsohne im Zug, auf dem Weg von Mainz nach Idar-Oberstein. Zwar hatten die Hunde am Bahnhof von Heimbach angeschlagen, jedoch waren sich die Hundeführer nicht ganz sicher, ob dies wirklich etwas zu bedeuten hatte.
Zudem hatten sie beschlossen, Dr. Sybille Braun auf dienstlichem Wege zu beordern und die Bahnhöfe zwischen Mainz und Saarbrücken bis auf Weiteres bewachen zu lassen. Köhler zweifelte an einer längerfristigen Überwachung, aber sie wollten es zumindest versuchen. Trateaux übernahm mit leicht gerötetem Gesicht die Aufgabe Dr. Braun zu kontaktieren. Schon damals an der Uni in Trier, als sie zum ersten Mal bei ihr gewesen waren, hatte sie das Gefühl gehabt, sie sei genau der Typ Frau, der Trateaux gefiel. Sein Verhalten hatte sich in ihrer Gegenwart schlagartig verändert. Komisch, eigentlich wusste sie nichts über diesen Mann, der so überaus still und introvertiert war. Trotzdem besaß er eine hohe Kompetenz, wenn es um

Serienmörder ging, und eine feine Spürnase. Sie war froh ihn dabeizuhaben. Man konnte ihm vertrauen.
Als die Gruppe sich auflöste, ging Paula ohne Umwege in ihr Büro, während alle außer Köhler, Gerd, Trateaux und ihrer Person nach Hause gingen. Trotz der großen Müdigkeit, die sich in ihr breitmachte, mochte sie jetzt nicht alleine in ihr Haus zurückkehren. Sie wollte fest an dem Fall dranbleiben und die Erste nach Trateaux sein, die mit Dr. Braun sprach. Diese hatte versprochen, gleich am frühen Morgen auf dem Revier zu erscheinen.
Die restliche Nacht verbrachte sie tippend an ihrem Computer, bis ihr fast die Augen zufielen. Danach setzte sie sich in den kleinen bequemen Sessel mit den vielen bunten Blumenmustern darauf, wo sie sofort einschlief. Irgendwann wurde sie jedoch von einem hartnäckigen Klopfen an der Tür unsanft geweckt.
Gerd stand mit schuldbewusstem Gesicht vor ihr.
»Entschuldige die Störung«, meinte er, während er von einem Fuß auf den anderen trat.
»Ich mach mir nur große Sorgen um Irene. Sie hat versprochen, spätestens gegen 23 Uhr zurück zu sein. Jetzt ist es gleich vier. Auf dem Handy habe ich es schon mehrmals ohne Erfolg versucht.« Er zuckte mit den Schultern.
Paula bog ihren Kopf leicht nach links, da sie in einer Haltung eingeschlafen war, welche ihr fürchterliche Schmerzen im Genick beschert hatten.
Sie seufzte. »Vielleicht ist Irene eingeschlafen oder hat ihr Handy im Auto liegen lassen«, sagte sie, obwohl dies überhaupt nicht Irenes Art war. Ihre Kollegin war stets zuverlässig und pünktlich.
Müde und mit steifen Gliedern stand sie auf, legte die hellblaue Fleecedecke beiseite und ging zu ihrem Schreibtisch, um den Hörer abzunehmen. Irenes Nummer war als Kurzwahl gespeichert, sodass sie nur eine Ziffer drücken musste. Nach dem neunten Klingeln schaltete sich die Mailbox an. Vorsichtshalber hinterließ sie eine kurze Mitteilung, in der sie um Rückmeldung bat.
»Das habe ich auch schon getan. Das erste Mal vor drei Stunden!«, bemerkte Gerd, der jetzt direkt vor ihr stand.

»Ich kann natürlich auch bei ihr zu Hause auf dem Festnetz anrufen«, schlug Paula vor.
»Aber was ist mit ihrer Mutter? Ich dachte, sie wäre schwer krank und ein Pflegefall. Was, wenn sie durch das Läuten geweckt wird?«, gab Gerd zu bedenken.
Jetzt war es Paula, die ratlos mit den Schultern zuckte.
»Wir müssen uns nur entscheiden, welche Prioritäten wir setzen möchten. Ich nehme an, in diesem Fall ist es die Gewissheit, dass es Irene gut geht und ihr nichts zugestoßen ist!« Als Gerd zustimmend nickte, hob Paula den Hörer nochmals ab und wählte die Festnetznummer ihrer Kollegin. Sie ließ es dreizehn Mal läuten, bevor sie auflegte.
»Nichts«, sagte sie. »Es hebt niemand ab.« Resigniert schauten sie sich an.
»Wir könnten vielleicht kurz vorbeifahren ...?«, schlug Gerd zögernd vor.
Paula überlegt kurz. Es war Viertel nach vier. Wenigstens konnten sie sich davon überzeugen, ob Irenes Wagen vor der Tür stand, falls niemand öffnen sollte.

Es war nicht weit zu dem kleinen Reihenhäuschen, in dem Irene wohnte. Die Straßenlaternen erleuchteten das kleine Örtchen zu dieser Zeit nicht. So war es in der gesamten Gegend üblich. Um 1 Uhr nachts erloschen sie, um sich im Morgengrauen wieder anzuschalten. Paula wies Gerd an, vor dem zweistöckigen Haus anzuhalten, an dem die mittlerweile schmutzige weiße Farbe der vergangenen Jahre abblätterte. Braune Klappläden zierten die Fenster und eine riesige Tanne stand in dem kleinen Vorhof, wo sich jemand viel Mühe gemacht hatte, die Rabatte entlang des Eingangs mit Grünzeug zu bestücken und sauber zu halten.
Vor der Garage war kein Wagen zu sehen. Gerd hielt an. Leise stiegen sie aus. Um keinen unnötigen Lärm zu machen, verzichtete Paula darauf die Beifahrertür zu schließen, bevor sie zusammen die Einfahrt hinuntergingen. An der Querseite der Garage befand sich ein kleines Fenster, an das Paula sich noch erinnern konnte. Schon etli-

che Male war sie hier gewesen, am häufigsten in den ersten Wochen, als sie nach Idar-Oberstein versetzt worden war. Irene hatte ihr den Start im neuen Team leicht gemacht, sie auch oft zu sich nach Hause eingeladen. Die kleine Seitenstraße, in der das Haus lag, strahlte nach wie vor eine wohlige Atmosphäre aus. Abgesehen von ihren hallenden Schritten auf dem Kies war weit und breit kein Geräusch zu hören. Das Fenster sowie die gesamte Seite der Garage waren mit Efeu überwuchert. Sie mussten erst einige Zweige zur Seite schieben, um hindurchsehen zu können. Eine tiefe Leere gähnte sie an. Außer einem alten Damenrad – so eines, mit dem ihre Oma immer gefahren war – stand nichts darin.

»Verdammt!«, stieß Gerd aus. »Wo könnte sie bloß stecken?«

Paula registrierte seine sorgenvolle Stimme. Eigentlich wäre es eher an ihr gewesen, sich Sorgen zu machen, dachte sie. Schließlich kannte sie Irene viel länger und hatte ein intensiveres Verhältnis zu ihr als Gerd.

»Irene hat schließlich auch ein Privatleben Sie informiert mich nicht über jeden ihrer Schritte!«, zischte Paula gereizt, obwohl sie wusste, dass Gerd sich zu Recht Gedanken über den Verbleib von Irene machte. Wenn sie in den vergangenen Jahren eine dienstliche Verabredung gehabt hatte, dann hatte sie sich auch daran gehalten. Ihr Verhalten war wirklich mehr als merkwürdig. Doch sie konnten jetzt auch nicht die ganze Nachbarschaft aus dem Bett klingeln.

»Ich schlage vor …« Weiter kam Paula nicht mehr, denn ihr Handy vibrierte. Sie sah Jonnys Nummer auf dem Display und hob ab.

»Wo bist du?«, fragte eine Stimme, die weit entfernt klang.

Paula versuchte zu flüstern, aber Jonny verstand sie nicht. So ging sie schnurstracks zum Auto und setzte sich hinein. Gerd folgte ihr.

»Wir sind gerade in Tiefenstein …«, sagte sie. Dabei sah sie Gerd an. Es war unnötig jetzt alles am Telefon zu erzählen.

»Wer ist wir?«, fragte Jonny.

»Willst du auch noch wissen, wann ich das letzte Mal meine Periode hatte?«, giftete sie zurück.

Gerd grinste sie von der Seite an.

Jonny räusperte sich. »Du solltest mal zum Bahnhof nach Idar-

Oberstein kommen. Wir haben etwas Interessantes gefunden. Unser Mann hat sich hier in den letzten Stunden blicken lassen, jedoch nicht damit gerechnet, dass ihn jemand von der Polizei anspricht. Was dann passiert ist, davon kannst du dich gleich selbst überzeugen! Wenn dir Gerd über den Weg läuft, bring ihn mit.«
»Wir sind unterwegs!« Sie legte auf und berichtete Gerd, was sie gerade erfahren hatte.

Am Bahnhof wimmelte es von uniformierten Polizisten, deren Gruppe sich langsam mit den Berufspendlern vermischte, die versuchten einen Blick auf das Geschehen zu erhaschen, ehe sie zu ihrem Gleis aufbrachen. Männer mit Aktenkoffern unter den Armen, Frauen mit eng anliegenden Kostümen und solche, die tagein, tagaus ihr Ziel aus unterschiedlichen Gründen erreichen wollten, standen zunächst verloren in der Eingangshalle und spürten, dass hier etwas nicht Alltägliches vorgefallen war. Doch sie wussten nicht, dass diese Situation mit einem Serienmörder zu tun hatte. Vielleicht ahnten es einige von ihnen, da die Presse in den vergangenen Wochen kräftig Angst unter der Bevölkerung geschürt hatte, aber sicher sein konnten sie nicht.
Paula erspähte sofort Jonny, der zusammen mit Isabelle, Trateaux und Köhler um irgendetwas herumstand. Gerd sah die Gruppe ebenfalls. Sie beeilten sich, zu ihnen zu gelangen. Köhler trat einen Schritt zur Seite, als sie ankamen, und eröffnete somit den Blick auf einen Rollstuhl, der umgekippt auf der Seite lag. Auf dem Boden befanden sich mehrere kleinere Blutflecke. Paula runzelte die Stirn und sah Jonny, der ihr direkt gegenüberstand, fragend an.
»Er war hier. Wir sind ziemlich sicher, dass es sich um unseren Mann handelt«, bemerkte er. »Die Kollegen, die zur Bewachung eingeteilt waren, sind auf ihn zugegangen und haben ihn angesprochen. Da ist er mit einem Satz aus dem Rollstuhl aufgesprungen und hat versucht ihnen das Gefährt überzuwerfen. Einer von ihnen konnte den Stuhl mit seinem Arm abwehren, dabei gab es ein kleines Handgemenge, in dem sich der Täter an den Metallteilen leicht verletzt hat, bevor er das Weite suchte. Leider konnten die beiden Beamten die Verfolgung nicht aufnehmen, da sie sich beim Gerangel ebenfalls Verletzungen

zugezogen haben.« Er deutete mit der Hand auf einen Sanitäter, der gerade dabei war, einem Polizisten einen Kopfverband anzulegen. Er schien schwer aus einer Wunde zu bluten. Paula hatte ihn überhaupt nicht bemerkt, als sie gekommen war.

»Die Spurensicherung ist eben angekommen. Ich bin gespannt, ob die DNA-Ergebnisse identisch sind«, warf Köhler ein. In diesem Augenblick erschienen drei Männer in weißen Overalls. Einer von ihnen hatte einen größeren metallenen Koffer in der Hand. Sie nickten der Gruppe kurz zu, danach gab Köhler ihnen knappe Anweisungen. Trateaux ging hinüber zu dem verletzten Polizisten, während Isabelle und Jonny zusammen in Richtung der Gleise gingen. Isabelle gestikulierte wild mit ihren Armen, während sie mit ihm sprach. Es schien, als legte sie ihm ihre eigene Theorie des Vorfalls dar. Gerd stand noch immer neben Paula.

»Willst du einen Kaffee?«, fragte er, den Blick auf den kleinen Kiosk gerichtet, der gerade aufmachte. Sie nickte, und er trottete davon.

Was ist mit Anna Grothe?, dachte sie. Wenn er sie wirklich in seiner Gewalt hat, warum sieht er sich innerhalb so kurzer Zeit nach einer weiteren Frau um? Irgendetwas stimmte hier nicht. Entweder war es nicht ihr Mann, wobei alles andere dafür sprach, denn welcher behinderte Mensch konnte so ohne Weiteres einfach aus dem Rollstuhl springen und wegrennen? Oder er hatte etwas Bestimmtes vor. Etwas, zu dem er zwei Frauen benötigte.

»›Hänsel und Gretel‹? … Hat er schon«, flüsterte sie zu sich selbst. Sie überlegte angestrengt, steckte sich nachdenklich eine Zigarette an und erschrak, als Gerd ihr den duftenden Kaffee vor die Nase hielt. Ein kurzer Blick auf die Uhr sagte ihr, dass sie noch über drei Stunden Zeit hatten, bevor Dr. Sybille Braun um 9 Uhr aufs Revier kommen würde.

»Hast du noch etwas Dringendes zu erledigen?«, fragte sie Gerd. »Oder kannst du ein paar Stunden entbehren?«

Er schüttelte den Kopf. »Nein, ich hab noch Zeit. Muss erst heute Nachmittag nach Hause und bin heute Morgen noch nirgends zugeteilt«, antwortete er mit hochgezogenen Brauen und schaute sie fragend an.

Paula stand auf und bedeutete ihm, ihr zu folgen.
Nach zwei Minuten erreichten sie den Parkplatz, auf dem ihr Wagen stand. Nach sieben weiteren Minuten saßen sie in Paulas Büro.
Auf dem Schreibtisch schlug sie die mittlerweile dick gewordene Akte über den Märchenmörder auf. Gerd kratzte sich am Kopf, nahm sich den zweiten Drehstuhl und nahm neben ihr am Schreibtisch Platz. Hektisch blätterte Paula die Seiten zurück.
»Ha! Ich hab's!«, stieß sie triumphierend aus.
Mit dem Finger zeigte sie auf etwas, was Gerd jetzt auch lesen konnte. Es waren die Adressen, die Trateaux und er herausgesucht hatten. Die, mit den Müttern und Söhnen, welche noch im fortgeschrittenen Alter zusammenwohnten.
»Was ist damit?«, fragte er verwundert.
Sie blätterte einige Seiten weiter, bevor sie wiederum auf etwas zeigte und zugleich antwortete. »Es waren vier Adressen, von denen jedoch lediglich drei kontrolliert wurden. Anscheinend haben wir alle durch die Aufregung, die Brandstätter verursacht hat, die letzte Adresse völlig vergessen!«
Gerd schaute sie begriffsstutzig an. »Aber wieso erscheint dir das jetzt so wichtig?«, fragte er. »Irene ist verschwunden. Wir haben einen Vorfall im Bahnhofsgebäude mit unserem Serienkiller und dir fällt just in diesem Moment eine Adresse ein, die wir anscheinend übersehen haben?«
Sie nickte. »Mensch Gerd, überleg doch mal! Diese Adresse könnte vielleicht Anna Grothe das Leben retten! Vorausgesetzt … sie befindet sich wirklich in den Händen unseres Märchenmörders!«
Angestrengt dachte er nach. »So gesehen hast du natürlich recht …«, erwiderte er. «Obwohl es eine sehr kleine Chance ist …«
Sie warf den Deckel der Akte zu und sprang auf.
»Dann lass uns jetzt hinfahren. Es ist zwar noch eine unchristliche Zeit für einen Normalsterblichen, aber wir können uns ja trotzdem mal umschauen!«
Da keiner von ihnen wusste, wo die besagte Straße in der Ortschaft Buhlenberg lag, entschieden sie sich für Paulas Wagen, das über ein Navigationssystem verfügte. Von Idar-Oberstein aus brauchten sie

nicht länger als zwanzig Minuten, bevor sie in Buhlenberg in eine schmale Straße hineingelotst wurden, in der nur wenige Häuser mit großem Abstand zueinander standen. Auf einer leichten Anhöhe, zu der ein enger, geschlungener asphaltierter Weg hinführte, entdeckten sie schließlich die Hausnummer, die auf dem Zettel angegeben war. Das Anwesen wirkte gepflegt, dennoch überaus altmodisch. Dicke Raffgardinen verzierten die großzügigen Fenster, die zur Straße zeigten.

»Sieht ziemlich unauffällig aus …«, meinte Gerd.

Da stimmte Paula ihm zu. So stellte man sich auf keinen Fall eine Räuberhöhle vor, geschweige denn das Haus eines bestialischen Mörders.

Sie parkten etwas abseits, am Rande einer größeren Wiese, deren hohes Gras sich bereits, entsprechend der Jahreszeit, gelb verfärbte. Es war noch immer nicht hell, jedoch konnte man im dämmrigen Licht des Morgengrauens genug erkennen. In der Nachbarschaft wurde ein Wagen angelassen, der kurz darauf langsam an ihnen vorüberfuhr. Wahrscheinlich jemand, der zur Frühschicht verdonnert war, dachte Paula. Sie wechselten zu Fuß die Straßenseite und standen direkt in der Einfahrt des Hauses. Paula meinte, eine Bewegung an der Gardine gesehen zu haben, war sich aber nicht ganz sicher. Zusammen gingen sie den kleinen Pfad hoch, der bis vor die Haustür führte, die noch aus den siebziger Jahren stammen musste. Undurchsichtiges Glas mit silbernen Elementen dazwischen. Solche, an denen sich Einbrecher normalerweise die Zähne ausbissen, ohne sie öffnen zu können. Ein schwacher Lichtschimmer war durch das milchige Glas zu erkennen.

»Was sagen wir überhaupt, weshalb wir hier sind?«, fragte Gerd leise. »Und noch zu solch einer Zeit!«

»Wir sagen einfach die Wahrheit. Wir sind von der Polizei und suchen einen gewissen Mann namens Alfred Müller, der angeblich hier wohnen soll. Natürlich haben wir dann eine falsche Adressenangabe erhalten. Dann entschuldigen wir uns gebührend für die Störung, bevor wir wieder abzischen!«, flüsterte sie ihm zu.

Als sie den Klingelknopf drückte, lächelte Gerd sie an. Auf dem

Schild darüber prangte in goldverzierten Lettern der Name Sowotnik. Paula überlegte krampfhaft, weshalb ihr der Name so bekannt vorkam, als plötzlich die Tür geöffnet wurde und ein attraktiver, sportlicher Mann mittleren Alters erschien. Er trug kurze Shorts mit einem Shirt, das seine strammen Muskeln darunter voll zur Geltung kommen ließ. Um den Hals hatte er ein Handtuch geschlungen, als sei er gerade vom Frühsport zurückgekommen. Paula war erstaunt, denn ein solches Kraftpaket hatte sie nicht erwartet.
»Guten Morgen! Bitte entschuldigen Sie die Störung, wir sind von der Kripo Idar-Oberstein und suchen einen Alfred Müller, der hier leben soll.« Sie und Gerd zückten gleichzeitig ihre Ausweise, die sie dem Mann unter die etwas groß geratene Nase hielten. Dieser warf nur einen flüchtigen Blick darauf.
»Tut mir leid«, entgegnete er lächelnd, »hier wohnt kein Alfred Müller. Da kann ich Ihnen nicht weiterhelfen!« Er hatte eine überaus feminin klingende Stimme, die so gar nicht zu seinem Körperbau passen wollte.
Paula sah ihn zerknirscht an. »Wohnt sonst noch jemand hier, außer Ihnen?«
Er beäugte sie misstrauisch. »Niemand, der Alfred Müller heißen könnte«, entgegnete er.
»Was ist mit Ihrer Frau?«, versuchte sie es noch einmal, um herauszubekommen, wer genau bei ihm wohnte.
»Ich bin nicht verheiratet. Außerdem wüsste ich nicht, was Sie mein Privatleben angeht!« Seine Stimme hatte etwas Endgültiges. Etwas, das keinen Zweifel mehr daran aufkommen ließ, dass die Unterhaltung für ihn beendet war.
»Dann entschuldigen Sie bitte die Störung. Wir wünschen Ihnen noch einen schönen Tag!«, sagte Gerd.
»Das wünsche ich Ihnen auch. Auf Wiedersehen!«, sagte der Mann nun deutlich höflicher.
Gemeinsam gingen sie den Weg hinunter und hörten, wie sich die Tür hinter ihnen schloss.
»Das ist bestimmt keiner der üblichen Verdächtigen!«, merkte Gerd an, als sie wieder im Auto saßen.

Paula nickte. »Abgesehen davon, dass er nicht preisgeben wollte, wer noch bei ihm wohnt, finde ich ihn eher unspektakulär!«
Gerd lachte. »Aber bestimmt ist er ein absoluter Frauentyp!«
Verschmitzt sah er sie von der Seite an, was Paula ein geheimnisvolles Lächeln entlockte. Trotzdem mussten sie unbedingt herausfinden, ob er tatsächlich noch mit seiner Mutter zusammenlebte.
Es fing langsam an hell zu werden.

Sechzehn

Irene saß auf dem knatschroten Sofa in einer äußerst unbequemen Haltung. Ihre Beine waren mittlerweile eingeschlafen, weil Felicia die ganze Nacht friedlich schlummernd auf ihnen gelegen hatte. Fürchterliche Stunden hatten sie durchgemacht. Ihre Schwester Miriam war total ausgeflippt. Sie hatte Gegenstände und Dinge durch die Wohnung geworfen und immer wieder damit gedroht, sich umzubringen. Felicia hatte Irene irgendwann vor Verzweiflung weinend angerufen, als sie gerade auf dem Weg zur Arbeit gewesen war. Zusammen mit der Betreuerin, die sofort gekommen war, als Irene ihr den Zustand ihrer Schwester geschildert hatte, hatten sie es geschafft, Miriam die notwendigen Medikamente einzuflößen, die sie gleich darauf friedlich einschlafen ließen. Corinna, die Betreuerin, war danach wieder gegangen. Sie waren sich einig, so konnte es nicht mehr weitergehen. Miriam weigerte sich in letzter Zeit immer öfter die notwendigen Medikamente gegen die Krankheit einzunehmen, was zu Wutausbrüchen und Aggressionen gegen sich und andere führte. Die Leidtragende in diesem Fall war ihre Tochter, die mit acht Jahren noch nicht verstand, dass ihre Mutter aufgrund jahrelangen Drogenkonsums an fortgeschrittener Schizophrenie litt.
Irene hatte Felicia oft bei sich, doch im Moment konnte sie wegen der unüblichen Dienstzeiten einfach zu wenig nach ihr sehen. Behutsam streichelte sie ihr über den kleinen Kopf. Wenn sie nur einen Mann und Kinder hätte, dann wäre es kein Problem, die Kleine auch noch unterzubringen. Doch ER wollte keine Familie gründen, und ihre Mutter stellte ein weiteres Hindernis dar. Bald würde sie zu alt sein, um noch eigene Kinder zu bekommen, dachte sie wehmütig.
Hoffentlich war Köhler nicht sauer, wenn sie erst im Laufe des Tages eintreffen würde. Normalerweise hielt sie sich streng an die Dienstzeiten, weshalb er bestimmt nicht allzu ärgerlich sein würde, beruhigte sie ihr Gewissen. Paula würde sie die Situation auf jeden Fall

erklären können. Wahrscheinlich hatte sie sowieso genug mit dem Tod ihres Bruders zu tun, ebenso mit ihrer neuen Romanze Jonny. Wobei Irene bezweifelte, dass die beiden glücklich miteinander werden könnten. Sie hatte Jonny schon oft mit anderen Frauen gesehen. Auch in Situationen, die für jeden Betrachter eindeutig waren. Er war eben ein Typ, auf den das weibliche Geschlecht flog. Dass er dabei so manche Chance ergriff, konnte man ihm nicht verübeln. Warum sollte er also jetzt bei Paula plötzlich treu werden? Dennoch konnte sie nicht abstreiten, dass Paula ihm anscheinend viel bedeutete. Das war nicht zu übersehen. Vielleicht würde sie es schaffen, aus ihm einen treuen Ehemann zu machen.

Aber das war nicht ihr Problem. Vielmehr musste sie jetzt Felicia wecken, leise ihre Sachen packen, sie mitnehmen und hoffen, Frau Bertram wäre bereit auf sie aufzupassen. Ihre Mutter Grete würde wieder außer sich sein, wenn sie hören würde, dass Irene sich angeblich wieder herumgetrieben hatte. Kein Wort würde sie ihr glauben über Miriams Zustand. Sie würde sie beschuldigen bei anderen Männern gewesen zu sein. Irene seufzte und dachte an IHN. Wenn dieser Fall zu Ende sein würde, würde sie ihn auffordern Farbe zu bekennen. Entweder eine ernsthafte Beziehung mit ihr oder keinerlei Treffen mehr.

Vorsichtig rüttelte sie an Felicias Schulter. Es war Zeit, sich auf den Weg zu machen.

Er stand unter dem warmen Wasserstrahl der Dusche und strich sich mit der harten Bürste über den Körper. Sein Rücken, auf dem sich ein langer Kratzer von oben nach unten zog, brannte wie Feuer. Er hatte das Biest völlig unterschätzt, als er sie für kurze Zeit von den Fesseln befreit hatte. Während er heute Morgen versuchen wollte, ihr eine Freude zu bereiten, hatte sie ihre Freiheit ausgenutzt und ihm ihre Fingernägel in die Haut gejagt. Außerdem fing diese tiefe Wunde am Arm wieder an zu bluten. Als Strafe für ihre Gegenwehr war er nicht selbst in sie eingedrungen, sondern hatte den Knüppel benutzt, wie er den leicht gekrümmten dicken Stock bezeichnete, mit dem seine Mutter ihm immer den Hintern versohlt hatte, wenn es mal wieder nötig gewesen war. Nach ihren Schreien und dem vielen Blut zu urteilen, das aus ihr herausgeflossen war, würde sie beim nächsten Mal bestimmt überaus froh sein, wenn er es wieder selbst tun würde. Diese dummen Weiber kapierten einfach nicht, wie sehr sie sich selbst schadeten, wenn sie sich gegen ihn entschieden. Er war das Gute, das Licht am Horizont ihres müßigen und aussichtslosen Daseins. Und zusammen würden sie das Böse besiegen.

Sein Glied wurde wieder steif, als er daran dachte, wie sie geschrien hatte. Er musste sich unbedingt Abhilfe verschaffen.

Siebzehn

Wie verabredet traf Dr. Sybille Braun pünktlich um 9 Uhr auf dem Revier in Idar-Oberstein ein. Ein Streifenpolizist hatte sie hinaufbegleitet, und nun saß sie in dem kleinen Besprechungszimmer neben Trateaux, der ihr gegenüber eine überaus freundliche und ungewohnt offene Haltung eingenommen hatte. Sybille Braun trug ein dunkelbraunes Kostüm, welches ihre helle Haarfarbe vorteilhaft betonte, außerdem eine attraktive Kette mit einem Amulett aus Silex. Was darauf abgebildet war, konnte Paula nicht ausmachen. Wie schon beim letzten Mal konnte sie nur mit Mühe ihren Blick davon lösen. Köhler schien es ähnlich zu gehen. Auch er starrte eine Zeit lang wie gebannt darauf.

Etwas später traf Jonny ein, frisch rasiert, in hellen Klamotten, die seine immerwährende Bräune nur noch unterstrichen. Sybille Braun warf ihm einen erstaunten Blick zu, der eine Spur zu lange dauerte. Wieder eine mehr, die sich von Jonny magisch angezogen fühlt, dachte Paula, während sie innerlich grinsen musste.

Außer Irene waren alle anwesend. Mittlerweile machte auch Paula sich ernsthafte Sorgen um sie. Selbst Köhler hatte mehrmals versucht sie zu erreichen.

Als alle ihren Kaffee vor sich stehen hatten, den Köhlers Sekretärin Dora bei offiziellen Anlässen immer servierte, begann Köhler damit, Dr. Braun förmlich im Team der SOKO GG zu begrüßen. Daraufhin zählte er gemeinsam mit den anderen Kollegen alle Fakten aus den zwei Mordfällen auf. Vieles wusste Sybille Braun schon von Paula und Trateaux, dennoch hörte sie aufmerksam zu, ihr Kinn auf eine Hand gestützt, um nur ab und zu eine kurze Zwischenfrage zu stellen.

Den gelegentlichen Blicken von Jonny wich Paula aus. Sie wusste auch so, was in ihnen zu lesen sein würde. Zudem verspürte sie keine Lust, sich hier und jetzt damit auseinanderzusetzen. Vielleicht konnte er es einfach nicht ertragen von einer Frau einen Korb zu bekommen, mutmaßte Paula. Als sie merkte, wie ihre Gedanken abschweiften, zwang sie sich wieder zu voller Konzentration.

Als Köhler aufstand, um am Flipchart die Lage der Fundorte für Dr. Braun zu skizzieren, ging die Tür vorsichtig auf, und Irene erschien. Übermüdet und mitgenommen sah sie aus. Über Gerds Gesicht huschte ein Lächeln der Erleichterung. Auch Paula war unendlich froh, ihre Kollegin zu sehen. Es musste etwas passiert sein, das war ihr förmlich anzusehen. Zu Köhler gewandt stammelte sie eine hastige Entschuldigung, um sich dann auf den einzigen freien Platz direkt neben Paula zu setzen. Ihre Lippen formten ein erzwungenes Lächeln, worauf Paula ihr kurz zunickte, was so viel bedeutete wie »Wir können später darüber reden«.

Nach den Ausführungen herrschte für einen kurzen Moment völlige Stille, bevor Jonny das aussprach, was alle dachten.

»Wir vermuten, dass Anna Grothe sich in der Gewalt unseres Täters befindet. Ebenso müssen wir von einem Wettlauf gegen die Zeit ausgehen, wenn wir eine kleine Chance haben wollen, sie noch lebend zu finden!« Seine Stimme klang gedämpft.

Alle nickten und machten lange Gesichter.

»Wir tappen völlig im Dunkeln und wissen einfach nicht, wo wir beginnen sollen, die verflixte Nadel im Heuhaufen zu suchen!«, meinte Gerd. »Die einzigen Spuren, die wir haben, die DNA und die Faser, haben keine entscheidenden Hinweise liefern können. Natürlich stehen andere Untersuchungen noch aus, wie die Auswertung der Blutspuren, die der Mann am Bahnhof hinterlassen hat. Doch wir können schon mal von einer Übereinstimmung ausgehen. Aber was ist dann? Die DNA ist in keinem Polizeicomputer zu finden, das heißt, unser Täter hat sich vorher noch nichts zuschulden kommen lassen. Umso schwieriger ist es für uns, ihn zu finden. In welchen Bereichen lohnt es sich, gezielter zu ermitteln? Das ist hier und jetzt die bedeutende Frage. Wir hoffen, Sie können uns helfen, da unser Täter sich anscheinend mit Leib und Seele den Märchen verschrieben hat!«

Paula schürzte ihre Lippen. Wie recht Gerd hatte. Alle Indizien hatten zu nichts geführt, die Fäden verliefen sich im Niemandsland, als besäße der Killer die Fähigkeit, sich zu gegebener Zeit unsichtbar zu machen.

Sybille Braun, die gedankenverloren an ihrem Anhänger spielte, ergriff das Wort.

»Ihr Täter hinterlässt Botschaften, mit denen er etwas ausdrücken will. Nach einer feststehenden Methode in Anlehnung an die Grimm'schen Märchen bringt er seine Opfer um. Er zieht ihnen sogar Kostüme an, die es dem Betrachter ermöglichen zu eruieren, welche Märchenfigur das Opfer darstellt. Nun drängt sich mir, bestimmt genau wie Ihnen, die Frage auf, welchen Sinn das Ganze ergibt. Dazu fällt mir zum einen spontan ein, dass in einem Märchen, egal welcher Herkunft und von wem es geschrieben oder überliefert wurde, immer das Gute gegen das Böse siegt. Ferner bevorzugt er Märchen, in denen das Böse durch eine Stiefmutter verkörpert wird. Der Psychiater, den Sie schon zurate gezogen haben, hat die Theorie aufgestellt, er hätte tatsächlich in seiner Kindheit mit einer sogenannten bösen Stiefmutter, Mutter oder Großmutter zu tun gehabt haben können …« Sie hielt kurz inne und nippte an ihrem schwarzen starken Kaffee, bevor sie fortfuhr. »Alle von Ihnen wissen, es kommt dem Täter darauf an, eine Nachricht zu hinterlassen, die er verstanden haben will. Das ist außerordentlich wichtig für ihn, denke ich. Wenn er merken würde, dass seine übermittelnden Botschaften falsch verstanden würden, brächte ihn das vermutlich völlig aus der Bahn. Wie er dann reagieren würde, weiß niemand. Vielleicht würde er unter diesen affektgeladenen Umständen Fehler begehen, vielleicht aber auch nicht. Dann kann der Schuss ebenso gut nach hinten losgehen!«

»Genauso würde ich das auch sehen!«, erklang plötzlich eine Stimme von der Tür.

Paula drehte sich erschrocken herum.

Dr. Tobias Talmann stand dort, mit einem schwarzen Mantel bekleidet und einem Aktenkoffer unter dem Arm.

Köhler stand auf, um ihn herzlich zu begrüßen. Paula hatte keine Ahnung gehabt, dass auch er zu der Besprechung eingeladen worden war. Vermutlich hatte Köhler vergessen, ihr Bescheid zu geben. Außer ihr schien niemand verwundert über Talmanns Erscheinen.

Nachdem Dr. Braun mit ihm bekannt gemacht wurde und er von Dora eine Tasse duftenden Kaffees bekommen hatte, wie üblich serviert mit einem zuckersüßen Lächeln, räusperte sich Köhler und klärte ihn über das zurückliegende Gespräch auf.

»Frau Dr. Braun hat es eben auf den Punkt gebracht ...«, begann Talmann. »Der Killer will eine Botschaft hinterlassen und diese auch sehr wohl verstanden wissen. Mittlerweile, nach genauer Durchsicht der Polizeiakten, komme ich zu dem Schluss, er muss mit größtmöglicher Wahrscheinlichkeit mit seiner Mutter und vielleicht der Oma in einem Haus gelebt haben. Oder er lebt immer noch mit ihnen zusammen. Sicher ist auch, er wurde stark misshandelt. Auch sexuell! Dr. Braun hat recht. Es kommt unserem Täter auf das Zusammenspiel von Gut und Böse an, welches ihm als Kind durch Märchen wahrscheinlich die nötige Sicherheit verlieh. Diese zwei Adjektive verkörpern für ihn das, was Leben ausmacht. Das Einzige, worüber ich mir noch nicht im Klaren bin, ist sein wirkliches Ziel. Ich bin mir ziemlich sicher, dass das, was er zurzeit tut, nur ein kleiner Vorgeschmack von dem ist, was noch folgen wird.«

Paula merkte, wie sie für kurze Zeit die Luft angehalten hatte. Ihre Hoffnungen, dem Täter sobald wie möglich das Handwerk legen zu können, schwanden dahin, mit ihnen auch der sehnliche Wunsch nach Alltagsroutine und Freizeit, in der sie alles Mögliche tun wollte, vor allem aber ihrer Mutter den Beistand zu leisten, den sie dringend brauchte. Aber auch sie selbst wollte sich endlich der Trauer über den tragischen Verlust ihres Bruders hingeben.

Jetzt sagte Talmann plötzlich, diese zwei grausamen Morde seien nur ein Vorgeschmack auf etwas, was noch folgen würde. Ein Schauer lief über ihren Rücken. Jonnys Blick traf sie im gleichen Moment, und sie verspürte den sehnlichen Wunsch, sich einfach nur an ihm festzuhalten und mit ihm dorthin zu gehen, wo es weit und breit keine Morde gab, keine Killer, keine anderen Frauen und keine Polizeireviere. Sie zwang sich, seinen Blick zu ignorieren, um sich auf Talmann konzentrieren zu können, der seine Hausaufgaben gemacht zu haben schien.

Isabelle stand auf, kramte in ihrer Tasche ein Taschentuch hervor und nieste zweimal hinein. Sie hatte einen hellblauen, knallengen Hosenanzug an, der ihre Taille wie abgeschnürt aussehen ließ. Dazu trug sie ein passendes Tuch in den Haaren und hochhackige Schuhe, ebenfalls hellblau. Talmann beobachtete Isabelle interessiert. Aha, dachte Paula, zuerst hatte er sie zum Essen eingeladen, einen Korb bekommen, und nun versuchte er es mal mit ihrer Kollegin. Irgendwie kam es ihr vor, als hätte der Psychiater nicht alle Tassen im Schrank. Der Ruf eilte diesem Berufsbild wahrlich voraus.

Zwei Stunden später begleitete Irene Paula zum Essen in ein nahe gelegenes Restaurant. Irene hatte sie abgepasst, als sie auf dem Weg zur Toilette war. Paula merkte, wie abgespannt und nervös ihre Kollegin war. So schlug sie vor, zusammen in Pepes Restaurant zu gehen. Sofort willigte Irene ein. Gemeinsam entschieden sie sich für einen großen italienischen Salat und selbst gebackenes Ciabatta.

»Ich habe ein paar Schwierigkeiten …«, fing Irene nach der Bestellung an, »… mit meiner Schwester und deren kleiner Tochter.«

Paula nickte nur. Auf keinen Fall wollte sie sie unterbrechen und ihr den Mut nehmen sich zu offenbaren. Es war offensichtlich, dass sie in der Klemme steckte. Irene fiel es jedoch schwer, die richtigen Worte über die Lippen zu bringen.

»Vorgestern hatte Miriam wieder einen Rückfall. Völlig aufgelöst hat meine Nichte Felicia angerufen und mich um Hilfe gebeten. Meine Schwester tobte in der Wohnung rum, war völlig außer sich und hat ständig damit gedroht, sich umzubringen.« Verlegen machte sie eine kleine Pause, indem sie an ihrem Getränk nippte. Mit verzweifeltem Blick saß Irene da, für den Moment unfähig zu sprechen. Als Paula sich eine Zigarette anzündete, griff sie ebenfalls in ihre Handtasche und zog eine Packung hervor. Paula gab ihr Feuer. Irene rauchte wirklich nur, wenn sie am Ende ihrer Kräfte war, scheinbar war sie das nun wieder.

Endlich gehorchte ihre Stimme wieder.

»Meine Mutter hat kein Wort davon geglaubt. Beharrlich hält sie an der Überzeugung fest, Miriam sei ein wesentlich besserer Mensch als ich. Sie weigert sich hartnäckig einzusehen, dass sie Hilfe braucht.«

Irene hörte auf zu sprechen, da der Kellner mit dem Essen kam. Obwohl Paula einen enormen Hunger verspürte, machte sie ebenso wenig wie Irene Anstalten den Salat anzurühren.

»Warum geht sie nicht in eine Klinik und lässt sich behandeln?«, fragte Paula vorsichtig.

Irene lachte laut auf. »Weil sie denkt, ihr fehlt nichts. Sie hat eine Psychose, und ihrer Meinung nach haben alle anderen daran Schuld, dass sie ihr Leben nicht in den Griff bekommt. Nur sie selbst nicht. Das ist typisch für die Krankheit. Sie ist ganz einfach uneinsichtig. Sogar ihre Medikamente nimmt sie nicht mehr!«

Paula nahm einen Schluck Wasser. »Wo ist Felicia jetzt?«

»Bei Frau Bertram, meiner Nachbarin. Sie ist so freundlich nach ihr zu sehen, während ich weg bin. Normalerweise würde ich mir einige Tage Urlaub nehmen und versuchen alles ins Reine zu bringen. Doch du weißt ja selbst, wie unmöglich das zurzeit ist. Solange wir den Mistkerl noch nicht haben, ist an Urlaub nicht zu denken!« Sie zog die Augenbrauen hoch und seufzte schwer. »Ich weiß einfach nicht mehr, wie ich das alles unter einen Hut bringen soll. Meine Mutter zu versorgen ist schon eine Lebensaufgabe, aber nun steht auch Felicia schutzlos da. Ich bin ihre Patentante … aber nicht nur das. Ich bin auch der einzige Mensch, den sie hat!«

Nachdenklich sah Paula sie an. »Kann ich dir irgendwie helfen? Ich meine es ernst!«

Irene schüttelte den Kopf. »Aus diesem Dschungel muss ich alleine herausfinden. Es war wichtig für mich, mit dir darüber zu sprechen. Du sollst kein falsches Bild von mir bekommen.« Zart streichelte Paula ihrer Kollegin für einen Moment über die Hand, die auf dem Tisch neben dem Teller lag.

»Du kannst dich auf mich verlassen, immer!«, sagte sie und meinte es auch so.

Für 16 Uhr hatte Köhler eine kleine Pressekonferenz angesetzt, an der Paula jedoch nicht teilnehmen musste. Dankbar hatte sie ein Stoßgebet gen Himmel geschickt. Es gab wenige Dinge, die sie mehr hasste als Pressekonferenzen. Direkt danach war eine Teambesprechung angesagt, um die weiteren Ermittlungen abzusprechen. Von

Anna Grothe fehlte nach wie vor jede Spur. Ihre Mutter rief fast stündlich auf dem Revier an, und keiner von ihnen wusste noch, was sie ihr am Telefon sagen sollten.
Paula saß in ihrem Büro. Bevor sie zu der Besprechung ging, wollte sie noch ihre Mutter und Roberta anrufen. Dafür blieben ihr genau zehn Minuten Zeit. Sie fühlte sich müde und sehnte sich nach einer Dusche. Viel zu viele Stunden verbrachte sie hier auf dem Revier. Alles andere in ihrem Leben kam derzeit zu kurz. Wieder einmal war sie froh keine eigene Familie zu haben.
Roberta hob beim zweiten Läuten ab.
»Hallo Frau Kriminaloberkommissarin«, ertönte die fröhliche Stimme ihrer Freundin. »Wie geht es dir?«
Paula seufzte. »Wie es jemandem geht, der seit fast zwanzig Stunden nicht zu Hause war und noch keinen Täter hinter Schloss und Riegel gebracht hat, der es eigentlich verdient hätte!«
»Tappt ihr immer noch im Dunkeln?«
»Fast«, murmelte Paula ausweichend. »Aber wie geht es dir? Bist du zu Hause?«
»Nein« Roberta kicherte. »Ich habe mir spontan ein paar Tage Urlaub genommen, weil Eric mich in ein exklusives Wellnesshotel im Schwarzwald eingeladen hat. Wir sitzen gerade im Restaurant mit Blick auf den See. In fünfzehn Minuten haben wir einen Termin für Fango und Massage!«
Paula lächelte. Solche Aktionen waren in Robertas Leben an der Tagesordnung. Es hätte sie auch nicht weiter überrascht, wenn sie gesagt hätte, sie würde im Motorboot auf dem Amazonas herumschippern und gerade dabei sein, einen attraktiven Indio kennenzulernen.
»Dann wünsche ich euch noch viel Spaß! Melde dich, wenn du zurück bist!«, sagte Paula und wollte auflegen, doch Roberta musste noch etwas loswerden.
»Vor einigen Jahren ist ebenfalls mal eine Frau in unserer Gegend verschwunden. Hast du schon davon gehört? Sie war auf dem Weg zur Arbeit gewesen. Ich wollte dir die Geschichte erzählen, bevor wir losgefahren sind, konnte dich aber nicht erreichen.«
Paula hatte tatsächlich einen unbeantworteten Anruf ihrer Freundin

auf dem Handy wahrgenommen, jedoch den Rückruf auf später verschoben.

»Nein …«, antwortete sie nachdenklich, »jedenfalls kann ich mich nicht an einen solchen Fall erinnern.«

»Das muss auch vor deiner Zeit als Kripobeamtin passiert sein. Es war vor ungefähr sechs Jahren, als sie sich morgens auf den Weg zur Arbeit machte. In den frühen Morgenstunden wurde sie noch von einigen Passanten gesehen. Danach war sie wie vom Erdboden verschluckt. Man ging sofort davon aus, sie habe sich nicht freiwillig davongemacht, denn sie hatte zwei minderjährige Kinder, an denen sie sehr hing. Eric hat mir das erzählt, da er den Ehemann der Frau kennt. Er ist einer seiner Klienten. Trotz breit angelegter Suchaktionen kam niemals ein Funken Licht in die Sache. Dachte mir, es würde dich eventuell interessieren!«

»Weißt du zufällig, wie die Frau hieß?«, fragte Paula. Sie hörte, wie Roberta den Hörer weghielt und etwas mit einem Mann im Hintergrund besprach. Sehr wahrscheinlich handelte es sich dabei um keinen Geringeren als Eric Adonis.

»Eric sagt, sie hieß Annemarie Truschek. Ihr Mann arbeitete bei der Bundeswehr in Idar-Oberstein.«

»Danke für die Info. Ich werde mich mal umhören …«, meinte Paula.

»Ich hab dich lieb, dicker Schmatzer an dich! Ich melde mich, wenn ich wieder zurück bin«, verabschiedete sich ihre Freundin.

Da die Uhr schon einige Minuten nach fünf zeigte, verschob sie das Telefonat mit ihrer Mutter auf später.

Gerd streckte kurz den Kopf in ihr Büro und wollte wissen, wo sie blieb. Aus diesem Grund klaubte sie schnell die notwendigen Papiere zusammen, um ins Besprechungszimmer zu eilen. Köhler war schon da. Er drückte ihr die Pressenotiz in die Hand, wobei er sie auch gleich um eine persönliche Unterhaltung nach der Besprechung bat.

Isabelle nickte ihr kurz zu. Ihre Haltung gegenüber Paula war nicht mehr ganz so unfreundlich wie noch in den vergangenen Wochen und Tagen. Hoffentlich hatte sie eingesehen, dass ihr Verhalten in ei-

nem Team nicht angemessen war. Paula lächelte freundlich zurück. Nachtragend war sie auf keinen Fall. Wenn Isabelle ihr symbolisch die Hand reichte, dann würde sie die Kollegin nicht zurückweisen.
Gerd, Trateaux und Jonny waren in eine angeregte Unterhaltung vertieft. Irene saß am Tisch, vor sich eine Akte, in der sie interessiert las. Als Köhler und Paula Platz genommen hatten, verstanden alle anderen das als Startschuss für die Besprechung.
»Um es kurz auszudrücken«, begann Köhler, »der Staatsanwalt macht mir die Hölle heiß, weil es noch keinen konkreten Anhaltspunkt gibt. Er hat diesen Posten erst seit zwei Monaten und versucht natürlich mit allen Mitteln, seinen Job gut zu erfüllen. Schließlich hat auch er etwas zu verlieren. Ihm sitzt die Politik im Nacken. Daher will er baldige Erfolge sehen!«
Ein lautes Gemurmel ging durch den Raum.
»Sollen wir vielleicht einen Kurs im Hellsehen belegen?«, fragte Jonny wütend. »Wir reißen uns hier den Arsch auf. Jeder von uns schläft nur noch maximal vier Stunden. Wir sind ununterbrochen im Dienst, um jedem kleinen Hinweis nachzugehen!«
Köhler winkte verständnisvoll ab. »Ich weiß, ich weiß. Niemand braucht sich hier aufzuregen. Mir ist verdammt noch mal klar, dass alle von euch bis an die äußerste Grenze der Belastbarkeit gehen! Dachte mir nur, ich gebe diese Worte, über die ich mich maßlos geärgert habe, an euch weiter. Nur damit ihr wisst, welch immenser Druck auf unserem Dezernat lastet!«
»Wie Jonny eben schon sagte, wir haben jeden Stein in der Umgebung umgedreht. Der Täter arbeitet einfach sauber und präzise. Schließlich können wir doch nicht jeden Typ hier in der Gegend um seine DNA bitten!«, sagte Paula empört. »Vielleicht hätte der Herr Staatsanwalt mal Lust hierherzukommen, um uns auf die richtige Spur zu bringen. Wir haben einfach zu wenig Indizien!«
Köhler nickte. »Genau das hat er auch vor. Er will zwar nicht hierherkommen, aber wir sollen zu ihm. Heute Morgen hat er telefonisch um eine gemeinsame Unterredung gebeten, mit der leitenden Ermittlerin und meiner Wenigkeit.«
Paula zog die Brauen hoch. Das war kein gutes Zeichen. Bisher hatte

sie ihn noch nicht persönlich kennengelernt, da er erst seit einigen Monaten im Amt war, und alle anstehenden Dinge wurden über ihren Vorgesetzten geklärt. Sie wusste noch nicht einmal wie er hieß, nur, dass er jung und knallhart war. So einer hatte ihr gerade noch gefehlt!

»Morgen Früh um acht erwartet er uns«, sagte Köhler. »Und nun, meine Herrschaften, tragen wir die aktuellen Ergebnisse zusammen, um einen Lichtblick in das Dunkel zu bringen. Schließlich wollen wir beim Herrn Staatsanwalt ein wenig glänzen!«

Mehr als zwei Stunden trugen sie nochmals alles zusammen, was sie in den letzten beiden Tagen herausgefunden hatten. Jonny stand an der großen Tafel und fasste alle Ergebnisse in das bestehende System ein, sodass am Schluss alle genau dort waren, wo sie aufgehört hatten. Dass es keinen Anhaltspunkt gab, den sie nicht verfolgt hatten, und somit ein möglicher Tatverdächtiger in weite Ferne rückte. Sie hatten nur eine einzige Spur. Seine DNA.

Gegen Abend betrat ein junger Mann namens Lars Jacobi das Polizeirevier in Idar-Oberstein. In seinen Augen brannten der Hass und die Verzweiflung der letzten Tage, die ihm gezeigt hatten, dass es im Leben auch gottverdammte Schattenseiten gab und man an gewissen Dingen einfach nichts ändern konnte. Auch nicht mit Geld, denn das besaß er zuhauf. Als Sohn eines Fabrikanten im Bereich Multimedia hatte er sechsundzwanzig Jahre ein Leben geführt, in dem man für Geld alles kaufen konnte, was man wollte. Sogar Liebe und Zuneigung. Doch mit Anna war es etwas anderes. Anna war anders. Sie war gut, ehrlich und unkäuflich. Es konnte das erste Mal in seinem Leben behaupten, einen Menschen mehr zu lieben als sich selbst. Und nun das.

Am Abend vor ihrer Abreise hatte er ihr noch abgeraten, alleine nach Hause zu fahren. Als hätte er irgendetwas geahnt. Wenn sie nur eingewilligt hätte, die Heimreise um einen Tag zu verschieben. Dann hätte er sie begleiten können. An dem Tag, an dem sie aufbrach, musste er jedoch eine wichtige Klausur schreiben, die er auf keinen Fall hätte sausen lassen können. Im Nachhinein war das natürlich

Quatsch. Aber erst im Nachhinein. Was war schon ein verlorenes Semester gegen Anna? Nichts in der Welt hätte ihm mehr bedeutet, als sie jetzt unversehrt in die Arme schließen zu können. Alle beide, genau genommen. Denn sie war schwanger. Von ihm. Das war auch der Grund für ihre Heimfahrt gewesen. Anna wollte ihrer Mutter mitteilen, dass sie im Frühling Oma werden würde. Etwas aufgeregt und ängstlich hatte sie gewirkt, da sie sich nicht sicher war, wie ihre Mutter wohl reagieren würde. Immerhin befand sie sich noch mitten im Studium. Doch sie hatten sich ein Kind gewünscht. Zusammen wollten sie ihr Leben meistern, so wie sie es seit Monaten geplant hatten. Im Sommer würde Lars sein Diplom als Betriebswirt erhalten und vorerst im väterlichen Betrieb nur einen Halbtagsjob annehmen, um finanziell für die Familie sorgen zu können sowie auf das Baby aufzupassen. Währenddessen sollte Anna ihr Studium beenden. Doch jetzt war alles anders gekommen. Anna war weg. Sein Leben drohte zu entgleisen, ebenso die Zukunft ihres gemeinsamen Kindes. Jetzt würden diese Drecksärsche da drinnen in diesem Revier etwas von ihm zu hören bekommen. Anscheinend ruhten die sich nur auf ihren bequemen Sesseln aus, während vielleicht das Leben der für ihn wichtigsten Menschen in Gefahr war.

»Jetzt beruhigen Sie sich doch erst einmal, und setzen Sie sich einfach auf den Stuhl, damit wir uns zusammen über Ihr Anliegen unterhalten können!«, sagte Gerd, indem er dem aufgebrachten jungen Mann einen Stuhl an den Tisch zog. Er hatte ihn gleich wiedererkannt, als er so wütend die Treppe hochgestiefelt kam. Rein zufällig war er ihm über den Weg gelaufen.
Als Lars Jacobi wegen dem Verschwinden von Anna Grothe verhört werden sollte, war Gerd zusammen mit Trateaux nach Mainz gefahren. Dort hatte er gleich gemerkt, wie sehr der junge Mann an seiner Freundin hing. Damals war die ganze Kraft aus dem selbstbewussten Burschen gewichen, als er von ihrem Verschwinden erfahren hatte, obwohl er ein Jacobi war, die seit Generationen Millionen schaufelten und normalerweise durch nichts zu erschüttern waren. Aber so war nun einmal die Liebe. Wo sie hinfiel, da verlief alles ganz anders.

Diese Erfahrung hatte Gerd im Laufe seines Lebens auch schon öfter machen dürfen.
Außer Irene war niemand mehr auf dem Revier, die anderen Kollegen waren entweder zu Hause oder ermittelten weiter. So war ihm gar nichts anderes übrig geblieben, als Lars Jacobi mit in sein Büro zu nehmen. Er war so aufgeregt; seine Hände zitterten, als er den Stuhl heranzog. Auch sein Gesicht war bedenklich blass.
»Ich will nur meine Freundin wieder!«, schrie der junge Mann. »Ich will, dass ihr sie verdammt noch mal findet. Und zwar schnell! Sie ist nicht allein, sie trägt ein Kind in ihrem Bauch. Mein Kind! Es hat ein Recht darauf, diese Welt kennenzulernen!«
Gerd schluckte. Eine Schwangerschaft hatte Lars Jacobi vor einigen Tagen noch nicht erwähnt. Er zückte sein Notizbuch und fing an Fragen zu stellen.

Achtzehn

Paula hatte zum ersten Mal, seit sie hier wohnte, das Gefühl überhaupt nicht mehr zu Hause zu sein. Ohne auch nur in der unteren Etage etwas angerührt zu haben, fiel sie ins Bett, genauso wie sie war, mit Klamotten, ohne zu duschen, ohne Zähne zu putzen. Da sie die Heizung vor einigen Tagen abgeschaltet hatte, war es im ganzen Haus kühl und klamm. Sie kümmerte sich nicht weiter darum. Stattdessen kuschelte sie sich in ihr Federbett und schlief augenblicklich ein.

Nach der ausgiebigen Dusche am nächsten Morgen fühlte sie sich so wohl und ausgeschlafen wie schon lange nicht mehr. Lange stand sie vor ihrem Kleiderschrank und überlegte, was sie anziehen sollte. Der Tag drohte, wie alle anderen in den letzten Wochen auch, lang zu werden. Vielleicht musste sie auch heute Nacht wieder auf dem Revier bleiben. Nach einigen Überlegungen entschied sie sich für einen schwarzen Kaschmirpullover und hellblaue Jeans mit langen, ebenfalls schwarzen Stiefeln.

Geschlagene zehn Minuten saßen sie jetzt schon im Flur auf den unbequemen Plastikstühlen ohne Polster und warteten darauf endlich hereingerufen zu werden. Köhler trommelte mit den Fingern auf seiner Aktentasche herum, während Paula Sekunde für Sekunde ärgerlicher wurde. Dennoch war sie froh über ihre Kleiderwahl am Morgen, denn irgendwie fühlte sie sich in diesen dunklen Klamotten selbstsicherer und distanzierter.

Gerade als sie aufstehen wollte, um anzuklopfen, ging die Tür auf. Eine Sekretärin, die aus einem Film der sechziger Jahre hätte entsprungen sein können, rief ihre Namen. Ohne eine einzige Miene zu verziehen, bat sie beide in das Büro hinein. Die Sekretärin hatte eine schmale Figur, fast schon ein wenig zu dürr, und trug ein mausgraues eng anliegendes Kostüm. Das langweilig braune Haar trug sie zu einem Knoten. Altmodische, aber sehr gepflegte schwarze Pumps mit hohen Absätzen zierten ihre Füße. Mit einer galanten Handbewegung öffnete sie eine zweite Zwischentür. Paula hatte den Blick frei auf einen gut aussehenden Herrn in einem modischen dunklen Anzug. Er saß hinter einem wuchtigen Schreibtisch. Einen Moment lang glaubte sie schwanken zu müssen, doch nach dem zweiten Blick hatte sie keinen Zweifel mehr. Der Staatsanwalt war niemand anderes als der ehemalige beste Freund ihres Bruders. Und ihre erste große Liebe. Tom Steffen.

Ihm schien es wie ihr zu gehen. Nachdem er sie erkannt hatte, dauerte es einige Sekundenbruchteile, bis er seine Fassung wiedererlangt hatte. Erstaunt stand er auf und reichte ihr förmlich die Hand.

»Es … es ist schön, dich wiederzusehen. Wenn auch aus dienstlichen Beweggründen heraus.« Kurz hielt er inne und betrachtete sie von oben bis unten. »Das mit Friedrich tut mir sehr leid …«, sagte er verlegen und senkte pietätvoll seinen Kopf. »Ich war auf seiner Beerdigung.«

Ein wenig unsicher nickte Paula. »Wir haben uns lange nicht gesehen!« Eine Welle von Gefühlen drohte sie zu überrollen. Bernhard Köhler starrte mit fragendem Gesichtsausdruck zu ihnen herüber. Endlich ließ Tom ihre Hand los und drehte sich entschuldigend zu dem Chef der Kriminalpolizei herum.

»Entschuldigen Sie bitte! Frau Eschmann und ich kennen uns schon sehr lange und haben über ein Jahrzehnt nichts mehr voneinander gehört.«

Paula war froh darüber, dass Köhler ihr in diesem Moment nicht ins Gesicht sehen konnte, denn es wurde kurz von einer schamhaften Röte überzogen. Die Männer begrüßten sich freundlich. Tom bat die beiden auf den bequemen lederbezogenen Sesseln, die um einen runden Glastisch standen, Platz zu nehmen. Er selbst ergriff eine Akte von seinem Schreibtisch und setzte sich neben Paula, gegenüber von Köhler.

Konzentriert schlug Tom den grauen Pappdeckel der Akte auf, las ein wenig und seufzte dann auf. »Wir haben ein kleines Problem …«, meinte er mit resignierendem Tonfall. »Die Ermittlungen befinden sich in einer Sackgasse, was so viel heißt wie: Die Gewitterwolken ziehen sich langsam über meinem Kopf zusammen. Damit meine ich die Landesregierung, die mir im Nacken sitzt. Von dem Druck aus der Bevölkerung, sprich den städtischen Abgeordneten, ganz zu schweigen!«

Bereit, die bisherige Vorgehensweise seiner Abteilung zu verteidigen, setzte sich Köhler ein Stück weit nach vorne. Tom bremste ihn mit einer eindeutigen Handbewegung ab, bevor er irgendetwas sagen konnte.

»Herr Köhler, ich möchte Ihnen auf keinen Fall einen Vorwurf im Rahmen Ihrer Ermittlungstätigkeiten machen. Ich bin ausschließlich daran interessiert, mit Ihnen allen zusammen eine konstruktive Lösung zu finden!«

Köhler atmete wieder aus. Seine angeschwollenen Halsadern, die eben noch gut sichtbar waren, wurden kleiner. Paulas Blick schweifte zwischen den beiden Männern hin und her. Noch immer versuchte sie, sich ein Bild von dem neuen Tom Steffen zu machen. Wie hatte sie den Namen des neuen Staatsanwaltes nur dermaßen ignorieren können? War sie so mit sich selbst beschäftigt gewesen, dass sie ihn nicht wahrgenommen hatte? Nur vorsichtig näherte sie sich ihm, um nach früheren Eigenschaften und Charakteren Ausschau zu halten. Doch der Mann, der jetzt neben ihr saß, war ihr bisher verschlossen geblieben. Kein Ehering zierte seine Hände, nichts deutete auf eine Lebensgefährtin oder eine Familie. Auf seinem Schreibtisch wie im gesamten Arbeitszimmer fehlten jegliche Fotografien oder selbst gemalte Bilder von Sprösslingen, die auf eine glückliche Idylle hingewiesen hätten.

Paula versuchte, sich eine mögliche Partnerin Toms vorzustellen, doch sie musste passen. Ihr fiel keine ein, die zu *dem* Tom passte, den sie noch in Erinnerung hatte. Er war einer der Menschen, dem man hatte immer rücksichtslos vertrauen können. Seine Art, anderen ein Gefühl der Sicherheit zu geben, und seine mitunter altruistischen Züge hatten ihn schnell zu einem der beliebtesten Jungen der ganzen Schule gemacht. Welch großer Stolz hatte sie gegenüber ihren Freundinnen erfüllt, als er der beste Freund ihres Bruders wurde und somit in ihrem Elternhaus ein und aus ging. Doch sie selbst war zu schüchtern gewesen, um den ersten Schritt zu unternehmen, obwohl sie schon lange vorher in ihn verliebt gewesen war. Fritzi hatte es ihr angesehen und sie damit aufgezogen, was ihrerseits zu Wutausbrüchen in Kombination mit Tränen führte. Eines Tages, als weder Fritzi noch ihre Eltern zu Hause gewesen waren, hatte sie ihm die Tür geöffnet. Sie hatte ihm mitgeteilt, Friedrich sei nicht daheim. Doch an diesem Tag hatte er überhaupt nicht zu ihm gewollt. Er hatte sie gefragt, ob sie einmal mit ihm ausgehen wolle. Nickend hatte sie eingewilligt, weil ihr vor Schreck die Worte gefehlt hatten. Noch immer erinnerte sie sich allzu gut an den Abend vor diesem Date, als sie nervös durch die Wohnung gehüpft war, ohne etwas Sinnvolles zustande zu bringen. Die ganze Nacht hatte sie wach gelegen, hatte nicht mehr aufhören können an ihn zu denken. Romantik pur bei Kerzenschein, zudem ein wundervoller Liebhaber, das waren die Dinge, die sie mit ihm verband. Ihre Trennung nach zwei Jahren inniger Beziehung war einfach eine Folge der Entfernung gewesen. Tom war nach München gezogen, um zu studieren, und sie war zur Polizeischule gegangen. Mit der Zeit hatten sie sich einfach auseinandergelebt.

Unsanft wurde sie aus ihren Gedanken gerissen. Beide Männer blickten sie fragend an.

»Oh, ich bitte um Entschuldigung … ich habe gerade nachgedacht«, stammelte sie.

Tom warf ihr einen Blick zu, den sie nicht sofort deuten konnte.

»Wir haben uns gerade gefragt, ob es sinnvoll wäre, noch mehr Hilfe von außerhalb anzufordern. Vielleicht Experten, die auf diesem Gebiet vertraut sind …«, meinte er vorsichtig.

Köhler schüttelte den Kopf. »Meiner Meinung nach sind wir derzeit ausreichend bestückt. Wir haben einen Experten für Serienmorde aus Mainz sowie zwei kompetente Kollegen aus Trier dazubekommen. Unsere Schwierigkeit besteht vor allen Dingen darin, nicht zu wissen, wo wir ansetzen sollen, da der Täter keine oder nur geringe Spuren hinterlässt.«

Paula nickte bestätigend. »Außer einer Faser und DNA, die sehr wahrscheinlich von ihm stammt, haben wir nichts.«

Tom stieß einen Seufzer aus. »Aber wie haben Sie sich die weiteren Ermittlungen vorgestellt?« Seine Frage war eindeutig an Köhler gerichtet.
»Die Bahnhöfe stehen unter ständiger Bewachung. Soviel wir zu wissen glauben, trifft er seine weiblichen Opfer am Bahnhof oder direkt im Zug. Eine Frau wird zurzeit noch vermisst. Letzte Woche wäre er uns beinahe in die Arme gelaufen, doch darüber sind Sie ja bereits informiert …«
»Trotzdem denke ich, sollten wir uns eine weitreichendere Taktik überlegen. Die Bevölkerung muss beruhigt und der Regierung ein hieb- und stichfester Ermittlungsplan vorgelegt werden. Es darf keine Lücke in diesem System geben, sonst … das muss ich nicht ausdrücklich betonen, könnte es Ihren und meinen Kopf kosten!«
Köhler presste seine Lippen aufeinander, während er nervös mit seinem Fuß wippte. »Haben Sie einen Vorschlag?«, fragte er mit distanzierter Stimme, die ungewohnt kühl klang, wie Paula fand.
Bevor er antwortete, strich sich Tom nachdenklich über das glatt rasierte Kinn. »Genau genommen, ja! Ich habe einen Vorschlag, wie wir unsere Bemühungen ausdehnen könnten. Allerdings bin ich mir nicht sicher, ob er Ihnen gefällt!«
Paula lehnte sich ein Stück weit vor. »Na dann schieß mal los! Wir werden mit unserer Meinung diesbezüglich nicht hinter dem Berg halten!«
Es war ein unangenehmes Gefühl, das sie immer dann beschlich, wenn jemand ihre Ermittlungsarbeiten infrage stellte. Aber war es wirklich so? Wollte Tom nicht das Beste für alle? Welchem Druck mussten sie noch standhalten, bevor sie den Mörder fassen konnten? Diese Fragen geisterten ihr durch den Kopf, während Tom sich räusperte, um ihnen seinen Plan nahezubringen. In den nächsten Minuten lauschten sie gespannt den Ausführungen des Staatsanwaltes, die scheinbar doch nicht so abwegig waren, wie sie noch anfangs geglaubt hatten.

Der Tag hatte kein Ende nehmen wollen, dachte sie, als sie um 23.04 Uhr in ihren Wagen stieg, der völlig im Dunkeln hinter dem Revier

auf dem Parkplatz stand. Gott sei Dank hatte sie nicht bleiben müssen. Es reichte vollkommen aus, wenn drei von ihnen anwesend waren. Heute hatten Jonny, Trateaux und Isabelle ihren Nachtdienst angetreten. Jonny hatte Paula den ganzen Tag nicht beachtet. Anscheinend war es ihm ein wenig zu viel geworden sie zurückzuerobern. Ihr war es nur recht.
Tom hatte sie um ihre Adresse gebeten und versprochen, sich in nächster Zeit privat bei ihr zu melden. Natürlich war sie neugierig, was er in den Jahren alles erlebt hatte. Vielleicht war er aber auch nur der Typ Mann, der seine Familie und seine Arbeit strikt voneinander trennte. Wobei sie das insgeheim nicht glauben konnte. Irgendwie fiel es ihr schwer, sich eine Frau an seiner Seite vorzustellen. Letztendlich hatten sie einen recht guten Plan ausgeheckt, den sie noch im Team besprechen mussten, aber dazu waren sie heute nicht mehr gekommen.
Zum wiederholten Male war die Mutter von Anna Grothe vernommen worden, ebenso Annas Mainzer Bekanntenkreis. Letzteres hatten die dort zuständigen Kollegen freundlicherweise übernommen. Außerdem hatte der Lebensgefährte von Anna mächtig Wind in die Sache gebracht. Gerd war mit ihm zusammen noch einmal jedes Detail am Tag ihrer Abreise durchgegangen, sei es auch noch so unwichtig oder penibel. Dank der Mitarbeit von Lars Jacobi, waren sie nun um einige Fakten reicher, denen sie schon nachgingen und noch nachgehen wollten. Paula hatte den Eindruck gewonnen, dass er ein intelligenter, einsichtiger junger Mann war, der stets die richtigen Antworten zum passenden Zeitpunkt lieferte. Inständig hoffte sie, sie würden Anna finden. Und ihr ungeborenes Baby. Lebend.
Langsam bog Paula die Einfahrt zu ihrem Haus ein. Im Auto hatte sie die ganze Zeit laute Musik gehört. Als sie die Zündung ausschaltete, nahm sie nur die Stille wahr, in der jedes Geräusch hohl und einsam klang. Heute Abend kam ihr die Gegend um das Haus noch stiller vor als sonst. Aber es war auch schon spät, und die meisten Leute schliefen bereits. Hundemüde und überarbeitet sehnte sich nach einem heißen Bad. Hastig fingerte sie an ihrem Schlüsselbund herum,

bis sie endlich den passenden fand. Gerade als sie ihn ins Schlüsselloch stecken wollte, überlief sie ein kalter Schauer.
Die Haustür stand einen winzigen Spaltbreit offen. Instinktiv trat sie einen Schritt zurück. Krampfhaft versuchte sie, sich gegen das auftretende Herzklopfen zu wehren und einen plausiblen Grund für die offene Tür zu finden. Sie war mit dem Handy beschäftigt gewesen, als sie hinausgegangen war. Hatte sie deshalb vielleicht vergessen, die Tür hinter sich zuzuziehen? Doch sie konnte sich beim besten Willen nicht daran erinnern. Was sollte sie jetzt tun? Die Polizei rufen? Und wenn sich diese Angelegenheit als völlig harmlos erweisen würde? Jeder Kollege auf dem Revier würde sie belächeln und ihre Kompetenz als leitende Ermittlerin zu Recht infrage stellen. Jonny konnte sie nach dem Vorfall mit der Rothaarigen auch nicht anrufen. Irene hatte genug am Hals, und Roberta war auf ihrer Wellnesstour. Es blieb ihr gar nichts anderes übrig, als die Situation alleine zu meistern. Sie musste doch den Mut haben in ihr eigenes Haus zu gehen, dachte sie, wütend über sich selbst. Unzählige Fälle von Vergewaltigung, Mord und anderen Grausamkeiten, mit denen sie täglich zu tun hatte, kamen ihr in den Kopf. Unwillkürlich musste sie an das Ehepaar denken, welches vor einigen Monaten grausam und ohne jegliches Motiv ermordet im eigenen Haus aufgefunden worden war.
»Alberne Kuh«, schalt sie sich. »Du bist Kripohauptkommissarin und leitende Ermittlerin. Wegen dieser lächerlichen Kleinigkeit solltest du jetzt nicht die Nerven verlieren!«
Sie atmete tief ein und machte einen Schritt nach vorne. Gerade jetzt lag natürlich ihre Waffe sicher im Tresor ihres Büros. Noch einen Schritt. Vorsichtig stieß sie mit den Fingerspitzen die Tür auf. Stille und Dunkelheit. Der Schalter befand sich auf der rechten Seite. Nur wenige Zentimeter musste sie mit der Hand ertasten, bis der Flur mit einem Mal hell erleuchtet war. Sekundenlang blinzelte sie und versuchte, etwas zu erkennen. Die Garderobe, an der ihre Jacken hingen, das Telefon, der Kalender. Alles wie immer. Auch die Dielen auf dem Boden wiesen keinerlei Spuren von Nässe auf, obwohl es fast den ganzen Tag geregnet hatte. Wenn jemand hereingekommen wäre, dann hätte er sich doch sicherlich nicht die Schuhe ausgezo-

gen, dachte sie. Auf einmal fühlte sich schon ein Stück weit gefasster. Ohne nochmals zu zögern, trat sie ein. Irgendetwas erschien ihr anders, doch sie zwang sich zur Ruhe. Sollte sie die Tür auflassen oder hinter sich schließen? Falls sie die Tür schloss, konnte sich das Haus zur Falle entwickeln. Wenn wirklich jemand hier drin war, dann musste sie einen Fluchtweg haben, überlegte Paula. Aber wenn sie die Haustür offen ließ, konnte derjenige genau in diesem Moment hereinkommen, falls er sich im Dunkeln draußen versteckt hatte. Wahrscheinlich gerade dann, wenn sie die anderen Räume inspizierte. Sie schloss die Tür.

Langsam ging sie nach rechts in die Küche hinein. Das Licht aus dem Flur fiel sanft auf die Umrisse. Die kleine silberne Uhr an der Wand tickte leise vor sich hin, was ihr in diesem Moment wenigstens ein winziges Gefühl von Geborgenheit vermittelte. Der kleine Junge von nebenan kam ihr in den Sinn. Vielleicht hatte er das Haus während ihrer Abwesenheit inspiziert. Neugierig genug war er. Doch sofort verwarf sie diesen Gedanken wieder. Er hätte die Tür niemals alleine aufbekommen. Plötzlich war sie sich wieder absolut sicher, heute Morgen die Tür hinter sich zugezogen zu haben.

Nachdem sie vorsichtig und mit klopfendem Herzen ins Wohnzimmer hineingespäht hatte, schwand langsam die Angst, die einer steigenden Wut über sich selbst Platz machte. Paula knipste die große Stehlampe an und ging von Raum zu Raum, bis das ganze Haus lichtdurchflutet war. Wie dumm sie sich benommen hatte, schimpfte sie sich in Gedanken. Zum Glück hatte niemand von ihren Kollegen sie bei dieser Aktion beobachten können, bei der ihr Herz bis zum Zerreißen gespannt gewesen war. Die Zigarette und ein Schluck Martini, den sie noch im Kühlschrank fand, taten ihr gut. Zusätzlich schaltete sie den Fernseher ein. Das monotone Hintergrundgeräusch gab ihr auf der Stelle das Gefühl, nicht alleine zu sein. Das hatte sie schon als Jugendliche getan, wenn sie das Alleinsein nicht mehr ertragen konnte. Der Anrufbeantworter blinkte. Roberta hinterließ ihr liebe Grüße und bat sie um ein Treffen am Wochenende. Sie wollte gemeinsam mit ihr essen gehen. Morgen würde sie aus dem Urlaub zurückkommen.

Lächelnd erinnerte sie sich an eine Verabredung im vergangenen November. Roberta hatte sie in ein Restaurant geführt, das eigentlich viel zu nobel und teuer für sie beide gewesen war. Doch Roberta hatte sich aufgeführt, als hätte sie schon ihr ganzes Leben lang zu den oberen Zehntausend gehört. Sogar für die Wahl des Weins hatte sie sich viel Zeit gelassen, zudem etliche souveräne Fragen gestellt, die nicht den geringsten Zweifel daran hatten aufkommen lassen, sie wäre eine äußerst wohlhabende Frau. In Wirklichkeit hatte Roberta, genau wie sie, nicht den blassesten Schimmer von gutem Wein. Sie hatten sich an diesem Abend köstlich amüsiert. Ihr fiel auch ein, dass Fritzi zu dieser Zeit noch am Leben gewesen war. Niemand von ihnen hätte damals geahnt, wie kurz sein Leben sein würde.

Die zweite Nachricht beinhaltete nur Rauschen, niemand gab sich zu erkennen. Paula seufzte tief.

In der Küche öffnete sie eine Flasche Wein. Hastig verdrängte sie die erneut aufkeimende Angst. Bestimmt hatte sich jemand einen Scherz erlaubt oder sich verwählt. Das passierte häufiger.

Erst gegen 1 Uhr ging sie ins Bett. Sie entschloss sich alle Lichter brennen zu lassen, auch den Fernseher ließ sie laufen. Auf das ersehnte Bad verzichtete sie und verschob es auf eine ausgedehnte Dusche am nächsten Morgen.

Die Müdigkeit der vergangenen Tage machte sich in ihr breit, als sie im Bett lag. Es dauerte keine zwei Minuten, bis sie tief und fest eingeschlafen war.

Als sie durch das Geräusch des knarrenden Fußbodens geweckt wurde, wusste sie sofort, dass es noch nicht Tag war und dass sich jemand in ihrem Haus befand. Jemand, der hier normalerweise nicht sein durfte. Doch bevor sie reagieren konnte, spürte sie eine kalte feuchte Hand auf ihrem Gesicht, die ihr einen süßlich riechenden Lappen unter die Nase presste. Sie wollte schreien, aber der Angreifer hielt ihr den Mund damit zu, sodass alle Töne darin erstickt wurden. Chloroform, schoss es ihr durch den Kopf. Und dann: Fritzi. Das Schicksal ereilte nun auch sie. Verzweifelt versuchte sie, sich zu wehren, ihr Leben zu retten. Alles um sie herum drehte sich. Ob er wohl in den letzten Sekunden seines Lebens auch solche Todesängste empfunden hatte wie sie jetzt? Dann schwanden ihr in einem Anflug von Panik alle Sinne dahin.

Neunzehn

Das Erste, was sie verschwommen sah, war ein kleines braunes Gesicht, das sie von oben herab besorgt anschaute. Ihre Lippen fühlten sich an, als läge eine Ladung Zement auf ihnen, zudem war ihr Mund so ausgetrocknet, dass sie Mühe hatte, ihre Zunge in Bewegung zu setzen.

»Bischu! Bischu! Lebst du noch oder bist du tot?«, fragte die helle Stimme, die ihr bekannt vorkam.

Angestrengt unternahm Paula den Versuch, ihren Blick auf das runde braune Gesicht zu richten, doch stattdessen machte sich eine starke Übelkeit in ihr breit.

»Bischu, soll ich Herr Doktor holen?«, fragte die Stimme wieder. Sie wusste weder wem sie gehörte noch was sie von ihr wollte.

Stöhnend machte sie den Versuch sich zur Seite zu drehen, doch sie spürte nur, wie sie dabei tief fiel. Dann wurde sie wieder bewusstlos. Sie bekam nicht mit, wie sich zwei kleine Füße in aller Eile entfernten und nach einigen Minuten mit einer stämmigen afrikanischen Frau zurückkamen, die sie vorsichtig aufhob und wieder ins Bett manövriert. Erst als ihr Gesicht mit einem kalten Waschlappen abgerieben wurde, kam Paula langsam zu sich, um sich dann aber sofort in hohem Bogen zu übergeben. Danach ging es ihr ein bisschen besser, und sie nahm ihre Umgebung halbwegs wahr. Nach einer Stunde, die sie zwischen Himmel und Erde verbrachte, konnte sie sich das Geschehene wieder ins Gedächtnis rufen. Sie war überfallen worden! Sofort hatte sie unglaubliche Angst von diesem Angreifer am Ende noch vergewaltigt worden zu sein. Oh nein! Den Gedanken zu Ende zu denken wagte sie nicht. So schnell sie konnte, tastete sie mit fahrigen Bewegungen ihren Körper ab. Alles fühlte sich normal an.

Das unheimliche Gefühl, das sie bei der offen stehenden Haustür empfunden hatte, hatte sie also nicht getrogen.

»Man soll auf seinen Bauch hören!«, pflegte ihre Mutter immer zu

sagen, wenn mal wieder etwas schief gegangen war oder jemand vor einer wichtigen Entscheidung stand.
»Das erste Gefühl ist meistens richtig!«, sagte sie leise vor sich hin.
Der kleine Junge von nebenan hatte sie gefunden, nachdem er neugierig durch die offen stehende Tür ins Haus gegangen war. Er hatte sich gewundert, Paula nicht zu sehen und hatte sie gesucht. In größter Verzweiflung hatte er dann seine Mutter gerufen, weil er Angst hatte, Paula würde sterben.
Nun saß Hakika auf ihrer Bettkante und flößte Paula hartnäckig einen widerlichen Brei ein, der bitterer schmeckte als jede Grapefruit. Aber sie beharrte darauf, der Brei mache Paula innerhalb von Stunden wieder gesund. Der Junge sah von Zeit zu Zeit in ihr Schlafzimmer, um zu sehen, ob sie immer noch lebte. Manchmal sagte seine Mutter etwas zu ihm in einer Sprache, die Paula nicht verstand, die jedoch sehr angenehm und melodisch klang. Dann verschwand er wieder und kam bald mit Tee oder irgendetwas anderem zurück.
»Wie heißt dein Sohn?«, fragte Paula heiser und deutete mit dem Finger auf ihn.
»Schauen du auf seinen Kopf, dann weißt du!«, gab sie mit einem dröhnenden Lachen zur Antwort.
»Lockenkopf?«, fragte Paula unsicher, was wiederum einen Lachschwall bei Hakika auslöste.
»Du hast richtig geraten, nur in Übersetzung heißt er Dada – Kind mit vielen Locken!«
Nun musste auch Paula lächeln. Dada hatte sie gerettet. Sie wagte sich gar nicht auszudenken, was passiert wäre, wenn niemand sie so schnell gefunden hätte. Vielleicht wäre sie erstickt an … Nein, daran wollte sie nicht denken.
Wer hatte sie betäubt?, fragte sie sich. Was hatte der Täter von ihr gewollt? Vom Bett aus bemerkte sie keine Veränderungen im Schlafzimmer. Nichts sah durchwühlt aus, nichts schien zu fehlen. Alles war wie immer. Welchen Sinn ergab es also, sie außer Gefecht zu setzen? Oder wollte der Täter sie mit dem Chloroform umbringen?
Sie atmete tief ein. Alles war gut gegangen, beruhigte sie sich selbst.
Dank Dada. Und Hakika natürlich.

Die Übelkeit, die sie noch vor einigen Minuten gespürt hatte, wurde durch entsetzliche Kopfschmerzen abgelöst. Sie verspürte nur noch den Wunsch zu schlafen, doch sie musste zuerst auf dem Revier anrufen. Bestimmt hatte dort schon irgendjemand versucht sie zu erreichen. Gerade als sie Hakika um das Telefon bitten wollte, klingelte es an der Haustür.

Dada, der neben ihrem Bett saß, fuhr hoch wie ein Blitz. Auch Paula zuckte zusammen. Nur Hakika ließ sich nicht aus der Ruhe bringen. Gemütlich stand sie auf, um nach unten zu gehen. An der Zimmertür warf sie noch einen Blick auf Paula und nickte ihr beruhigend zu. Kurz darauf hörte man mehrere Stimmen, mittendrin ein Schwall aufgeregter afrikanischer Worte. Dann traten Jonny und Gerd ins Schlafzimmer ein. Beide schauten sie bestürzt an. Sie blinzelte und versuchte, etwas zu sagen, aber das Sprechen fiel ihr immer noch schwer, da ihre Zunge den Befehlen ihres Gehirns nicht gehorchen wollte.

»Heute Nacht wurde ich überfallen …«, stieß sie mühsam hervor. »Ich … ich glaube … es war Chloroform!«

Jonny und Gerd wechselten einen schnellen Blick.

»Einer von uns bleibt bei dir. Schone dich und schlaf ein bisschen!« Jonny setzte sich vorsichtig aufs Bett, während er ihr mit einer Hand liebevoll über die Haare fuhr. »In einigen Stunden wird es dir schon viel besser gehen. Dann kannst du uns alles erzählen!«

Sie nickte vorsichtig. Das Letzte, was sie sah, war Hakika, die leise mit Gerd zusammen den Raum verließ.

Gegen Abend ging es ihr tatsächlich besser. Jonny hatte einen Arzt gerufen, der ihr Blut abgenommen, aber auch zwei Spritzen verpasst hatte. Sie fühlte sich zwar noch etwas schwach, doch das Kopfweh und die Übelkeit waren deutlich zurückgegangen.

Ruhig und starr wie ein Fels saß Jonny abwechselnd auf ihrer Bettkante oder auf dem blumengemusterten Sessel, das Ebenbild aus ihrem Büro, der neben dem Fenster stand.

Sein Blick war ernst und sorgenvoll. In diesem Moment wünschte sie sich, sie hätte ihm den wahren Grund für ihre abweisende Haltung genannt. Wusste sie überhaupt, wer diese rothaarige Frau war? Vielleicht war sie nur seine Schwester. So wie das in Spielfilmen immer war. Nur hatten sie hier keine Hauptrollen in einem Spielfilm inne. Die Situation war todernst. Genau, dachte sie, bei allen Begebenheiten in letzter Zeit ging es immer nur um Leben und Tod.

Langsam drehte sie sich herum, um sich aufzurichten. Ein tiefes Stöhnen entfuhr ihr angesichts des starken Schwindels, der sie wieder jäh erfasste. Jonny sprang auf, um ihr zu helfen. Liebevoll drückte er sie auf ihr Kissen zurück.

»Es ist vielleicht besser, wenn du noch ein bisschen liegen bleibst. Die Dosis Chloroform, die der Typ dir verabreicht hat, könnte einen Elefantenbullen lahmlegen!«

»Danke für den netten Vergleich!«, antwortete Paula und verzog das Gesicht. »Übrigens … ich … möchte mich bei dir entschuldigen.«

»Wofür?«, fragte er, während er sie zudeckte.

»Du weißt schon … weil ich dich, glaube ich … ziemlich abscheulich behandelt habe!«

Er grinste sie an. »Wenn das Chloroform solche Einsicht in dir bewirkt hat, dann bin ich jetzt richtig froh, dass du was abbekommen hast!«

»Schuft!«

»Das Chloroform verliert seine Wirkung! Aber wenn du schon dabei bist … sag mir, was der Anlass dafür war!«

Plötzlich fühlte sie sich klein und schwach. Fast bereute sie es, den Mund aufgemacht zu haben. Jonny, der Frauenheld. Jonny, dem immer alle Frauen zu Füßen lagen. Nun auch sie.

»Die Rothaarige!«, antwortete sie knapp.

Seine Augen sahen sie fragend an.

»Ich war bei dir, an dem Abend, als wir Brandstätter festgenommen haben!«

Mit der flachen Hand schlug er sich gegen die Stirn. »Das war Vera, Vera Salomon. Du erinnerst dich? Sie ist eine Zeugin und die beste Freundin von Julia Ingbert!«

Es war doch nicht so wie im Film. Keine Schwester oder Cousine. Ein kleiner Hoffnungsschimmer, sie hätte sich alles bloß eingebildet, war da gewesen. Doch das hier war die Realität. Brutal und ehrlich.

»Dafür, dass sie nur eine Freundin von Julia Ingbert ist, war eure Abschiedszeremonie aber sehr innig!«

Vor ihrem Bett kniend strich er ihr zärtlich über die Haare.

»Du bist eifersüchtig. Das gefällt mir!«, antwortete er.

»Ich bin überhaupt nicht eif…!« Weiter kam sie nicht mehr. Der Kuss, mit dem er sie bedachte, erstickte all ihre unausgesprochenen Worte.

Es tat gut, seinen Geruch so intensiv wahrzunehmen, seine Lippen zu schmecken, ihn einfach wieder zu spüren. In dem Moment wusste sie, sie brauchte ihn, sie liebte ihn. Ob diese Beziehung Bestand haben würde, war eine andere Sache, aber um die wollte sie sich jetzt nicht kümmern. Sie genoss es, wie seine Zunge sie streichelte. Ihren Mund, ihren Hals, ihre Brüste.

Schwer atmend löste er sich von ihr.

»Ich glaube, das ist nicht der richtige Zeitpunkt. Denken wir an deine Gesundheit, und daran, dass jeden Augenblick jemand von den Kollegen an der Haustür klingeln könnte! Die Suche nach deinem Einbrecher läuft nämlich auf Hochtouren!« Sehnsüchtig schaute er sie an.

Sie wollte und konnte ihn jetzt nicht loslassen. Langsam zog sie ihn wieder zu sich herunter.

»Jetzt. Ich will es und übernehme die volle Verantwortung!«

»Gerd könnte jeden Moment hereinkommen, oder deine afrikanische Nachbarin, gar nicht auszudenken, was dann passieren würde!«, sagte er leise. »Wie wäre es, wenn ich die Nacht bei dir bleibe? Dann sind alle weg!«

Langsam löste sie sich aus seiner Umarmung.

»Vernünftiges Mädchen!«, sagte Jonny, indem er sie zärtlich von sich schob, um sich zu erheben. »Ich mache uns eine Tasse Tee und hole dir was zu essen. Der Arzt hat gemeint, du solltest heute noch etwas zu dir nehmen.«

Sie nickte. Jonny hatte recht. Und außerdem musste sie unbedingt mit ihm reden. Über den, der ihr das angetan hatte.

Sie glaubte, kurz eingenickt zu sein, doch als sie die Augen öffnete, war es draußen schon hell. Jonny lag schnarchend mitsamt seinen Kleidern neben ihr. Anscheinend hatte sie die ganze Nacht über tief und fest durchgeschlafen, ohne noch einmal aufzuwachen, um das Essen zu verspeisen, das er ihr gebracht hatte. Kekse, Tee und Obst standen noch immer unangetastet auf dem kleinen Tisch neben ihrem Bett.

Behutsam setzte sie sich auf. Den Umständen entsprechend fühlte sie sich richtiggehend gut, nur ein leichter Schwindel war noch da, der wohl eher von ihrem leeren Magen herrühren mochte, als von dem Chloroform.

Leise nahm sie sich einige der Kekse und ein Stück Apfel und aß im Bett sitzend. Mit jedem Bissen merkte sie, wie auch die Benommenheit langsam nachließ, und als sie noch eine Tasse Tee getrunken hatte, stand sie ohne größere Probleme auf.

Im Badezimmer angelangt blickte sie in ihr furchtbar aussehendes Spiegelbild. Braune Ränder zierten ihre Augenlider und die Haare sahen aus, als wären sie eine Woche nicht gewaschen worden. Schnell drehte Paula die Heizung auf, zog sich aus und ging unter die Dusche. Das Wasser brannte förmlich auf ihrer Haut, aber es tat gut, unter dem warmen Strahl zu stehen und alles abzuspülen, was von diesem schrecklichen Geschehnis noch übrig geblieben war. Sie seifte sich ausgiebig ein, jede Stelle ihres Körpers, um Reinheit zu schaffen. In ihrer Seele. In ihrem Kopf. Auf ihrer Haut. Danach fühlte sie sich wie neugeboren.

Als sie gerade dabei war Kaffee zu kochen, kam Jonny die Treppen herunter. Er sah verschlafen aus.

»Dachte ich mir doch, dass ich dich hier unten in Kaffeereichweite erwische!«, spöttelte er, bevor er sie an sich zog und küsste. Sie erwiderte seinen Kuss nur allzu gerne. Es tat gut, ihn zu spüren, zu wissen, dass es jemanden gab, dem sie etwas bedeutete.

»Könntest du noch eine Weile auf deinen Kaffee verzichten …?«, fragte er, während sie seine Erektion schon durch ihre Hose spürte.

Ohne zu antworten, zog sie ihn mit sich nach oben.

Sie sparten sich das gegenseitige Ausziehen, was sie sonst so gerne taten. Als sie ihn nach so langer Zeit wieder nackt sah, kamen all die Gefühle in ihr hoch, die sie die ganze Zeit erfolgreich verdrängt hatte. Tief seufzend genoss sie seine Berührungen. Seine Zunge wanderte so elektrisierend an ihren Oberschenkeln hinab, dass sie dachte, explodieren zu müssen. Ihre Brüste hoben und senkten sich bei jedem Atemzug. Geschickt deutete sie ihm an, sich hinzulegen. Sie setzte sich auf ihn, und sie verschmolzen in ihren glühenden Bewegungen. Sie liebten sich ausgiebig, bis sie irgendwann eng umschlungen nebeneinanderlagen, um sich einfach nur anzusehen und gegenseitig zu streicheln. Für einen Augenblick verspürte sie nur den einen Wunsch: ihn nie wieder loszulassen. Als sie nach langer Zeit auf den Wecker spähte, erschrak sie. Schon so spät?

Mit einem Satz schlug sie die Bettdecke zurück.

»Die Arbeit ruft!«, sagte sie und nahm das Kissen, um Jonny damit spaßhalber eine zu hauen, während er sie lachend an sich zog. Ihre Haare fielen in sein Gesicht, und nur mit Mühe konnte Paula ihn dazu bewegen endlich aufzustehen.

Gerade als sie ihre Kleider anzogen, fuhr Gerd mit einem Dienstwagen in ihre Einfahrt.

Als Paula ihm die Tür öffnete, machte er einen übermüdeten und angestrengten Eindruck.

Falls er bemerkt haben sollte, dass Jonny sein Shirt verkehrt herum trug und auch reichlich zerzaust aussah, ließ er es sich nicht anmerken.

»Wir haben die Spuren ausgewertet!«, sagte er, während Paula ihm eine Tasse Kaffee in die Hand drückte. Schwarz, ohne alles. So wie fast jeder von ihnen seinen Kaffee trank. Auf dem Revier waren Zucker und Milch selten verfügbar, sodass alle nach und nach auf schwarzen Kaffee umgestiegen waren.

Jonny steckte sich eine Zigarette an und blies genüsslich den Rauch aus. »Schieß los!«, forderte er seinen Kollegen auf.

»Fingerabdrücke einer unbekannten Person. Sehr wahrscheinlich männlich. Überall. An der Türklinke, an Schubladen …« Er deutete mit einer Kopfbewegung auf die Küchenschränke, die noch immer mit einer schwarzen Pulverspur behaftet waren.

»Sogar im Badezimmer haben wir welche gefunden!«
Paula schüttelte sich bei dem Gedanken, ein Fremder sei überall in ihrem Haus gewesen. Sie nahm sich vor, ihre gesamten Kleider so bald wie möglich zu waschen und das Haus gründlich zu putzen.
»Im Zentralcomputer konnten wir leider keine identische Person finden, also ist er nicht vorbestraft. Trateaux hat Stunden vor dem Scheißding verbracht!«
»Männliche Person?«, fragte Jonny.
Gerd nickte. »Anhand der Größe der Fingerabdrücke tippen die Techniker auf einen Mann zwischen 1,80 und 1,95 Meter.«
»Gibt es Hinweise auf eine Übereinstimmung mit Fingerabdrücken aus den Zügen? Ich meine ... könnte unser Märchenmörder etwas damit zu tun haben?« Jonny runzelte die Augenbrauen.
»Nein, das ist völlig ausgeschlossen!« Gerd schüttelte den Kopf und nahm einen Schluck Kaffee. »Wir haben nichts gefunden, was identisch oder annäherungsweise vergleichbar wäre mit den Spuren unseres Märchenmörders. Wie ist es mit dir Paula, hast du vielleicht einen Verdacht, wer es gewesen sein könnte?«
Bevor sie antwortete, musste sie kurz nachdenken. Natürlich hegte sie einen Verdacht, aber den durfte sie jetzt und hier noch nicht aussprechen. Ohne zu zögern, würden ihre Kollegen demjenigen gewaltig auf den Zahn fühlen, gegen den nur der geringste Verdacht bestünde. Außerdem würde sie sich lächerlich machen, wenn der Verdacht sich als unbegründet erweisen würde. Damit musste sie selbst klarkommen. Notfalls musste sie auf eigene Faust herausfinden, wer bei ihr eingebrochen war und warum. Sie nahm sich vor, bis auf Weiteres mit niemandem darüber zu reden, jedoch würde sie ein wachsames Auge auf ihren Nachbarn halten.
»Im Moment wüsste ich keinen, der das Verlangen haben könnte, in mein Haus einzubrechen, meine Sachen zu befummeln und mich mit Chloroform zu betäuben«, antwortete sie ruhig. »Das Einzige, was mich wirklich beschäftigt, ist die Tatsache, dass er einfach hier hereinspaziert ist. Ohne etwas kaputt zu machen, ohne auch nur die geringsten Anzeichen von Gewaltanwendung!«
Jonny und Gerd wechselten einen bekümmerten Blick.

»Du musst so schnell wie möglich dein Schloss auswechseln lassen. Am besten in Verbindung eines zusätzlichen Sicherheitsriegels mit Kette!«, schlug Gerd vor.
Bei dem Gedanken, er wollte sie verbarrikadieren, musste Paula lächeln. Gerd meinte es wirklich ernst.
»Ich werde noch heute einen Schlosser anrufen. Bevor ich mit euch zur Dienststelle fahre, möchte ich mich aber noch bei Hakika und Dada für alles bedanken!«
Nachdem sie ein paar nötige Sachen zusammengepackt hatte, kroch sie durch das Schlupfloch in der Hecke, welches Dada immer benutzte. Jonny und Gerd warteten im Wagen vor der Einfahrt auf sie. Der Hund, der im Zwinger saß, sah sie misstrauisch an, bellte kurz auf, als er die Klingel hörte, legte sich dann aber wieder brav vor seine Hütte, um sie weiterhin zu beobachten. Auch auf ein wiederholtes Klingeln öffnete niemand. Dann kauf ich eben noch ein paar Süßigkeiten für Dada sowie Blumen für Hakika und versuche es morgen noch einmal, nahm sich Paula vor.
Gerade als sie dabei war, wieder aus der Hecke herauszukriechen, sah sie plötzlich, wie sich bei ihren Nachbarn gegenüber die Gardinen bewegten. Anscheinend waren sie sehr neugierig, was um sie herum vorging. Oder war es bloßer Zufall? Doch was sie noch viel mehr interessierte: Wer von den beiden hatte sich am Fenster zu schaffen gemacht, der Lehrer oder seine Frau?

Gerd parkte den Wagen im Hof des Polizeireviers. Er hatte noch etwas in der Zentrale zu tun, sodass sie mit Jonny zusammen die Treppen hochging. Plötzlich zog er sie dicht an sich. Zärtlich küsste er sie, während er ihr Gesicht in die Hände nahm.
»Du bist das Schönste, was mir je begegnet ist …«, murmelte er ihr zärtlich ins Ohr.
Paula konnte nicht aufhören, ihm in die Augen zu sehen. Sie erkannte in ihnen, dass sie ihm wichtig war. Noch nie hatte er sie so angesehen. Sie spürte ein Kribbeln im Bauch.
»Ich lasse nicht zu, dass dir etwas passiert«, flüsterte er ihr zu. »Keine Sekunde lasse ich dich allein in der nächsten Zeit, das verspreche ich dir!«

Lächelnd sah sie ihn an und wollte gerade etwas erwidern, als sie Isabelles Stimme vernahmen, die auf dem Weg nach unten war. Es war zu spät, um sich aus der Umarmung zu lösen. Als Isabelle die beiden sah, hielt sie kurz an. Es war ihr deutlich anzumerken, wie erstaunt und verwundert sie über diese eindeutige Situation war. Verlegen räusperte sich Paula und wand sich aus Jonnys Umarmung heraus.
»Hallo Isabelle«, grüßte Paula verlegen, doch Isabelle erwiderte nur ein dahingestammeltes »Hallo« und lief an ihnen vorbei in Richtung Erdgeschoss.
Jonny sah Paula belustigt an, bevor sie ihre Abteilung betraten und er ihr galant die Tür aufhielt. Paulas Kolleginnen und Kollegen waren zutiefst besorgt, das zeichnete sich deutlich in ihren Gesprächen ab. Köhler bot Paula sogar an, seine Einliegerwohnung bis auf Weiteres, selbstverständlich kostenlos, zu nutzen, doch Jonny behauptete, er hätte sie quasi schon bei sich einquartiert, weil er dringend jemanden zum Spülen, Putzen und Kinderhüten gebrauchen könnte. Das führte zwar kurz Gelächter und Heiterkeit, doch schon bald konnte man wieder spüren, dass der Ernst der Situation nicht verkannt wurde.
»Solange wir nicht wissen, ob der Einbruch in Paulas Haus in direktem Zusammenhang mit unseren aktuellen Ermittlungen steht, bitte ich euch alle eindringlich, sehr vorsichtig zu sein und die Augen offen zu halten! Hoffentlich können wir anhand der uns vorliegenden Indizien den Einbrecher überführen. Ehrlich gesagt, ich kann kaum noch schlafen bei dem Gedanken, unser Märchenmörder könnte eventuell seine Finger im Spiel haben!«, sagte Köhler und schaute sorgenvoll zu Paula.
Auch die anderen Kollegen warfen ihr betroffene Blicke zu, was Paula äußerst unangenehm war. Zuerst der Tod ihres Bruders, dann die Ermittlungen, die ständig in eine Sackgasse führten, und jetzt auch noch ein Einbruch, bei dem ihr körperlicher Schaden zugefügt worden war. Sie hätte sich ohrfeigen können, dass sie zu feige gewesen war, bei ihren Kollegen um Hilfe zu bitten, als sie vor dem Haus stand und das Gefühl sie beschlich, dass etwas nicht stimmte. Sie nahm sich fest vor, beim nächsten Mal auf ihren Bauch zu hören.

Wenn er Alarm schlagen würde, dann würde sie auch entsprechend handeln.
Köhler unterbrach ihre Überlegungen.
»Nun wollen aber Paula und ich euch allen einen Vorschlag unterbreiten, wie wir im Fall GG weiter verfahren könnten. Eigentlich stammt die Idee von unserem neuen Staatsanwalt Tom Steffen, der uns aber damit keineswegs auf die Füße treten will, sondern gleichfalls daran interessiert ist, schnellstmögliche Fortschritte zu sehen. Paula und ich sind uns einig, dass dieser Vorschlag einen Versuch wert ist. Nicht wahr, liebe Kollegin?« Freundlich wandte er sich Paula zu und bat sie gleichzeitig, den anderen Kollegen die neue Strategie vorzustellen.
Sie nickte ihrem Chef kurz zu, stand auf und befestigte das Papier, das Köhler ihr in die Hand gedrückt hatte, am Flipchart.
»Im Grunde genommen ändert sich nichts an unserer bisherigen Vorgehensweise. Nur in puncto Organisation und strategisches Handeln gibt es einige Details zu besprechen, damit wir eventuell effektiver und zielstrebiger agieren können. Wir müssen die Ermittlungen in diesem Fall schneller vorantreiben, wie ihr mir sicher alle zustimmt. Bernhard Köhler hat ausdrücklich darauf bestanden, diesem Plan nur zuzustimmen, wenn wir uns alle dafür entscheiden. Außerdem hat er eine weitere Verstärkung unserer Abteilung abgelehnt, was alle gewiss nachvollziehen können. Mehr Leute bedeutet nicht immer unbedingt weniger Arbeit.«
Paula machte eine kleine Pause, bevor sie fortfuhr.
»Wir werden die Arbeit unter uns entschieden strukturierter verteilen müssen. Jeder Einzelne bekommt ein Gebiet zugeteilt, für das er die volle Verantwortung übernimmt. Der- oder diejenige ist zuständig für alle Details in diesem Bereich. Einmal am Tag werden die gesamten Ergebnisse miteinander abgeglichen und neue Anhaltspunkte besprochen. Jeder bekommt eine Stellwand, an der sein Aufgabenfeld mit allen Ergebnissen und Erkenntnissen visuell für alle dargestellt wird. Das bedeutet natürlich auch: ab sofort keine Schichteinteilung mehr. Jeder Einzelne kümmert sich selbst darum, wie er sein Pensum bewältigt.«

Für einige Sekunden herrschte vollkommene Stille im Raum. Jeder dachte über dieses neue Konzept nach und wägte es sorgfältig ab.
»Hat sicherlich Vor- und Nachteile dieser Plan!«, warf Jonny schließlich ein. »Zum einen kann man sich seiner Sache ganz widmen und sich effektiv damit auseinandersetzen, zum anderen ist es ein erheblicher Mehraufwand für jeden von uns!«
»Darum geht es im Eigentlichen«, warf Köhler ein. »Wir müssen gemeinsam entscheiden, ob wir einen Versuch starten wollen, uns auf diese außergewöhnliche, jedoch garantiert sehr effektive Arbeitsweise einzulassen.«
Irene meldete sich zu Wort. »Ich glaube, diese Methode würde uns mit Sicherheit mehr Freiraum bezüglich der Arbeitszeiten schaffen. Und man könnte sich ausdauernder mit einer Arbeit beschäftigen!« Sie warf Paula einen Blick zu, der besagte, dass es ihr momentan mehr als gelegen kam, die Arbeitszeiten selbst zu bestimmen.
»Also ich finde, wir sollten es wagen. Einen Versuch ist es allemal wert. Wenn wir damit tatsächlich schnellere Ergebnisse vorlegen können, dann macht diese Methode allemal Sinn!« Trateaux sprach diese Worte gewohnt freundlich und bestimmt.
Die anderen nickten einvernehmlich, was Köhler einen lauten Seufzer der Erleichterung entlockte.
»Mir fällt ein Stein vom Herzen!«, sagte er befreit. »Ich hätte die Entscheidung so oder so akzeptiert. Doch es ist immer recht schwierig, diese auch dem zuständigen Staatsanwalt nahezubringen, wenn er eine andere Sicht der Dinge hat! Danke an euch alle!« Damit erhob er sich und bat Paula, noch heute die Einteilungen vorzunehmen sowie die organisatorischen Details zu klären. Er musste noch einen Termin mit den Stadtabgeordneten und dem Bürgermeister wahrnehmen.
Nach zwei Stunden waren alle eingeteilt in ihre verschiedenen Sachgebiete. Dank der prompten Hilfe des Hausmeisters konnten auch sieben Stellwände aufgestellt, zugeteilt und beschriftet werden.
Isabelle übernahm die Koordination der Bahnhofsüberwachungen, während Irene sich um die Zeugenaussagen der Angehörigen und Freunde der Opfer kümmerte.

Gerd befasste sich mit der Spurenauswertung der Tatorte sowie mit den Orten, die mit den Taten in Zusammenhang standen.
Jonny trug Verantwortung für die gesamte Koordination der Erkenntnisse und untersuchte die Hintergründe der Opfer.
Trateaux übernahm die Recherchen sowie die Kooperationen mit den hinzugezogenen Experten.
Paula sollte für das Zusammentragen der einzelnen Berichte verantwortlich sein sowie für die weitere Verfolgung von Spuren, wie etwa die der ansässigen Männer, die noch im fortgeschrittenen Alter mit ihren Müttern zusammenwohnten.
Köhler würde sich weiterhin um die Presse und um die Organisation der gesamten Abteilung kümmern. Zu mehr kam er sowieso nicht.
Sie vereinbarten, täglich um 16 Uhr eine Besprechung abzuhalten, bei der alle anwesend sein sollten. Danach machten sich einige Kollegen schon an die Arbeit, andere gingen nach Hause. Gerd und Isabelle setzten sich zu einer Besprechung zusammen, da sie ab sofort Hand in Hand miteinander arbeiten mussten.
Nachdem Paula noch zwei Berichte in ihren Computer eingespeist hatte, machte sie sich auf den Weg zu Jonnys Büro. Mittlerweile war es fast halb zwölf, und sie wünschte sich nichts sehnlicher als eine heiße Dusche, eine Pizza und ein wenig Ruhe.
Vornübergebeugt saß Jonny an seinem Schreibtisch und machte sich mit einem dicken Filzstift eifrig Notizen auf Karteikärtchen, die er dann auf die drei Stapel verteilte, die vor ihm lagen.
»Bereit, meine Hübsche?«, fragte er lächelnd, als sie eintrat. Sie bejahte und deutete ihm mit einem Gähnen an, dass sie genug von diesem anstrengenden Tag hatte.
Fünf Minuten später saßen sie in Jonnys Wagen und fuhren in seine Wohnung. Unterwegs hatte Paula Mühe, ihre Augen offen zu halten. Erst jetzt machten sich die Müdigkeit und der Einbruch, der ihr noch immer in den Knochen steckte, bemerkbar.
Die Fahrt dauerte nicht lange. Oben in der Wohnung angekommen, warf sie sich sofort auf das bequeme Sofa, während Jonny alle Kerzen im Raum anzündete, die ihm zur Verfügung standen. Anschließend ließ er ein Bad ein, schnappte sich zwei Gläser, die er mit eiskal-

tem Sekt auffüllte, und lud sie in die Badewanne ein. Dieses Angebot nahm sie sofort und ohne Widerspruch an. Es war wunderschön, wenn sie zusammen waren, fand Paula.

Entspannt lehnte sie ihren Kopf zurück und schwelgte in diesem wundervollen Moment. In dem in zarten Brauntönen gehaltenen Badezimmer saßen sie bei Kerzenschein in der schönen großen Wanne und unterhielten sich über völlig belanglose Themen. Für einen kurzen Moment überlegte sie, wie es wäre, mit diesem Mann fest liiert zu sein. Doch dann fiel ihr Susi wieder ein und seine kleine Tochter Marie. Ganz so einfach wie heute würde sich das Zusammenleben nicht gestalten. Innerlich fluchend scheuchte sie diese Gedanken fort und rutschte ein wenig näher zu ihm. Langsam ließ sie ihre Hand an seinen Oberschenkeln nach oben gleiten. Genüsslich schloss Jonny seine Augen und kostete jede ihrer Bewegungen aus. Paula glitt mit ihrem Körper ins Wasser und legte sich zwischen seine Beine. Zärtlich fuhr sie mit ihren Händen über sein empfindlichstes Teil, bis er fast die Beherrschung verlor. Jonny richtete sich auf, packte sie an den Hüften und zog sie auf sich. Das Wasser schwappte am Wannenrand hinunter, doch das war ihnen völlig egal. Als seine Bewegungen immer schneller wurden, schrie Paula wollüstig auf. Keuchend zog er immer wieder ihren Kopf zu sich, und seine nassen kalten Lippen fühlten sich wunderbar an. Sie konnten nicht genug voneinander bekommen.

Später lagen sie entspannt aneinandergeschmiegt auf der Couch und sahen sich einen Western aus dem Jahre 1959 mit Cary Cooper an. Es dauerte nicht lange, bis die Müdigkeit Besitz von ihnen ergriff und sie, jeweils geborgen im Arm des anderen, einschliefen.

Zwanzig

Er hatte das nicht gewollt, doch sie hatte ihn so provoziert. Ihm war keine andere Wahl übrig geblieben, als ihr einen Knebel zu verpassen. Keine der anderen Frauen hatte eine solch starke Gegenwehr geleistet. Für sein großes Unterfangen war sie auf keinen Fall geeignet, obwohl sie äußerlich jeden Anspruch erfüllte. Zutiefst bedauerte er, sie nicht daran teilhaben lassen zu können, wenn er als Höhepunkt die Märchen miteinander vereinen würde. Kurzzeitig überlegte er, ob er sie an einem Baum aufhängen sollte. Doch er verwarf den Gedanken wieder. Damit würde er ein Ebenbild seiner Mutter schaffen, die sich in ihrem Wahn an dem nächstbesten Baum aufgeknüpft, jeder Verantwortung gegenüber ihrem Sohn abgeschworen und sich einen feuchten Kehricht darum geschert hatte, wie es mit ihm weiterging. Als sein Vater irgendwann bei einem Arbeitsunfall ums Leben gekommen war, hatte sie jegliche Orientierung verloren. Er selbst, ihr Sohn, den sie geboren und dem sie das Leben geschenkt hatte, konnte ihre Trauer nicht mildern. Er war in ihren Augen ein Nichts gewesen. Ein Anhängsel, für das es sich nicht zu leben lohnte. Das hatte er ihr niemals verziehen. Vor allem nicht in den Momenten, in denen SIE anfing, sich um ihn zu kümmern, ihn in die Welt der Schmerzen einführte und sich daran zutiefst erlabte, ihn hilflos, schutzbedürftig und auf SIE angewiesen zu sehen. Ein heiseres Lachen entfuhr ihm, und er konnte es sich nicht verkneifen, nochmals in den Keller zu gehen, um sie durch die abgedunkelte Glasscheibe zu beobachten. Wie würde sie wohl schreien, wenn er sie gleich von hinten ficken würde? Bei dem Gedanken bekam er eine heftige Erregung. Mit beiden Händen stütze er sich an der Wand ab und atmete tief ein und aus, bevor er sie erneut betrachtete.

Splitternackt und zitternd saß sie in einer Ecke auf dem kalten Betonboden, auf dem sich die Urinlachen ausbreiteten. Ihre Hände hatte er zwischen den Beinen zusammengebunden, der Knebel saß fest auf

ihrem Mund, und sehen konnte sie ebenfalls nichts. Er musste sie nur umdrehen und seinen Schwanz in sie hineinstecken. Sie konnte sich nicht wehren. Sie konnte nicht schreien. Dieser Gedanke ließ ihn die Beherrschung verlieren. Eilig zog er sich aus und öffnete die schwere Stahltür zu ihrem Verlies. Ihr stärker werdendes Zittern war deutlich zu erkennen. Sie ahnte, was jetzt passieren würde. Und genau das beflügelte ihn regelrecht. Er musste tun, was getan werden musste. Mit einem Tritt in die Seite drehte er sie auf den Bauch und stürzte sich sofort von hinten auf sie. Während er kräftig in sie hineinstieß, kamen kehlige Schreie aus ihrem Mund. Sie hatte hörbare Probleme mit dem Atmen. Doch auch das trug zu seiner Stimulation bei. Als er laut wimmernd kam, ejakulierte er über ihren Rücken, drehte sie herum und strich mit seinen Händen Sperma über ihre Brüste. Ruckartig stand er auf und ging hinaus, um die Tür umgehend zu verriegeln. So schnell er konnte, eilte er nach oben ins Badezimmer. Bevor SIE dahinter kam, was er wieder angestellt hatte, musste er geduscht sein. Die Bürste hinterließ rote Striemen auf seiner Haut, und das eiskalte Wasser ließ ihn aufschrecken.
Morgen nach der Arbeit würde er darüber entscheiden, in welchem der Märchen die Neue eine Rolle spielen dürfte. Das war die einzige Ehre, die er ihr zuteilwerden lassen konnte.

Da Isabelle die Überwachung der gesamten Bahnhöfe übernommen hatte, inspizierte sie noch am gleichen Abend den Bahnhof in Heimbach, wie auch dessen gesamte Umgebung.
Als sie zu Fuß, mit der MAG-LITE bewaffnet, den kleinen Haltebahnhof abging und lange Zeit durch eine Wiese stampfte, fielen ihr im feuchten Gras leichte Reifenspuren auf. Mithilfe der Taschenlampe schaute sie sich die Spuren genauer an und konnte mit wachsamen Augen feststellen, dass sich neben den Reifenspuren auch schmalere Spuren befanden, die möglicherweise von einem Rollstuhl stammen konnten.
Geistesgegenwärtig rief sie die Kriminaltechniker an, die innerhalb kürzester Zeit zur Stelle waren, um ihre Untersuchungen durchzuführen. Noch in der Nacht faxten sie einen dreiseitigen Untersu-

chungsbericht an Isabelle, der ihre Vermutung bestätigte. Höchstwahrscheinlich war der Rollstuhl an Ort und Stelle in einen Wagen verladen worden. Aber nicht nur diese Spuren erregten gewaltiges Aufsehen, sondern auch zwei Haare, die im knöchelhohen Gras gefunden worden waren. Isabelle hatte der ganzen Sache eine hohe Dringlichkeit verliehen, welche die Techniker veranlasste eine Sondernachtschicht einzulegen. Mit überwältigendem Ergebnis: Die DNA eines der Haare stimmte mit der DNA des gefundenen Spermas an den Opfern überein und ebenso mit der DNA des Blutes am Bahnhof in Idar-Oberstein. Jetzt gab es keinen Zweifel mehr, alles deutete auf den einen Täter hin, der sich als gehbehindert ausgab. Das zweite Haar stammte zweifelsfrei von Julia Ingbert. Jetzt war auch klar, wo genau der Märchenmörder seine Opfer von der Bildoberfläche verschwinden ließ. Vielleicht waren diese sogar freiwillig in das Fahrzeug eingestiegen, weil er so vertrauenswürdig gewirkt hatte.
Angaben über den Fahrzeugtyp konnten nicht gemacht werden. Diesbezüglich hatte ihnen das zuständige Labor wenig Hoffnungen gemacht. Um ihn bestimmen zu können, brauchten sie eindeutigere Spuren. Jedoch wollten sie die Spuren einem Experten schicken, der sich darauf spezialisiert hatte. Vielleicht war er in der Lage einen vagen Fahrzeugtyp zu bestimmen.
Gleich am nächsten Morgen präsentierte Isabelle die neuen Ermittlungsergebnisse. Die ganze Nacht hatte sie auf dem Sessel in ihrem Büro verbracht, um ihnen diese Botschaft persönlich überbringen zu können, was sie mit unglaublichem Stolz erfüllte.

Irene hatte den Morgen dazu genutzt, die längst ausstehenden Arztbesuche zusammen mit ihrer Mutter zu erledigen. Danach hatte sie Felicia von der Schule abgeholt und gekocht. Frau Bertram hatte an diesem Nachmittag einen wichtigen Termin bei einem Notar, um ihrer Tochter, die sich nur alle drei Jahre freiwillig bei ihr meldete – und meistens nur, wenn sie mal wieder Geld brauchte –, das Haus überschreiben zu lassen. Die alte Dame war der Ansicht, der Tod könnte sie zweifelsohne jederzeit dahinraffen. Da wollte sie wenigstens sicher sein, dass alles seine Ordnung hatte. Sonst kam die

arme Rafaela auf einmal noch in die Verlegenheit, die volle Höhe der Erbschaftssteuer zahlen zu müssen. So weit sollte es auf keinen Fall kommen, das Kind hatte doch genug Sorgen am Hals.
Irene seufzte. Ihre Mutter konnte sie für ein paar Stunden sich selbst überlassen. Nach den anstrengenden Arztbesuchen und dem gehaltvollen Mittagessen würde sie sicherlich für längere Zeit schlafen. Solche Ausflüge kosteten sie mittlerweile unglaubliche Kraft. So blieb ihr nichts anderes übrig, als Felicia mitzunehmen.
An diesem Tag hatte sie eigentlich nur vorgehabt, bei Herrn Holland vorbeizuschauen, um ihm das Gefühl zu geben, in die laufenden Ermittlungen miteinbezogen zu werden. Auch sollte er im Bilde sein, was alles dafür getan wurde, um den Täter hinter Schloss und Riegel zu bringen. Es war sehr wichtig ständigen Kontakt zu den Opfern zu pflegen, das wusste Irene aus Erfahrung. Sie konnten einem ganz schön die Hölle heißmachen, wenn sie nichts mehr über den aktuellen Ermittlungsstand erfuhren. Der Eindruck, die Polizei unternähme in ihrer Sache nichts mehr, brachte sie schier um den Verstand.
Bei diesen Besuchen ergab es sich fast immer, dass man weitere Details erfuhr, die vorher unerwähnt geblieben waren.
Um 16 Uhr klingelte sie deshalb, mit Felicia an der Hand, die artig neben ihr stand, an Herrn Hollands Haustür. Ihren Besuch hatte sie nicht angekündigt, und so hoffte sie inständig ihn anzutreffen. Sie verspürte wenig Lust, ein weiteres Mal anzureisen. Es dauerte einige Sekunden, bis sie von drinnen Geräusche vernahm.
Kurz darauf wurde die Tür geöffnet. Für einen Moment kam es Irene so vor, als wäre Herr Holland über ihren unerwarteten Besuch erschrocken, jedoch bat er sie nach anfänglichem Zögern freundlich herein. Er forderte sie auf, an dem antiquarischen Küchentisch Platz zu nehmen. Bevor Irene ihr Anliegen vorbrachte, nahm sie dankend eine Tasse Kaffee entgegen, Felicia ein Glas Wasser.
»Eigentlich bin ich vorbeigekommen, um Sie über unsere Ermittlungen auf dem Laufenden zu halten«, begann sie in sanftem Ton. »Natürlich darf ich gewisse Dinge nicht weitergeben, doch wir haben seit heute eine heiße Spur, was den Täter betrifft. Es ist uns gelungen, die DNA des Mannes zu bestimmen, der für uns als Tatverdächtiger

infrage kommt. Außerdem haben wir einen ersten Anhaltspunkt darüber, wo er zugestiegen und ausgestiegen ist.«

Herr Holland nahm ebenfalls Platz und sah sie aus leeren Augen heraus an. »Aber er ist immer noch auf freiem Fuß und kann sich entspannt nach weiteren Opfern umsehen, falls er nicht schon wieder eine Frau in seiner Gewalt hat. Wie ich gehört habe, wird ein junges Mädchen vermisst! Der Schluss liegt nahe, dass er sie genauso umbringen wird wie Julia Ingbert und meine geliebte Frau!«

Irene schaute kurz zu ihrer Nichte herüber, die ihre Blicke verlegen durch die Küche wandern ließ. Sie wusste genau, dass solche Gespräche eigentlich nicht für ihre Ohren bestimmt waren.

»Ich verstehe …«, sagte Herr Holland und deutete mit dem Kopf zu dem Kind. »Ich werde nicht weiter ins Detail gehen. Aber ich will diesen Mann hinter Gitter sehen! Erst dann werde ich meine Ruhe finden und den Tod meiner Frau verarbeiten können. Sofern mir das überhaupt jemals möglich sein wird!«

In diesem Moment stupste Felicia ihre Tante am Arm. »Ich muss mal …«, meinte sie ungeduldig.

»Gleich neben der Haustür auf der linken Seite«, sagte Herr Holland, noch bevor sich Irene nach der Toilette erkundigen konnte.

Zusammen mit Felicia ging sie zu der kleinen Gästetoilette. Kaum waren sie dort, stellte das Mädchen schon die erste Frage. Die hatte Irene auch erwartet, allerdings erst später.

»Ist die Frau von dem Mann tot?«, fragte Felicia mit ihrem hellen Stimmchen.

»Ja, aber das erkläre ich dir später, mein Schatz. Bitte stell jetzt keine weiteren Fragen mehr darüber. Ich spreche nachher mit dir darüber, versprochen.«

»Warum später?«, fragte sie. Anscheinend wollte sie sich nicht so recht damit abfinden, dass die Befriedigung ihrer kindlichen Neugier warten musste.

Irene stöhnte kurz auf.

»Felicia, bitte!«, sagte sie in strengem Ton.

Das Kind zog einen Schmollmund und machte sich daran die Hände zu waschen. In diesem Moment stolperte sie auf dem kleinen Vorleger, der vor dem Waschbecken lag, und verlor das Gleichgewicht. Um nicht zu stürzen, hielt sie sich an einem schmalen Holzschränkchen fest, das sich rechts daneben befand. Unter ihrem Gewicht fing es an bedenklich zu wackeln. Etwas klirrte und mit einem Ruck flog die untere Tür auf, aus der mehrere Glasfläschchen herauspurzelten. Erschrocken bückte sich Irene und sammelte hastig die kleinen Glasfläschchen auf, um sie schnell wieder zu verstauen. Als ihr Blick auf das Etikett einer der Flaschen fiel, glaubte sie zuerst, sich verlesen zu haben. Sie schaute noch einmal darauf. Das Wort stand dort, kein Zweifel. Ihr Puls beschleunigte sich schlagartig.

»Was ist denn? Geht es dir nicht gut, Tante Irene?«, fragte Felicia voller Schuldbewusstsein.

»Nein ... alles in Ordnung mein Schatz. Alles in Ordnung!« Sie bemühte sich, ihre Nichte nicht zu beunruhigen.

Blitzartig überlegte sie, was sie nun tun sollte. Wäre Felicia nicht dabei gewesen, hätte sie Herrn Holland gleich zur Rede gestellt. Aber sie hatte keine Ahnung, was passieren könnte. Zu gefährlich.

Sollte sie die Kollegen anrufen?, fragte sie sich. Vermutlich wären sie in einer Viertelstunde hier. Aber dann wäre Felicia trotzdem noch da.

»Gehen wir jetzt?« Felicia wurde sichtlich ungehalten.

»Ja, wir gehen. Aber zuerst verabschieden wir uns noch«, antwortete Irene.

Sie wartete, bis ihre Nichte die Tür geöffnet hatte, um dann unauffällig das Fläschchen in ihre Tasche gleiten zu lassen.

Herr Holland trocknete mittlerweile das Geschirr ab, das auf der Ablage stand.

»Ja, dann wollen wir mal ...«, sagte Irene zu Herrn Holland gewandt. »Falls Sie Fragen haben, wissen Sie ja, wie Sie mich erreichen können!«

Fragend schaute Holland sie für Sekunden an. Zum Abschied gaben sie sich die Hand, und er begleitete sie noch hinaus. Irene hoffte inständig, dass er nicht bemerkte, wie nervös sie war.

Sie fuhr mit Felicia nach Hause, in der Hoffnung, Frau Bertram wäre schon von ihrem Notartermin zurück. Gott sei Dank war dem auch so. Nachdem sie Felicia in ihre Obhut übergeben hatte, stieg sie in

Windeseile wieder in ihren Wagen, um aufs Revier zu fahren. Unterwegs überlegte sie jedoch, ob sie die Sache nicht lieber selbst in die Hand nehmen sollte, da sie ihren Kollegen sonst langwierige Erklärungen wegen Felicia abgeben müsste. Warum sollte sie sich jetzt die Mühe machen? Das konnte sie genauso gut später noch tun. Nach einigem hin und her entschloss sie sich schließlich, alleine zu ihm zu fahren. Innerhalb von zwanzig Minuten stand sie wieder vor seinem Haus und hoffte, er würde die Ruhe bewahren, wenn sie ihn mit dem Fläschchen konfrontieren würde.

Langsam schritt sie zur Tür und betätigte die Klingel, die ein zartes Glockenspiel von sich gab. Es dauerte keine fünf Sekunden, bis er ihr öffnete.

»Ich war felsenfest davon überzeugt, Sie würden mit Verstärkung auftauchen«, sagte er mit ruhiger Stimme. »Ich hätte nicht vermutet, dass Sie den Mut besitzen alleine wiederzukommen. Aber bitte, treten Sie doch ein!« Er machte eine einladende Handbewegung und trat zur Seite.

»Herr Holland, anscheinend wissen Sie schon, warum ich wieder hier bin ...«, sagte Irene. »Denken Sie nicht, dass ich herumgeschnüffelt habe. Ich bin eher zufällig auf dieses Fläschchen gestoßen.«

Er nickte. »Sollte wohl so sein. Wahrscheinlich haben Sie Ihrer Nichte diesen Glückstreffer zu verdanken. Ohne sie hätten Sie vermutlich nicht meine Toilette benutzt.«

»Haben Sie etwas mit dem Überfall auf meine Kollegin Paula Eschmann zu tun?«, fragte Irene ernst.

»Sie haben vergessen mir meine Rechte zu verlesen, denn alles was ich jetzt sage, kann ja bekanntlich gegen mich ver...«

Irene unterbrach ihn barsch. »Herr Holland, wir haben noch keinen Tatbestand. Es sei denn, Sie geben zu, etwas damit zu tun zu haben!«

»Ja, das habe ich«, antwortete er ungerührt. »Ich bin in das Haus Ihrer Kollegin eingebrochen und habe mich in einem Zimmer voller Farben und Pinsel versteckt, bis sie eingeschlafen war. Anschließend betäubte ich sie im Vollbesitz meiner geistigen Fähigkeiten mit dem Mittel, das Sie bei mir gefunden haben.«

»Sie hätten sie damit umbringen können!«, warf Irene aufgebracht ein. »Was haben Sie sich bloß dabei gedacht? Eine Frau zu schädigen, die auf Ihrer Seite kämpft, also wirklich!«

Herr Holland fiel merklich in sich zusammen. Sein Atem ging jetzt schnell und stoßweise.

»Ich möchte mich setzen«, sagte er und ging voraus ins Wohnzimmer.

Der Raum wurde von frei stehenden Fachwerkbalken in zwei Hälften geteilt, was ungeheuer gemütlich aussah. Doch dafür hatte Irene jetzt keinen Blick. Sie setzten sich. Herr Holland auf das Sofa, Irene auf einen Sessel, der in der Nähe der Tür stand. Man konnte nie wissen, wie sich jemand verhielt, den man gerade beschuldigt hatte, eine Straftat begangen zu haben.

»Ich habe niemandem schaden wollen ...«, erzählte er weiter, »nur ein bisschen Druck machen, damit die Ermittlungen nicht einschlafen. Meine größte Angst ist, dass der Mörder meiner Frau nicht gefunden wird. Deshalb dachte ich mir, wenn eine Polizistin überfallen wird, würden alle vermuten, der Märchenmörder stecke dahinter. Wenn Polizisten zu Schaden kommen, beschleunigen die anderen ihre Arbeit.«

Irene sah ihn kopfschüttelnd an. »Denken Sie wirklich, wir lassen uns an der Nase herumführen und sind nicht in der Lage, Vorfälle von ihrer Art her zu unterscheiden? Es war uns allen doch sofort klar, dass es sich hier um einen ganz anderen Täter handeln muss! Das Einzige, was Sie getan haben, war eine Kollegin gesundheitlich zu schädigen, die, wie schon gesagt, auf Ihrer Seite steht. Es ist Ihnen bestimmt bewusst, welche gesundheitlichen Schäden Chloroform hervorrufen kann! Genau aus diesem Grund darf es nur noch als Lösungsmittel verwendet werden. Außerdem würde mich interessieren, wie Sie überhaupt in den Besitz dieses Fläschchens gelangt sind? Meines Wissens können nur industrielle Betriebe mit einer Lizenz solche Stoffe erwerben!«

»Oder Krankenhäuser ...«, antwortete Herr Holland. »Ich habe es im Krankenhaus mitgehen lassen, als ich dort nach dem Tod meiner Frau behandelt wurde.«

Er machte eine kleine Pause, in der er den Kopf gesenkt hielt.
»Was werden Sie jetzt tun? Mich verhaften? Oder überlassen Sie das Ihren Kollegen?«
»Ich werde jetzt auf dem Revier anrufen und mitteilen, dass Sie sich dazu bekannt haben, in Frau Eschmanns Haus eingedrungen zu sein und sie mit Chloroform betäubt zu haben. Ich bin mir sicher, Sie werden keine härtere Strafe als eine Bewährung bekommen. Allerdings nur, wenn Sie bei ihrem Geständnis bleiben«, antwortete Irene und nahm ihr Handy aus der Tasche. Zitternd gab sie die Nummer ein.
Jonny meldete sich nach dem dritten Läuten. Mit kurzen Sätzen erläuterte sie ihm die Lage.
Schleppend verlief die Zeit, bis ihre Kollegen eintrafen. Irene wollte Holland keine Sekunde aus den Augen lassen. Ihr Gefühl sagte ihr, dass er innerlich kapituliert hatte, was bedeutete, er könnte sich jederzeit etwas antun. Als sie endlich einen Wagen vor der Tür hörte, atmete sie merklich auf.
Gerd und Jonny nahmen den Mann fest. In Anbetracht seiner Situation verzichteten sie auf Handschellen. Jonny fuhr, und Gerd setzte sich nach hinten zu Holland.
Aufgrund seines Geständnisses, das er sofort bereitwillig ablegte, wurde noch am gleichen Abend ein Haftbefehl gegen ihn ausgestellt. Er war persönlich von Tom Steffen unterzeichnet.

Einundzwanzig

Jonny hatte Paula nach der Dienstbesprechung, die sich wegen Holland nach hinten verschoben hatte, zum Essen eingeladen. In einem geschmackvoll eingerichteten Restaurant, ganz in der Nähe von Jonnys Wohnung, hatten sie noch einen Tisch bekommen, der direkt an einem großen Fenster gelegen war. Das warme Licht der Straßenlaternen fiel hinein, welches für die wenigen Passanten leuchtete, die sich um diese Zeit noch draußen aufhielten.

»Bist du erleichtert, dass du jetzt weißt, wer der Täter ist?«, fragte Jonny, während er erfolglos versuchte den Salat mit seiner Gabel mundgerecht aufzuspießen.

»Natürlich bin ich froh, die Sache geklärt zu wissen«, sagte Paula. »Für kurze Zeit hatte ich tatsächlich meinen Nachbarn verdächtigt. Der Gedanke, er könnte etwas damit zu tun haben, hat mich ehrlich gesagt nicht gerade aufgebaut.«

»Du hast nie erwähnt ...«

Paula unterbrach ihn. »Ich habe zu niemandem etwas gesagt, weil ich nicht wollte, dass ihr vorschnelle Schlüsse zieht und jemand Unschuldiges darunter leiden muss«, entgegnete Paula. »Und das hättet ihr garantiert getan. Ich habe eure Gesichter gesehen – zu allem bereit!«

Jonny musste lachen.

»Da liegst du nicht ganz verkehrt. Gerd und ich waren sehr aufgebracht. Aber du hättest die anderen sehen sollen, als sie vom Überfall erfahren haben!«

Jetzt musste Paula lachen. »Ich kann es mir lebhaft vorstellen!«

»Wie läuft es beim Doc? Wann ist deine nächste Untersuchung?«, fragte Jonny.

Paula blickte ausweichend auf ihren Salat.

»Jetzt sag bloß, du hast noch keinen Termin abgemacht?« Jonny schaute sie ernst an. »Hoffentlich bist du dir im Klaren darüber, welche gesundheitlichen Probleme das Einatmen von Chloroform mit sich bringen kann! Das solltest du nicht auf die leichte Schulter nehmen!«

»Ich verspreche dir, ich hole mir sofort morgen Früh einen Termin bei Dr. Schreiber. Zufrieden?«

Statt zu antworten, streichelte Jonny ihr zärtlich über die Wange.

»Braves Mädchen!«, lobte er sie. In diesem Moment klingelte sein Handy. Er nahm es aus der Hosentasche und schaute kurz aufs Display. Was er dort sah, ließ ihn die Augenbrauen hochziehen.

»Hallo ...«, meldete er sich widerwillig.

Am anderen Ende wurde gesprochen. Paula konnte die Worte zwar nicht verstehen, aber die Stimme erkannte sie. Sofort und ohne Umschweife. Susi. Ein Stich durchzuckte sie.

»Ja, ich weiß, aber ich hatte zu tun!«, antwortete er entschuldigend. »Im Moment arbeiten wir auf Hochtouren wegen unseres Märchenmörders!«

Die Stimme in der Leitung wurde lauter. Bestimmt versuchte sie, ihm wegen seiner Tochter Marie ein schlechtes Gewissen einzureden. Und genauso sah sein Gesicht nach weiteren zwei Minuten aus.

»Okay, ich komme auf jeden Fall morgen Abend. Ja, du kannst deinen Yogakurs besuchen. Ich nehme sie über Nacht mit zu mir und bringe sie morgens in den Kindergarten. Ja. Bis dann ...«

Er steckte sein Handy wieder in die Hosentasche und schwieg für einige Sekunden. Er wusste, dass alle sich den Mund darüber zerrissen, weil Susi ihn angeblich ausnutzte. Aber er hatte eine Verantwortung seiner Tochter gegenüber.

Paula versuchte, es ihm so leicht wie möglich zu machen.

»Ich wollte morgen sowieso in den Indoor-Spielplatz ...« Verschmitzt lächelte sie ihn an.

Jonny sah ihr in die Augen, und sein Blick war auf einmal wieder ganz sanft.

»Das passt gut. Auch ich hatte vor dorthin zu gehen ...!«

Sie mussten beide lachen. Zärtlich beugte er sich über den Tisch, um sie zu küssen.

»Wo gedenkt meine Herzdame heute zu nächtigen? In der beschei-

denen Wohnung ihres Lovers oder in ihrer eigenen Villa, in der sie ihr zu Füßen liegender Verehrer vor allem Bösen beschützen wird?«
Für einen Moment legte Paula ihren Kopf ein wenig schief, bevor sie ihm antwortete. Er liebte diese Geste an ihr, und wenn im selben Augenblick der Kellner nicht mit dem Essen gekommen wäre, dann hätte er sie zu sich gezogen und nie wieder losgelassen.
»In der Villa …«, raunte sie ihm leise zu, bevor serviert wurde.

Mitten in der Nacht wachte sie von ihrem eigenen Herzklopfen auf. Es dauerte einige Sekunden, bis ihr wieder einfiel, wo sie sich befand. Jonny lag friedlich schnarchend neben ihr.
Alles im Haus war still. Innerhalb weniger Sekunden registrierte sie, dass es keine Angst gewesen war, die ihr Herz so schnell und laut zum Klopfen gebracht hatte. Es war etwas anderes. Ein unbestimmtes Gefühl hatte sie plötzlich wieder beschlichen. Benebelt von ihren eigenen Gedanken, setzte sie sich im Bett auf. Paula war nackt eingeschlafen, was sie ungern tat. In der Nacht fror sie oft. Vielleicht lag es daran, dachte sie und stand leise auf, um sich einen Schlafanzug aus ihrem Schrank zu holen. Der Radiowecker zeigte 3.14 Uhr. Schnell zog sie sich an und kuschelte sich wieder ins Bett an die nackte Schulter von Jonny. Doch sie konnte nicht mehr einschlafen. Immer wieder kam dieses Gefühl in ihr hoch, das sie nicht richtig zuordnen konnte. Mit offenen Augen starrte sie zum Fenster, durch das ein zartes Mondlicht fiel. Wäre der Tod ihres Bruders nicht gewesen und hätten sie den Märchenmörder schon hinter Schloss und Riegel gehabt, dann hätte sie sich jetzt rundum glücklich gefühlt. Wahrscheinlich liebte sie Jonny, das wurde ihr immer mehr bewusst. Und sie glaubte fest daran, dass er sie auch liebte. Doch es gab immer noch einige Ungereimtheiten, die sie, bevor sie eine feste Beziehung mit ihm eingehen wollte, unbedingt noch klären musste. Zum einen war da die Geschichte mit Vera Salomon, die sie ihm nicht abkaufte. Irgendwann, vor einigen Tagen, hatte sie den Namen wieder in einer Zeugenaussage gelesen. Dabei war ihr ganz schlecht geworden. Irgendetwas stimmte nicht mit Jonnys Erklärung. Warum war sie bei ihm gewesen? Die Zeugenvernehmung

war in ihrer Wohnung durchgeführt worden. Und zu einem viel früheren Zeitpunkt.

Also log er sie an. Im Moment brachte sie nicht die Kraft auf, diese Sache mit ihm auszudiskutieren, aber aufgeschoben war nicht aufgehoben. Zudem war Jonny schlichtweg ein unverbesserlicher Frauenschwarm, das war ihr klar. Er sah nicht nur unverschämt gut aus, sondern er war auch noch mit einem gesegneten Charme bestückt, dem nur wenige Frauen widerstehen konnten. Sie jedenfalls gehörte nicht dazu.

Und auch der Tod ihres Bruders lastete schwer auf ihr. Noch immer hatte sie der Trauer keine Gelegenheit gegeben sich Bahn zu brechen. Doch irgendwann würde es so weit sein. Spätestens dann, wenn ihre Ermittlungen zum Erfolg führten. Sie hatte diesen Gedanken noch nicht zu Ende gedacht, als es ihr plötzlich wie Schuppen von den Augen fiel.

Anna Grothe. Sie war noch am Leben, das spürte sie ganz intensiv. Und was war mit der Frau, die vor einigen Jahren spurlos verschwunden war? Die, von der Roberta ihr erzählt hatte? Im Stress der vergangenen Tage hatte sie vergessen, sich weiter darum zu kümmern. Und was war mit dem gut aussehenden Mann, dem sie und Gerd einen Besuch abgestattet hatten? War er der Schlüssel zu einer Spur? Sie hatten ihn nicht weiter überprüft. Sie musste sich darum kümmern, um all die kleinen Dinge, die am Ende bestimmt einen Zusammenhang ergaben oder wenigstens eine weitere Spur, die sie verfolgen konnten. Und es sollte am besten schnell gehen, damit sie Anna vielleicht noch lebend entgegentreten konnte.

4.26 Uhr. Sie hielt es nicht mehr länger aus. Eilig schlüpfte sie aus dem Bett, um ihre Kleider zu holen. Da erinnerte sie sich, dass Jonnys Auto vor ihrer Garage stand. Dann musste sie eben mit seinem Audi fahren und ihm die Schlüssel zu ihrem BMW hier lassen. Leise durchsuchte sie seine Taschen, bis sie ihn schließlich in seiner Jackentasche fand. Ebenso leise verließ sie das Haus, nachdem sie eine Notiz am Badezimmerspiegel befestigt hatte.

Zweiundzwanzig

Mehrmals hatte er versucht sie anzurufen, doch sie hatte sich nicht gemeldet. Äußerst ungewöhnlich. Langsam übermannte ihn Furcht. Hatte er zu viele Ansprüche gestellt? Fühlte sie sich nicht mehr wohl bei ihm? Wollte sie einen Schlussstrich unter ihre gemeinsame Beziehung setzen, weil er nicht gut genug für sie war?
Wie ein Tiger lief er im Haus hin und her, während er sich Sorgen machte, dass sie nicht mehr kommen würde. Erst jetzt wurde ihm so richtig bewusst, wie viel ihm an dieser Frau lag, die noch nicht einmal besonders hübsch war. Auf jeden Fall mehr, wie er sich eingestehen wollte.
Im Grunde genommen war es gut, dass sie nicht da war, überlegte er. Wieder überkam ihn diese Angst, sie würde sein Geheimnis entdecken. Erst wenn er es geschafft hatte, sein Endprojekt fertigzustellen, erst dann würde er sie einweihen. Schon jetzt ahnte er, dass er sie damit auch verlieren würde, doch ihr schreckhafter Blick in den wunderschönen grünen Augen würde ihn für den Verlust entschädigen. So hatte er es schon seit Langem geplant und so stand es geschrieben. Er, der Herrscher über Gut und Böse würde alle vereinen und damit sein eigenes Märchen schreiben.
Das Telefon im Flur klingelte. Er eilte hinaus, um abzunehmen. Bestimmt war sie es. Er fühlte es.
Ihre Stimme klang wie eine zarte Melodie in seinen Ohren. Gleich nach der Dienstbesprechung, gegen 18 Uhr, würde sie zu ihm kommen. Erleichtert atmete er auf. Sie wollte ihn noch. Er würde sie nicht verlieren. Seine Angst war völlig unbegründet gewesen.

Paula wälzte die alten Akten, um den Fall von Annemarie Truschek zu finden, die vor über zwanzig Jahren spurlos verschwunden war. Weder hatte man irgendwo eine Leiche gefunden, die auf ihre Beschreibung gepasst hätte, noch hatten sie eine Spur ausfindig ge-

macht, die Antworten auf die vielen offen im Raum stehenden Fragen gegeben hätte. Nichts. Einfach nichts.
Danach überkam Paula die blendende Idee, mit den Kollegen auf der Wache einen Kaffee zu trinken und sich dabei einmal umzuhören, wer sich noch an den Fall der vermissten Frau erinnern konnte.
Prompt hatte sie Glück. Ein älterer Kollege, der kurz vor der Pensionierung stand, hatte gerade seine Frühschicht angetreten und konnte sich sehr gut an diesen Fall erinnern. Rudi Schmidt hatte damals sogar selbst die zahlreichen Zeugenbefragungen durchgeführt und war als Erster zur Stelle gewesen, als Herr Truschek angerufen hatte, um seine Frau als vermisst zu melden.
»Zuerst versuchten wir, ihn zu beruhigen, da die meisten Vermissten ja nach einer Weile wieder auftauchen. Doch der gab keine Ruhe. Ich kann mich noch sehr gut daran erinnern, wie er in voller Verzweiflung gegen die Wohnzimmertür getreten hat, sodass sie aus dem Rahmen gesprungen und durch den Raum geflogen ist. Der Mann wurde beinahe verrückt, als er merkte, wie locker wir die Sache zuerst einmal genommen hatten. Seine Reaktion und sein Verhalten haben uns schließlich überzeugt, umgehend eine Suchaktion einzuleiten, was ja im Normalfall erst nach vierundzwanzig Stunden geschieht!«
»Und ihr habt nichts gefunden? Überhaupt keine Anhaltspunkte?«, fragte Paula, während sie an ihrem heißen Kaffee nippte.
Gedankenverloren schüttelte Rudi den Kopf.
»Wir haben alles auf den Kopf gestellt, jeden Stein in ihrem engeren Umfeld umgedreht, aber wir sind nie auf eine heiße Spur gestoßen.« Er hielt kurz inne, als ränge er mit sich, ihr etwas Bestimmtes zu erzählen oder nicht. Er entschloss sich für Letzteres.
»Da war so eine Gaststätte, besser gesagt eine Bar. Sie lag etwas außerhalb von Kirn. Ein Zeuge behauptete, Frau Truschek dort des Öfteren gesehen zu haben.«
Mit einer nachdenklichen Bewegung kratzte sich Rudi am Kinn, als sei ihm die Erinnerung daran unangenehm. Trotzdem fuhr er fort.
»Sofort haben wir uns daran gemacht, diese Angaben zu überprüfen … aber es kam nichts dabei heraus. Die Besitzerin, eine Frau Dorfhäuser, konnte nicht bestätigen Frau Truschek je gesehen zu ha-

ben. Auch die anderen Gäste sagten aus, ihr noch niemals begegnet zu sein.«

Bedächtig drehte Rudi sich zur Kaffeemaschine um, die in der Ecke des Aufenthaltsraums stand, und goss sich noch eine Tasse ein.

»Aber ...«, warf Paula ein. Doch Rudi deutete ihr an, mit seinen Ausführungen noch nicht fertig zu sein. So schwieg sie, um ihm die nötige Zeit zu lassen, seine Erinnerungen in Worte zu fassen.

Bevor Schmidt weitersprach, vergewisserte er sich, ob niemand von den Kollegen in der Nähe war. Danach fuhr er in einem etwas gediegeneren Tonfall fort.

»Nie habe ich so richtig daran glauben können. Mein Gefühl sagte mir damals gleich: Rudi, da ist was faul! Wissen Sie, diese Frau ... Wie hieß sie noch mal gleich? ... Ach ja, Dorfhäuser. Die war so anders. Sie hatte so etwas Gemeines und Böses an sich, dieses Weib. Das habe ich gleich gesehen. Meine Kollegen lachten mich aus, als ich einen Durchsuchungsbefehl verlangte. Der zuständige Richter forderte mich auf, zuerst einmal Beweise vorzubringen. Nur ein Bauchgefühl berechtigt einen schließlich nicht, einen Durchsuchungsbefehl für eine unbescholtene Bürgerin zu beantragen. Aber so unbescholten war sie gar nicht, wie ich selbst herausgefunden habe. Die Leute erzählten sich nämlich so manche Geschichten über sie und das Haus, in dem sie ihr Gewerbe ausübte.«

Wie er so über diesen Fall sprach, hatten Rudis Augen einen gewissen Glanz bekommen. Jetzt erst kam er so richtig in Fahrt. Paula hütete sich ihn dabei zu unterbrechen.

»Böse Zungen behaupteten sogar, dass in der näheren Umgebung des Hauses öfter Tiere spurlos verschwanden. Ob das entlaufene Hunde, Katzen oder sogar einmal ein Schaf war, das sich von seiner Herde entfernt hatte. Sie tauchten nie wieder auf. Beweisen konnte niemand etwas. Es gab auch Leute, die erzählten mir, in dem Haus hätte ein Kind zusammen mit einer alten Frau gehaust, aber auch das konnte niemand belegen. Ich jedenfalls habe diesem Weib in dem dunklen Schuppen da draußen nie ein Wort geglaubt. Auch wenn meine Kollegen immer auf ihr freundliches, hinterlistiges Getue hereinfielen, ich tat es garantiert nicht!«

»Existiert dieses Haus noch?«, fragte Paula interessiert.
Rudi zuckte mit den Schultern.
»Ich glaube nicht. Einige Zeit später gab es einen neuen Besitzer, der aber schnell wieder verschwand. Danach habe ich nichts mehr darüber gehört. Ach, nein … irgendwann vor zwei oder drei Jahren bin ich mal dort vorbeigefahren, weil es mich persönlich interessiert hat, was aus dem Schuppen geworden ist. Das Haus stand zwar noch, hat aber einen äußerst baufälligen Eindruck auf mich gemacht. Auf der einen Seite war das Dach sogar schon in sich zusammengefallen!«
»Mmmmh«, meinte Paula, während ihr zahlreiche Gedanken durch den Kopf jagten. »Könnten Sie mir diese Bruchbude denn mal zeigen?«
Rudi nickte freundlich. »Jederzeit!«
»Wie wäre es mit jetzt?«, fragte Paula draufgängerisch, frei nach dem Motto: Was du heute kannst besorgen, das verschiebe nicht auf morgen!
Eigentlich erweckte Rudi nicht den Eindruck, als passte es ihm sonderlich in den Kram, am frühen Morgen zusammen mit Paula ein altes Haus zu besichtigen. Trotzdem willigte er ein. Einige Minuten später fuhren sie mit einem blauen Streifenwagen, gesteuert von Schmidtchen persönlich, in Richtung Kirn. Unterwegs plauderten sie weiter über den Fall Truschek und die damit verbundenen Sackgassen der Ermittlungsarbeit, auf die sie immer wieder gestoßen waren. Rudi fuhr in angemessenem Tempo, sodass Paula sich bequem im Sitz zurücklehnen konnte. Sie hoffte inständig, es noch pünktlich zu der Untersuchung bei Dr. Schreiber zu schaffen.
Während Rudi einige Kilometer vor Kirn rechts in einen Waldweg abbog, fiel ihr wieder die Textstelle in Julia Ingberts Tagebuch ein, die ihre Kollegen daraus zitiert hatten: »Er gibt mir das Gefühl zu leben …« Da Julia Ingbert garantiert keine Hinterwäldlerin gewesen war, der man zum Vorwurf hätte machen können, naiv und ungebildet zu sein, kam Paula immer mehr zu dem Schluss, dass dieser Mann, wahrscheinlich ihr Mörder, ebenfalls nicht ungebildet und äußerlich abstoßend war. Er musste nach ihrer Vorstellung recht gut aussehend, freundlich und redegewandt sein. Ansonsten hätten Frauen wie Julia

Ingbert, Mathilde Holland und Anna Grothe instinktiv ängstlicher und zurückhaltender reagiert. Und genau das hatten sie nicht getan, was ihnen zum Verhängnis geworden war. Der Märchenmörder hatte sie an allgemein zugänglichen öffentlichen Plätzen getroffen, sie wahrscheinlich im Beisein zahlreicher weiterer Zugfahrgäste angesprochen und alle Frauen dazu gebracht, ihm zu vertrauen. Ein ungepflegter Mann, der sich nur sehr ungeschickt verbal ausdrücken konnte, hätte das garantiert nicht geschafft. Da war sich Paula sicher.

Rudi bog nun in einen holprigen Waldweg ein.

»Wir sind gleich da«, sagte er, gleichzeitig darum bemüht, den zahlreichen Schlaglöchern auszuweichen.

An einer Waldkreuzung bog er rechts ab. Von dort aus konnte man schon das halb zerfallene Dach des Hauses erkennen. Rudi parkte den Streifenwagen auf dem längst verwilderten und verkommenen Parkplatz, der bestimmt einmal bessere Zeiten gesehen hatte.

Verblasste Buchstaben auf dem grauen Gemäuer ließen den Namen *Zur Waldklause* nur noch erahnen. Das Haus besaß zwei Stockwerke, wie man von außen erkennen konnte. Die Glasscheiben in den morschen Fensterrahmen waren zum Teil zerschlagen oder fehlten gänzlich. An manchen hingen nur noch die Reste zerfetzter und verblichener Gardinen.

»Dieses Haus erinnert mich irgendwie an den Gruselfilm *Bis das Blut gefriert* mit Julie Harris. Als Kinder hatten wir bei diesem Streifen solche Angst, dass wir uns immer hinter dem Sofa versteckten«, meinte Paula trocken.

Rudi sah sie an und nickte wissentlich.

»Wer hat diesen Film nicht gesehen? Ich erinnere mich noch gut an die Szene mit Eleanor, die unbedingt in Hill House bleiben wollte und an der Wand im Korridor die Nachricht liest, die dort geschrieben steht. Was war das noch mal …?« Rudi kratzte sich am Kopf und war in seinen Überlegungen versunken.

»Help Eleanor, come home«, antwortete Paula, was ihr einen anerkennenden Blick von Rudi einbrachte.

»Auf jeden Fall war das genau die Stelle, an der mir immer ein Schauer über den Rücken lief«, meinte er.

»Du hast gesagt, dieses Gebäude sei ursprünglich eine Waldgaststätte gewesen und später als Bar umfunktioniert worden?«, fragte Paula, um sich noch einmal zu vergewissern, ob sie Rudi richtig verstanden hatte.

»Ja. Früher sind hier viele Wanderer eingekehrt. Familien kamen an den Wochenenden, um Kuchen zu essen, Kaffee zu trinken oder Gegrilltes zu genießen. Es war wunderschön im Sommer unter den großen schattigen Bäumen zu sitzen. Sogar einen Spielplatz gab es hier einmal!« Er zeigte links neben den Eingang auf eine kleine Wiese, deren ehemalige Umzäunung sich nur noch erahnen ließ.

Paula entdeckte daraufhin ein altes Karussell aus Metall, das schief und verbogen im hohen Gras begraben lag. Sie betrachtete das verrostete Spielgerät und versuchte sich auszumalen, wie Kinder irgendwann einmal zufrieden und glücklich damit gespielt hatten.

Langsam schritt sie auf das Haus zu. Die Tür stand sperrangelweit offen und man konnte schon von außen die Düsternis und Tristesse darin erahnen. Trotzdem traute Paula sich und ging hinein.

Möbel gab es keine mehr in den unteren Zimmern, jedoch standen noch einige verstaubte Stühle sowie eine Theke in der ehemaligen Wirtsstube herum. Die Tapeten waren nass und vergilbt, nur an einigen Stellen sah man hellere Flecken, wo früher einmal Bilder gehangen hatten. Paula sah sich um, konnte aber nichts Interessantes entdecken.

Neben dem Wirtsraum befand sich die einstige Küche. Herausgerissene Wasserleitungen lagen auf dem Fliesenboden, der von einer dicken Staubschicht überzogen war. Nur hier und da waren kleine Tierspuren darauf zu sehen, wahrscheinlich von irgendwelchen Nagetieren. Paula ging wieder in den Flur zurück, von dem aus eine braun gestrichene Holztreppe, an der an allen Seiten die Farbe abblätterte, in den zweiten Stock führte.

Rudi war nicht zu sehen. Wahrscheinlich hatte er es vorgezogen draußen zu warten, was Paula ihm nicht verübeln konnte.

Ganz vorsichtig stieg sie die morsche Treppe hinauf, die bedenklich ächzende Geräusche von sich gab. Paula hoffte, sie würde unter ihrem Gewicht nicht zusammenbrechen. Von dem oberen Flur aus waren drei Zimmertüren zu erkennen. Es war sehr dunkel, da sich hier nirgends Fenster befanden und nur ein bisschen Licht von der Haustür im unteren Stockwerk nach oben drang.

Paula drückte den Griff einer Tür herunter, die sich direkt links neben der Treppe befand. Sie musste kräftig dagegendrücken, bevor die Tür mit einem lauten Knall aufflog. Das Zimmer war komplett leer. Ungewöhnlich war nur, dass die Fenster, die nach hinten zeigten, völlig intakt waren. Auch die Gardinen befanden sich in einem außergewöhnlich guten Zustand. Bevor Paula sich weiter darüber wundern konnte, klingelte ihr Handy, und in diesem Moment fiel ihr ein, niemanden über ihr spontanes Unterfangen informiert zu haben. Mit schlechtem Gewissen nahm sie den Anruf entgegen.

»Zum Glück habe ich dich auf dem Revier auch wirklich angetroffen, sonst hätte ich mir bestimmt große Sorgen um dich gemacht!«

Es war Jonny, der sie gerade mit fröhlichem Sarkasmus auf ihr Versäumnis hingewiesen hatte.

»Es tut mir leid«, sagte Paula kleinlaut, »ich wollte einer Idee nachgehen, die mir heute Morgen in den Kopf gekommen war, dabei habe ich alles andere vergessen!«

»Welcher Idee?«, fragte Jonny argwöhnisch.

»Das erkläre ich dir später«, gab sie unwillig zurück. »In einer Stunde bin ich wieder auf dem Revier.«

»Und du hast auch deinen Arzttermin nicht vergessen?«

Paula merkte, wie sie ungehalten wurde. Immerhin war sie noch nicht unter Betreuung gestellt und ihm keinerlei Rechenschaft schuldig. Oder doch? Sie seufzte tief.

»Nein, ich habe meinen Arzttermin nicht vergessen, und ich werde ihn auch bestimmt wahrnehmen«, entgegnete sie zähneknirschend. Sie murmelte irgendeinen Abschiedsgruß und beendete das Gespräch.

Es war gleich 8 Uhr. In zwei Stunden musste sie in Birkenfeld sein, falls sie ihre Untersuchung nicht noch ein weiteres Mal verschieben wollte. Schnell zog sie die Tür des Zimmers wieder hinter sich zu und öffnete die nächste Tür. Sie klemmte, sprang aber knarrend auf. Ein einsamer Sessel stand in der Mitte des Raumes, der irgendwie ihr

Interesse auf sich zog. Merkwürdig, dachte sie, doch sie musste sich beeilen. Paula nahm sich vor, in nächster Zeit noch einmal hierherzukommen, um sich genauer umzusehen. Die dritte Tür ließ sich auch unter hartnäckigem Drücken und Anheben nicht öffnen.

»Ach, egal«, sagte sie zu sich selbst und lief wieder nach unten.

Rudi saß bei geöffneter Tür im Auto und las Zeitung. Paula stieg auf der Beifahrerseite ein, während er sie mit einem fragenden Blick über seine Brillenränder musterte, was sie mit einem Achselzucken quittierte.

»Nichts von Interesse ...«, meinte sie, während Rudi das Auto anließ und wieder zurück auf den holprigen Weg fuhr.

Er erwiderte nichts darauf. Erst als sie auf den Parkplatz des Reviers einbogen, kam er wieder auf das Haus zu sprechen.

»Vielleicht sollten wir in absehbarer Zeit noch einmal dorthin fahren und uns ein bisschen genauer umschauen?«, schlug er ihr vor.

Überrascht über sein plötzlich aufkeimendes Interesse, versprach sie, sich so bald wie möglich wieder mit ihm in Verbindung zu setzen. Mit der Mahnung sie solle auf sich aufpassen, verabschiedete sich Rudi freundlich.

Langsam bekam sie den Eindruck alle Leute in ihrer Umgebung meinten, auf sie achtgeben zu müssen. Verwundert schüttelte sie ihren Kopf, während sie die Stufen zu ihrem Büro hochging. Irene kam ihr entgegen. Sie sah abgehetzt aus. Ihre sonst so ordentlich gekämmten Haare standen in alle Richtungen.

Als hätte sie Paulas verstohlenen Blick gespürt, versuchte sie, sich zu rechtfertigen.

»Ich weiß, ich sehe beschissen aus, aber ich komme noch nicht einmal dazu, ein paar ungestörte Minuten im Badezimmer zu verbringen! Wir sehen uns später zur Besprechung. Ich muss schnell zu dem Lebensgefährten von Anna Grothe fahren. Er wartet im Haus ihrer Mutter auf mich! Bis dann ...!«

Bevor Paula die Gelegenheit hatte etwas zu erwidern, war sie schon die Treppen an ihr vorbeigehastet.

Die Tür zu Jonnys Büro war nur angelehnt, und sie konnte hören, wie er aufgebracht mit jemandem sprach. Er hatte den Telefonhörer

am Ohr und winkte ihr flüchtig zu, als er sie im Türrahmen entdeckte. Also ging sie zu Köhler, um noch kurz mit ihm zu sprechen, aber er war mal wieder zu irgendeinem wichtigen Termin unterwegs, genau wie Trateaux.
Die Zeit bis zu ihrem Arzttermin nutzte sie, um einen Bericht zu Ende zu schreiben und ihre Papiere zu ordnen. Jonny schaute kurz bei ihr herein, musste aber sofort wieder los, um Trateaux zu treffen, der ein ausführliches Gespräch mit der Spurensicherung vereinbart hatte. Es mussten weitere Details und Erkenntnisse im Zusammenhang mit den gefundenen Spuren am Heimbacher Bahnhof besprochen werden.

Pünktlich um 10 Uhr stand sie an der Anmeldung der Arztpraxis von Dr. Schreiber. Paula war froh, nicht lange im Wartezimmer warten zu müssen, obwohl sie es auch hin und wieder richtiggehend genoss, einmal in Ruhe in diversen Zeitschriften blättern zu können, um wieder den neuesten Stand der Mode zu begutachten.
Dr. Schreiber ordnete einige Blut- und Urintests an, untersuchte sie und stellte ihr Fragen. Sie mochte diesen erfahrenen und kompetenten Mann sehr gern, und in medizinischer Hinsicht vertraute sie ihm völlig.
»Johanniskrauttee täglich zur Nervenstärkung, jeden Tag ein Löffel Paraffinöl zur Bindung und Entfernung des fettlöslichen Giftes, dann eine Woche Pause, viel trinken und vor allem viel Bewegung an der frischen Luft«, empfahl er ihr. »In zwei Wochen sehen wir uns zur nächsten Untersuchung wieder! Es sei denn, Sie haben in der Zwischenzeit irgendwelche Beschwerden. Ihr Herzschlag ist normal, der Blutdruck auch. Die Nieren- und Leberwerte werden wir in drei Tagen vorliegen haben. Falls sie auffallende Ergebnisse aufweisen, werden wir uns selbstverständlich umgehend bei Ihnen melden!«
Paula stand auf, gab ihm die Hand und verabschiedete sich.
In der Tür hielt er sie am Arm fest. »Frau Eschmann, geht es Ihnen auch wirklich gut? Ich meine … auch psychisch?«
Paula nickte bestätigend. »Natürlich, Herr Schreiber. Es geht mir

gut. Ich habe keine bösen Träume oder dergleichen, wenn Sie das meinen!«

Mit leicht besorgtem Blick verabschiedete er sich von ihr. Morgen Früh sollte sie noch einmal kurz vorbeikommen, um sich Blut abnehmen zu lassen.

Um halb sechs verließ sie den Besprechungsraum. Mit keiner Silbe hatte Paula erwähnt, dass sie die Spur von Annemarie Truschek aufgenommen hatte. Zuerst wollte sie ein paar Anhaltspunkte zusammentragen, bevor sie die anderen damit konfrontierte. Dieselbe Spur hatte sich schon vor Jahren als Sackgasse herausgestellt, daher wollte sie auf Nummer sicher gehen. Trateaux hatte einige wichtige Informationen über die Spurenauswertungen. Unter anderem war die Spurensicherung gerade dabei, die Reifenspuren von einem Experten aus Hamburg untersuchen zu lassen, der nach genauer Betrachtung schon einige Automarken ausgeschlossen hatte. In den nächsten Tagen wollte das Labor weitere Details bekannt geben. Gerd war jeden Tatort nochmals abgefahren und hatte eine Karte erstellt, anhand dieser sich mögliche Örtlichkeiten erkennen ließen, welche der Täter vielleicht aufgesucht haben könnte, um die Frauen zu verstecken oder seine Taten zu planen. Isabelle hatte ein Gespräch mit der indischen Frau wahrgenommen, in der Hoffnung, Masha könnte den Täter beziehungsweise »Peter« vielleicht wiedergesehen haben. Doch seitdem Paula mit ihr geredet hatte, war sie ihm nicht mehr begegnet. Dafür hatte Isabelle einen Mann ausfindig machen können, einen Arbeiter, der in der Nähe des Heimbacher Bahnhofs arbeitete und mehrfach einen schwarzen Ford Kombi gesehen haben wollte. An den Fahrer konnte er sich nur vage erinnern. Er war sich jedoch verdammt sicher, der Mann habe dunkle Haare gehabt.

Köhler hatte sie mehrfach darauf hingewiesen, dass der Täter mit hundertprozentiger Sicherheit im Kreis Birkenfeld zu finden sei, und wies alle an, die weiteren Ermittlungen auf dieses Gebiet zu beschränken. Nach Gerds Recherchen bestand der Kreis Birkenfeld aus vier Verbandsgemeinden, 95 Ortsgemeinden und einer verbandsfreien Gemeinde, welche aufgrund einer Fläche von 776,62 km^2 nicht zu unterschätzen war. Alle nahmen nach der Besprechung wieder ihre Arbeit auf oder gönnten sich, genau wie Paula, eine kurze Pause, um zu verschnaufen oder zu schlafen.

Jonny war losgefahren, um Marie abzuholen. Falls sie noch nicht zu müde war, wollte er mit seiner Tochter noch ein Weilchen den Indoor-Spielplatz besuchen, der in der Nähe seiner Wohnung lag. Dort würden sie sich gegebenenfalls mit Paula treffen.

Gerade als Paula in ihr Haus eintrat, das mittlerweile mit neuen Schlössern ausgestattet war, klingelte ihr Telefon. Sie beeilte sich, um den Anruf noch entgegenzunehmen.

»Hallo!«, meldete sie sich, völlig außer Atem.

»Hallo Paula!«, begrüßte der Anrufer sie freudig. »Zunächst einmal wollte ich dich unbedingt fragen, wie es dir nach diesem unheilvollen Einbruch in deinem Haus geht?«

Es war Tom Steffen. Seine Stimme, die noch vor einigen Tagen förmlich und bestimmt geklungen hatte, kam ihr jetzt sanft und mitfühlend vor.

Auf diesen Anruf war Paula nicht vorbereitet gewesen, deshalb brauchte sie einige Sekunden, um zu antworten.

»Danke für die Nachfrage, Tom. Es geht mir gut. Auch psychisch habe ich keine Probleme damit, falls du dir in dieser Richtung Sorgen um mich machen solltest!« Die Worte waren ihr etwas vorwurfsvoller über die Lippen gekommen, als sie es beabsichtigt hatte.

»Verzeih, wenn ich dir zu nahe getreten bin …«, entschuldigte er sich, doch sie unterbrach ihn sofort.

»Nein, nein, du bist mir nicht zu nahe getreten. Ich freue mich selbstverständlich, dass du an mich denkst. Natürlich war der Schreck groß, als das mit dem Überfall passiert ist. Aber ich habe zurzeit so viel um die Ohren, ich komme gar nicht dazu, weiter darüber nachzudenken« antwortete sie, dieses Mal in einem wiedergutmachenden Tonfall.

»Das freut mich sehr. Wahrhaftig habe ich mir mehr als einmal Sorgen um dich gemacht und deshalb schon öfter bei dir angerufen, um mich zu erkundigen, wie es dir geht«, antwortete er.

»Das ist sehr nett von dir! Wie gesagt, ich wäre natürlich froh, wenn

wir unserem Märchenmörder die Handschellen anlegen könnten und wir alle ein bisschen Ruhe bekämen, aber ich bin zuversichtlich, dass wir auf dem besten Weg sind eine heiße Spur aufzutun!«
»Eigentlich wollte ich dich fragen, ob ich dich zum Essen einladen darf ... Ich meine, wir kennen uns schon lange und haben ewig nichts mehr voneinander gehört. Da dachte ich mir, so ein Essen wäre doch eine gute Gelegenheit, um sich mal wieder auszutauschen!« Seine Stimme hörte sich plötzlich verunsichert an.
»Gerne«, antwortete sie spontan. »Ich würde mich unendlich freuen, mit dir wieder einmal über die guten alten Zeiten zu plaudern! Nur ist es momentan ein bisschen schwierig für mich, irgendwelche Termine auszumachen. Du weißt schon, wegen unserer neuen Einteilung und so ...«
»Wie wäre es denn mit heute Abend? Oder hast du schon etwas anderes vor?«
Sie zögerte einen Augenblick. Vielleicht würde Jonny noch anrufen. Sie hatte ihm zugesagt, auf seinen Anruf zu warten. Doch genauso gut konnte sie mit Tom essen gehen, denn wenn Marie müde war, musste der Indoor-Spielplatz sowieso warten.
»Nein, ich hätte Zeit. Sagen wir gegen 18 Uhr?«
»Das ist prima, ich hole dich ab!«
Sie verabschiedeten sich, und Paula ging nach oben, um noch schnell eine heiße Dusche zu nehmen und sich umzuziehen.

Kurz vor sechs hupte er vor ihrem Haus. Sie hatte einen schwarzweiß karierten Rock angezogen und eine schwarze Bluse, die sie sich vor ein paar Monaten bei einem Einkaufsbummel zusammen mit Roberta gekauft hatte. Bisher hatte sie noch keine Gelegenheit gehabt, die neu erstandenen Kleider zu tragen. Schon wieder hatte sie es verschwitzt, ihre Freundin anzurufen, fiel ihr plötzlich ein. Gleich morgen wollte sie das erledigen.
Sie nahm ihre Handtasche und schloss die Haustür hinter sich. Tom winkte ihr von seinem Auto aus zu. Beim Anblick seines Wagens stieß sie einen innerlichen Pfiff aus. Ihr ehemaliger Schwarm und Freund aus Jugendtagen saß in nichts Geringerem als in einem

auf Hochglanz polierten Audi A8. Anscheinend verdiente man als Staatsanwalt nicht gerade schlecht.
Sie fuhren in die St. Wendeler Gegend. Tom hatte sich in den Kopf gesetzt, sie unbedingt in ein nobles Restaurant auszuführen. Deshalb hatte er einen Tisch im *Blauen Fuchs* in Steinberg-Deckenhardt reserviert. Ein Gourmettempel, mehrfach ausgezeichnet für seine gute Küche. Familie Bank, die das Restaurant schon seit 1985 betrieb, hatte sich im Laufe der Jahre einen exklusiven Namen erworben. Roberta war hier schon oft zu Gast gewesen, nämlich immer dann, wenn wieder ein neuer Verehrer bei ihr punkten wollte.
Paula freute sich auf den Abend mit Tom und vor allem auf das angepriesene erlesene Essen. Kaum hatten sie einige Kilometer zurückgelegt, da signalisierte ihr Handy auch schon eine eingehende SMS. Es war Jonny, der sie im Indoor-Spielplatz erwartete. Sofort meldete sich ihr schlechtes Gewissen, doch zugleich war sie heilfroh, dass er nicht angerufen hatte. Wahrscheinlich hätte es ihr Schwierigkeiten bereitet, sich in Gegenwart von Tom erklären zu müssen. Paula sendete eine SMS an Jonny zurück, sie sei kurzfristig verhindert und würde sich später wieder melden.

Es war spät geworden, als Tom vor ihrem Haus hielt und den Motor abstellte. Für einen Augenblick war sie geneigt, ihn hineinzubitten, ließ es dann aber sein.
Sie hatten einen wunderschönen Abend bei anregender Unterhaltung und vorzüglichem Essen genossen. Alte Erinnerungen waren wiedererweckt worden, und sie hatten herzhaft über manche Anekdoten aus ihrer Jugendzeit gelacht. Auch über Friedrich hatten sie gesprochen, doch als Tom ihr trauriges Gesicht bemerkt hatte, war er schnell zum nächsten Thema übergegangen. Er erzählte ihr von den vergangenen Jahren, in denen sie keinen Kontakt miteinander gepflegt hatten. Viele Jahre war Tom mit einer Frau liiert gewesen, die selbst bei der Staatsanwaltschaft arbeitete. Vor elf Monaten hatten sie sich einvernehmlich getrennt.
Im Laufe des Abends hatte Paula festgestellt, dass Tom sehr daran gelegen war, den Kontakt mit ihr zu intensivieren, und für einen

Moment hatte sie sich das sogar gewünscht. Sie kannten sich viele Jahre, und sie wusste, wen sie vor sich hatte. Einen bodenständigen, recht gut aussehenden Mann, aber auf keinen Fall einen Frauenhelden. Einen Querdenker, wenn es drauf ankam, aber auch einen absolut zuverlässigen und vertrauenswürdigen Kameraden. Der Wein tat sein Übriges, und ihre Gedanken gerieten in Bahnen, mit denen sie vor einigen Stunden nicht im Geringsten gerechnet hätte.

Bevor sie sich für den bezaubernden Abend und die Einladung bedanken konnte, nahm er ihr Gesicht in die Hände und seine Lippen hauchten ihr einen hingebungsvollen und zärtlichen Kuss auf die ihren.

Mit gemischten Gefühlen ließ sie es widerspruchslos geschehen. In diesem Augenblick war sie sich nicht sicher, ob sie es sogar genoss.

»Ich glaube, ich gehe jetzt …«, sagte sie schnell und öffnete die Beifahrertür. »Vielen Dank für den schönen Abend, Tom!«

Seine Augen waren mit ein wenig Wehmut erfüllt, als er sich ebenfalls von ihr verabschiedete.

»Ich hoffe, wir bleiben in Verbindung?«, fragte er hoffnungsvoll.

Paula nickte, schloss die Tür hinter sich und winkte ihm noch zu, als er anfuhr.

Seufzend ging sie ins Haus. Das Bedürfnis ins Bett zu kommen war übermächtig, und sie wollte keine Gedanken mehr in ihrem Kopf haben, die in irgendeiner Weise ihre Gefühle aufwirbelten. Hastig erledigte sie im Bad ihre abendliche Prozedur, bevor sie sich im Bett einkuschelte und sofort einschlief.

Dreiundzwanzig

Völlig abgehetzt war sie bei ihm angekommen. Es kam ihm so vor, als sähe er in ihren Augen etwas, was vorher nicht darin zu erkennen gewesen war. Eine Spur von Wut und Selbstbewusstsein. Es irritierte ihn ein wenig, und er konnte spüren, wie sein Herz schneller klopfte als sonst. Ohne ein Wort des Grußes war sie an ihm vorbeigeeilt.

Als er hinter ihr die Treppen hochkam, hatte sie ihre Kleider schon ausgezogen und das Nachthemd über ihren nackten, wohlproportionierten Körper geworfen. Aber so wollte er das nicht. Auf diese Weise hatte er sich das nicht vorgestellt, und so lief es normalerweise nicht ab. Für einen Moment war er der Versuchung erlegen, sie zu schlagen und ihr wehzutun. Doch im gleichen Augenblick schaltete sich sein Verstand wieder ein. Sein großes Projekt durfte auf keinen Fall durch ihre Launen gefährdet werden. Sanften Schrittes ging er auf sie zu. Ihre Augen funkelten ihn an, bereit, die Worte zu sagen, die er am meisten fürchtete.

Doch bevor sie den Mund aufmachen konnte, umschlangen seine Arme ihren Körper und seine Lippen wanderten von ihrem Hals zu ihrem Mund. Er merkte das Erstaunen und gleichzeitig ihre Freude, welche sie aufgrund dieser ungewohnten Streicheleinheiten empfand. Und als seine Lippen ihre übergroßen Brüste fanden, war ihr Zorn einer heißen Begierde gewichen, welche er ihr heute ausnahmsweise erfüllen würde.

Zärtlich ließ er seine Hände unter das Nachthemd gleiten, die dort die Wärme und Sehnsucht ihres Körpers ertasteten, begleitet von ihrem lustvollen Stöhnen, welches ihm Schmerzen in seinem Kopf bereitete. Wenn SIE das sehen könnte, würde SIE ihm noch heute Abend seinen kleinen Schwanz zu Brei quetschen. Aber SIE war nicht da. Dennoch er bekam SIE nicht aus seinem Kopf. Wie immer. Er wusste, jeder Versuch SIE zu verdrängen würde fehlschlagen. Er konnte nicht. Es verstieß gegen die Regel. Doch die Frau in seinen

Armen genoss das Spiel, bäumte sich auf und schrie ihrem Höhepunkt entgegen, um dann erschöpft in seine Arme zu fallen.
Eng aneinandergeschmiegt standen sie in dem großen Zimmer mit den dunklen schweren Möbeln, die IHR gehörten.
Er betrachtete sie im Spiegel, in dem sich sein Gesicht und ihr Rücken abzeichneten. Langsam wanderten seine Blicke zu ihrem Hintern. Das Nachthemd war ein Stück heraufgerutscht und gab den Blick darauf frei. Das konnte er tun. Das erlaubte SIE. Er schloss die Augen und merkte, wie seine Erregung zunahm.
Ruckartig drehte er sie herum, sodass sie ihn erschrocken ansah. So gefiel sie ihm besser. Er drängte sie an die Kommode, wo sie sich mit ihren Händen abstützen konnte, während er von hinten in sie eindrang und die Augen schloss. Für einige Minuten war nur das Poltern der Kommode zu hören und das leise Wimmern aus seinem Mund. Dann herrschte Stille. Es war die Ruhe vor dem Sturm.

»Wo warst du denn? Marie hatte sich so darauf gefreut, dich zu sehen!«, kam es ein wenig vorwurfsvoll von Jonny. Er stand in ihrem Büro und hatte seine obligatorische Baseballkappe an. Seine Beine steckten in verwaschenen Jeans und sein weißes Shirt mit den Knöpfen tat sein Übriges.
Sie starrte auf die Akte, die sie in den Händen hielt, und wusste nicht genau, was sie antworten sollte. Die Wahrheit kam ihr gerade ziemlich gemein vor, was sie wahrscheinlich auch war. Doch wenn sie an Vera Salomon dachte, war er auch nicht so unschuldig, wie er tat. Außerdem war sie ihm keine Rechenschaft schuldig. Immerhin standen sie in keiner festen Beziehung zueinander. Aber waren sie nicht auf dem besten Weg eine einzugehen? Sie hatten darüber geredet, als das mit Holland passiert war, und waren zu dem Schluss gekommen, es versuchen zu wollen.
Paula räusperte sich verlegen. Was sollte sie ihm denn jetzt antworten?
»Sag mal, hat's dir die Sprache verschlagen?«, fragte er.
In diesem Moment kam Köhler um die Ecke, geradewegs in ihr Büro.

»Ich komme später zu dir rüber!«, sagte Paula, froh darüber, Zeit für ihre Antwort schinden zu können.

»Das habe ich schon mal gehört! Ich glaube, das war erst gestern …«, gab Jonny zurück, bevor er grimmig die Tür hinter sich zuzog.

Paula seufzte. Das tat sie in letzter Zeit öfter, wie sie beklommen feststellen musste. Mit hochgezogenen Brauen beäugte Köhler sie.

Sie deutete ihm an, Platz zu nehmen.

»Paula, ich muss mit dir reden«, meinte er zögerlich. »Gestern war ich auf einer Sitzung im hiesigen Stadtrat. Du kannst dir denken, welch gewaltiger Druck auf uns ausgeübt wird!« Sein Gesicht sah auf einmal kummervoll aus. »Ich weiß, wir können uns keine heißen Spuren aus den Fingern saugen, aber …«

Paula fiel ihm ins Wort.

»Wir tun, was wir können, verfolgen die kleinsten Hinweise, arbeiten rund um die Uhr. Egal, was der Stadtrat dazu sagt, wir tun unser Möglichstes, um diesen Kerl zu schnappen!«

Er nickte und stand auf. »Ich weiß, ich weiß. Aber ich kann nicht mehr aus der Tür hinausgehen, ohne von irgendjemandem auf den Märchenmörder angesprochen zu werden. Jeden Tag bin ich gezwungen, mindestens drei Erklärungen abzugeben. So langsam zermürbt mich die Sache. Dieser Idiot! Wahrscheinlich wohnt er nur einige Hundert Meter von hier entfernt und lacht sich ins Fäustchen, über die Angst und die Panik, die er unter der Bevölkerung auslöst!« Köhler atmete tief aus. »Nach dieser Geschichte bin ich urlaubsreif, wenn ich es überhaupt so lange durchhalte!«

Paula stand auf und legte ihm die Hand auf den Arm.

»Wir kriegen das hin! Es dauert leider seine Zeit, aber irgendwann kommen wir ihm auf die Schliche. Halte durch, Bernhard!« Sie verpasste ihm einen freundschaftlichen Klaps auf die Schulter und war froh, als er endlich wieder ihr Büro verließ, damit sie ihre eigenen Angelegenheiten erledigen konnte. Hastig schritt sie zu Jonny und klopfte zweimal an die offen stehende Tür, bevor sie unaufgefordert eintrat. Er saß an seinem Schreibtisch und tippte etwas in den Computer.

»Es tut mir leid wegen gestern Abend. Tom Steffen hat angerufen

und wollte sich mit mir wegen unseres Märchenmörders beratschlagen. Da dachte ich, das könnte ich sofort erledigen.«
Fragend schaute er hoch, und seine blauen Augen sahen sie durchdringend an.
»Wegen unseres Märchenmörders?«, fragte er.
Paula merkte, wie ihr Gesicht rot anlief.
»Ja, ganz genau! Hast du irgendetwas dagegen?«, gab sie schnippisch zurück.
Ruckartig stand er auf und setzte sich mit einer Pobacke auf seinen Schreibtisch.
»Nein. Du bist nicht mein Eigentum. Trotzdem finde ich es sehr schade. Wir hatten eine Verabredung, der du anscheinend wenig Bedeutung zugemessen hast.«
»Nein, das stimmt nicht, aber ich musste Prioritäten setzen. Und dieses Gespräch erschien mir dringlicher zu sein!« Ohne es zu merken, war ihre Stimme lauter geworden.
»Prioritäten? Aha!« Jonny kreuzte die Arme vor der Brust und sah sie herausfordernd an. »Dann schließe ich daraus, dass ich in diesem Moment keine Priorität bei dir hatte!?«
»Du hast es erfasst! Darf ich dich an den Abend erinnern, als du Vera Salomon vor deiner Tür verabschiedet hast? Dein Verhältnis zu ihr konntest du nur mit einer Lüge begründen! Da hast du mir auch keine Priorität eingeräumt!« Völlig außer Atem ging sie einen Schritt auf ihn zu.
Jonny funkelte sie zornig an. »Ich habe dich weder angelogen noch habe ich dir keine Priorität eingeräumt! Sie ist eine Zeugin und hat mir nur etwas vorbeigebracht, was ich bei ihr vergessen hatte, als ich sie dienstlich aufgesucht habe! Ich betone: rein dienstlich! Doch wenn du mir weismachen willst, dass dein Treffen mit Tom Steffen rein dienstlicher Natur war, dann bist du an der falschen Adresse!« Mir einem Ruck warf er den Stuhl um, der vor seinem Schreibtisch stand. Polternd landete dieser in der Ecke neben dem Schrank.
Wütend drehte Paula sich um und machte auf dem Absatz kehrt.
»Weißt du was? Du kannst mich mal kreuzweise, du eingebildeter Lackaffe!«, rief sie ihm zu, bevor sie um die Ecke verschwand.

Vierundzwanzig

Jegliches Gefühl für Raum und Zeit war ihr abhandengekommen. Ihre Hände fühlten sich an, als wären sie abgestorben, und in ihrem Unterleib brannte etwas, was sich wie ein Feuer anfühlte. Manchmal überkam sie eine heftige Angst, dass er sie bald umbringen würde. Die Zuversicht, die sie zu Beginn ihrer Gefangenschaft noch aufgebracht hatte, war einer vollkommenen Hoffnungslosigkeit gewichen. Anna versuchte, ihre Hände und Füße zu bewegen, doch sie gehorchten ihr nicht.

All die Schmerzen, all die Qualen, das alles nur wegen eines Augenblicks der Hilfsbereitschaft. Was für ein Mensch konnte so etwas tun? Dieser Mann, der sich als Peter vorgestellt hatte, hatte sie beim Aussteigen aus dem Zug um Hilfe gebeten. Und dann hatte er sich am Bahnhof, der in einem Waldstück eingebettet lag, an sie geklammert, als drohte er umzukippen. Deswegen hatte sie ihren Anschlusszug verpasst. Macht nichts, dachte sie damals, dann nehme ich eben den nächsten Zug. So war sie seiner Bitte gefolgt, ihn zu seinem Auto zu begleiten, das in der Nähe geparkt war. Sie konnte sich noch an einen dunklen Ford Kombi erinnern. Dann hatte er sie von hinten niedergeschlagen. Aufgewacht war sie in diesem feuchten, stinkigen Kellerloch. Als er nackt zu ihr gekommen war, hatte sie sich mit all ihrer Kraft gewehrt. Und deshalb hatte er sie mit Knebel und Augenbinden bestrafen müssen, wie er ihr erklärt hatte.

Die wenigen Tränen, die noch übrig geblieben waren, rannen aus ihren Augen, wurden jedoch sofort von der strammen Augenbinde aufgesaugt. Ihre Haut schmerzte darunter.

Seine ständigen perversen Vergewaltigungen waren nicht so schlimm wie der Gedanke, ihr Kind vermutlich verloren zu haben. Zwischen ihren Beinen trat Flüssigkeit aus. Ob es sich um Blut handelte oder doch um etwas anderes, wusste sie nicht, aber sie meinte, diesen eisenartigen Geruch von Blut riechen zu können.

Sie stellte sich Lars vor. Bestimmt rebellierte er da draußen in dieser Welt, die für sie nicht mehr erreichbar war, und ließ nichts unversucht, um sie zu finden. Bei dem Gedanken musste sie fast lächeln. Lieber, guter Lars. Seine Liebe zu ihr war überaus tief und ehrlich. Immer wieder hatte er das in den vergangenen Monaten unter Beweis gestellt. Und sie waren voller Freude auf ihr Kind gewesen.
Und nun passierte das. Warum hatte Gott nur solche Pläne mit ihr? Weshalb sollte sie ihren Beitrag in der Welt nicht mehr leisten dürfen? War das eine Bestrafung für die Sünden, die sie in ihrem Leben begangen hatte? Andere Leute begingen viel Schlimmeres. Massenmörder, Terroristen. Da schrumpften ihre Sünden doch zu einem Nichts.
Oh Gott, hilf mir, dachte sie und versuchte unter Tränen ein Gebet zu stammeln, das sie aus all dem Elend erlösen sollte.

Nach einer schlaflosen Nacht, in der sie sich unruhig von einer Seite auf die andere gewälzt hatte, fuhr Paula in der Früh zuerst nach Birkenfeld, um sich Blut abnehmen zu lassen.
Danach war sie mit Roberta im *Treibhaus* auf einen schnellen Kaffee verabredet. Endlich hatte sie es geschafft, ihre Freundin anzurufen. Über Jonny wollte sie im Moment nicht reden. Doch Roberta hatte so viel über ihren Wellnessurlaub und Geliebten Eric zu berichten, dass sich das Gespräch ohnehin ausnahmslos darauf beschränkte.
»Du kannst dir nicht vorstellen, was für ein guter und zugleich zuvorkommender Liebhaber er ist …!« Roberta hielt ihre Hände wie zum Gebet in die Luft. »Und er ist ein Gentleman durch und durch. Sogar nach drei Monaten hält er mir noch immer die Türen auf!«
Paula lächelte und nahm einen Schluck Kaffee.
»Habt ihr euren Märchenmörder eigentlich schon gefasst?«, fragte Roberta schuldbewusst, weil ihr durchaus klar geworden war, dass sie die ganze Zeit nur über Eric gesprochen hatte.
Paula schüttelte den Kopf. »Leider nicht, aber wir sind dran. Wir haben einige gute Spuren, die wir zurzeit verfolgen. Bald dürften sich erste Ergebnisse abzeichnen!«
»Das freut mich. Die Leute werden langsam nervös. Ich meine na-

türlich in erster Hinsicht wir Frauen. Manche trauen sich nicht mehr mit dem Zug zu fahren und steigen deshalb auf andere Verkehrsmittel um.« Roberta hielt kurz inne und legte lächelnd den Arm um Paula. »Aber meine Freundin, die weltbeste Schnüfflerin, ist ja an diesem Fall dran! Also kann nichts mehr schiefgehen!« Fröhlich lachte Roberta auf und gab ihr einen Knuff in die Seite.

Da beide noch Termine hatten, verabschiedeten sie sich mit dem gegenseitigen Versprechen, bald wieder voneinander zu hören. Nachdem Paula bezahlt hatte, stieg sie in ihren Wagen und fuhr, einer plötzlichen Eingebung folgend, nach Buhlenberg. Schon vor einigen Tagen hatte sie vorgehabt, noch einmal diesen merkwürdigen, doch durchaus attraktiven Mann aufzusuchen. Der Computer hatte seine Adresse ausgespuckt, als sie nach alleinstehenden Männern geforscht hatten, die noch immer mit ihren Müttern oder Großmüttern zusammenwohnten.

Sie hielt an der gleichen Stelle wie damals, als sie mit Gerd hier gewesen war. Draußen war es mittlerweile um einiges kälter geworden, und die Bäume waren fast blattlos. Langsam lief sie den geschwungenen Weg zur Haustür hinauf. Sie drückte den Klingelknopf. Von drinnen war nichts zu hören. Nach einer Weile klingelte sie noch einmal, doch es tat sich nichts.

Neugierig ging Paula einige Schritte weiter, bis sie an ein Tor aus geschmiedetem Eisen kam, das den Blick auf den hinteren Teil des Hauses freigab. Dahinter konnte sie ein kleines Grundstück entdecken, das einen sehr gepflegten Eindruck machte. Anscheinend bemühte sich hier jemand, den Garten vorbildhaft in Schuss zu halten. Sie musste an ihr eigenes verwildertes Grundstück denken, das gewiss auch seinen Charme hatte, wie sie selbst zugeben musste, doch viel ungepflegter war als dieses hier.

Als sie gerade wieder in ihr Auto steigen wollte, riss eine tiefe Stimme sie aus ihren Gedanken heraus. Erschrocken versuchte sie auszumachen, woher sie herkam.

»Ja! Sie meine ich, junges Fräulein!«, rief ihr ein älterer Mann von dem Nachbargelände aus zu. In langen blauen Latzhosen stand er am Zaun und stützte sich auf seinem Rechen ab.

»Guten Morgen!«, rief Paula ihm zu. »Ich habe Sie gar nicht gesehen!«
»Tja, Sie wollen bestimmt zu Daniel?«
Paula überlegte einige Sekunden, welches Märchen sie dem netten Herrn von nebenan auftischen konnte, um möglichst viel über diesen Sowotnik zu erfahren. Am besten benutzte sie die gleiche Lüge wie im Fall Brandstätter.
»Ich komme von der Pflegeversicherung und wollte eigentlich zu Frau Sowotnik!«, rief sie ihm zu.
»Frau Sowotnik? Die gibt es nicht. Daniel hat keine Frau. Aber wenn Sie seine Großmutter meinen, die ist schon seit zwei Jahren tot. Die liegt hier in Buhlenberg friedlich unter der Erde!« Er schüttelte seinen Kopf und blickte nachdenklich drein.
Neugierig ging Paula zu ihm.
»Oh, da muss etwas in unseren Akten durcheinandergekommen sein!«, sagte sie mit gespieltem Entsetzen.
»Ja, das passiert den Behörden doch ständig. Letztens hat meine Frau einen Bescheid von der Stadtverwaltung bekommen, in dem sie aufgefordert wurde, ihre Rechnung für die Grundsteuer eines Gebäudes zu bezahlen, von dem wir noch nicht einmal wissen, wo es überhaupt liegt!« Entrüstet über die Ungerechtigkeiten dieser Welt schüttelte er abermals den Kopf.
»Um noch einmal auf die verstorbene Frau Sowotnik zurückzukommen …« Paula versuchte, das Gespräch wieder in die von ihr gewünschte Bahn zu lenken. »War sie …«
Der Alte unterbrach sie mitten im Satz. »Sie hieß nicht Sowotnik. So heißt nur der Daniel. Seine Großmutter hieß … ach, wo habe ich meine Gedanken? Jetzt fällt mir der Name doch nicht mehr ein! Warten Sie hier, ich frage meine Frau.« Er machte Anstalten in Richtung des Hauses zu gehen, drehte sich dann aber noch einmal zu ihr um. »Aber wenn Sie von der Pflegeversicherung kommen, dann müssten Sie doch wissen, wie Ihre Klientin mit richtigem Namen heißt«, meinte er mit zweifelhaftem Blick.
Lügen haben kurze Beine, dachte Paula. Am liebsten hätte sie dem freundlichen Mann die Wahrheit gesagt, aber das konnte fatale Fol-

gen für ihre Ermittlungsarbeit haben, falls Daniel Sowotnik in den engeren Kreis der Verdächtigen einzuordnen wäre. Verzweifelt suchte sie eine plausible Erklärung.

»Ich habe die Akte im Wagen liegen lassen und … ehrlich gesagt haben wir so viel zu tun, ich habe die Papiere einfach nicht ordnungsgemäß durchgesehen. Eigentlich hätte ich das unbedingt tun müssen. Mein Chef legt großen Wert darauf, dass wir über unsere Klienten vollständig informiert sind.« Betroffen sah sie ihn an.

Der Mann nickte mitfühlend, wie Paula erleichtert zur Kenntnis nahm. Durch die Terrassentür rief er seine Frau, die sogleich mit einem Geschirrtuch über der Schulter erschien. Wahrscheinlich war sie gerade dabei, die Vorbereitungen für das Mittagessen zu treffen, denn mit ihr strömte auch ein appetitanregender Duft von Braten heraus.

»Guten Morgen!«, grüßte Paula freundlich.

Lächelnd gab die Frau den Gruß zurück.

»Die junge Dame da«, er zeigte mit dem Finger auf Paula, »wollte zu Daniels Großmutter, und mir fällt im Moment ihr Name nicht mehr ein«, sagte der Alte und rieb sich grübelnd die Schläfe.

»Na, das war doch die Frau Dorfhäuser«, antwortete seine Frau.

In diesem Moment jagte ein eiskalter Schauer über Paulas Rücken. Dorfhäuser. Rudi hatte den Namen erwähnt, als er von dieser Bar im Wald und deren Besitzerin gesprochen hatte. Sie spürte das brennende Verlangen, sofort mit Rudi zu sprechen. Und mit Jonny. Nein, das war nicht möglich. Nicht nach diesem Streit.

»Die ist schon seit zwei Jahren tot«, fuhr die Frau unbeirrt fort, »sie war ja auch lange krank, sodass wir sie über Monate nicht mehr zu Gesicht bekommen haben. Die durfte auch keinen Besuch haben, hat der Daniel immer gesagt. Scheint vielleicht noch was Ansteckendes gehabt zu haben. Wer weiß, wer weiß! Aber der gute Junge hat alles selbst gemeistert. Noch nicht einmal einen Pflegedienst hat er kommen lassen! Nein, dafür hat er seine Großmutter viel zu lieb gehabt. Er hat immer zu mir gesagt, dass er ihr keine fremden Menschen zumuten möchte. So ein lieber Junge! Unsere Tochter, die wohnt ja leider sehr weit weg und ich wäre …«

Paula unterbrach den Redeschwall der Frau. »Es tut mir leid, ich muss losfahren. Mein Chef wird gleich anrufen, und ich habe noch zwei Klienten auf meiner Liste! Vielen herzlichen Dank für Ihre Hilfsbereitschaft. Bitte sagen Sie Herrn Sowotnik nichts von meinem Besuch. Wir wissen aus Erfahrung, dass dabei alte Wunden wieder aufgerissen werden, die man bei einem solch schwerwiegenden Verlust zwangsläufig erleidet …«

»Wie wahr, wie wahr, junges Fräulein! Das haben Sie aber nett gesagt!« Die Frau schaute ihr gerührt hinterher. Paula lief schnell den kleinen Weg bis zu ihrem Wagen hinunter, bevor die Frau sie in ein weiteres Gespräch verwickeln konnte. Freundlich winkte sie den alten Leuten zu, als sie losfuhr.

Natürlich konnte sie weder Rudi noch Gerd oder Irene erreichen. Also musste sie bis zur Dienstbesprechung oder auf einen Rückruf warten. In der Zwischenzeit versuchte sie, etwas über Daniel Sowotnik herauszufinden, doch im Polizeicomputer war nichts über ihn zu finden. Der Bursche hatte also keine Vorstrafen. Leider bekam sie keinen Zugriff auf das Personenstandsregister. Um darüber etwas in Erfahrung zu bringen, brauchte sie die Einwilligung und Unterschrift ihres Vorgesetzten, doch der war wieder einmal auf irgendeiner Sitzung. Die Unterschrift vom zuständigen Staatsanwalt wäre eine weitere Option, fiel ihr ein. Tom saß nicht weit vom Polizeirevier auf dem Amtsgericht Idar-Oberstein. Es war ein Katzensprung bis dorthin.

Bevor sie genau abwägen konnte, was sie tun sollte, hatte sie schon ihren Mantel angezogen und schritt aus der alten hölzernen Tür in die eisige Kälte. Der Wind wehte seit gestern aus nordöstlicher Richtung und brachte eine gewaltige Kälte mit sich. Sie ging über die Kreuzung und dann nach links. Als sie die Brücke überquert hatte, konnte sie schon das Gebäude erkennen, in dem das Amtsgericht untergebracht war. Am Empfang fragte sie nach Tom Steffen und wurde nach oben in den zweiten Stock zu seiner Sekretärin geschickt, die ihr mitteilte, dass der Herr Staatsanwalt einen Gerichtstermin hätte. Die Sekretärin wirkte, als käme Paulas Besuch nicht sehr gelegen. Gleichzeitig gab sie ihr das Gefühl, nicht erwünscht zu sein. Seufzend machte sich Paula auf den Rückweg. Ich hätte vorher anrufen sollen, schalt sie sich. Jetzt, da sie hier war, erschien ihr der Einfall Tom aufzusuchen geradezu lächerlich. Statt die Treppen hinunterzugehen, benutzte sie den Fahrstuhl. Gerade als die Türen sich im Erdgeschoss öffneten, stand Tom vor ihr. In seiner Begleitung waren einige Herren, wahrscheinlich befreundete Richter oder irgendwelche Rechtsanwälte.

Tom blickte sie überrascht an.

»Paula!«, rief er freudig aus. »Was führt dich hierher?« Er legte einen Arm um ihre Schultern, was die anderen Männer dazu veranlasste, sie neugierig zu beäugen. Bevor sie Tom eine Erklärung abgeben konnte, hatte er sie schon Richtung Treppe gezogen.

»Tom, ich muss dir etwas erzählen. Ich glaube, ich bin im Fall des Märchenmörders auf eine ernst zu nehmende Spur gestoßen!«

Er blieb stehen und schaute auf seine Uhr.

»In einer Stunde habe ich einen Gerichtstermin. Am besten gehen wir in mein Büro, und du erzählst mir mehr davon!«

Sie gingen die Treppen hoch und durchquerten das Vorzimmer der Sekretärin, die Paula widerwillig zunickte. Tom schloss die Tür. Sofort berichtete sie ihm von ihrem Besuch bei Daniel Sowotnik und was die Nachbarn über seine Großmutter ausgeplaudert hatten. Zum Schluss kam sie zu ihrem eigentlichen Anliegen. Es mussten einige Erkundigungen über Daniel Sowotnik aus dem Personenstandsregister eingeholt werden.

»Deshalb bin ich hierhergekommen. Du müsstest uns eine Genehmigung erteilen«, beendete Paula ihre Ausführungen.

Tom hatte die ganze Zeit aufmerksam zugehört und setzte eine nachdenkliche Miene auf, bevor er zum Telefonhörer griff und eine Taste drückte.

»Frau Mertens, bitte bringen Sie uns zwei Tassen Kaffee!«

Mit einem Lächeln sah er Paula an. »Wenn du schon mal da bist …«

Kurz darauf kam die Sekretärin mit zwei Tassen duftenden Kaffees herein. Paula entging nicht, dass sie Tom untergeben zulächelte, während sie ihr nur einen flüchtigen Blick zuwarf. Nicht gerade nett, dachte Paula

Als sie wieder gegangen war, lehnte sich Tom in seinem bequemen Sessel zurück.

»Natürlich gebe ich dir meine Unterschrift, damit du hoffentlich die Informationen bekommst, die du brauchst. Ich möchte dich nur darum bitten, jeden weiteren Schritt deiner Ermittlungen sorgfältig abzuwägen. Falls dieser Kerl wirklich unser Mann ist, dann musst du sehr vorsichtig sein. Ich will auf keinen Fall, dass du dich irgendwelchen Gefahren aussetzt!«

»Versprochen!«, erwiderte Paula, obwohl es ihr nicht gefiel, dass seine gut gemeinten Ratschläge nur auf sie bezogen waren und nicht auf das gesamte Team. Schließlich hatten sie alle etwas zu verlieren.

Tom füllte die nötigen Formulare aus, unterschrieb sie und reichte sie ihr.

»Übrigens ist Holland heute aus der Untersuchungshaft entlassen worden. Er hat beteuert, es tue ihm leid, was er dir angetan hat. Ein psychiatrisches Gutachten hat ihm sowohl Reue wie auch einen schweren depressiven Zustand bescheinigt, in welchem er sich seit dem gewaltsamen Tod seiner Frau befindet. Es läuft wohl auf eine Bewährungsstrafe hinaus.«

»Ich habe gehofft, dass er keine Gefängnisstrafe bekommt, denn dann würde er seine Arbeit verlieren und damit einen großen Teil seines Lebensinhaltes. Sonst ist ihm ja nicht mehr viel übrig geblieben. Und ich glaube ihm, wenn er sagt, er bereut den Einbruch!«, erwiderte Paula.

»Du bist nicht nachtragend und sehr mitfühlend mit einem Mann, der dich angegriffen hat!«, meinte Tom. Seine Augen drückten Bewunderung aus.

Paula zuckte mit den Achseln. »Ich spüre keine Genugtuung dabei, Holland leiden zu sehen. Er hat genug durchgemacht.«

Sie nahm die Papiere und wandte sich zum Gehen. Tom kam zu ihr und hielt sie an den Schultern fest.

»Pass auf dich auf!«, sagte er und gab ihr einen Kuss auf die Wange. Danach hielt er ihr die Tür auf.

»Auf Wiedersehen Frau Mertens!« verabschiedete sich Paula, freundlich lächelnd von Toms Sekretärin, was ihr einen verblüfften

Blick von dieser über den Schreibtisch einbrachte. Verlegen stammelte sie einen Abschiedsgruß. Innerlich lachte Paula auf und ging jede Wette ein, dass Frau Mertens bei ihrer nächsten Begegnung zweifelsohne eine Spur freundlicher sein würde.

Mittlerweile hatte sich Gerd wieder in seinem Büro eingefunden, Jonny und Isabelle waren auch da. Zähneknirschend musste Paula ihre Geschichte nun auch mit Jonny und Isabelle teilen, auf deren Anwesenheit sie lieber verzichtet hätte. Aber sie konnte sie schlecht ausschließen. So setzte sie sich zu ihnen und begann die Neuigkeiten wiederzugeben. Jonnys Blicke fühlten sich mindestens genauso reserviert an wie die von Toms Sekretärin. Anscheinend war er wirklich sauer auf sie, doch sie fühlte sich nicht in der Lage über ihren Streit objektiv nachzudenken, obwohl es ihr einen Stich versetzte, ihm auf diese Art zu begegnen.

Gerade als sie auf die Nachbarn von Sowotnik zu sprechen kam, klingelte ihr Handy. Es war Tom, der sie fragte, ob er heute Abend kurz bei ihr vorbeikommen könnte. Sie sah Jonny an, und für einen kurzen Augenblick war sie geneigt Tom abzusagen, überlegte es sich jedoch anders und bejahte. Dann legte sie auf und berichtete weiter, was die Nachbarn ausgesagt hatten, und dass sie sich nun im Personenstandsregister die nötigen Informationen beschaffen konnten.

Isabelle war regelrecht froh über diese Neuigkeit. Sie wollte die notwendigen Erkundigungen einziehen. Paula wollte die alte Gaststätte im Wald erneut aufsuchen. Dieses Mal würde sie den oberen Raum gründlicher inspizieren. Irgendetwas war dort, sagte ihr ihre Spürnase. Doch was? Dieses Mal würde sie versuchen es herauszufinden. Zu der Dienstbesprechung um 16 Uhr wollten sie sich alle wieder zusammentun.

Bevor jeder seinen Aufgaben nachging, fragte Gerd: »Hat Irene sich schon gemeldet?«

Alle verneinten.

»Ich mache mir Sorgen um sie«, meinte er, was ihm einen verwunderten Blick von Paula einbrachte.

»Erinnerst du dich an das letzte Mal, als du vor Sorge um sie vergangen bist!?«, kommentierte sie stirnrunzelnd.

»Ich weiß, ich weiß!«, entgegnete Gerd. »Ihr könnt mich alle für verrückt halten, aber etwas bereitet mir Bauchschmerzen. Sie ist in letzter Zeit so verändert, so völlig anders, als würde sie etwas bedrücken!«

»Gerd, ich glaube es ist kein Geheimnis, dass Irene derzeit viele private Probleme zu bewältigen hat. Ihre Schwester ist psychisch krank. Aus diesem Grund muss sie sich um ihre kleine Nichte kümmern. Zudem ist ihre Mutter bettlägerig. Ich habe ihr Hilfe angeboten, und ich bin mir sicher, sie wird diese auch zu gegebener Zeit in Anspruch nehmen«, sagte Paula.

Sie wurde aber das Gefühl nicht los, Gerds Sorgen wären vielleicht nicht ganz unbegründet. Die Veränderung ihrer Kollegin war keinem im Team entgangen. Doch sie beruhigte sich selbst, da sie kürzlich erst mit ihr gesprochen hatte. Natürlich war da auch noch dieses Geheimnis, das sie um den Unbekannten in ihrem Leben machte, von dem sie absolut nichts preisgab. Es konnte durchaus sein, dass die Beziehung mit diesem Mann nicht funktionierte. Manchmal kam im Leben alles zusammen, wie sie aus eigener Erfahrung wusste.

Gerd nickte. »Vielleicht hast du recht. Ich habe ihr mehrmals auf die Mailbox gesprochen. Spätestens zur Dienstbesprechung muss sie ja wieder auftauchen!«

Paula machte sich zusammen mit Gerd und Isabelle auf den Weg zum Parkplatz. Dort stieg Paula in ihren Wagen und versuchte noch ein letztes Mal Rudi zu erreichen, doch vergeblich. Sie sprach ihm eine Nachricht aufs Band und fuhr los. Auf dem Revier hatten die Kollegen ihr gesagt, Rudi habe sich einige Tage freigenommen. Wahrscheinlich, um Urlaub auf Mallorca zu machen. Das tat er sehr oft, denn Rudi und seine Frau Anne hatten sich mit Leib und Seele dieser Baleareninsel verschrieben. Volker Klos, ein befreundeter Polizist hatte scherzhaft gemeint, Rudi kenne sich dort besser aus als in seiner Heimat. Bei diesem Gedanken musste Paula lächeln. Irgendwie passte das zu diesem lebensbejahenden Mann. Letztens hatte er ihr gegenüber erwähnt, dass er erst jetzt gelernt hatte, sein Leben in vollen Zügen zu genießen. Vielleicht kann man das erst ab einem bestimmten Alter, dachte Paula.

Ehe sie sich versah, war sie schon in den schmalen Waldweg eingebogen, der zu der verlassenen Gaststätte führte. In wenigen Minuten würde sie ihr Ziel erreicht haben. Dunkle Wolken zogen am Himmel auf. Bestimmt würde es gleich anfangen zu regnen.

Fünfundzwanzig

Auf ihrem Körper krabbelten Tausende Ameisen herum. Ansonsten fühlte sie so gut wie nichts mehr. Sie konnte sich nur noch auf das kribbelnde Gefühl konzentrieren, alles andere war ihr mittlerweile egal. Zuerst hatte sie ein heftiges Zittern überkommen, das irgendwann von den Ameisen abgelöst worden war.

Er war nicht gekommen, um ihr Essen zu bringen, auch nicht, um sich an ihr zu vergehen. Da das eine das andere mit einschloss, bedauerte sie es nicht. Es war nur merkwürdig, weil er sonst immer kam.

Sie versuchte krampfhaft, einen klaren Gedanken zu fassen, sich an Lars zu erinnern oder an ihre Mutter, doch es gelang ihr nicht. Sollte dieser Scheißkerl doch kommen und sie endlich umbringen. Über kurz oder lang würde er das sowieso tun. Die Hoffnung, hier eines Tages lebendig rauszukommen, hatte sie schon längst aufgegeben. Um nicht den Verstand zu verlieren, begann sie ein Kinderlied nach dem anderen zu summen. Die Erinnerungen hüllten sie wohltuend ein, schwebten weiter und weiter, bis sie vor der Dunkelheit ihrer Augen die blühenden Blumen und das gleißende, warme Licht der Sonne sehen konnte. So wie früher.

»Was hast du hier zu suchen? Wer hat dir erlaubt die Tür zu öffnen?«, brüllte er sie wütend an. Sein Gesicht hatte sich zu einer Grimasse verzogen, sodass sie das Gefühl beschlich, ihn nie wirklich gekannt zu haben.

»Ich wollte nur nachsehen, wohin diese Tür führt …«, gab Irene zur Antwort, bemüht, nicht eingeschüchtert zu wirken. In der Polizeiausbildung hatten sie gelernt, in Notsituationen unbedingt die Oberhand zu behalten. Auf keinen Fall durfte man dem Angreifer suggerieren, man habe Angst vor ihm. Diese zu schüren ist primäres Ziel der meisten Täter.

Er machte einen bedrohlichen Schritt auf sie zu. Zuerst dachte sie, er würde sie schlagen, doch im entscheidenden Moment zog er seine Hand rasch zurück.

»Was ist da unten?«, fragte sie und ging einen Schritt auf ihn zu. »Es stinkt ganz furchtbar!«

In seinen Augen blitzte kalte Wut auf. Das also war der Dank dieser gottverdammten Hure, dass er es ihr vor weniger als einer halben Stunde besorgt hatte. Während er unter der Dusche gestanden hatte, hatte sie sein Vertrauen schamlos ausgenutzt. Schade. Eigentlich hatte er sie am Leben lassen wollen, doch sie hatte sich nun selbst dagegen entschieden.

Mit einem Satz sprang er auf sie zu und packte sie. Irene versuchte verzweifelt, nach ihrem Revolver zu greifen, den sie im Holster um ihren Oberkörper trug. Doch da hatte er schon ihre Arme nach hinten gebogen und ihr einen Schlag in die Rippen versetzt, von dem ihr sofort schwarz vor Augen wurde. Brutal tastete er nach der Waffe und hielt sie an ihre Schläfe. Sein heißer feuchter Atem schlug ihr entgegen.

»Deine Tage sind gezählt, du kleine Schlampe!«, zischte er ihr ins Ohr.

Fest umklammerte er sie von hinten und schubste sie durch die offene Tür vor sich her.

Auf keinen Fall durfte sie jetzt etwas Falsches tun, schoss es Irene durch den Kopf. Er war äußerst erregt und wirkte auf sie wie ein Besessener. So vorsichtig wie möglich, versuchte Irene die Stufen hinunterzugehen, was ihr schwerfiel, da er sein gesamtes Gewicht gegen sie lehnte.

Der Gestank hier unten war bestialisch. Jeder Atemzug fiel ihr schwer in dem dunklen Kellergewölbe. Das wenige Licht, das auf den alten hölzernen Stufen auszumachen war, kam von oben aus der Küche.

»Hier hinein!«, befahl er ihr, während er sie in einen leeren Raum ohne Fenster drängte. Sobald ihre Füße die Schwelle überschritten hatten, bekam sie einen derart festen Stoß, dass sie über den harten Betonboden rutschte. Einige Meter weiter blieb sie auf dem Bauch liegen. Sie hörte noch, wie die Tür laut zugeknallt wurde. Vollkommene Dunkelheit umgab sie. Ein Riegel wurde vorgeschoben. Ihre Knie und Hände brannten wie Feuer von dem Sturz. Langsam richtete sie sich auf, um sich in der Dunkelheit zu orientieren. Sie konnte noch keinen klaren Gedanken fassen, seine Reaktion überhaupt nicht nachvollziehen. Trotzdem war es ihr, als hätte sie es schon immer geahnt. Er war böse.

Nachdem er sich im Bad eingeschlossen hatte, war sie in die Küche gegangen, um eine Kanne Tee zu kochen. Ihre Blicke waren immer wieder zu der verschlossenen Tür gewandert. Spontan hatte sie beschlossen die Tür zu öffnen. Doch sie war zugesperrt gewesen. Wie immer. Als sie ein Messer aus der Schublade nehmen wollte, hatte sie einen Schlüssel gefunden. Neugierig hatte sie ihn ins Schloss der geheimnisvollen Tür gesteckt, mit Erfolg. Sofort war ihr dieser abscheuliche Gestank entgegengeschlagen. In diesem Augenblick hatte er hinter ihr gestanden. Sie hatte ihn nicht kommen hören.

Irgendwie hatte sie schon immer geahnt, er könnte ein fürchterliches Geheimnis wahren. Vielleicht wollte sie es sich vorher nicht eingestehen, aus Angst den Mann zu verlieren, der sich für sie interessierte, dem sie etwas bedeutete. Wann immer sie bei ihm gewesen war, hatte sie über diese geheimnisvolle Tür nachgedacht. Manchmal hatte sie es sich nicht verkneifen können, ihn darauf anzusprechen. Und jedes Mal hatte er ihr zu verstehen gegeben, dass diese Tür ein Tabu für sie darstellte. Irene hatte das widerspruchslos hingenommen. Warum eigentlich?, fragte sie sich jetzt.

Ihr wurde schaurig kalt bei dem Gedanken, dass niemand wusste, wo sie war. Immer hatte sie Daniel vor allen Leuten geheim gehalten, weil sie Scham empfand, was diese Beziehung betraf. Ihre Mutter hatte ihr beigebracht sich für alles, was in ihrem Leben eine Rolle spielte, zu schämen. Vor allem für Männer. Die Devise ihrer Mutter war: nicht zu gefallen. Oft genug dachte Irene schuldbewusst daran, was ihre Mutter wohl von ihr halten würde, wenn sie wüsste, dass sie eine sexuelle Beziehung mit einem Mann führte.

Sie hatte geglaubt, Daniel bedingungslos zu lieben. Bei ihrer ersten Begegnung hatte sie sofort gewusst, dass sie ihm gehören wollte. Es war ihr Ziel gewesen, ihn so zu akzeptierten, wie er war, auch wenn das nicht leicht für sie gewesen war. Und da sie ihn auf keinen Fall verlieren wollte, hatte sie alles mitgemacht, was er von ihr verlangt hatte. Am Anfang war sie geschockt über seine sexuellen Vorlieben. Ihre Mutter würde sie verfluchen und aus dem Haus jagen, wenn sie nur einen Bruchteil von dem in Erfahrung bringen würde, was sie mit Daniel gemacht hatte. Sex war für sie etwas Notwendiges, was alle Männer irgendwann brauchten. Deshalb sollten Frauen es über sich ergehen lassen. Das war die oberste Pflicht eines weiblichen Wesens. Spaß zu haben war verpönt, nicht erlaubt und mit Schande belegt. Diese absurden Vorstellungen hatte Irene im Laufe ihres Lebens verinnerlicht. Und genau das war der Grund, warum sie sich für alles schämte, was ihr gefiel oder Freude bereitete. Hatte sie deshalb kein Argwohn ergriffen, als Daniel all diese perversen Sachen mit ihr anstellen wollte? Das wurde ihr in diesem Augenblick, in diesem dunklen Kellerverlies, mit einem Schlag bewusst. Jetzt, wo es zu spät dafür war.

Wer sollte sie hier finden können, in diesem abgelegenen Häuschen mitten im Wald zwischen Buhlenberg und Rinzenberg? Sollte sie hier sterben, durch die Hände ihres Liebhabers? Irene schickte ein Stoßgebet an ihre Kollegen. Vielleicht würden sie schnell genug herausfinden, wo sie sich aufhielt. Noch bevor der Tod kommen würde. Doch dann wurde ihr klar, dass eine Rettung sehr unwahrscheinlich war. Niemals hatte sie erwähnt, in einer Beziehung zu sein. Niemand hatte nur die geringste Ahnung, wo sie sich befand.

Der Regen prasselte in Strömen vom Himmel herunter, als Paula ihren Wagen vor dem halb zerfallenen Gebäude parkte. Jetzt, wo sie alleine hier war, kam ihr das Haus viel unheimlicher vor. Sie bereute es, zu stolz gewesen zu sein, um Jonny zu bitten, mit ihr zusammen herzufahren. Warum hatte sie nicht Gerd gebeten oder Isabelle? Doch Selbstvorwürfe halfen ja nichts, jetzt war sie da. Ein Schritt aus dem Auto und sie würde völlig durchnässt sein.

Seufzend öffnete Paula die Tür und rannte durch den Regen zu dem Eingang, wobei sie den Mantelkragen schützend über ihren Kopf hielt. Hastig stieß sie die zerfallene Holztür auf und schüttelte die

Tropfen von ihrem Mantel ab. Danach stand sie horchend in dem engen und feuchten Flur. Die Stille des Hauses war beängstigend. Nur das monotone Prasseln des Regens war zu hören. Überall auf den Fliesen hatten sich kleine Lachen gebildet, die wahrscheinlich von dem defekten Dach herrührten. Bedächtig, einen Fuß nach dem anderen setzend, ging sie die ächzenden Stufen hinauf. Das untere Stockwerk hatte sie bereits bei ihrem letzten Besuch erkundet. Nur dort oben, dieser eine Raum mit dem Sessel in der Mitte, hatte sie stutzig werden lassen. Das war auch der Grund, warum sie noch einmal hierhergekommen war.

Lebte einst die mysteriöse Frau Dorfhäuser in diesen Räumen?, fragte sie sich. Bestimmt waren Gerd und Isabelle in diesem Augenblick schon dabei herauszufinden, welche der beiden Frauen bei Daniel Sowotnik in Buhlenberg gewohnt hatte. Die Nachbarn hatten von einer alten Frau gesprochen. Doch wenn man bedachte, dass seit dem Verschwinden von Annemarie Truschek schon zwanzig Jahre vergangen waren, dann konnte es durchaus auch die jüngere Frau gewesen sein, welche in Rudis Bewusstsein als bösartig und gemein galt. Vielleicht handelte es sich bei dem Kind, das Rudi erwähnte, sogar um Daniel Sowotnik selbst. Das musste sie auf jeden Fall irgendwie in Erfahrung bringen.

Paula stand vor der Tür zu dem Zimmer und betrachtete sie mit gemischten Gefühlen. Sie ließ sich nur schwer öffnen. Nach reichlichem Kraftaufwand sprang sie auf und gab den Blick frei auf einen alten verblichenen Sessel mitten im Raum. Irgendetwas daran hatte ihre Aufmerksamkeit erregt. Sie blickte um sich. Hatte sie damals die Tür nicht offen stehen lassen? Es war so still hier, sie konnte das Pulsieren ihres Blutes in den Ohren hören. Eine undefinierbare Angst kroch in ihr hoch.

Der Sessel. Er war alt und verblichen, doch es schien, als hätte ihn jemand aus einem bestimmten Grund genau dort aufgestellt. Die Fenster. Sie waren nicht zerbrochen. Die Scheiben waren nicht zerschlagen, wie alle anderen im Haus. Auch keine Spinnweben waren darauf zu sehen. Der Boden. Alt, abgenutzt und schäbig, aber nicht schmutzig. Die Staubschicht fehlte. Jemand musste hier zumindest gekehrt haben, dachte Paula. Das hieß, dieser Raum wurde sehr wahrscheinlich noch aufgesucht. Dieser Gedanke erschreckte sie. Wer tat so etwas und aus welchem Grund? Finstere Gedanken jagten durch ihren Kopf. Was, wenn derjenige jetzt herkommen würde? Ihre Waffe hatte sie in der Schreibtischschublade im Büro eingeschlossen, als sie zum Gericht aufgebrochen war. Das alles war geradezu klischeehaft, stellte sie fest. Am vernünftigsten wäre es, schnellstens von hier zu verschwinden. Vorsichtig versuchte Paula die Tür wieder zu schließen, doch sie gab erst einige knarrende Geräusche von sich, bevor sie in die verrostete Verankerung fiel. In dieser Stille taten alle Geräusche in den Ohren weh. Sollte sie sich noch den Dachboden vornehmen oder sofort losfahren? Angespannt wartete sie darauf irgendetwas zu hören, was vorher nicht da gewesen war. Doch außer den Regentropfen konnte sie immer noch nichts Verdächtiges bemerken. Aus der Ferne zog ein Gewitter auf. Ein Blitz durchzuckte den schwarzen Himmel, gefolgt von unheimlichem Donnergrollen.

Zur Dienstbesprechung um 16 Uhr tauchten weder Irene noch Paula auf. Köhler ließ sich durch seine Sekretärin entschuldigen. Er habe noch einen wichtigen Termin mit dem Landrat. An der Frühbesprechung am nächsten Morgen wolle er jedoch auf jeden Fall teilnehmen. Keiner wusste so recht, ob sie schon damit beginnen sollten, die wichtigsten Ergebnisse des Tages zusammenzufassen, oder ob sie abwarten sollten, bis wenigstens eine von ihnen kommen würde.

Gerd saß neben Isabelle und schaute sie fragend an. Sie zog jedoch nur die Schultern hoch und verwies auf Jonny.

Schließlich übernahm dieser das Wort, nachdem schon eine halbe Stunde ungenutzt verstrichen war.

»Ich denke, wir sollten sofort damit beginnen, Paula und Irene ausfindig zu machen. Seit einigen Stunden versuchen wir, beide zu erreichen, bisher ohne Erfolg. Vielleicht ist ihnen wirklich etwas zugestoßen!«

Die anderen nickten zustimmend.

»Soweit ich weiß, wollte Paula nach Kirn zu der ehemaligen Waldgaststätte fahren«, sagte Gerd. »Von Irene wissen wir nichts. Heute

Nachmittag habe ich mit Frau Bertram telefoniert, der Nachbarin von Irene. Auch sie macht sich langsam Sorgen, da Irene sich seit gestern nicht mehr bei ihr gemeldet hat, obwohl ihre kleine Nichte Felicia bei ihr ist. Bisher hat sie Irene nur als zuverlässigen Menschen erlebt, so etwas ist noch nie vorgekommen. Frau Bertram wollte außerdem schon hier auf dem Revier anrufen. Sie ist der festen Meinung, dass ihr irgendetwas passiert sein muss!«

»Ich schlage vor, Isabelle und ich fahren nach Kirn«, sagte Jonny. »Gerd und Phillip suchen nach Irene. Haltet eure Handys bereit, damit wir uns gegenseitig auf dem Laufenden halten können!«

Alle waren einverstanden und packten ihre Sachen zusammen.

»Müssen wir nicht Köhler verständigen?«, fragte Isabelle.

Jonny schüttelte den Kopf. »Das tun wir, aber zu gegebener Zeit!« Mit ernster Miene schnallte er sich sein Holster um und zog die schwarze Polizeijacke an.

Isabelle tat es ihm gleich. Ein merkwürdiges Gefühl machte sich in ihr breit. Bisher hatten sie ihre Zivilklamotten nur gegen die Dienstkleidung getauscht, wenn eine ernste Gefahr im Anflug war.

Zuerst wollten sie zu Paulas Villa fahren. Falls Jonny und Isabelle sie dort nicht antreffen würden, würden sie ohne Umwege nach Kirn zu der alten Gaststätte fahren. Jonny fuhr den Wagen, während Isabelle unaufhörlich Paulas Nummer auf dem Handy wählte. Doch jedes Mal schaltete sich nur die Mobilbox an, auf der sie alle schon etliche Nachrichten hinterlassen hatten.

Sechsundzwanzig

Schwer atmend und völlig aufgelöst kauerte er sich in ihrem Bett zusammen, genoss den Druck der großen schweren Daunendecke auf seinem Körper und wimmerte leise in das Kissen hinein. Er war unfähig einen klaren Gedanken zu fassen. Was hatte er nur getan? Was war in ihn gefahren? SIE hätte das nie gutgeheißen. Bestimmt nicht. Er musste schnellstens zu IHR und SIE um Rat bitten. Bestimmt würde SIE wissen, wie er weiter verfahren sollte. Aber SIE würde ihn auch dafür bestrafen. Da war er sich ganz sicher.

Langsam stand er auf, zog sein altes Sweatshirt über seine Schultern und griff nach der verwaschenen Jeans, die neben dem Bett lag. Er hatte kein gutes Gefühl dabei, sie hier allein zu lassen. Doch er musste zu IHR. Bevor er zu seinem Wagen ging, der hinter dem Haus im Carport stand, kontrollierte er mehrmals gewissenhaft, ob alle Türen und Fenster verschlossen waren. Seine rechte Hand tastete an der Pistole vorbei zu seinem Schlüssel. Vorsichtig fuhr er sein Auto an Irenes silbergrauen Mazda vorbei. Sie hatte gewohnheitsmäßig neben ihm geparkt. Unauffällig lenkte er seinen Mercedes über den holprigen Waldweg, der ihn nach Rinzenberg führte. Dort bog er nach links ab und fuhr die Hunsrückhöhenstraße entlang. Kurz vor Morbach bog er rechts ab in Richtung Kirn. Mittlerweile war ein starker Regen aufgezogen, sodass die Straßen schwarz glänzend vor ihm lagen.

Den schwarzen BMW sah er vor dem Haus stehen, noch bevor er auf dem Parkplatz angekommen war. Abrupt hielt er an und überlegte für einige Sekunden, was er tun sollte. Nervös legte er den Rückwärtsgang ein und stieß zurück bis zu der kleinen Bucht. Dort wendete er und fuhr einige Hundert Meter zurück, um sein Auto in dem tiefen Dickicht des Waldes zu verstecken. Als er leise ausstieg, meldete eine wachsame Elster sein Kommen. Doch niemand registrierte ihren Ruf, der die Stille des Waldes für einen Augenblick zerriss. Die gesamte Gegend kannte er so gut wie seine Jackentasche, schließlich war er hier aufgewachsen. Seine Mutter hatte den Strick bevorzugt, statt sich um ihr Kind zu kümmern. Sie trug Schuld daran, dass er bei IHR und ihrer Tochter gelandet war, viele Jahre mit ihnen verbringen musste. Und jetzt war ein Eindringling in IHR persönliches Reich hineingelangt. Bestimmt würde SIE einen Tobsuchtsanfall bekommen. Er musste IHR helfen, damit SIE in Ruhe gelassen wurde. Schnell schlich er durch den Wald, verborgen hinter Ästen und Zweigen, bis er die Eingangstür sehen konnte. Alles wirkte ganz ruhig.

Der Regen hatte seine Kleidung völlig durchnässt, doch das störte ihn nicht. Er wartete einige Sekunden, dann lief er geduckt über den Hof bis zum Eingang. Dort presste er sich an die Wand, um nicht gesehen zu werden. Noch einmal vergewisserte er sich, dass er die Pistole in seiner Hosentasche hatte. Ganz langsam glitt er ins Haus hinein. Aus IHREM Zimmer waren Schritte zu hören. Keine schweren Schritte, eher leichtfüßig und zaghaft, wie die einer Frau.

Er hörte sein Atmen und das Knistern des Laubes, das der Wind über den Hof wehte. In der Nähe machte ein Specht lautstark auf sich aufmerksam, der wahrscheinlich in einer Hainbuche eine Höhle zimmerte.

Die Schritte wurden lauter und bestimmter, kurz darauf fiel eine Tür geräuschvoll ins Schloss. Diesen Moment nutzte er aus, um sich hinter dem Treppengeländer zu verschanzen.

Für einen Augenblick genoss er das gleichmäßige Prasseln der Regentropfen und das weit entfernte Donnergrollen. Eine perfekte Kulisse. Der Himmel meinte es gut mit ihm.

Sie kam die Stufen herunter und ihrem Gang war anzumerken, dass sie sich fürchtete.

Komm schon runter, dachte er, das Böse lauert voller Sehnsucht und kann es kaum erwarten, dich in Empfang zu nehmen.

Als sie auf der letzten Stufe stand, schoss er von der Seite auf sie zu und verpasste ihr mit der Waffe einen Schlag ins Genick. Mit vor Entsetzen geweiteten Augen starrte sie ihn für einige Sekundenbruchteile an, bevor sie zusammensank und auf dem Treppenabsatz liegen blieb.

Lächelnd beobachtete er das Blut, das von ihrem Kopf über ihren Wangen den Weg zum Boden fand.
Er wusste, ihm würde wenig Zeit bleiben. Mit dem Paketband, das er im Wagen deponiert hatte, fesselte er ihre Arme und Beine zusammen. Kurzzeitig kam es ihm in den Sinn, sie mit nach oben zu nehmen und es vor IHR zu tun, doch diesen Gedanken verwarf er rasch. Dafür blieb ihm keine Zeit mehr. Mit den Füßen schob er ihren bewusstlosen Körper in die ehemalige Küche und schloss die Tür. Dann eilte er nach oben. Bevor er in das ihm heilige Reich eintrat, klopfte er seine Hose ab und strich die Haare glatt. SIE saß wie immer in ihrem Sessel und erwartete ihn.

Von der örtlichen Polizei in Kirn hatten sie eine genaue Wegbeschreibung zu der alten Waldgaststätte bekommen. Der dort zuständige Hauptkommissar hatte Isabelle zuvorkommend und geduldig alle Fragen zu dem Gebäude sowie zu den umliegenden Örtlichkeiten beantwortet.
Jonny wirkte nervös und aufgeregt, während er im strömenden Regen durch die Ortschaften fuhr.
Endlich waren sie an der Gabelung angekommen, an der sie links in den Wald abbiegen mussten, der mittlerweile schlammig und schlecht befahrbar war.
»Ich hatte eigentlich fest damit gerechnet, Paula zu Hause anzutreffen …«, meinte Isabelle zögerlich. Sie konnte die Stille im Wagen einfach nicht mehr ertragen und suchte händeringend nach einem Gesprächsthema. Jonny erweckte nicht den Eindruck, als wäre er momentan in der Stimmung, sich über Belanglosigkeiten auszutauschen.
»Mmmmh«, gab er zur Antwort.
Eine Weile herrschte wieder Schweigen.
»Bei ihr weiß man nie genau …«, sagte er. »So wie ich sie kenne, hat sie sich mal wieder etwas in den Kopf gesetzt und will der Sache auf den Grund gehen.«
Jetzt war es Isabelle, die nicht wusste, was sie erwidern sollte. Gerade als sie im Begriff war, nach ihrer Handtasche zu greifen, rief Jonny

aufgeregt: »Da ist ihr Wagen! Dacht ich mir's doch!« Dabei zeigte er zwischen den rotierenden Wischblättern auf den schwarzen BMW, der verlassen auf dem Hof vor einem zerfallenen Gebäude stand.
Irritiert von Jonnys heftiger Reaktion, fiel es Isabelle schwer, die Situation einzuschätzen. Vielleicht schnüffelte Paula einfach nur in dem alten Haus herum, in der Hoffnung auf irgendwelche Spuren aus der Vergangenheit von Daniel Sowotnik zu stoßen. Ihn hatte sie wohl, nach ihrem letzten Bericht zu urteilen, als möglichen Verdächtigen ins Auge gefasst. Isabelle bezweifelte, dass an der Sache etwas dran war, aber sie hatte Paula nicht widersprechen wollen, sonst wären alle Kollegen wieder der Meinung gewesen, sie könnte ihre Vorgesetzte nicht ausstehen. Als Jonny den Wagen einige Meter vor dem Haus abbremste, war ihr nicht klar, was er vorhatte.
»Wir steigen jetzt aus, Isabelle. Ich nähere mich der Eingangstür von der linken Seite. Du gehst durch den Wald und hältst dich verdeckt zwischen den Bäumen. So kannst du den Hof und das Gebäude vollständig überblicken. Sei auf der Hut, falls ich Rückendeckung brauche.« Er nickte ihr kurz zu, entsicherte seine Pistole und schloss leise die Tür.
Schnell nahm Isabelle ihre Waffe aus dem Holster, entsicherte sie ebenfalls und stieg aus dem Wagen, direkt ins Dickicht der Bäume und Sträucher. Wachsam ging sie Schritt für Schritt auf dem weichen Waldboden vorwärts, immer das Gebäude und ihren Kollegen im Blickfeld. Doch es war nichts zu sehen. Alles wirkte verlassen und düster. Der Regen, der mittlerweile in ein Tröpfeln übergegangen war, erfüllte die Luft mit einer modrig riechenden Feuchtigkeit, die von dem humusreichen Waldboden herrühren mochte.
Jonny war jetzt an der Eingangstür angekommen und hielt sich eng an die Wand gedrückt. Seine Augen suchten Isabelle, die ihm mit einer Handbewegung signalisierte, dass die Luft rein war. Die Pistole vor den Körper haltend, sprang Jonny in den Eingang hinein. Das Erste, was er entdeckte, war eine Blutlache am Treppenabsatz. Verdammt, schoss es ihm durch den Kopf, hier musste etwas passiert sein. Diese Vorstellung ließ ihn erschaudern.
Mit größtmöglicher Vorsicht und Wachsamkeit ging er von Raum

zu Raum. Im Erdgeschoss fand er lediglich eine Schleifspur, die von der Treppe in die Küche führte. Als er nach oben stieg, gab er darauf acht keine Spuren zu verwischen. In dem ersten Zimmer, das direkt neben dem Treppenaufgang lag, konnte er nichts als Spinnweben und Staub ausmachen. Doch in dem hinteren Zimmer merkte er sofort, dass etwas nicht stimmte. Ein verblichener Sessel stand mitten in einem sauber gehaltenen Zimmer, darauf lag ein aufgeschlagenes Buch. Neugierig trat Jonny näher und drehte es um, sodass er den Buchdeckel erkennen konnte: *Grimms Märchen – von Jacob und Wilhelm Grimm* stand in schwarzen Buchstaben darauf. Auf dem Titelbild waren etliche weiße Federn zu sehen, die aus einer Bettdecke mit blau kariertem Muster herausgeschüttelt wurden. Darüber ein naiv gezeichnetes Gesicht. Frau Holle. In diesem Moment fühlte er sich, als hätte ihm jemand auf die Brust geschlagen. Mit beiden Händen stützte er sich auf der Sessellehne ab. Er atmete flach und stoßweise. Paula war hier gewesen. Und noch jemand. Der Märchenmörder.

Siebenundzwanzig

Irene starrte in die Dunkelheit und hatte keine Ahnung, wie viele Stunden vergangen waren, seit sie in dieses Verlies gesperrt worden war. Um sie herum herrschte einsame Stille. Nie zuvor war sie in diesem Keller gewesen und hatte keine Ahnung, was Daniel sonst noch hier verbarg. Von Zeit zu Zeit bildete sie sich ein, eine zarte Melodie zu hören, doch wann immer sie genauer lauschte, war sie verschwunden.

Lange hatte Irene sich Gedanken darüber gemacht, ob Daniel der Mörder war, den sie suchten, aber sie konnte diese Vorstellung nicht ertragen.

Sie versuchte an etwas anderes zu denken, nämlich wie sie hier wieder herauskommen könnte. Gerade als sie dabei war die Wand zum hundertsten Mal abzutasten, hörte sie, wie eine Tür geöffnet wurde. Schwere Schritte erklangen auf der Treppe. Ihr Herz fing an wie wild zu klopfen. Voller Panik verschanzte Irene sich schnell in die hinterste Ecke. Die Schritte verstummten vor der Tür, bevor sie mit einem Ruck aufging und Daniels Silhouette erschien. Es dauert einige Sekunden, bis ihre Augen sich an das spärlich hineinfallende Licht gewöhnt hatten. Das Erste, was sie erblicken konnte, war die Pistole in seinen Händen. Seine Haare klebten nass an seinem Kopf. Sein Blick wirkte gehetzt und irrsinnig. Irene rechnete damit, dass er sich auf sie stürzen würde; ihr ganzer Körper war voller Anspannung. Doch er machte einen Schritt nach hinten, zog an irgendetwas, was sie nicht erkennen konnte, und warf es zu ihr hinein. Mit einem Knall wurde die Tür wieder zugestoßen und der Riegel vorgelegt. Wieder herrschte Finsternis.

Einige Minuten rührte sie sich nicht vom Fleck, in der fortwährenden Angst, er könnte zurückkommen. Auf einmal unterbrach ein leises Stöhnen die Stille. Entsetzt sprang Irene auf und presste sich ganz eng an die Wand. Schlagartig wurde ihr bewusst, dass sich noch ein

Mensch bei ihr im Raum befand. Sie ließ noch eine Zeit lang verstreichen, bevor sie sich in der Dunkelheit behutsam an ihn herantastete.

Paula wachte auf und glaubte, ihr Kopf würde explodieren. Sie hatte Schwierigkeiten, die Augen zu öffnen, da sie verklebt und geschwollen waren. Sie konnte einen kalten, harten Betonboden unter sich spüren, sich aber nicht bewegen. Ganz langsam drang ein schleifendes Geräusch in ihr Ohr. Dann hörte sie ein Atmen. Blitzartig erinnerte sie sich daran, überwältigt worden zu sein. Todesangst ergriff sie. Keuchend lag sie da. Jeder Atemzug fiel ihr schwer.

»Hallo?«, wisperte in diesem Moment eine Stimme, die ihr im Unterbewusstsein bekannt vorkam.

Paula rührte sich nicht.

»Hallo, wer ist da?«, fragte die Stimme, diesmal fordernder.

Irene. Sie erkannte ihre Stimme ohne Zweifel wieder.

»Irene? Bist du das?«, antwortete Paula ungläubig.

Stille.

»Paula?«

»Ja, ich bin's.«

Erleichtertes Weinen.

»Bist du … verletzt?«

Zögern.

»Ja … ich glaube. Aber es ist wahrscheinlich nicht sehr schlimm. Ich wurde niedergeschlagen. Mein Gesicht brennt höllisch, mein Nacken tut weh, aber ansonsten bin ich, glaube ich zumindest, in Ordnung. Was machst du hier?«

Eine Hand tastete sich an ihrem Körper entlang, berührte vorsichtig ihre Haare, ihr Gesicht. Irene rutschte dichter an Paula heran.

Schluchzen.

»Es ist alles meine Schuld!«, schrie Irene verzweifelt. »Ich bin daran schuld, dass du überfallen wurdest. Ich bin daran schuld, dass Frauen unschuldig umgebracht wurden. Nur weil ich mich mit *ihm* eingelassen habe und blind war vor Liebe und Sehnsucht!«

»Ich verstehe rein gar nichts. Wie kommst du hierher? Wo sind wir hier überhaupt?«, fragte Paula, die Mühe hatte, Irene zu folgen. Sie

wollte sich aufrichten, doch es war fast unmöglich, da jäher Schwindel sie erfasste.
Schluchzen.
»Wir sind hier, weil ich versagt habe.« Irenes Worte waren kaum zu verstehen. »Und nun werden wir sterben, genau wie die anderen.«

Als Jonny wieder im Wagen saß, hatte er Tränen in den Augen.
Noch nie zuvor hatte Isabelle ihn in diesem Zustand erlebt, und für sie stand außer Frage, dass er diese Frau liebte.
Die Fahrt ins Präsidium verlief schweigend. Es war ihm nicht möglich zu reden. Jedes gesprochene Wort wäre zweifellos unnötig gewesen. Paula war verschwunden. Die herbeigerufene Spurensicherung hatte sich direkt an die Arbeit gemacht, während Isabelle mit Gerd und Trateaux telefonierte. Jonny war alleine, vornübergebeugt, mit einer Zigarette in der Hand am Auto gestanden, um seine Gefühle wieder unter Kontrolle zu bringen. Sie hatte ihm die Zeit gelassen, die er brauchte. Dann waren sie losgefahren.
Auch Irene blieb verschwunden, und niemand wusste, was mit ihr passiert sein konnte. Doch jeder war sich sicher, dass dies nicht freiwillig geschehen war. Um ihre Nichte Felicia und ihre Mutter kümmerte sich nun die aufgelöste Nachbarin Frau Bertram. Als auch noch die Polizei auftauchte, um ihr mitzuteilen, Irene gelte jetzt offiziell als vermisst, war sie mit ihren Nerven schon beinahe am Ende. Sie hatten vereinbart, Irenes Mutter nichts davon zu sagen, da niemand vorhersehen konnte, ob ihr gesundheitlicher Zustand sich dann verschlechtern würde. Nur die Betreuerin von Irenes Schwester wusste Bescheid.
Sie hatten eine dringende Besprechung anberaumt, zu der alle eiligst erschienen waren, auch Köhler, der sehr nervös und mit bleichem Gesichtsausdruck, neben Tom Steffen Platz genommen hatte.
Gerd übernahm als Erster das Wort.
»Wir haben herausgefunden, dass ihr Neffe, Daniel Sowotnik im Alter von fünf Jahren zu Gabriela Dorfhäuser gekommen ist, da ihre Schwester sich umgebracht hatte. Gabriela lebte zusammen mit ihrer Mutter Magdalena Dorfhäuser, zuerst in Birkenfeld, anschließend

in Kirn in dieser Waldgaststätte. In der Kürze der Zeit ist es uns gelungen, eine ehemalige Nachbarin und eine entfernte Verwandte von Gabriela Dorfhäuser ausfindig zu machen, die beide ausgesagt haben, dass Gabriela Dorfhäuser einen zweifelhaften Ruf hatte. Dieser war geprägt von sadistischen Zügen bis hin zu Prostitution.«

Alle schauten sich betroffen an oder schüttelten fassungslos ihre Köpfe.

»Wie kommt eine solche Person an ein unschuldiges Kind?«, fragte Trateaux, der mit hochrotem Kopf vor Wut auf den Tisch schlug.

Köhler knirschte mit den Zähnen, sodass seine Wangenknochen deutlich zu sehen waren. »Bitte fahr fort, Gerd!«, sagte er.

»Als sie von Kirn wegzogen, waren sie für einige Jahre in Idar-Oberstein ansässig. 1995 verstarb Magdalena Dorfhäuser, und 2006 verstarb Gabriela Dorfhäuser im Alter von 60 Jahren. Seitdem lebt er alleine in dem Haus, das er von einem gewissen Artur Sowotnik, seinem vermeintlichen Vater, geerbt hat. Auch er kam relativ früh bei einem Unfall ums Leben. Bisher konnten wir nur eruieren, dass es womöglich tatsächlich sein leiblicher Vater war. Wir arbeiten daran. Daniel Sowotnik ist psychisch krank, unter welchem Krankheitsbild er genau leidet, haben wir, aufgrund der ärztlichen Schweigepflicht, noch nicht erfahren können. Sicher ist, dass er schon öfter stationär dort untergebracht war, gerade in der Adoleszenz. Er gilt als Hauptverdächtiger!«

In diesem Moment klingelte das Telefon. Gerd nahm ab, weil er am nächsten stand. Er nickte ein paar Mal zustimmend und murmelte dann einen Abschiedsgruß. Nachdenklich schaute er für einige Sekunden aus dem Fenster.

»Das war die Spurensicherung. Das Blut stammt von Paula.«

Bei diesen Worten sprang Jonny von seinem Platz auf.

»Ich weiß nicht, was ihr jetzt macht, aber ich fahre nach Buhlenberg zu diesem verdammten Sowotnik. Falls er Paula irgendetwas angetan hat, bring ich ihn um!«

Köhler und Tom Steffen sprangen ebenfalls von ihren Stühlen auf.

»Mann, du kannst da nicht einfach reinstürmen! Jonny, überleg doch mal!«, gab Köhler zu bedenken. »Wir müssen ein Sonderein-

satzkommando anfordern, nachdem wir einen Haftbefehl beantragt haben. Und in dieser Hinsicht sehe ich schwarz. Was sollen wir ihm vorwerfen? Es ist nichts passiert, was wir ihm anhängen können!« Er warf Tom Steffen einen verzweifelten Blick zu.
Dieser schüttelte den Kopf und rieb sich ratlos die Stirn.
»Ich weiß es nicht. Verdammt! Gibt es Spuren am Tatort, die wir mit ihm in Verbindung bringen können?«
»Nein«, erwiderte Gerd. »Wir haben zwar jede Menge Spuren gefunden, auch an den Tatorten der beiden ermordeten Frauen, aber wir können sie nicht mit Daniel Sowotnik in Verbindung bringen. Jedenfalls noch nicht!«
»Einen Haftbefehl auf der Grundlage eines bloßen Verdachtes auszustellen, das ist schier unmöglich!« Tom Steffen fuhr sich resigniert durch die Haare.
»Es bleibt nur die Möglichkeit einer Befragung. Wenn sich dabei erweisen sollte, dass Gefahr im Verzug ist ... sind Ihnen allen die Hände nicht gebunden. Ich habe mein Handy griffbereit, falls ich gebraucht werde.«
Noch bevor er diesen Satz zu Ende gesprochen hatte, war Jonny aus dem Zimmer gestürmt.
»Ich komme mit!«, rief Isabelle ihm hinterher. Sie schnappte sich ihre Jacke und die Schutzweste von der Garderobe und rannte ihm nach.
»Seid verdammt noch mal vorsichtig!«, schrie Köhler.
Unvermittelt stand Trateaux auf. »Wir fahren auch«, sagte er und klopfte Gerd dabei auf die Schulter. »Mann weiß nie, was passieren kann!«

Achtundzwanzig

Es musste jetzt schnell gehen. Das unbestimmte Gefühl, sie wären ihm auf der Fährte, wollte nicht weichen. Vor allem nicht jetzt, da er Irene und die andere Kripobeamtin in seiner Gewalt hatte. Außerdem würde die Zierliche nicht mehr lange mitmachen. Seit Tagen schon war sie kaum mehr ansprechbar und aß ihr Essen nicht mehr. Innerlich verfluchte er sich selbst. Er hätte sein Märchen zügiger umsetzen müssen, hätte sich nicht von dieser Schlampe, für die er geglaubt hatte, etwas zu empfinden, aus dem Gleichgewicht bringen lassen dürfen. Sie trug die Schuld daran, wenn er die Märchen nicht mehr vereinen konnte. Doch das durfte er auf keinen Fall zulassen. Danach würde ihm alles egal sein. Sollten sie ihn holen und einsperren. Auf jeden Fall hätte er sein Lebensziel erreicht, was nicht viele Menschen von sich behaupten konnten. Zeitweise hatten ihn heftige Zweifel überkommen, ob er sein Projekt wirklich zu Ende bringen könnte, doch jetzt verspürte er wieder diese unglaubliche Kraft, die ihm eigens zu diesem Zweck verliehen worden war.

Rasch packte er die Kiste mit den Kleidern ins Kaminzimmer. Er hoffte sehnlichst, dass alles genauso passen würde, wie er es auf dem Papier niedergeschrieben hatte. Das lange lila Kleid mit dem tiefen Ausschnitt war für Irene gedacht. Sie hatte schließlich den passenden Busen dafür. Unsagbar bezaubernd würde sie aussehen, wenn sie dazu die blonde langhaarige Perücke aufbekommen würde. Ihre Haare waren zu kurz für das, was er mit ihr vorhatte. Für die Zierliche war das dunkelrote kurze Kleid gedacht. Ihre langen braunen Haare passten perfekt zu dieser Farbe. Und der Kripobeamtin mit den hellen Haaren würde das braune Kleid mit den Rüschen am Saum gut stehen. In diesem Moment konnte er nicht anders, ein hohles Lachen entfuhr seiner Kehle und sein ganzer Körper bebte vor Aufregung. Am liebsten hätte er es auf der Stelle mit einer von ihnen getrieben, aber auf diesen Augenblick musste er noch warten.

Die sich steigernde Erwartung ertragen und Raum lassen für den Spannungsbogen, dort, wo das Gute mit dem Bösen zusammentreffen würde. Unschlüssig war er sich noch darüber, wo er sie umbringen sollte. Am besten machte er es genauso, wie mit anderen Frauen, direkt im Wald. Dort, wo die Märchen hingehörten. Zufrieden lehnte er sich in dem alten Sessel zurück, den er mitgenommen hatte, nachdem die Polizei endlich das Haus verlassen hatte.
Es war so weit. Jetzt würde die vollendende Krönung seiner selbst stattfinden: die Vereinigung der Grimm'schen Märchen mit dem seinen, und ER in der Gestalt des Bösen.

Mit quietschenden Bremsen hielt Jonny in Buhlenberg, direkt vor dem Anwesen von Daniel Sowotnik. Isabelle hatte wegen seiner Fahrweise Höllenqualen ausgestanden. In dem Zustand, in dem er sich zurzeit befand, war es unmöglich, ein vernünftiges Wort mit ihm zu wechseln. Jegliche Bemühungen ihren Kollegen dazu zu bringen, mit kühlerem Kopf an die Sache heranzugehen, waren kläglich gescheitert. So versuchte sie, wenigstens selbst halbwegs klar darüber nachzudenken, was sie eigentlich vorhatten. Was, wenn Sowotnik ihnen mit einer geladenen Waffe die Tür öffnen würde? Oder wenn er sich gar als völlig unschuldig erweisen würde? Kaum hatten sie angehalten, war Jonny auch schon aus dem Wagen gesprungen. Hastig eilte sie ihm den kleinen Weg zum Haus hinauf nach.
Wenn sie vorher noch geglaubt hatte, ihr Kollege würde sich die Mühe machen, unauffällig aufzutreten, so wurde sie nun eines Besseren belehrt. Völlig unbeeindruckt und mit wütendem Blick hielt Jonny den Finger auf die Klingel gedrückt. Das Geräusch ließ Isabelle innerlich zusammenfahren. Sie rechnete damit, dass gleich die Tür geöffnet würde, und hielt sich eng an die Hauswand gepresst, jederzeit bereit ihre Pistole zu ziehen. Die Sekunden verstrichen. Von drinnen war nichts zu hören, außer das schrille Läuten. Endlich nahm er seinen Finger herunter und sah Isabelle für einen Augenblick lang an. Dann drehte er sich abrupt um und hielt auf das Tor zu, das zum Garten führte. Es war abgeschlossen. Mit einem Satz sprang Jonny hoch, um sich auf einem gemauerten Pfosten abzustützen. Geschickt

zog er die Beine nach oben, um auf der anderen Seite wieder herunterzuspringen.
Isabelle schaute ihn entrüstet durch die Gitterstäbe des geschmiedeten Tores an.
»Jonny, das ist Hausfriedensbruch, falls du das nicht wissen solltest!«, zischte sie.
»Das ist mir verdammt egal!«, entgegnete er aufgebracht und war im gleichen Moment hinter einer Ecke verschwunden.
Isabelle schaute sich aufmerksam um. Noch immer war niemand zu sehen. Entweder hatten sich die Nachbarn hinter ihren Gardinen verschanzt oder sie waren nicht zu Hause. Das Getöse der Klingel und ein Mann, der sich unerlaubten Zugang zu einem Haus verschafft, dürfte keiner Menschenseele entgangen sein, wenn man nicht gerade schwerhörig und blind war. In einem kleinen Dorf war es schwierig, etwas zu tun, ohne dass die Nachbarn Wind davon bekamen.
Sie konnte eine kleine Bewegung an einer Terrassentür des danebenliegenden Hauses feststellen. Oh mein Gott, dachte sie, die rufen bestimmt gleich die Polizei. Das würde Ärger mit den Kollegen von der Streife geben, so viel stand fest. Nervös tippelte Isabelle von einem Fuß auf den anderen. Jonny war immer noch nicht von seinem Erkundungsgang zurück. Ein älterer Herr streckte seinen Kopf nun neugierig über die Umzäunung, die beide Nachbargrundstücke voneinander trennte.
»Was suchen Sie denn da, Fräulein?«, rief ihr eine entrüstete Stimme zu.
Isabelle verrollte die Augen und seufzte. Auf die Schnelle fiel ihr nichts anderes ein, als mit der Wahrheit herauszurücken. Inständig hoffte sie, dass die Nachbarn keine detaillierten Gesetze über die Durchsuchungen von persönlichem Eigentum kannten.
»Guten Tag!«, sagte sie und trat zum Zaun, nicht ohne sich noch einmal hilflos nach Jonny umzusehen.
Der Alte hielt drohend seinen Arm nach oben gereckt und wollte vermutlich gerade einen Redeschwall auf sie niederprasseln lassen, als Isabelle ihm zuvorkam.
»Bitte regen Sie sich nicht auf, wir sind von der Polizei«, sagte sie

schnell und zückte ihren Ausweis, der in der oberen Tasche ihrer Schutzweste steckte.

Der alte Mann schaute sie ungläubig an und kniff dabei die Augen zusammen. Sein Kopf wackelte in fahrigen Bewegungen von links nach rechts und wieder zurück.

»Was wollen Sie denn von dem Daniel? In der letzten Zeit fragen so manche Leute nach ihm!«

Isabelle dachte daran, was Paula ihnen erzählt hatte. Bestimmt meinte der Alte diese Situation.

»Wir müssen dringend mit Daniel Sowotnik reden. Es eilt wirklich. Leider darf ich Ihnen nichts weiter darüber sagen. Wissen Sie zufällig, wo er sich gerade aufhält?«, fragte sie so freundlich wie möglich.

Der Nachbar schüttelte den Kopf.

»Wahrscheinlich ist er unterwegs. Ich habe ihn seit gestern nicht mehr gesehen. Aber der ist ja auch dauernd woanders. Seiner Großmutter hat das zeit ihres Lebens auch nicht gefallen«, erzählte er freimütig, »aber mit der Polizei hat der Junge noch nie was zu schaffen gehabt. Wie auch? Der arbeitet doch für euch, auf dem Ordnungsamt!«

Isabelle hielt die Luft an. Wie Talmann es ihnen vorausgesagt hatte: Der Mörder ist nicht weit von euch entfernt!

»Herr …, äh, wie war noch gleich Ihr Name?«, fragte Isabelle.

»Wir hatten uns noch nicht vorgestellt. Schwinn ist mein Name. Edgar Schwinn.« Er reichte ihr die Hand.

Plötzlich kam Jonny von der anderen Seite des Hauses mit eiligem Schritt auf sie zu.

»Da ist nichts. Das Schwein ist nicht zu Hause!«, sagte er ohne Rücksicht auf die Anwesenheit einer fremden Person.

»Entschuldigen Sie bitte. Herr Schwinn, das ist mein Kollege Jonathan Weber. Wie ich Ihnen schon sagte, wir müssen sofort mit Daniel Sowotnik sprechen. Haben Sie wirklich keine Ahnung, wo er sich aufhalten könnte?«, fragte Isabelle noch einmal.

Der Alte schüttelte wieder den Kopf.

»Nein, der sagt uns nicht Bescheid, wohin er geht.«

Jonny lief ohne ein Wort des Grußes zum Wagen. Isabelle hatte nicht die geringste Ahnung, was er zu tun gedachte.

»Dann vielen Dank, Herr Schwinn! Wir müssen weiter!«, rief sie im Gehen und beeilte sich zu Jonny zu kommen.
»Ach, da fällt mir was ein!«, rief der Nachbar ihnen hinterher.
Beide hielten an und schauten ihn verwundert an.
»Haben Sie es schon im Jagdhaus versucht? Dort ist er hin und wieder, um zu jagen ... nicht oft, aber manchmal ist er dort.«
»Wo befindet sich das Jagdhaus?«, schrie Jonny ihm zu.
»Im Wald zwischen Rinzenberg und Buhlenberg. Sie können es leicht übersehen, wenn Sie nicht genau achtgeben. Schauen Sie nach links, wenn Sie sich in der Mitte der beiden Ortschaften befinden!«
Jonny und Isabelle merkten nicht, wie ihnen ein dunkler VW, in dem Gerd und Trateaux saßen, unauffällig folgte, als sie sich auf den Weg zum Jagdhaus machten.

Die Zierliche leistete mehr Widerstand, als er gedacht hatte. Es überraschte ihn jedes Mal, wie viel Energie sie aufbringen konnte. Doch er band ihre Hände an den Beinen zusammen, nachdem er sie eingeseift und mit einem Wasserschlauch abgespritzt hatte. Blutverschmiert und völlig verdreckt von ihren eigenen Exkrementen hatte er sie nicht einmal anfassen können. Vor Ekel wäre er fast erstickt, weil er den Gestank nicht hatte einatmen wollen. Nur mit Mühe überstand er diese Prozedur, deshalb war er froh, als sie einigermaßen sauber war und er sie ins Auto laden konnte. Den Ort, wo die Vereinigung stattfinden sollte, hatte er schon vor einigen Tagen ausgewählt. Es war ihm nicht leicht gefallen, einen würdigen Platz zu finden, der seine Ansprüche erfüllte. Erst nach mehreren Stunden hatte er die Lichtung in der Nähe eines dichten Tannenwaldes entdeckt. Riesige abgestorbene Buchen, die überwuchert waren mit Zunderpilzen, zierten die Grenze. Dieser Ort hatte einen mystischen Charakter. Das war die geeignete Stelle, um sein Werk zu vollenden. Mit einfallender Dunkelheit hatte er die Zierliche unterhalb des Tannenwaldes ausgeladen und einige Hundert Meter weit nach oben tragen müssen.
Dort zog er ihr das zugedachte Kleid an und fesselte sie auf zwei nebeneinanderliegenden Baumstämmen. Damit sie nicht schreien konnte, bekam sie vorsichtshalber noch einen Knebel. Schließlich

musste er noch die anderen Frauen holen. Die Zeit drängte und ein hartes Stück Arbeit lag noch vor ihm. Bevor er wieder zurückfuhr, hob er ein nicht allzu tiefes Erdloch für die Kripobeamtin aus. Dort unten sollte sie liegen, damit sie zu ihm aufschauen konnte, wenn er so weit war.

Hastig ging er durch die hohen Bäume hindurch zu seinem Kombi. Bei seinen Erkundungsgängen hatte er darauf geachtet, dass in der Nähe seines ausgewählten Platzes kein Forststand war. Ein schießwütiger Jäger hätte ihm gerade noch gefehlt. Es dauert nur wenige Minuten, bis er wieder beim Jagdhaus angekommen war. Nun würde er auf der Hut sein müssen. Die Frauen waren zusammen in einem Verlies. Sie konnten sich gegen ihn verschworen haben und ihm auflauern. Mit der Pistole und einem Baseballschläger bewaffnet entriegelte er die Tür und versuchte in dem dunklen Gemäuer die Personen auszumachen. Undeutlich konnte er ihre Umrisse erkennen. Beide kauerten eng aneinandergedrückt in der Mitte des Raumes. Irene sah ihn mit tränenüberströmtem Gesicht an.

In diesem Moment merkte er zum ersten Mal seit seiner Kindheit, wie eine gewisse Wärme sein Herz durchströmte. Ein seltenes Gefühl, und doch hatte seine Großmutter vermocht, es in ihm zu wecken. Genau wie sie. Für einen Augenblick war er geneigt sie zu umarmen, sie an der Hand zu nehmen und mit ihr davonzurennen. Ganz weit weg. Irgendwohin, wo sie niemand finden konnte. Doch er wusste, dass die Vergangenheit ihn immer wieder einholen würde, egal wo er sich befand. Fast zärtlich ging er auf sie zu. Widerstandslos ließ sie sich auf den Arm nehmen und von ihm hinaustragen.

Die Schnüfflerin lag noch immer auf dem Boden. Anscheinend wirkte das Antihistaminikum, das er ihr eingeflößt hatte. Da sie das große Ereignis nicht verschlafen sollte, hatte er ihr nur eine kleine Dosis des Schlafmittels gegeben. Später musste sie wach sein, damit sie verstehen konnte, was geschah. Sie und die anderen würden Zeuginnen des wichtigsten Ereignisses in seinem Leben sein, welches ihn und die Grimms auf ewig vereinen würde: sein eigenes Märchen.

Neunundzwanzig

Ein Stück weit entfernt parkte Jonny seinen A3 in einer kleinen Schneise, welche wahrscheinlich für Holztransporte diente, denn im Wald dahinter waren dicke Furchen von Lkw-Reifen zu erkennen.

Dem Handschuhfach entnahm er zwei MAG-LITEs; dann zogen sie, ohne ein Wort miteinander zu sprechen, ihre kugelsicheren Westen an. Isabelle hatte es längst aufgegeben, ihn zu einem Gespräch zu bewegen, das dazu gedient hätte eine Strategie zurechtzulegen. Jonny deutete ihr an ganz leise zu sein, während sie zusammen ausstiegen und ihre Waffen entsicherten.

Mit einer Handbewegung zeigte er auf das kleine Jagdhaus, das völlig abgelegen und versteckt hinter dicht zusammenstehenden Tannen und Hecken lag. Nur das schiefergedeckte Dach war zu erkennen. Licht sahen sie keines. Langsam drangen sie im Schutz der Bäume vorwärts. Um näher an das Haus zu gelangen, mussten sie etwa hundertfünfzig Meter über ein offenes Feld zurücklegen.

»Wir nähern uns am besten von zwei Seiten«, flüsterte Jonny ihr zu und drückte ihr eine der MAG-LITEs in die Hand. Sie nickte und zeigte nach rechts.

Vorsichtig bewegten sie sich in der Dunkelheit, ohne die Lampen anzuschalten. In geduckter Haltung kamen sie Meter um Meter voran, bis sie sich kurz vor den hohen Tannen trennten. Isabelle sah Jonny nach. Flink wie ein Wiesel bahnte er sich einen Weg durch das dichte Gebüsch. Hoffentlich stand kein Zaun dahinter. Nachdem er verschwunden war, lief sie noch ein gutes Stück nach rechts, bis sie das Tor erblicken konnte, das zu einem großen hölzernen Überstand führte. Plötzlich hielt sie die Luft an. Im verhangenen Mondlicht konnte sie ganz deutlich Irenes Wagen erkennen, der darunter abgestellt war. Sie verfluchte, dass sie Jonny nicht erreichen konnte. Noch nicht einmal ein Signal hatten sie ausgemacht.

»Verdammt!«, schimpfte sie vor sich hin. »Irene hat er auch noch!« Sie suchte nach einer geeigneten Stelle, um zu dem Überstand zu gelangen, doch sie hatte keine Chance, die Tannen waren an dieser Stelle zu dicht. Es gab nur eine Möglichkeit hineinzugelangen, sie musste über das Tor klettern. Ein waghalsiges Unterfangen. Wenn der Täter noch im Haus war, konnte er sie durch eines der Fenster sehen. Doch das musste sie riskieren.

Leise zählte Isabelle bis drei, dann sprang sie aus ihrem Versteck und kletterte über das Tor, ständig darauf bedacht, keine Geräusche zu verursachen. Trotzdem war ein leises Scheppern von Metall zu hören gewesen. Als sie den Überstand erreicht hatte, ging sie hinter Irenes Wagen in Deckung und wartete eine Weile. Ihr Herz pochte, und sie keuchte vor Anstrengung. Jetzt wusste sie, warum ihr Arbeitgeber ständig auf Ausdauertraining plädierte, vor dem sie sich in der Vergangenheit allzu oft gedrückt hatte. Das Einzige, was sie nie ausließ, waren die Schießübungen. Seit sie mit einem Kollegen aus Trier zu einem bewaffneten Banküberfall gefahren war, bei dem der Täter ohne Vorwarnung das Feuer auf sie eröffnet hatte, nahm sie diese Schulungen sehr ernst. Sie nahm sich vor, in Zukunft keines der Ausdauerangebote mehr zu schwänzen.

Auf einmal hörte sie ein dumpfes Poltern. Erschrocken hielt sie die Luft an, doch das Geräusch kehrte nicht wieder. Als sie sich einigermaßen erholt hatte, robbte sie im Schutz des Pkw ein Stück nach vorne, sodass sie die gesamte Rückseite des Hauses im Blick hatte. Alles wirkte ruhig. Keine Anzeichen, außer dem Poltern, dass sich im Augenblick jemand hier aufhielt. Aber der Krach könnte genauso gut von einem Tier stammen, tröstete sie sich. Von Jonny war noch nichts zu sehen. Was sollte sie jetzt tun? Hier warten, bis etwas passierte, oder eines der Fenster einschlagen und unerlaubt ins Haus eindringen?

In Sekundenschnelle entschied sie sich für Letzteres. Gerade als sie sich an eines der Fenster im Erdgeschoss herangepirscht hatte, hörte sie laute Schläge.

Jonny stand vor der Hintertür zum Keller, in seinen Händen eine Axt, die zuvor noch auf dem Holzblock eingeschlagen war, der sich im Hinterhof neben aufgereihten Holzscheiten befand. Er schlug noch immer voller Wut gegen die Tür. Das Holz zersplitterte in tausend Teile, Scherben lagen verstreut auf dem Boden, doch er achtete auf nichts mehr. Ohne nachzudenken, sprang Isabelle die wenigen Stufen bis zu ihm hinunter.

»Was soll das, Jonny?«, mahnte sie ihn barsch und riss ihm gleichzeitig die Axt aus den Händen. »Willst du uns alle unnötig in Gefahr bringen?«

Noch immer keuchte Jonny, sein Blick war leer und kalt.

Kein guter Zeitpunkt, um ihn Einsicht zu lehren, wusste Isabelle. Doch sie mussten vorsichtig sein, der Mörder könnte jeden Augenblick auftauchen, und dann könnte es richtig gefährlich werden. Für jeden von ihnen. Mit einer Geste und hervorgehaltener Pistole bedeutete sie ihm, hinter ihr zu bleiben, während sie vorsichtig in den dunklen Keller hineinlief. Es stank unerträglich. Isabelle zog ihren Schal, den sie um den Hals trug, über ihren Mund. Außerdem war der Boden nass. Zwei Türen befanden sich hier. Eine hölzerne auf der linken, eine aus Stahl auf der rechten Seite sowie eine Treppe, die vermutlich in das Erdgeschoss führte. Instinktiv entschied sie sich, nach links zu gehen. Jonny war dicht hinter ihr. Bevor sie reagieren konnte, hörte sie dicht neben sich einen lauten Schlag. Sie hatte nicht gemerkt, wie Jonny die Axt wieder an sich genommen hatte und jetzt mit enormer Kraft gegen die Tür schlug. Wie schon zuvor krachte das Holz, Splitter flogen durch den Raum, sodass Isabelle ihre Arme schützend vor ihr Gesicht hielt. Dieser Mann ging gerade durch die Hölle für den Menschen, den er liebte, vergaß dabei jedoch, dass er damit auch andere in Gefahr bringen konnte. Als der Türrahmen nachgab, stürmte er in den dunklen Raum.

Mit einer reglosen Person auf dem Arm kam er Sekunden später nach draußen. Sie eilte zu ihm. Jetzt erst erkannte sie Paula.

»Was ist mit ihr? Lebt sie?«, fragte Isabelle völlig aufgewühlt, während sie beide nach draußen eilten. Vorsichtig legte Jonny Paula ins Gras neben sich.

»Sie lebt, aber ihr Puls ist sehr schwach. Außerdem scheint sie eine mordsmäßige Wunde am Hinterkopf zu haben. Dort, wo sie lag, befand sich eine große Blutlache.«

Behutsam untersuchte er Paulas Körper, die völlig regungslos mit geschlossenen Augen auf der Seite lag.
»Sie braucht dringend einen Arzt!«, sagte Jonny aufgebracht und nahm sein Handy aus der Tasche.
Isabelle kniete neben Paula nieder. Ganz bedächtig schob sie die Hand zu ihr hin und streichelte ihrer Kollegin über die Arme, die sich eiskalt anfühlten. Bei näherer Betrachtung konnte sie erkennen, dass Paulas Gesicht blutverkrustet und geschwollen war.
Plötzlich hörten sie hinter sich einen Ast knacken. Jonny warf sein Handy auf den Boden und zückte seine Waffe, während Isabelle sich panisch umsah. Da war jemand. Sie war sich absolut sicher.
Wieder überfiel sie eine unbändige Angst. Hätten sie doch nur das Sondereinsatzkommando angefordert. Stattdessen saßen sie da wie die Hasen vor der Flinte des Jägers.
»Psst … wir sind's«, zischte eine Stimme durch die undurchdringliche Verästelung. Jonny und Isabelle erkannten Gerds Stimme sofort.
»Wir kommen jetzt zu euch«, wisperte er.
Erleichtert steckte Jonny seine Waffe in den Bund seiner Hose, und Sekunden später schwangen sich Trateaux und Gerd über das schmiedeeiserne Tor, das zuvor Isabelle überwunden hatte.
»Paula ist verletzt und bewusstlos. Dieser Psychopath hat sie in einen Kellerraum gesperrt, sie braucht dringend einen Arzt«, teilte Jonny ihnen kurz angebunden mit.
»Wo ist Irene?«, fragte Gerd mit mühevoll zurückgehaltenem Zorn und deutete auf das Auto.
»Ich weiß es nicht. Außer Paula war niemand im Haus«, antwortete Jonny kopfschüttelnd, »doch im Keller befindet sich noch ein Raum. Den Spuren nach zu folgern, wurden dort mehrere Personen gefangen gehalten. Es wimmelt von Blut, Exkrementen und anderen organischen Abfällen! Wenn ihr mich fragt, ist er gerade dabei einen weiteren Mord zu begehen. Ihm ist sicher schon klar, dass wir ihn entlarvt haben.«
»Wir zwei bringen Paula ins Krankenhaus, unser Wagen steht nicht weit von hier!«, sagte Trateaux zu Isabelle gewandt, die sofort einwilligte. »Du und Gerd bleibt hier und seht, was ihr noch herausfin-

den könnt. Ich sage Köhler Bescheid. Ab jetzt zählt jede Sekunde!«
Trateaux und Isabelle hoben Paula vorsichtig vom Boden auf. Jonny zeigte ihnen das Schlupfloch, durch das er zuvor gekrochen war, und die beiden verschwanden mit ihr in der Dunkelheit.
»Köhler soll um Himmels willen kein Großaufgebot auffahren. Das könnte unseren Mann verdammt nervös machen«, flüsterte Jonny ihnen noch zu, bevor sie mit Paula zum Wagen eilten.
Wortlos liefen Gerd und Jonny bis zu der Hintertür nebeneinander her.
»Wir müssen uns ruhig verhalten. Ich habe das verfluchte Gefühl, er könnte hierher zurückkommen! Er ist noch lange nicht fertig«, sagte Jonny und knipste seine Taschenlampe an.
In dem ausbetonierten feuchten Raum, wo er Paula gefunden hatte, befand sich nichts außer der Blutlache. Auf der anderen Seite des Kellers wurden sie fündig. Dort lag das Verlies, das mit einer Stahltür, die über ein Sichtfenster verfügte, und mehreren Riegeln gesichert war, zudem über eine Nassparzelle verfügte, die wohl vor nicht allzu langer Zeit benutzt worden war. Der Geruch darin war ebenso unerträglich wie in dem gesamten Keller und ließ darauf schließen, dass sich hier vor noch nicht allzu langer Zeit jemand befunden haben musste.
Danach schlichen sie die hölzernen Stufen nach oben, um das Haus zu inspizieren, doch die Tür war fest verschlossen. Jonny zögerte nicht lange und lief wieder hinunter, um die Axt zu holen, die noch vor dem Verlies liegen musste. Als er mit Wucht gegen die Tür schlug, hofften sie nur, der Täter würde in diesem Moment nicht zurückkommen. Es bedurfte zwei Schläge, dann splitterte das Holz der Tür auseinander, und sie krochen durch die Lücke hindurch, geradewegs in eine Küche. Alles war sauber und ordentlich gehalten. Auf der Ablage und in der Spüle stand nichts, was von einem Bewohner gezeugt hätte. Danach kamen sie in einen kleinen Flur. Rechts davon abgehend befand sich das Wohnzimmer beziehungsweise das Jagdzimmer. An den Wänden reihten sich Geweihe und präparierte Tiere aneinander. Marder, Füchse und Vögel starrten sie mit kalten Augen an.
Gerd fröstelte es bei diesem Anblick.

Sie gingen die knarrende schmale Treppe hinaus. Dort lag ein geräumiges Badezimmer, das ganz in Dunkelgrün gehalten war, und ebenso wie die Küche keinerlei Gebrauchsspuren aufzeigte.
Direkt daneben traten sie in ein altmodisches Schlafzimmer ein, das aus dem vorigen Jahrhundert stammen musste. Schwere dunkle Möbel zierten das Gemach, und auf dem Bett lagen, ordentlich gemacht, zwei dicke Daunendecken, wie sie vor Jahrzehnten benutzt worden waren. Das Merkwürdige in dem Zimmer waren jedoch nicht die Möbel. Akkurat vor dem Schrank aufgereiht, hingen sieben Nachthemden auf einem Metallkleiderständer. Manche waren mit weißen Spitzen umsäumt, andere mit glänzenden Bändern verziert.
Fassungslos starrte Jonny auf dieses Arrangement, während Gerd den linken Nachttisch durchsuchte.
»Sieh dir das mal an!« Gerd hielt einen Gegenstand hoch. »Das lag einsam in der Schublade. Sonst nichts!«
Jonny nahm ihn in die Hand. Es war ein Bild. Darauf war eine Frau zu sehen, die vor einem Brunnen stand und mit den Händen lachend ihre Haare zurückwarf. Irgendetwas an ihr ließ sie unsympathisch wirken. Vielleicht waren es ihre Augen, die auffordernd listig funkelten.
Gerd durchforstete die andere Seite. Überrascht drückte er Jonny ein weiteres Bild in die Hand.
»Und das lag in der anderen Schublade. Sonst wieder nichts!«
Eine alte Frau mit weißen Haaren war zu sehen, voller Güte lächelte sie in die Kamera. Sie saß in einem alten, verblichenen Sessel, den Jonny schon einmal gesehen hatte. Er wusste auch genau wo: in der alten Gaststätte in Kirn.

Das Letzte, was Tom Steffen von Paula sah, war, wie sie von einer Krankenschwester in den OP gefahren wurde. Der Arzt hatte sie zuvor kurz gecheckt und ihnen versichert, sie sei zwar übel zugerichtet, befinde sich jedoch nicht in akuter Lebensgefahr.
Erleichtert hatten alle das zur Kenntnis genommen. Trateaux hatte von unterwegs sofort einen Rettungswagen angefordert, der ihnen auf halber Strecke nach Birkenfeld entgegengekommen war. In der

Zwischenzeit hatte Isabelle ihren Chef verständigt, der bald nach ihnen, begleitet von Tom Steffen, im Krankenhaus eingetroffen war.
»Wir müssen Talmann anrufen, außerdem Sybille Braun. Womöglich können sie uns dabei helfen den genauen Tatort zu bestimmen oder das Gebiet näher einzugrenzen. Wir ihr wisst, sind Irene und Anna Grothe weiterhin verschwunden. Jonny und Gerd befürchten das Schlimmste!«, meinte Trateaux besorgt und nahm einen Schluck Kaffee aus einem der gerippten Pappbecher, den er sich an einem Automaten im Krankenhaus geholt hatte.
Köhler sprang sofort auf und wies per Handy an, man solle Talmann sowie Sybille Braun schnellstmöglich zu ihnen beordern.
»Es steht also absolut fest, dass er unser Mann ist?«, fragte Tom Steffen zum dritten Mal.
»Ja, er ist es. Mit hundertprozentiger Sicherheit. Alles spricht dafür«, gab Isabelle zum wiederholten Male seufzend zurück.
»Dann werde ich jetzt einen Haftbefehl ausstellen und eine Fahndung nach Daniel Sowotnik und seinem Wagen herausgeben!«, meinte der Staatsanwalt und stand auf. »Halten Sie mich auf dem Laufenden!«
»Am besten spreche ich jetzt mit der Hubschrauberstaffel. Sie sollen die Gegend um Buhlenberg und Rinzenberg abfliegen. Schließlich besitzen die eine Wärmebildkamera und können mögliche Personen sofort erkennen!«, meinte Köhler und griff erneut zu seinem Handy.
»Jonny vertritt die Meinung, dass wir den Täter nicht aufschrecken sollen. Es könnte vielleicht zu einer Kurzschlusshandlung kommen ...«, merkte Isabelle an.
Trateaux pflichtete ihr bei. »Ich würde dafür plädieren, den Hubschrauber erst dann einzusetzen, wenn Jonny und Gerd uns Mitteilung machen.«
Falten machten sich auf Köhlers Stirn breit, während er über diese Einwände nachdachte.
»Oh mein Gott, nach dieser Aktion werde ich die Frührente beantragen. Woher soll ich verflucht noch mal wissen, welche Entscheidung ich jetzt treffen soll? Wenn ich keine Verstärkung anfordere und es passiert etwas, dann Gute Nacht! Fordere ich welche an und

der Täter spielt daraufhin verrückt, dann ebenfalls Gute Nacht!« Er schnaubte aufgeregt und lief wie aufgezogen hin und her.

Trateaux stieß Isabelle mit dem Ellenbogen an.

»Und wir fahren zusammen mit Dr. Braun und Dr. Talmann den Wald ab. Er muss hier irgendwo in der Nähe sein. Alles andere wäre sehr ungewöhnlich, zudem er Paula alleine im Haus zurückgelassen hat. Das war höchstwahrscheinlich nicht seine Absicht. Er will sie sicher holen, um sein Schauspiel zu Ende zu bringen.«

Dreißig

Irene bemühte sich die Augen offen zu halten, um etwas zu erkennen, doch sie konnte nur die diffusen Umrisse einer Gestalt ausmachen. Daniel. Sie hörte ihn atmen und wie er an ihr vorbeistreifte, um an irgendetwas in ihrer unmittelbaren Nähe herumzunesteln. Nur allmählich gelang es ihr, ihren Kopf ein wenig vom Brustkorb anzuheben. Um ihren Oberkörper befand sich ein straff gespannter Gurt. Auch ihre Hände und Füße waren mit einem Seil gefesselt. Bestürzt stellte sie fest, dass sie mit einem langen lilafarbenen Kleid in einem Sessel saß. Mitten im Wald. Eine ungeheure Angst breitete sich in ihr aus, in dem Wissen, sich unmöglich selbst befreien zu können. Allmählich kehrte auch die Erinnerung daran zurück, wie er sie aus dem Kellerloch herausgetragen und zärtlich über ihr Gesicht gestrichen hatte. Verschwommen konnte sie sich noch an den Schlag auf den Kopf erinnern, und daran, langsam das Bewusstsein verloren zu haben.

Seine Schritte entfernten sich kurz, bevor sie eiligst wieder auf sie zukamen. Er hatte eine blonde Perücke in der Hand und betrachtete sie. Sein Blick war abwesend und leer. Mit geschickten Bewegungen setzte er sie auf ihren Kopf.

»Daniel ...«, versuchte Irene sanft zu ihm durchzudringen, »willst du mir das wirklich antun? Ich habe dich all die Jahre lang geliebt und tue es immer noch. Wir könnten irgendwohin gehen. Zusammen. Bitte Daniel!«, sagte sie mit schluchzender Stimme. Sie musste sich anstrengen, um nicht laut aufzuheulen. Sie dachte an Felicia. Die Kleine brauchte sie. Sie wollte noch nicht sterben.

»Ich lasse dir heute eine Ehre zuteilwerden, die dich für alles entschädigt, was ich dir jemals angetan habe!«, entgegnete er ehrfürchtig und trat direkt vor sie.

Jetzt erst sah Irene, dass auch er ein Gewand anhatte. Ein Prinzengewand. Daniel. Der Märchenmörder. Die ganze Zeit hatte sie sich in unmittelbarer Nähe zu ihm befunden, mit ihm gegessen, mit ihm gesprochen, mit ihm geschlafen. Und ohne dass sie auch nur annähernd etwas mitbekommen hatte, hatte er die anderen Frauen gequält und sie auf grausamste Weise umgebracht. Plötzlich wandelte sich ihre Traurigkeit in heftige Wut. An der Nase hatte er sie herumgeführt und sie schamlos missbraucht. Dafür hätte sie ihn in diesem Moment umbringen können.

»Du wirst sehen, meine kleine Prinzessin, wie werden uns wiedersehen. Es dauert nicht mehr lange, dann bin ich fertig.« Er beugte sich zu ihr hinunter und küsste sie zart auf die Wange. Für einige Sekunden war sie versucht, ihm ins Gesicht zu spucken, überlegte es sich jedoch anders. Vielleicht war es jetzt cleverer, ihre Emotionen in den Griff zu bekommen, wenn sie überhaupt noch eine Chance sah, diesem irren Schauspiel zu entkommen.

Wieder verschwand er irgendwo hinter ihr zwischen den Bäumen. Im selben Moment ertönte ein leises Schluchzen, sie konnte aber nicht ausmachen, woher es genau kam. Ihr Blickfeld war durch die Fesseln an ihrem Körper nur begrenzt.

»Paula?«, flüsterte sie.

Es kam keine Antwort.

Nein, das durfte nicht sein. Bestimmt war Paula ebenfalls hier.

»Neeeeeeeeein!«, brüllte sie laut durch den Wald. »Du darfst sie nicht töten!«

Hartnäckig versuchte sie, sich trotz der Fesseln aufzubäumen. Die Seile brannten sich in ihre Haut, doch die Verzweiflung über das, was sie durch ihr Handeln heraufbeschworen hatte, überwog.

»Du Schwein! Du gottverdammtes Schwein! Die werden dich kriegen und für ewig in einer Zelle verrotten lassen! Und wenn es das Letzte ist, was ich tue … ich verfluche dich bis in alle Ewigkeit!«

Der Mond stand als silberne Sichel am Himmel, als er mit steinernem Gesichtsausdruck vor sie trat. Das Mondlicht spiegelte sich in der funkelnden Klinge des langen Messers wieder, das er in der Hand hielt.

»Du bist die Auserwählte, die mich heute Nacht ehelichen wird. Lass uns gemeinsam die Worte flüstern, die der Wind uns zuträgt und die

unsere Liebe besiegeln werden!« Mit der Spitze des Messers streichelte er ihren Hals.
»Ich werde dich niemals heiraten. Weder in deinem verdammten Märchen noch in der Realität. Du bist ein Mörder!« Mutig schleuderte Irene ihm diese Worte entgegen. Außer ihrer Ehre hatte sie jetzt nichts mehr zu verlieren.
Seine Augen wurden vor Zorn winzig klein, und sein Atem beschleunigte sich in zunehmendem Maße. Mit unverhohlenem Erstaunen nahm sie diese Sinneswandlung zur Kenntnis. Seine Hände hoben das Messer über seinen Kopf, und er sah sie mit kaltem Blick an. Dann schnellten seine Hände nach unten, und das Messer drang tief in ihren Körper ein. Sie fühlte nichts mehr. Keinen Schmerz. Keine Angst. Nur das Pulsieren des eigenen Blutes, das sich langsam einen Weg hoch in ihren Hals bahnte.

Gerd hastete wie ein Verrückter durch den Wald. Er hatte ihren Schrei gehört. Nur für einen kurzen Augenblick wurde die Stille der Nacht davon unterbrochen und doch war er sich ganz sicher. Irene hatte diese Worte in den Wald geschrien. Jonny und er waren ein Stück weit vom Haus im Wald unterwegs gewesen, um nach möglichen Fahrzeugspuren zu suchen, als das Schreien ertönte. Danach hatten sie sich getrennt. Die Stelle zu lokalisieren, von der aus der Schrei gekommen war, stellte sich als schwieriger heraus, als er gedacht hatte. Keuchend rannte er weiter. Es war keine Zeit, um zu verschnaufen.
Jonny rannte in die entgegengesetzte Richtung. Nachdem er unvermittelt einen flackernden Lichtschein zwischen den Bäumen wahrgenommen hatte, war er bemüht, sich so lautlos wie möglich hinter den dicken Stämmen der Tannen in diese Richtung zu bewegen.
Überrascht hielt er auf einmal an. Er hatte so etwas wie ein heiseres Wispern gehört.
Darauf bedacht, keine Geräusche zu machen, lehnte er sich gegen einen Baum. Sein Atem formte sich zu kleinen weißen Wölkchen, die gespenstisch in der Dunkelheit verschwanden. Vorsichtig lugte er dahinter hervor. Es dauerte nur eine Sekunde, dann hatte er Gewissheit.

Daniel Sowotnik kniete mit erhobenem Messer und gesenktem Kopf auf dem Waldboden und trug einen Vers vor: »Und verharrst du in Sünde und leugnest hartnäckig, so will ich dein neugeborenes Kind mit mir nehmen … Wer seine Sünde bereut und eingesteht, dem wird vergeben.«

Kaum hatte er diese Worte zu Ende gesprochen, berührte der kalte Lauf der Pistole seinen Schädel. Ohne zu zögern, sprang Sowotnik herum und versuchte, seinem Angreifer das Messer in den Leib zu rammen. Die Entscheidung fiel Jonny nicht schwer. Er wich zur Seite und zielte im selben Augenblick. Dann drückte er ab. Einmal. Zweimal. Dreimal. Die Kugeln schlugen hart in seinem Gegenüber ein. In Zeitlupe sackten Daniel Sowotnik die Beine weg. Noch bevor er auf dem Boden aufschlug, hatte er seinen letzten Odem ausgehaucht.

Einunddreißig

In ihrem Wohnzimmer tummelten sich zahlreiche Leute. Überall im Haus hatte sie mit Robertas Hilfe Stehtische aufgestellt, an denen fröhlich miteinander angestoßen wurde. Lasira und ihre Mutter waren noch immer in der Küche damit beschäftigt, die vielen Auflaufformen mit den unterschiedlichsten Köstlichkeiten zu füllen, während Gerd ständig Holz im Kamin nachlegte.
Paula stellte die Brotscheiben auf dem liebevoll arrangierten Buffet ab und lächelte Anna und Lars zu, die zusammen auf dem roten Sofa saßen.
Anna war erst Anfang der Woche aus dem Krankenhaus entlassen worden. Zwar war sie noch etwas wackelig auf den Beinen und sehr blass, doch hatten die beiden die Einladung zu diesem Fest freudig angenommen. Schließlich waren Paula und Anna sich in den zurückliegenden Wochen im Krankenhaus sehr nahe gekommen und hatten einiges zusammen verarbeitet.
Lars stand auf und drückte Paula ein gefülltes Glas in die Hand.
»Auf das Leben!«, sagte er und prostete Anna zu, die ihr Glas zu ihren Lippen führte und einen Schluck von dem herrlich prickelnden Champagner trank, den Köhler extra für den heutigen Anlass spendiert hatte. Das hatte er sich nicht nehmen lassen wollen.
Tom Steffen, der mit Isabelle und Trateaux an einem der Tische gestanden hatte, gesellte sich zu ihnen.
»Wir haben heute einen wirklichen Grund zum Feiern. Die Dienstaufsicht ist vor einigen Stunden zu dem Ergebnis gekommen, dass Jonny rechtmäßig gehandelt hat. Es wurde ihm nahegelegt, sich um eine Beförderung zum ersten Polizeihauptkommissar zu bewerben. Genau wie dir, Paula. Meinen Glückwunsch!« Besitzergreifend legte er den Arm um ihre Schultern und zog sie an sich.
Verlegen nippte Paula an ihrem Glas und trat von einem Bein aufs andere.

Tom hatte sich, seit sie ins Krankenhaus eingeliefert worden war, sehr um sie bemüht. Geduldig war er jeden Tag vorbeigekommen, hatte ihr Blumen und andere Geschenke mitgebracht, die deutlich machten, dass er an mehr interessiert war als an reiner Freundschaft.

Jonny hatte sich vollständig in sein Schneckenhaus zurückgezogen, seit die Sache mit Daniel Sowotnik passiert war. Nachdem es ihr ein wenig besser gegangen war und ihre Gehirnerschütterung sowie die starken Schwellungen am Hinterkopf verschwunden waren, hatte er sich damit begnügt, ihr nur hin und wieder eine SMS zu schreiben, in der er sich stets nur nach ihrer Genesung erkundigt hatte. Natürlich wusste Paula auch, dass sich die beiden Männer im Krankenhaus begegnet sein mussten, und Tom hatte Jonny wohl klar und deutlich zu verstehen gegeben einen gewissen Anspruch geltend zu machen. Jonny hatte das Feld kampflos geräumt, musste sie betrübt feststellen.

Unbemerkt beobachtete sie ihn, wie er mit Isabelle am Fenster stand und draußen dem Schneetreiben zusah.

Sie war froh, als Roberta nach ihr rief und sie sich aus Toms Umarmung lösen konnte.

»Du kannst mir dankbar sein …«, kicherte ihre Freundin. »Ich habe dich von diesem eitlen Casanova befreit!«

»Ach Roberta, Tom ist kein Casanova«, widersprach sie ihr. »Er ist ganz einfach nur …«

»… völlig in dich verknallt«, beendete Roberta den Satz. »Und ich sehe meine hübsche Freundin, die zu höflich ist, ihn in seine Schranken zu weisen, denn eigentlich hat sie einem ganz anderen Mann ihr Herz geschenkt!«

Paula sah sie tadelnd an.

»Was du immer zu wissen glaubst, Frau Psychologin! Das sind reine Hypothesen!«, antwortete sie mit gespieltem Ernst.

»Spaß beiseite, meine Liebe. Tief in deiner Seele weißt du, dass ich recht habe! Aber was ich dich fragen wollte: Wie geht es deiner kleinen Freundin Anna Grothe? Hat sie den Verlust ihres Babys verkraftet?«

Paula holte tief Luft.

»Ich glaube, sie erhält durch Lars die nötige Kraft und Stärke, um darüber hinwegzukommen. Er ist sehr darum bemüht, ihr neue Lebensziele aufzuzeigen. Ihre Therapeutin meinte, sie brauche einfach noch Zeit.«

Roberta nickte mitfühlend. »Das Schlimme ist, dass der Verlust ihres Kindes ihr mehr zusetzt als die Zeit ihrer Gefangenschaft. Sie muss Grauenvolles erlebt haben!«

»Oh ja!«, bestätigte Paula leise. »Nach Aussage der Ärzte muss er sie mehrmals vergewaltigt und andere Dinge mit ihr angestellt haben, an die sie sich jedoch nicht erinnern kann. Das ist das einzig Gute an der Sache. Die Psyche schützt sich selbst durch Erinnerungsverluste.«

Gerd kam auf sie zu, deshalb beendeten sie ihr Gespräch.

»Ich fahr dann mal ...«, sagte er in verlegenem Tonfall zu Paula. »Ich habe Irene versprochen, ihr ein Gläschen Schampus mitzubringen und mit ihr anzustoßen.« Lächelnd zeigte er auf die Flasche, die er in der Hand hielt.

Paula lachte. »Nimm schöne Grüße von uns mit, und richte ihr aus, dass ich sie morgen zur gewohnten Uhrzeit besuche!«

Gerd nickte freundlich und stolzierte eilig zur Tür heraus.

»Den hat's aber auch ganz schön erwischt!«, kommentierte Roberta und lächelte Paula geheimnisvoll zu.

»Eigentlich hätte uns allen schon viel früher auffallen müssen, dass er in Irene verliebt ist. Irgendwie war es immer Gerd, der sich Sorgen um sie gemacht hat oder bei den Teambesprechungen ihre Nähe gesucht hat.«

Paula musste daran denken, wie hartnäckig Gerd darauf gedrungen hatte, Irene ausfindig zu machen, als sie sich einen Tag nicht hatte blicken lassen. Damals musste sie sich um ihre Schwester und ihre Nichte kümmern.

Irene hatte schwerste Verletzungen davongetragen. Noch am gleichen Abend, an dem sie eingeliefert wurde, musste sie notoperiert werden. Dabei hatten sie einen Teil der Leber und eine Niere entfernen müssen. Zudem hatte der tiefe Schnitt des Messers mehrere Nervenbahnen verletzt, deren Folgen sich erst in einigen Monaten abschätzen lassen würden. Vorerst musste sie mit einem Rollstuhl vorliebnehmen und darauf hoffen, möglichst gut zu regenerieren. Aber sie lebte.

Alle hatten ihren Teil dazu beigetragen, dass die schweren Schuldgefühle, die sie nach wie vor plagten, sie nicht in eine Psychose gestürzt hatten. Eine erfahrene Therapeutin, die auch mit Anna Grothe das Erlebte aufarbeitete, half Irene ebenfalls über diese Etappe ihres Lebens hinwegzukommen. Und natürlich Gerd, der jeden Tag für Stunden ihr Krankenzimmer belagerte und sich sogar rührend um ihre Mutter und Felicia kümmerte.

Paulas Blick fiel auf Trateaux, der verliebt dreinschauend neben Dr. Sybille Braun stand und in ein intensives Gespräch mit ihr vertieft war. Es würde sie wundern, wenn er sie heute Abend nicht zum Essen einladen würde.

In diesem Augenblick klingelte es an der Tür. Paula ging hin, um sie zu öffnen, und das Erste, was sie erkennen konnte, war ein riesiger Strauß Blumen. Dahinter tauchte Dada auf, der über das ganze Gesicht lachte. Hinter ihm stand Hakika, die zwei gefüllte Schüsseln in der Hand hielt. Sie begrüßten sich freudestrahlend.

»Ich wollte sagen noch Dankeschön mit großem Herz für das tolle ferngesteuerte Auto!«, sagte Dada in seinem gebrochenen Deutsch und fiel ihr in die Arme.

»Nichts zu danken, schließlich hast du mir das Leben gerettet«, sagte Paula und führte die beiden ins Wohnzimmer. Sobald sie den Raum betreten hatten, herrschte eine Atmosphäre, die geprägt war von Zuneigung und Wärme. Hakika unterhielt die gesammelte Mannschaft, und ihr dröhnendes Lachen war bis nach draußen zu hören.

Als Paula die Jacken an der Garderobe aufhängte, trat Talmann zu ihr.

»Ich muss noch eins wissen ...«, begann er zaghaft. »Habt ihr eigentlich das selbst geschriebene Märchen von Sowotnik irgendwo finden können, als die Polizei das Haus durchsucht hat?«

Paula schüttelte den Kopf. »Nein. Wir haben nur die Aufzeichnungen gefunden, in denen er eine Vereinigung mit den Gebrüdern Grimm anstrebte. Anscheinend hat er das Märchen vom Marienkind aus-

gewählt, um sein Schauspiel im Wald zu inszenieren, gekoppelt mit Aschenputtel, die Rolle, die Irene wohl seinem Wunsch entsprechend hätte übernehmen sollen. Aber das weißt du sicher schon längst.«
Talmann massierte sich nachdenklich sein Kinn.
»Das schon. Wir haben fast alles über sein Leben herausgefunden. Als er fünf Jahre alt war, hat seine Mutter sich umgebracht. Sie hat den Tod ihres Mannes, der als Waldarbeiter bei einem Unfall ums Leben gekommen ist, nie verkraftet. Die Eltern des Vaters haben sich schlichtweg geweigert den Kleinen bei sich aufzunehmen, sodass er schließlich bei seiner Tante, Gabriela Dorfhäuser, gelandet ist. Was niemand ahnen konnte: Sie hat ihn über Jahre hinweg auf übelste Weise sanktioniert und gequält. Einzig ihre Mutter, Magdalena Dorfhäuser, seine Großmutter sozusagen, war für ihn eine Bezugsperson, bei der er Geborgenheit und Zuwendung erfuhr. Sie war gelähmt und saß den ganzen Tag in einem Sessel. Wann immer er das Bedürfnis verspürte ihr nahe zu sein, las sie ihm Märchen vor. Die Märchen der Gebrüder Grimm. Schon in jungen Jahren fing er an, ein Misshandlungssyndrom aufzuzeigen, das anscheinend allen Leuten auffiel, aber niemand sagte etwas. Er quälte Tiere im Wald und tötete sie. Als Jugendlicher absolvierte er eine Lehre als Metzger, was seinen Bedürfnissen, die mittlerweile wohl stark ausgeprägt waren, sehr entgegenkam. Mit 18 Jahren erbte er die Hinterlassenschaften seiner Großeltern väterlicherseits, die ihn nie kennengelernt hatten. Sie wohnten übrigens die meiste Zeit über auch in Russland. Dort hatte sich der Großvater ein Vermögen mit ausgeklügelten Gasleitungen verdient. Die Erbschaft belief sich auf über eine Million Euro, sodass er seine Arbeit als Metzger niederlegte und sich als Präparator selbstständig machte.
Magdalena Dorfhäuser verstarb, und er stürzte in eine tiefe Depression, wegen der er mehrmals im Jahr, über einen längeren Zeitraum, in der Psychiatrie Idar-Oberstein in Behandlung war. Dort erkannte man leider nicht, wie gefährlich dieser Mann im Grunde genommen war. Auch die Nachbarn schöpften zunächst keinen Verdacht. Erst als sie Gabriela Dorfhäuser von einem Tag auf den anderen nicht mehr zu Gesicht bekamen, wunderten sie sich.

Da drängt sich in mir die Frage auf, ob er Gabriela Dorfhäuser vielleicht umgebracht hat. Vielleicht vergiftet? Aber dieser Frage werden wir nicht mehr nachgehen können, denn eine Exhumierung bekämen wir mit Gewissheit nicht genehmigt. Außerdem ist es schon fast egal, denn auch wenn er sie umgebracht hat, kann er nicht mehr dafür belangt werden. Und die zweite Frage ist: Warum wollte er Gut und Böse vereinen? Was denkst du darüber?«

Paula sah ihn schief von der Seite an. »Gut und Böse, das sind die Eigenschaften, die er mehr als andere in seinem jungen Leben kennengelernt hatte. Ich glaube, er war gezwungen mit dieser Ambivalenz zu leben, mit ihr zurechtzukommen, obwohl er diese nie in sich selbst zusammenfügen konnte. Deshalb wollte er es wohl auf diese Art und Weise tun, mit den Märchen, denn sie verkörpern nichts anderes«, antwortete sie. Und ohne ein weiteres Wort zu verlieren, ließ sie ihn grübelnd im Flur zurück.

Die Zeiger der Uhr am Kamin zeigten 1.30 Uhr. Fast alle Gäste waren schon gegangen. Nur Tom und Roberta waren noch dabei, die Reste des Abends wegzuräumen und ein wenig Ordnung in das hinterlassene Chaos zu bringen.

Jonny hatte sie traurig angesehen, als er aufgebrochen war und sich nicht einmal gewagt, sie zum Abschied in den Arm zu nehmen. Die ganze Zeit musste sie daran denken, dass sie es eigentlich gewesen war, die ihn zurückgewiesen hatte. Roberta war der gleichen Meinung. Mehrmals hatte sie mit ihr am Abend darüber gesprochen. Es wurde Paula immer mehr bewusst, wie viel sie eigentlich für ihn empfand.

Es war ein wunderschöner Abend gewesen, und dank Hakika und Dada auch ein äußerst amüsantes Fest, bei dem viel gelacht worden war. Man konnte sich des Gefühls nicht erwehren, dass die Last der vergangenen Wochen durch das heutige Zusammentreffen ein Stück weit von ihnen abgefallen war.

Roberta nahm ihren Mantel von der Garderobe und machte Anstalten zu gehen. Tom hingegen sah nicht so aus, als ob er vorhatte, Paula alleine zu lassen. Absichtlich verwickelte Roberta ihn daher in

ein Gespräch über Rechtsfragen, in denen sie sich, dank ihres Adonis', mittlerweile bestens auskannte. Ab und zu warf sie Paula einen fragenden Blick zu, die nur damit beschäftigt war, die Treppen hoch und wieder hinunterzueilen. Schließlich stand sie fertig angezogen mit einer vollgepackten Tasche in der Hand im Flur. Tom schaute sie überrascht an.
»Würdest du mich bitte ein Stück mitnehmen?«, fragte sie Roberta. »Ich habe schon so viel getrunken und möchte nicht mehr fahren!«
Ihre Freundin verstand sofort und lächelte über das ganze Gesicht.
»Endlich ...«, flüsterte sie ihr zu, während Tom mit resigniertem Gesichtsausdruck seinen Mantel anzog. Draußen stieg Paula in Robertas Cabriolet ein und winkte Tom mit einer Hand zum Abschied. Er winkte müde lächelnd zurück. Sie war froh, dass er verstanden hatte.
Als sie aus der Einfahrt herausfuhren, bemerkte sie, wie sich im Haus des Lehrers schon wieder die Gardinen bewegten. Sie nahm sich vor, irgendwann einmal herauszufinden, wer von den beiden sich so sehr für ihr Leben interessierte. Für einen kurzen Augenblick war sie versucht, ihnen die Zunge herauszustrecken.

Noch immer befand sich der Schlüssel zu seiner Wohnung an ihrem Schlüsselbund, mit dem sie sich leise Zugang verschaffte.
Es war dunkel darin. Nur das Laternenlicht warf seine zarten Schatten hinein, als sie mit nackter Haut in das warme Bett schlüpfte. Ihn zu spüren tat so verdammt gut. Sein Gesicht konnte sie in der Dunkelheit nicht deutlich sehen, aber als er seine starken Arme ganz fest um sie schlang und sie seinen heißen Atem an ihrer Wange spürte, glaubte sie, ein Lächeln zu erkennen.

– Schluss –